Black Suit

블랙 슈트

1판 1쇄 찍음 2018년 8월 23일
1판 1쇄 펴냄 2018년 8월 30일

지은이 | 장하연
펴낸이 | 고운숙
펴낸곳 | 봄 미디어

기획·편집 | 김민지, 김지우, 김현주
표지 디자인 | 우물

출판등록 | 2014년 08월 25일 (제387-2014-000040호)
주소 | 경기도 부천시 원미구 길주로 64, 1303(굿모닝 오피스텔)
영업부 | 070-5015-0818 편집부 | 070-5015-0817 팩스 | 032-712-2815
E-mail | bommedia@naver.com
소식창 | http://blog.naver.com/bommedia

값 9,000원

ISBN 979-11-5810-564-8 03810

블 / 랙 / 슈 / 트

Black Suit

장하연 장편 소설

※이 작품은 실제 인물·단체·사건·기업과는 아무런 관련이 없습니다.

※「 」는 영어, " "는 한국어입니다.

프롤로그(A Better World)

비바람이 몹시 치는 밤이었다. 세찬 비가 넘실거리며 빌딩의 유리창을 때렸다. 번쩍, 하고 일순 번개에 비친 물방울의 색은 을씨년스러운 푸른색이었다.

검푸른 그 빛깔을 도하는 눈을 깜빡이는 것을 잊은 사람처럼 응시하고 있었다.

까맣고 푸른 비의 색.

도시의 회벽을 씻어 내리며 모인 물은 도로를 메우고 길 아래로 흘러넘쳤다. 배수로에 가까워질수록 먼지를 머금은 물빛은 점점 더 까맣게 변했다. 마치 더러움을 대신 껴안고 사라지는 것처럼 보였다.

한참 창밖을 쳐다보던 도하는 주머니에서 손을 빼 시간을 확인했다. 그가 손바닥에 쥔 네모난 기기의 버튼을 눌렀다.

"준비는 끝났나."

―팀장님, 타깃이 ……한 경우……. 날씨 때문에…….

지지직거리며 웅얼대는 대답이 무전기에서 들려왔다. 그 질문이 마음에 들지 않았던지 도하는 잘생긴 이마를 몹시 찡그린 채 상대에게 대답했다.

"정해진 매뉴얼대로만 진행한다. 상부 지시 없이는 절대로 돌발 행동이 일어나지 않게."

―절대, 입니까.

"그래, 절대. 다시 한번 말한다. 어떤 상황에서도 인명 피해가 발생하지 않도록 각별히 유의하도록."

―네, 알겠습니다.

절도 있는 상대의 대답을 듣고 나서야 도하의 표정이 원래대로 돌아왔다. 정사각형 기계를 안주머니에 넣고 도하는 다시 폭우가 쏟아지는 유리창으로 눈길을 주었다.

울렁이는 유리에 비친 자신의 스산한 얼굴이 보인다. 도하는 문득 어디선가 조양순의 목소리를 들은 것 같았다.

"이 더러운 세상을 바로 잡을 지도자에게는 아주 강력한 힘이 필요하다. 그리고 너희들이 바로 그 힘의 근원이지."

"이 나라는 어디부터 손을 대야 할지 모를 정도로 다 썩어 빠졌어. 우리가 그 썩은 것들을 뿌리부터 도려내는 거다. 이제부터 모든 것이 너희들의 손에 달려 있다."

이전까지 훈련병 집단에 불과하던 자신들이 '블랙 슈트'라는 정식 명칭을 얻게 된 첫날의 기억이었다.

"나는 그날이 머지않았다고 생각한다. 너도 그렇겠지. 우리의 오래된 목표. 더불어 함께 살 수 있는 세상. 더 나은 세상 말이다."

도하는 시종 진지한 태도로 일관하던 양부, 조양순의 얼굴을 떠올렸다.

조양순. 그는 많은 이에게 존경받는 우상이었고, 국민이 신뢰하는 리더였다. 누구든 양순과 한 시간 이상 대화를 나누고 나면 그의 열성 추종자가 되곤 했다.

그는 도하가 아는 한 인간의 감정을 가장 잘 다루는 사내 중 하나였다. 사회 운동가이자 국회 의원이라는 직함이 아니었다고 하더라도 그는 어디서건 대중을 모았을 법한 남자였다. 사람들의 무의식에 호소하는 방법을 알았고, 연설은 언제나 성공적이었다.

더 나은 세상?

도하는 생각에 빠진 채 긴 복도를 터덜터덜 걷기 시작했다. 창문을 깰 것처럼 유리를 흔드는 비바람이 계속 신경 쓰였다.

그는 실리콘으로 재단된 틀 앞에 멈춰 반듯한 모서리를 살폈다. 어두운 창문을 더듬으며 아찔한 높이의 아래를 내려다보았다. 창문에 문제가 있는 것 같지는 않았다.

문제는 바람이었다. 전기로 움직이는 번쩍이는 것들 외에는 개미 한 마리 보이지 않았다.

"저는 이번 임무에서 빠지고 싶습니다."

"그건 안 될 말이지. 네가 없다면 모든 계획이 수포로 돌아가. 네 동료들이 배신자를 어떻게 대할지는 말하지 않더라도 이미 잘 알겠지."

전적인 충성, 또는 죽음.

"이 일은 네가 아니면 누구도 해낼 수 없는 일이다. 나는 너에게 많은 것을 의지하고 있어."

조 회장의 측근을 상대하는 일은 위험한 일이었다. 주변인까지 위험에 빠뜨릴 수도 있었다. 몇 년간 공을 들인 끝에 제로켓은 거의 조양순의 손아귀에 들어오기 직전이었다. 이제 그 마지막 관문인 고인수에 대한 설득만이 남은 상태였다.

"이번 일만 무사히 성공하면 다 끝나는 것이다. 알겠지. 아들아, 넌 내 하나뿐인 후계자야."

"네."

어쩌면 생각보다 더 어려울지도 모른다고, 전부터 그렇게 생각해 왔었다. 도하는 꽤 오랜 시간 동안 계속해서 타이밍을 보고 있었다.

시간이 더 필요해. 그 전에 생각을 정리하지 않으면……

"이게 정말 당신이 말하던 더 나은 세상입니까?"

"그 남자를 정말로 설득할 수 있다고 생각해?"

도하는 이제는 곁에 없는 근희와 석용의 말들을 차례로 떠올렸다. 그리고 폭약에 연결된 리모컨을 손바닥에 올린 채 응시했다.

그것을 한참 들여다보던 도하는 리모컨을 주머니에 넣고서 손목의 시계를 살폈다. 슬슬 작업해 둔 CCTV가 신경 쓰이기 시작했다. 이 날씨에 번개가 비치지 않는 정지 화면을 경비원들이 이상하게 여길 터였다.

넓게 뚫린 복도를 지나 도하는 비상구 옆의 계단으로 향했다. 관제실은 홀의 가장 구석진 곳에 있었다. 옆쪽은 직원 휴게실이 있는 막다른 문이었다.

휴게실 입구에 놓인 긴 의자에서 도하는 언뜻 스치는 무언가를 본 것 같았다. 시야의 낮은 곳에 위치한 물체는 아주 느린 속도로 꿈틀거리고 있었다. 움직임의 양상으로 보아 사람인 것 같았다. 분명한 것은 팀원의 복장이 아니라는 것이었다.

누구지?

쭈뼛 소름이 돋았으나 내색하지 않았다. 이미 되돌아가기에는 너무 늦었다.

경비원인가? 아니면…….

도하는 태연한 척 오히려 발소리를 높여 걸었다. 가까이

다가서 보니 소파 앞에 쭈그려 앉은 것은 어떤 여자였다.

물체의 정체가 무엇인지를 알아채자 도하는 발을 딱 멈췄다. 그 여자가 누구인지는 금세 알아볼 수 있었다. 서유미였다. 이미 자정이 넘은 시간이었다.

긴장했던 얼굴을 순식간에 바꾸고 도하는 유미에게 말을 걸었다.

"뭐 합니까? 지금 이 시간에."

"으악? 헉!"

갑작스런 소음에 유미는 아주 놀란 모양이었다. 비명을 지르더니 뒤돌아 허둥대다가 급기야 들고 있던 캔을 떨어뜨렸다. 데구루루 굴러 떨어진 캔이 곧장 도하의 구둣발 끝을 찍었다.

바닥의 캔을 주워 든 도하가 신경질적으로 그것을 유미에게 내밀었다. 도하의 얼굴을 알아보자 유미가 반갑게 소리를 질렀다.

"실장님? 지금 이 시간에 어쩐 일이세요?"

"뭐 하냐고요, 지금."

차가운 도하의 말투에 유미가 부끄러운 얼굴로 더듬더듬 대답했다.

"아. 도, 동전이 떨어져서요."

유미가 웃으며 바닥을 가리켰다. 그녀는 자판기 밑 동전을 마저 줍고 허리를 두들기며 몸을 일으켰다. 유미의 손바닥에 들린 동전들이 눈에 띄었다.

"동전? 동전 때문에 이 시간까지 남아 있었단 말입니까?"

"아, 그게…… 아직 마치지 못한 업무가 있어서요."

"서 대리."

"네, 실장님."

생글생글 웃는 유미를 보고 도하는 한숨을 쉬었다.

"무턱대고 야근만 한다고 승진하는 게 아니라고 말한 적 있지 않습니까."

"아, 네. 근데 며칠 간 야근했더니 아까 또 책상에서 깜빡 졸아 버린 바람에……. 죄송합니다."

"됐으니까 그만 가 보십시오."

도하는 차갑게 턱 끝으로 유미를 치우는 시늉을 했다. 하지만 차마 움직이지 못하고 유미는 우물쭈물 말을 꺼냈다.

"그게 저 아직 남은 게 있는데, 그게 내일까지라서요. 지난번 저희 팀장님이 갑자기 퇴사하시면서 대행 업무가 늘어난 바람에……."

도하는 짜증스럽게 미간을 찌푸렸다. 여자는 끝내 자신의 말을 알아듣지 못하고 있었다. 그는 초조하게 손목의 시계를 응시했다. 시간은 12시를 15분이나 지나고 있었다.

"지금 몇 시인 줄은 알아요?"

"아? 네, 한 12시쯤?"

도하가 천천히 팔짱을 낀 자세를 비뚜름하게 바꾸었다. 그의 차디찬 시선이 유미의 부스스한 머리를 응시했다. 쇳소리처럼 날카로운 목소리가 쏟아졌다.

"이봐요, 서 대리."

"네?"

"이 시간에도 회사에 남아 있는 걸 보고 뭐라고 하는지 압니까?"

"······?"

"쇼한다고 그러죠, 쇼. 보여 주기 식 쇼. 정말 일을 하려는 사람이라면 진작 퇴근 시간 안에 끝냈겠지. 머리가 그 정도밖에 안 됩니까? 보여 줄 능력이 야근밖에 없는 거면 아예 다른 직장을 알아보세요. 아직 늦지 않았습니다. 다른 길도 많아요."

고개를 숙인 채로 질책을 듣던 유미의 얼굴이 점점 벌겋게 달아올랐다.

"아니요. 저는 승진 때문에 그런 게 아닌데······."

"됐으니까 지금 당장 나가 보세요. 여기가 회삽니까, 호텔입니까. 그렇게 말을 못 알아듣겠어요?"

유미가 천천히 고개를 들어 입술을 깨물었다. 유미의 표정 변화를 보는 도하의 얼굴도 점점 사나워졌다.

"정말 죄송합니다, 실장님. 신경 쓰시게 해서. 지금 바로 들어가 보겠습니다."

"그래요."

도하는 미련 없이 돌아섰다. 서둘러야 한다는 생각에 발이 빨라졌다. 그런데 잠시 후 뒤에서 유미가 따라오며 부르는 소리가 들렸다.

"실장님, 실장님!"

"뭡니까 또."

다시 인상을 구긴 도하가 절로 뒤를 돌아보았다. 도하가 돌아서자 유미가 손에 쥐었던 캔 커피를 그에게 내밀었다.

"저, 이거."

"뭡니까."

"업무 때문에 늦게까지 바쁘신 것 같아서요. 실장님도 많이 피곤하실 텐데 이거라도 드시고 힘내세요."

"됐습니다."

도하는 귀찮은 듯 손을 흔들었으나 유미는 꿈쩍도 하지 않고 막무가내였다.

"에이, 실장님."

"됐다니까요."

도하가 따라붙는 유미로부터 짜증스럽게 몸을 피했다.

"저는 괜찮아요. 아직 동전 있어서 또 뽑아서 마시면 돼요."

유미가 천진한 미소를 지으며 도하에게 동전을 든 손을 흔들어 보여 주었다. 그러거나 말거나 도하는 대충 그 손을 응시하는 척만 했을 뿐이다.

"진짜 됐다니까?"

"받아 주세요, 실장님. 그래도 제 성의인데."

억지로 쥐어 주는 캔을 얼결에 받기는 했으나 미소 짓는 유미의 얼굴을 마주하고서도 도하는 전혀 웃지 않았다. 입꼬리에 미동조차 없는 도하 때문에 유미의 표정도 점차 경직되어 갔다.

"그리고 정말 죄송합니다. 신경 쓰시게 해서."

도하는 말하는 유미를 가능한 냉정한 얼굴로 쳐다보았다.

15

"서 대리."

"네?"

대답하며 유미가 다시 상냥하게 웃었다. 도하는 아주 심각
하게 인상을 썼다.

"설마 나 좋아합니까?"

"네?"

유미는 크게 뜬 눈으로 당황해 손사래를 쳤다.

"아니, 전 그런 뜻이 아니라 실장님이 그…… 너무 피곤해
보이셔서요. 커피라도 한잔하시라고. 늦게까지 일하면 사람
이 피곤하고, 가끔은 카페인의 힘이 필요할 때도 있고…….."

뜻밖의 물음에 유미는 우물쭈물 말을 제대로 잇지 못하며
당황해했다. 도하는 아주 차분하게 캔 커피를 유미의 손에
돌려주었다.

"제발 부탁이니까 날 좋아하지 말아요. 그리고 이런 거,
전혀 필요 없습니다. 됐으니까 빨리 가지고 가 버려요."

"아, 네."

유미는 달아오른 얼굴로 눈썹을 찡그리며 고개를 숙였다.
다시 도하가 버럭 소리쳤다.

"빨리 가 버리라니까?"

"아! 네, 네. 그럼 가 보겠습니다."

깜짝 놀란 얼굴로 고개를 든 유미가 빠르게 도하의 앞에서
사라졌다. 도하는 뛰어가는 유미의 뒷모습을 못마땅하게 바
라보았다.

자신보다 네 살이나 많은 만년 대리는 자정이 넘은 시간까

지도 몸에 붙는 정장과 하이힐 차림이었다.

　노조원인 유미는 일괄적인 여직원 유니폼으로부터 해방되기 위해 몇 년간 사측과 투쟁을 벌였던 적이 있었다. 그러니 아무리 일을 잘한다고 해도 승진 리스트에 포함될 리가 만무했다.

　도하는 유미가 사라진 비상구 방향을 한참 응시하다가 이윽고 빠르게 관제실 쪽으로 걸음을 옮기기 시작했다.

　비상구로 향했던 유미는 이를 악문 얼굴로 계단을 뛰어 내려가고 있었다. 한참을 내려가던 그녀는 주변을 잠시 둘러본 후 몇 층 위의 층계를 향해 삿대질을 해 댔다.

　"망할 놈, 싸가지, 왕자병. 아니, 무슨 캔 커피 하나 줬다고 자길 좋아하냐고? 쇼하지 말고 회사를 때려치워? 그럼 자기가 내 업무를 대신해 줄 거야, 진짜 다른 회사에 꽂아 줄 거야, 어쩔 거야?"

　유미는 씩씩거리며 또다시 계단을 두세 개씩 뛰어내렸다. 순식간에 10층 아래까지 도달하자 다시 꼭대기 층을 향해 뛰어오르기 시작했다. 지칠 때까지 뛰고 나면 머리가 조금은 가벼워지곤 했다.

　"야잇! 강도하 나쁜 놈."

　숨이 차 헉헉거릴 때까지 달리던 유미는 이내 비상구의 계단에 주저앉았다. 도하가 자리를 비키면 다시 돌아가 업무를 재개할 요량이었다.

　"악마, 냉혈한, 말미잘. 아니, 사람이 선의를 베풀면 곱게 받아들일 줄도 알아야지. 이건 어디서 꽈배기를 꼬아 먹었나, 말끝마다 시비를 걸고. 대체 전생에 나랑 무슨 원한을 졌기에."

유미가 하염없이 분을 삭이고 있을 때였다. 누군가 비상구로 들어와 위쪽으로 올라가는 모습이 보였다. 고급 양복을 입은 남자는 아주 느린 발걸음이었다. 별로 없는 머리카락을 강력 젤로 고정한 특유의 머리 모양으로 보아 분명 고인수였다.

고 부장을 알아본 유미가 놀란 얼굴로 그를 불렀다.

"어? 부장님?"

남자가 잠시 아래로 시선을 돌렸지만 그는 유미를 알은체도 않고 다시 발걸음을 옮기기 시작했다.

"부장님도 야근하셨어요? 담배 태우러 가세요?"

하지만 아무 대꾸 없이 유미에게 눈짓만 보내고서 그저 발을 옮길 뿐이었다. 뭔가에 홀린 것 같은 표정이었다.

"뭐 기분 나쁜 일 있으신가."

난간 사이로 고개를 내밀고 올라가는 그를 유심히 살펴보다가 유미는 계단에 다시 주저앉았다. 창밖에는 여전히 비가 내리고 있었다.

그녀가 이 일의 의미를 깨닫게 된 것은 그로부터 며칠이 지난 후였다.

Black Suit

1. 제로켓: 서유미

"하아아암."

자판기 앞에서 유미는 계속 하품을 해 대고 있었다.

"참, 대리님! 얘기 들으셨어요?"

미현의 물음에도 아랑곳없이 유미는 연신 입만 쩍쩍 벌렸다.

"응? 뭔데."

피곤이 가득한 얼굴의 유미가 한 박자 늦게 대답했다.

"고 부장님 얘기요!"

"고 부장님? 고 부장님은 왜?"

털컥, 자판기 안의 컵을 꺼내며 유미는 납처럼 무거운 눈꺼풀을 끔뻑거렸다. 어제는 정말로 거의 잠을 자지 못했다. 밀린 작업을 다 끝낼 수 있었던 건 그나마 다행이었지만 도통 잠이 깨질 않았다.

유미는 북북, 눈을 문지르고 목구멍에 뜨거운 카페인을 쏟아 부었다.

"도저히 한 잔으로 안 되겠어."

유미는 입을 가린 채 하품을 계속하며 기계적으로 동전을 집어넣었다. 딱 하나가 부족해 주머니를 뒤적거리자 옆에서 우아하게 커피를 홀짝이던 미현이 재빠르게 동전 하나를 건네주었다.

"땡큐. 그래서 뭐라고?"

"고 부장님이요. 오늘 말도 없이 출근을 안 하셨대요. 한 번도 그런 적이 없으셨는데. 못 해도 50분까지는 자리에 앉아 계시던 부장님이 오늘따라 연락도 안 받고, 사택에도 안 계시고."

"그게 무슨 말이야. 고 부장님? 그럴 리가 없잖아. 그 일밖에 모르는 양반이."

몰려오는 졸음을 쫓기 위해 유미는 눈에 꽉 힘을 주며 미현의 말을 대수롭지 않게 들었다.

"그러니까요. 기러기 아빠가 갑자기 아침에 부부 싸움을 한 것도 아닐 테고, 무단결근이라니. 부장님하고 진짜 안 어울리지 않아요? 가을에 곧 인사이동도 있을 거라던데. 게다가 제가 들은 얘기가 있는데……."

"들은 얘기?"

"아, 안녕하십니까!"

느닷없이 말을 멈추고 크게 외치는 미현 때문에 휴게실 사람들이 복도 쪽으로 돌아섰다.

자판기 앞에 서 있던 직원들도 복도를 향해 과장된 몸짓으로 허리를 숙였다.

"안녕하십니까."

덩달아 유미도 허리를 숙여 인사했다. 지나던 무리는 각 부서 임원진들을 비롯해 기획실장인 강도하도 포함되어 있었다. 오늘도 여전히 매끈한 블랙 슈트 차림의 도하를 발견하자 여직원들의 입에서 저마다 작은 탄성이 이어졌다.

강도하, 조 회장의 친척이라고 알려진 기획부서의 실장. 그는 말할 필요도 없이 사내 여직원들의 절대적인 지지와 흠모를 한 몸에 받고 있는 인물이었다.

양복이 비싼 거라서 그런가? 어쩜 저렇게 걷는 것부터 각이 서 있을까.

유미는 새삼 궁금해하면서도 감탄했다. 저렇게나 몸 선이 곧고, 단정한 자세로 걷는 남자라고 하면 회사 안에서는 오로지 한 명뿐이었다. 멀리서도 도하를 쉽게 알아볼 수 있을 정도였다.

게다가 주변 공기를 아우르는 저 우두머리 같은 태도란 마치 그의 뼛속부터 새겨져 있는 것 같았다. 곁에 선 임원진들이 저보다 상위 직급이더라도 도하는 주위 사람들의 지도자처럼 보였다.

"실장니임, 오늘도 정말 멋있으세요."

임원진들이 가까워지자 창 쪽에 선 누군가 교태 어린 목소리를 쥐어짰냈다. 유미는 민망한 콧소리에 그만 잠이 확 깨는 기분이었다.

당황해 고개를 번쩍 들자 도하의 시선이 옆에 선 유미의 얼굴로 날아들었다. 뚜렷한 눈동자와 곧장 마주치자 유미가 재빨리 손을 내저었다. 자기가 한 말이 아니라는 뜻이었다. 말한 사람을 찾으려 고개를 돌리니 도하의 시선이 유미의 귀 뒤로 넘어갔다.

"네, 좋은 아침."

도하는 형언할 수 없이 무표정한 얼굴로 가볍게 응대했다. 특별할 것도 없다는 투였다.

"저기, 실장님. 커피 좀 드실래요?"

뒤이어 누군가 도하에게 수줍게 캔 커피를 내밀었다.

"괜찮습니다."

도하는 내미는 손을 바라보고 묵묵히 사양했다.

"어이, 나나 줘. 실장님 말고 우리는 보이지도 않나?"

도하의 옆에 선 임원진들이 농담을 던지며 가볍게 웃었다. 그들이 회의실로 사라지고 나자 고요했던 휴게실이 다시금 웅성웅성 소란스럽게 변했다.

유미는 힐끔 도하의 지나친 뒷모습을 훔쳐보았다. 저 불공평하게 늘씬하고 완벽한 뒤태를 가지고……. 또 뭐라고 했더라. 어제 버전의 강도하는.

"보여 줄 능력이 야근밖에 없는 거면 아예 다른 직장을 알아 보세요."

어젯밤 일을 떠올린 유미는 휴우, 한숨을 내쉬었다. 말하는 것도 어쩜 그리 싸가지가 없는지.

게다가 매년 인사 평가 때마다 그녀의 승진에 대해 그가 부정적인 의견을 내놓은 걸 모르는 바가 아니었기에 새삼 속이 쓰릴 지경이었다.

그래, 외적 조건이 아무리 훌륭하면 뭘 해. 공감 능력 부족에, 반사회적 인격 장애까지. 남의 사정에는 쥐 오줌만큼도 관심 없는 싸가지를 좋아하긴 누가 좋아해. 절대로 안 좋아해! 좋아해 달라고 아주 그냥 무릎을 꿇고 빌어도 안 좋아할 거다.

유미는 비어 버린 종이컵을 구깃구깃 접어 버리고 미현을 향해 돌아섰다.

"그래서 아까 하던 얘기가 뭐였지?"

"와, 정말 너무 심각하게 잘생겼다. 그렇지 않아, 언니?"

눈앞의 강도하에게 온 정신을 빼앗긴 것은 비단 남의 이야기만은 아닌 듯했다. 바로 앞에도 얼간이 한 사람이 있었다. 꿈꾸는 표정을 짓고 있는 미현의 팔꿈치를 강하게 잡아당기며 유미가 타박했다.

"야, 한미현. 여기 회사다."

"아."

퍼뜩 미현이 정신을 차리고 주위를 둘러보았다.

"대리님, 제가 방금 뭐라고 그랬나요?"

"뭐 들은 얘기가 있다고 했잖아."

"예. 다 까먹고 말았네요. 그게 무슨 소용이랍니까. 부장님이 오늘 출근을 하시건 말건. 어디 동남아에 골프 여행이라도 가셨나 보죠."

미현이 슬픈 몸짓으로 쓰레기통에 종이컵을 내던지고 사무실을 향해 긴 몸을 틀었다. 유미도 복도를 향해 함께 걸었다.

"고 부장님이 일을 놔두고 그러실 분이 전혀 아닌데."

"언니, 강 실장님이 저랑 동갑이라는 게 믿어져요?"

"아뇨. 저는 주임님이 이렇게나 철딱서니 없는 아홉수라는 게 도무지 믿어지지가 않네요."

유미가 미현의 등을 찰싹 때리고 소리 나게 웃었다.

"근데 고 부장님이 무단결근이라니 그건 진짜 충격이다. 영업팀 다 벙쪄 있겠는데?"

"부장님도 인간인데 가끔 쉬고 싶은 날이 있겠죠. 세컨드 생긴 거 아니냐는 소문이 파다하던데요? 요새 한동안 고 부장님 행동이 좀 이상했대요."

"쉬잇."

유미가 텅 빈 복도를 돌아보며 미현의 입막음을 했다.

"그런 얘기 함부로 하지 마. 낮말은 새가 듣고 밤말은 쥐가 듣는다, 몰라? 그러다 한번 찍히면 너도 영원히 승진 사다리 못 타는 수가 있어."

자리에 도착한 미현이 한숨을 내쉬며 치마를 정돈해 앉았다.

"에휴, 승진이 다 뭐예요. 지금 우리 회사 망할지도 모른다는데. 회장님 때문에 이번에 뭐 큰 거 하나 터질 것 같다던데요?"

유미가 깜짝 놀라 목소리를 높이며 손가락으로 미현의 입을 막았다.

"글쎄, 아무 말이나 막 던지지 말라니까."

"안녕하십니까! 오늘도 열심히 일들 해 봅시다!"

그때 우렁찬 목소리로 인사하며 커피를 든 손자영이 사무실 안으로 나타났다.

동시에 커다란 벽시계의 바늘이 딸깍 9시를 향해 움직였다. 모닝 콘퍼런스가 끝난 모양이었다. 인사총무부 과장인 자영을 위시하여 한 층을 꽉 메운 파티션마다 점점이 인원이 들어차기 시작했다.

"게다가 우리 팀이 해체될 거라는 흉흉한 소문이 돌고 있고요."

미현이 유미에게 소곤소곤 귓속말을 속삭였다.

"헛소문이야."

"기획부서 공공연한 오피셜이라며 민호가 떠들던데요?"

"아직도 민호새 말을 믿어?"

미현이 킥킥, 웃자 유미는 입술을 깨물며 미현의 옆구리를 찔렀다.

"어이, 공헌팀. 뭐 해? 아침부터 회식 생각해?"

"아닙니다, 과장님."

자영의 지적을 받고서야 두 사람의 대화가 끊겼다. 헛기침을 하며 유미는 허리를 세워 바른 자세로 앉았다.

모니터를 켜자마자 메신저로 오늘의 지시 사항이 전달되었다.

공헌팀 오전 아이디어 합동 회의 있습니다. 공장 파업 대비책 마련 및 계열사별 언론 홍보안 검토.

제로켓은 국내 온오프 시장을 독점하고 있는 거대 마켓 체인이자 제로그룹의 모회사였다. 대외적으로는 분리되어 있는 전자, 건설, 약품 등 각 계열사의 모든 자금이 사실상 제로켓을 통하여 유통돼 제로그룹의 실질적인 관리 조직이었다.

나날이 세를 확장하며 전성기를 구가하던 제로켓은 최근 누적된 적자와 연이은 노조 파업 등으로 사상 최악의 해를 맞이하고 있었다.

지난달 1대 주주인 조 회장의 구속 역시 그룹 이미지에 큰 타격을 입힌 일이 아닐 수 없었다. 구속 이유는 배임과 횡령, 탈세 등이 주 혐의였다.

긴급 공지: 회장님 관련 어떤 형태의 인터뷰도 절대 금지합니다. 부서별로 엄격하게 단속해 주세요.

그렇게 본격적으로 제로켓의 분주한 아침이 시작되었다.

그날 저녁, 쨍하고 청량한 소리를 내며 맥주잔들이 부딪혔다. 장마철이라 날씨는 후텁지근하기 짝이 없었다. 더위를 식혀 줄 시원한 거품 액체가 사람들의 목구멍 안으로 빠르게 사라졌다.

꿀꺽꿀꺽, 깨끗이 잔을 비운 민호가 입을 훔치고 차디찬 맥주잔을 탁 테이블 위에 놓았다.

"대체 이게 얼마 만이에요. 회삿돈으로 술 먹은 지가. 백 년은 된 것 같네."

"그러게. 어쩐 일로 위에서 카드를 다 내놨지."

"잘리기 전에 배불리 포식이나 하라는 뜻이겠지. 최후의 만찬인가."

재명이 테이블 위 마른안주를 씹으며 말했다. 재명의 잔도 비어 있었다. 미현이 오징어를 잘게 찢다 말고 지나가는 종업원에게 새 맥주를 주문했다.

"그런 건데 겨우 맥주나 마시고 있단 말이에요? 이런 새 가슴적인 말단 사원들이라니. 우리 양주라도 시킬까요, 대리님?"

미현의 말에 메뉴판을 살피던 유미가 아무렇지 않게 대답했다.

"해체설은 그냥 소문일 뿐이야. 민호새가 물어다 주는 헛소문을 매번 믿었으면 어쩌게?"

"글쎄요. 이번엔 진짜 시리어스 하던데……."

쩝쩝대며 말하는 민호의 옆에 나란히 앉아 있던 유미가 그를 노려보았다.

"너 대체 이번 건 출처가 어디야. 다들 불안에 떨고 있잖

아. 이 좋은 회식 날에."

"영업부 애들은 이미 전부터 알고 있던 사실이라고 하더라고요. 공공연한 비밀이랄까. 강도하 실장님 오피셜이요."

"뭐?"

도하의 이름이 나오자 유미는 놀라서 저도 모르게 목소리를 높였다.

어젯밤 무섭게 소리 지르던 남자의 망령 같은 얼굴이 은연중에 머릿속에 남아 있었다. 어딘지 평소와 다른 그 표정 때문이었을까.

민호의 이야기인즉슨 사측의 비용 절감과 이윤 증가를 위해 만만한 공헌팀부터 해고가 예정되어 있다는 얘기였다.

"정말 실장님이 그랬대? 그 강 실장님이?"

도하의 이름 때문에 이제껏 평온하던 유미의 표정이 불안하게 바뀌었다. 민호가 고개를 끄덕였다.

"네. 기획부서 방출 1순위는 공헌팀이라고 정확히 못 박았대요. 그래서 다른 팀 애들은 그나마 안심하고 있다는 그런 슬픈 소식입니다."

"말도 안 돼."

"진짜 말도 안 돼요. 마케팅기획부 쪽 애들이 한 게 뭐가 있다고. 걔들이 밤낮 거지 같은 플랜 짜 오면 실행하느라 죽어나는 게 누군데. 그나마 지금 회사 이미지 이 정도인 게 우리 팀이 기획했던 사회봉사 마케팅, 그거 하나로 버티는 거 아니에요? 제로가 그래도 양심적인 기업이라는 게."

"진짜."

"정말로."

유미는 저절로 캄캄해지는 눈앞을 흔들며 바짝 정신을 차렸다.

강도하, 그 인간이라면 허튼소리를 동네방네 떠들어 대는 스타일은 아니었다. 정말로 강 실장 오피셜이라고 한다면 진실일 가능성이 90%는 된다고.

"방출이라니. 말도 안 돼."

유미는 절망했다. 벌써 7년이었다. 이 회사의 식구로서 살아온 지가. 유미에게도 팀원들에게도 제로켓은 삶의 터전이자 집이나 마찬가지였다.

재명이 공감하며 낮은 소리로 푸념했다.

"그러니까요, 대리님. 진짜 이거 너무 잔인한데요. 이 나이에 어디 시험을 또 보라는 건지. 그냥 운동이나 계속할 걸 그랬나."

"이모, 여기 소주 좀 주세요! 세 병이요!"

멍하게 앉아 있던 유미가 갑자기 카운터 쪽으로 소리를 질렀다. 병을 받은 유미는 투명한 잔마다 소주를 가득 따르기 시작했다. 그 안으로 맥주가 담긴 소주잔을 떨어뜨렸다. 유미의 행동을 빤히 지켜보던 민호가 어이없는 표정으로 물었다.

"누나, 뭐 하세요?"

"이게 맥쏘라는 거야. 자 다들 한잔해."

유미가 능숙하게 팀원들에게 잔을 나누며 말했다. 결연한 표정으로 공중을 응시하며 혼잣말로 입을 열었다.

"다들 아무 걱정하지 마. 아직 정식으로 공표된 것도 아닌데, 뭐. 분명히 뭔가 방법이 있을 거야."

말을 마친 그녀는 자신이 '맥쏘'라고 명명한 액체를 들어 장엄하게 벌컥벌컥 들이키기 시작했다. 나머지 팀원들이 그런 유미를 경악스런 얼굴로 바라보고 있었다.

밤이 깊어지면서 처량 맞은 구슬비가 떨어지기 시작했다. 유미는 같이 가 주겠다는 팀원들의 호의도 거절하고 혼자 사택에 돌아와 있었다.

사택 건물은 본관과 구름다리로 연결되어 있었는데, 고층은 임원진들이 사용했다. 손 과장의 부름 외에 임원진 전용층에 혼자 와 본 일은 처음이었다.

강도하, 꼭 그 면상처럼 차갑게만 보이는 현관문 앞에서 유미는 초인종을 누르지도 못한 채 그의 유령과 싸우는 중이었다.

뭐라고 말을 꺼내야 혼나고 쫓겨나지 않을까, 머릿속으로만 예상 상황을 시뮬레이션 해 볼 뿐이었다.

팀원들에게야 어떻게든 해 보겠다며 호언장담했지만 사실 자신 같은 게 있을 리가 없었다. 노조 활동에 참가한 직원을 임원들은 눈엣가시처럼 여기기 일쑤였다.

그중에서 특히나 대놓고 자신을 싫어하는 사람이 강도하였다. 덕분에 벌써 3년째 모든 승진과 협상 테이블에서 제외되지 않았던가.

유미는 마지막 남은 용기를 짜내기 위해 다시 한번 아끼는 팀원들을 생각했다.

부모를 잃고 삼촌 손에 자랐다는 민호는 자신을 꼭 친누나처럼 따랐다. 유미만 보고 입사해 갖은 고생을 함께하는 고향 후배 미현과 노부모를 위해 좋아하던 운동까지 포기했다는 부지런한 재명을 떠올려 보았다.

그러나 어느 것도 별로 효과가 없었다. 어쩐지 마음이 급하게 변하고 있었다.

그래, 갑자기 집으로 찾아온 건 완전히 틀린 계획일지도 몰라. 술 때문이야. 역시 내일 맑은 정신으로 정식 면담을 요청하는 쪽이…….

순간 굳게 닫혀 있던 문이 갑자기 덜컥 움직였다.

"으아악!"

진심을 다해 비명을 질렀다. 미처 대비할 새도 없이 도하가 불쑥 나타났다. 유미는 다시 소리를 지르며 물러서다가 대리석 바닥에 엉덩방아를 찧고 말았다.

"서 대리?"

마주 보이는 도하의 얼굴도 유미만큼이나 귀신을 본 표정이었다. 놀라서 빠르게 현관문 밖으로 나온 도하가 재빨리 두리번거리며 유미의 주변을 살폈다.

"뭐, 뭐 합니까? 여기서!"

유미가 곧 엉덩이를 문지르며 일어났다. 이런 순간에 추태라니! 몹시 초라할 것이 뻔한 몸가짐을 바로잡고 무릎을 탈탈 털었다. 벌떡 일어나서 유미는 깍듯하게 허리를 굽혔다.

"실장님, 정말 죄송합니다."

"······?"

"제가 갑자기 찾아온 건 저희 팀 해체 소문과 관련해서 드리고 싶은 말씀이 있어서인데요. 이 시간에 너무 실례가 될 것 같아 돌아가려다가 갑자기 문이 열려서······."

유미는 중얼중얼 변명부터 늘어놓기 시작했다. 아까의 예상과는 전혀 딴판인 대사였다. 화가 난 것이 분명한 도하를 의식한 탓이었다. 언제고 문이 꽝, 닫힐지 모른다는 생각에 유미는 두려운 눈으로 도하와 문을 번갈아 응시했다. 눈앞의 그는 역시나 몹시 인상을 쓰고 있었다.

"무슨 소립니까?"

"아, 네. 그럼요. 너무 불편하시죠. 그럼 저는 이만 가 보겠습니다. 내일 다시······."

그러나 무슨 이유에선지 유미의 예상과는 정반대의 답변이 들렸다.

"들어와요."

"네?"

도하가 차갑게 말하고서 유미의 팔을 자신 쪽으로 세차게 끌어당겼다. 팔을 잡힌 유미가 현관문 안으로 순식간에 이동했다. 방 안으로 던져지다시피 한 유미는 예상 밖 상황에 그저 어리둥절했다.

"아, 저······."

준비했던 말들조차 잊어버릴 정도로 갑작스러웠다. 잡힌 팔을 쳐다보자 도하는 유미를 멀찍이 밀어내고 철컥철컥 빠르게 자물쇠를 채웠다. 일렬로 설치되어 있는 세 개의 잠금

장치를 모두.

"실장님?"

유미는 눈을 가늘게 떴다. 술기운 때문인가. 제대로 상황이 파악되질 않았다. 눈앞의 사람은 분명 냉혈한 강도하가 맞았다. 그러나 지나치게 긴장한 듯한 그의 표정 때문에 제가 더 불안해질 지경이었다.

바싹바싹 말라 가는 입술을 핥고 다시 입을 열었다.

"정말 죄송합니다, 실장님. 이렇게 집에까지 불쑥 찾아올 생각은 아니었는데."

"……."

"워낙 저희도 사정이 급하다 보니 그만……."

"……."

"저, 실장님. 듣고 계시죠?"

문 쪽을 초조하게 응시하던 도하가 유미 쪽으로 고개를 돌렸다. 날카롭게 날이 선 시선이 유미의 미간에 머물렀다.

"혼자 왔습니까?"

"예?"

"서 대리 혼자 왔냐고요. 따라온 사람은 없고?"

"아, 예. 저 혼자 왔어요."

그 말에 도하의 찡그린 눈썹이 조금 느슨해진 것 같았다. 하지만 이내 뭔가 말하려는 유미의 말을 막고 도하는 다시 문 쪽으로 귀를 가져다 댔다. 유미는 저절로 목소리를 낮춰 물었다.

"누가 오시기로 했나요?"

도하가 다시 제 입술 위로 손가락을 가져다 댔다. 이상하게 행동하는 강도하 때문일까. 유미는 계속 어지러운 기분이 들었다.

그러고 보면 이상한 것은 또 있었다. 자정에 가까운 시간임에도 도하는 아까 회사에서 본 것처럼 매끈한 슈트 차림이었다. 유미는 이어지는 복도 안쪽의 침실을 응시했다. 사람이 살고 있다는 흔적 따위를 찾아볼 수 없어 정갈한 호텔 방이라고 착각할 정도로 말끔하게 정돈되어 있었다.

"신발 벗고 저쪽으로 들어가요."

이윽고 낮은 소리로 도하가 안쪽을 가리켰다. 유미는 얌전히 힐을 벗고 마루로 내려섰다. 방으로 향하는 유미를 도하가 다시 불렀다.

"이거 들고."

자신의 하이힐을 가리키기에 유미는 도하가 시키는 대로 했다. 구두를 껴안고 조도가 낮은 거실로 향했다. 집은 벽 윗부분을 터놓은 넓은 원룸이었다.

신발을 안은 채 유미가 소파로 앉자 도하가 대각선 쪽으로 다가와 섰다. 앉지도 않고 선 채로 도하는 초조하게 움직였다.

"그래서 왜 왔다고요?"

팔짱을 낀 채 문 쪽을 향해 선 도하를 멀뚱히 지켜보다가 유미는 머뭇머뭇 입을 열었다.

"저희 팀 해체 건 말입니다, 실장님. 다시 한번 고려해 주셨으면 합니다."

아뿔싸, 막상 말을 꺼내 놓고 유미는 후회했다. 자신의 목소리가 생각처럼 절실하게 들리지 않았다.

술 때문에 연기력이 둔해졌어!

유미는 좀 더 감정에 몰입했다.

"제발 저희 사정을 다시 고려해 주세요. 회사는 저뿐만 아니라 저희 팀 모두에게 집이자 가족입니다."

그제야 도하의 시선이 유미를 향했다. 유미는 울먹이며 감정을 고조시켰다. 그녀를 바라보던 도하가 잘근잘근 엄지를 씹기 시작했다.

"정말로 저희 팀 해체를 고려 중이신 거라면 제발 다시 한번 더 생각해 주세요, 실장님. 저희가 앞으로 더욱 노력하겠습니다. 더욱더 매사에 회사에 진실 되고 충직한 직원이 되겠습니다. 정녕 팀 해체가 불가피한 거라면 방출만이라도 제발…… 다 불쌍한 애들입니다, 실장님. 도와주세요."

유미는 이제야 준비했던 말들이 술술 입 밖으로 나오는 것 같아 내심 만족스러웠다. 줄곧 손톱을 씹으며 유미를 응시하던 도하가 맞은편 테이블 위로 앉았다.

말을 멈춘 유미의 양팔을 쥐고 도하는 뚫어지게 그녀의 눈을 응시했다. 그가 마치 눈동자 안, 머릿속을 들여다본다고 여겨질 정도였다.

지나치게 가까워진 남자의 얼굴 때문에 유미는 절로 목이 타는 기분이었다.

"여기 오는 동안 누굴 봤습니까? 평소에 못 보던 걸 봤다거나, 이상한 걸 봤어요?"

"아뇨. 아무도."

유미가 절레절레 고개를 흔들었다. 대답을 듣고 도하가 휴우, 뜸을 들인 긴 한숨을 내쉬었다. 덩달아서 유미도 술기운이 묻은 심호흡을 내뱉었다. 이번에는 의아한 얼굴로 유미가 물었다.

"실장님, 누가 오시기로 했나요? 누굴 기다리시는 것 같아서요."

옆에 풀썩 앉았던 도하가 풀어졌던 표정을 고치고 언제 그랬냐는 듯 긴 다리를 펼쳐 다시 일어섰다. 냉정한 얼굴이 유미를 내려다보며 짧은 음절을 입 밖으로 뱉어 냈다.

"여자."

"아. 네."

그래서 그렇게……. 유미는 자연스레 납득했다. 하긴 어느 애인이 밤늦게 회사 사람이 오는 것을 좋아하겠어.

그제야 유미는 자신의 늦은 방문이 상사에게 얼마나 실례되는 일인지 새삼 기억해 냈다.

"그러니까 실장님, 그 부분 제발 다시 재고해 주시면 정말로 감사드리겠습니다. 저희 애들 정말 다 착하고, 영리하고, 능력 있고, 부지런하고 믿을 수 있는데 팀 실적이 없어 보이는 건 다 제가 부족한 탓입니다. 팀 방출만큼은 제발 부탁드립니다. 그리고 이렇게 불쑥 찾아온 거 정말 죄송합니다."

유미는 계속해서 머리를 조아렸다. 눈을 감은 채 머리를 조아리고 있으니 토악질이 날 것처럼 어질한 기운이 느껴졌다. 아찔하고 강력한 졸음이 기어코 밀려오고 있었다.

정신을 차리려고 유미는 앞에 선 도하를 질끈 올려다보았다. 잔뜩 풀린 시선이 도하의 얼굴을 향했다. 자신을 내려다보며 고약하게 얼굴을 찌푸린 남자를 발견하자 문득 떠오른 생각이 있었다.

와, 역시 어떤 각도로 보든 엄청나게 잘생겼구나. 괜히 사내 아이돌이 아니지.

저 얼굴에 자신 역시 한때 가슴이 설레었던 때가 있었다. 그게 벌써 3년 전 일인가. 낙하산 주제에 한참 어린 남자가 실장이라며 부임하던 일이.

유미는 아주 느린 속도로 눈꺼풀을 움직였다. 정신이 점점 잠에 빠져든다는 것을 의식할 수 있었다. 부연 막이 씌워진 것처럼 눈앞의 빛들이 흐려지기 시작했다. 바닥으로 몸이 기울어진다는 착각이 들었다.

"알겠으니까……."

누군가 자신을 안아 올리고 있는 것 같았다. 귓가에 속삭여진 목소리는 어떤 남자의 것이었다. 결국 유미는 수마의 힘에 무릎을 꿇었다.

"아이고, 머리야."

점심시간, 구내식당에 앉은 유미는 식판을 쳐다보지도 않은 채 관자놀이를 문질렀다. 미역국을 외치며 신나게 후후 불어 국물을 마시던 민호가 그런 유미를 보고 의아해 물었다.

"안 드세요, 대리님? 어디 아프세요?"

"응, 좀. 넌 아무렇지도 않니? 어제 그렇게 마셨는데?"

민호가 고운 입매를 둥글리며 씨익 웃었다.

"전 젊잖아요."

"그래."

유미는 처량한 표정을 지으며 다시 이마를 매만졌다.

"그래도 좀 드셔야죠. 속 버려요."

재명의 말에 유미는 대충 고개를 끄덕이고 수저를 들었다. 그러다 문득 입구 쪽에서 걸어오는 사람을 발견하자 황급히 양손을 들어 재빨리 얼굴을 가렸다. 그것은 다름 아닌 강도하였다. 새벽의 일을 생각하면 유미는 어디 토끼 굴속에라도 숨고 싶은 기분이었다.

"왜요?"

미현이 유미의 시선을 따라 고개를 돌려보고는 물었다.

"아, 아냐. 아무것도."

개별 식당이 마련된 구획으로 임원진들이 나타났다. 유리 칸막이가 된 공간으로 들어서는 그들의 뒷모습을 발견하자 미현이 문득 생각났다는 듯 입을 열었다.

"참, 대리님. 어제 그 일은 어떻게 됐어요? 대리님 나라라도 구할 용자처럼 파이팅 하고 가셨잖아요. 내가 잔 다르크가 될 테니, 우리는 아무 걱정 말고 기다리라고."

"그러게. 어떻게 됐어요? 정말 실장님 집에 찾아가기라도 한 거예요?"

"그냥 뭐, 그렇게 됐어. 세상일이라는 게 첫술에 배부를 수는 없는 거잖아?"

유미는 차마 술 취한 채 강도하의 집 화장실에서 잠들었다가 쫓겨났다고는 실토할 수가 없었다.

오늘 아침 동이 틀 무렵이었다. 누가 이렇게 단잠을 깨우는가 싶더니.

"남의 화장실 전세 그만 내고 이제 그만 대리님 집에 가서 주무시죠?"

어깨를 흔들던 남자의 건조한 음성이 떠오르자 유미는 눈앞의 미역국에 콱 코를 박고서 그대로 죽고 싶어졌다. 정말로 사람의 기억을 삭제할 수 있는 방법은 없을까? 과학이 이렇게나 발전했는데? 대체 내가 왜 강도하 집까지 가서는 화장실에서 이불까지 덮은 다음에 자고 있었던 거지? 왜?

유미는 제발 화제를 전환하고 싶은 간절함에 다른 얘기로 입을 열었다.

"참, 오늘은 고 부장님 오셨어? 어제는 대체 어떻게 된 거래?"

미현이 테이블 주위를 둘러보다 조용히 대답했다.

"그게, 고 부장님이요. 아직 아무도 연락된 사람이 없대요."

"뭐? 진짜?"

"네, 실종 신고는 했다던데. 진짜 뭔가 이상하지 않아요?"

"고 부장님이 전혀 그러실 분이 아닌데."

식사 중이던 재명이 무뚝뚝하게 한마디 보탰다. 그러자 미현이 여전히 미역국에 집중한 채인 민호를 불렀다.

"민호새 님, 이번에는 뭐 아는 거 없어요?"

"전혀요."

"실종 신고라니."

유미는 무심코 입을 열다 말고 갑자기 눈을 크게 떴다. 문득 머리를 스치고 지나가는 장면이 있었다.

"잠깐만, 고 부장님이 언제부터 안 나오셨다고 했지?"

"어제부터 무단결근. 오늘도 안 오셨구요. 연락도 안 되고, 사택도 비어 있고."

"아."

점점 선명해지는 기억에 유미는 차마 입을 다물지 못했다. 억수처럼 비가 쏟아지던 날 밤, 고인수 부장을 본 기억이 있었다. 의외의 장소에서.

어제는 구슬비가 내렸을 뿐이다. 비가 쏟아진 날은 그저께였다. 그렇다면 고 부장은 그 밤 이후로 회사에 나타나지 않았다는 말이었다. 귀신이라도 본 것 같던 고 부장의 표정을 다시 떠올리자 유미는 왠지 모공이 송연해짐을 느꼈다.

결국 어제의 도전이 전혀 아무런 성과가 없었던 것만은 분명했다. 그것보다 유미가 더욱 괴롭게 느낀 건 오히려 자신의 행동이 팀에 더 마이너스가 된 것은 아닌가 하는 점이었다.

대체 무슨 생각으로 그렇게 술이 떡이 된 채로 거기까지

갔던 거야. 뾰족한 수가 있을 리가 없는데.

이미 저지른 일을 주워 담을 수야 없지만 그렇다고 포기할 수도 없지 않은가. 어떻게든 자신들이 회사에 필요한 사람이라는 것을 어필하기 위해 유미는 지푸라기라도 잡아 보기로 마음먹었다.

울상을 짓고 쓰디쓴 되새김 끝에 실장실 문을 똑똑 두들겼다.

"들어오세요."

"안녕하십니까, 실장님."

꾸벅 고개를 숙이며 방 안으로 유미가 쭈뼛쭈뼛 들어섰다. 도하를 보자 유미는 습관적으로 해사하게 웃었다. 그러나 유미를 본 도하는 의외라는 얼굴로 한쪽 눈썹을 들어 올렸을 뿐이었다.

유미는 등 뒤의 문을 조심스럽게 닫았다. 묵직한 문이 달칵 닫히자 의아하다는 얼굴로 도하가 물었다.

"무슨 일입니까."

"드릴 말씀이 있어서요."

유미는 드러나지 않게 흉곽을 움직여 심호흡을 했다. 유미의 행동을 무심히 응시하고 있던 도하가 앞에 놓인 의자를 가리켰다. 후들거리며 의자에 앉아서 유미는 가능한 신뢰할 수 있는 인상을 주기 위해 노력했다. 마치 면접이라도 보는 기분이었다.

고 부장의 실종 건이니 사측에서도 중요 사안이 아닐 수 없겠지.

유미는 도하에게 그날의 상황을 차분히 설명하기 시작했다. 그날 밤, 밀린 업무를 마치기 위해 야근한 일, 그러다 깜빡 잠들어 버린 일, 잠을 깨기 위해 나갔던 복도에서 고 부장을 마주쳤던 일.

"부장님?"

그때, 고 부장은 어딘가에 아주 정신이 팔린 사람처럼 걷고 있었다. 유미를 제대로 알아보지도 못하는 것 같았다.

"담배 태우러 가세요?"

대충 대답한 그가 비상구 문을 닫고 사라진 쪽은 직원들은 잘 사용하지 않는 방향이었다. 기획부 사무실은 중간층에 있었는데 대형 창문 쪽의 복도에는 비상구 외에는 아무것도 없었다. 설마 계단으로 퇴근했을 리도 없었다. 나중에 생각해 보니 유미는 그 점이 아주 이상했다.

"12시쯤이었나. 옥상에 담배를 피러 나가셨나 했지만 그날은 비도 엄청 왔어요. 그래서 지금 와서 생각하니 좀 이상한 생각이 들어서요."

모든 말을 마쳤는데도 도하는 아무런 표정의 변화가 없었다. 유미는 갸우뚱했다. 별로 이상하지 않은 건가? 곧이어 침착한 얼굴의 도하가 느릿한 속도로 말을 꺼냈다.

"이게 어젯밤 일과 연관이 있는 이야기입니까?"

"네?"

유미가 화사한 미소로 반문했다.

"이런 말도 안 되는 이야기를 지어내서 나를 찾아오는 게 어젯밤 일과 관련이 있는 거냐고 물었습니다."

"지어내다뇨. 그날 제가 직접 봤는걸요. 맞아, 그날 실장님과도 뵈었잖아요. 제가 커피 드렸었죠."

"그렇군요. 그날도 만났죠."

도하가 어색하게 입술을 올리자 유미도 덩달아 웃었다. 끄덕이며 미소 짓는 유미의 얼굴을 잠깐 보다가 도하는 아주 피곤하다는 듯 뒷목을 쓰다듬었다. 느른하던 도하의 표정이 순식간에 차가워졌다.

"만취가 된 상태로 한밤중에 남자 상사 집을 찾아오는 일. 있지도 않은 일을 지어내서 남의 사무실로 다시 달려오는 일. 그리고 자정까지 기다려 굳이 나를 마주치는 일. 이거 다 전부 내 마음대로 오해해도 되는 상황입니까?"

유미는 눈썹을 찡그린 채 도하의 문장 하나하나를 진지하게 듣다가 그만 소리를 지를 뻔했다. 그의 말속을 이해하자 얼굴이 화끈 달아올랐다.

"실장님, 설마 제가 실장님을 무슨 의도가 있어서 찾아다닌다고 생각하신다는 그런 말씀이신가요?"

"그것보다는 육탄전이나 육탄 공격이라는 단어 쪽이 올바른 표현이겠죠. 내 집 화장실 변기 앞에서 잠들어 버렸다는 점에서 실패작이긴 했지만."

유미는 뻘뻘 식은땀을 흘리며 필사적으로 손을 흔들었다.

"아니, 저는 전혀 그런 뜻이 아니었어요! 저는 그런 의도로 실장님을 찾아갔던 게 아니라 진짜로 저희 팀의 생사를 위해서였어요. 그리고 화장실에서 잠든 건 정말 어떻게 변명해야 할지 제가 지금 생각이 안 나지만요. 정말 일부러 그런 게 아니라…… 근데 그 이불은 실장님이 덮어 주신 거예요?"

도하는 말하는 유미를 한심하게 쳐다보았다.

"물론 우연도 가끔은 좋은 핑계거리가 됩니다. 그 말을 어디까지 믿어야 할지는 모르겠지만."

유미는 얼굴 혈관이 터질 것 같은 기분으로 의자에서 벌떡 일어났다. 어떻게 저런 오해를 할 수가 있지?

"제가 방해가 되었다면 정말 죄송합니다. 이 일은 그냥 다른 분께 말씀드려 볼게요. 과장님이나 팀장님께."

인사하고 유미가 문을 향하자 뒤에서 도하가 그녀를 다시 불렀다.

"잠깐, 거기 서 봐요!"

문 가까이에서 유미가 멈춰 섰다. 뒤돌아서자 자신을 향해 있던 도하의 시선이 창문 쪽으로 옮겨 갔다. 영문을 몰라 유미는 눈알을 굴리며 서 있었다. 창밖을 보며 뭔가를 고민하던 도하가 입을 열었다.

"그래요. 일단 그 말을 믿어 주기로 하죠. 그런데 그런 쓸데없는 얘기를 굳이 다른 데까지 가서 할 필요는 없다고 봅니다. 회사 내에서 공헌팀 이미지가 좋지 않다는 건 서 대리도 이미 알고 있겠죠? 그게 전부 노조원인 서 대리 때문이란 것도."

"아……."

유미는 가슴이 뜨끔했다. 역시 그런 거였나. 정말로 우리 팀의 방출 위기가 나 때문이었던 건가?

"안 그래도 오늘 아침 서 대리가 임원 사택에서 나가는 걸 본 사람이 있어요. 서 대리가 지금 요상한 오해를 받고 있는 상황이라는 얘깁니다. 그런 게 알려지면 나까지 아주 곤란해지게 되겠죠."

덧붙여진 마지막 말에 유미는 기절초풍했다.

"누가요? 대체 누가 그런 오해를 해요? 아니, 뭐라고 오해를 하는데요? 저는 그냥 순수하게 부탁드리러 간 건데……. 아, 새벽에 나와서 스토리가 그렇게 되는 건가."

더 이상 할 말이 없어졌다. 술에 취해 그의 집에서 잠이 들었던 것도 사실이고, 새벽에 몰래 나왔던 것 역시 사실이었다. 게다가 그것이 저 유명 인사인 강도하의 방(화장실)이라니. 누군가 목격했다면 꼼짝없이 특급 가십행일 사건은 분명했다. 몸으로 자신을 유혹해 보려고 수를 쓰는 게 아니냐는 도하의 논리에도 아무 빈틈이 없었다.

거기까지 생각이 닿은 유미는 절망했다. 그의 말이 백번 맞았다. 어젯밤 일도, 그리고 지금 실장실로 쪼르르 찾아온 것도 전혀 영리하지 못한 처사였다.

"이제 무슨 말인지 이해했습니까?"

유미는 차마 얼굴을 들지 못하고 얼굴을 붉혔다.

"네, 제 생각이 짧았습니다. 정말 죄송합니다. 공연히 수선을 떨어서. 저는 그냥 고 부장님이 안 보이는 게 걱정이 돼서요."

"그 일은 서 대리가 아니라도 사측에서 잘 알아서 케어 하고 있으니 전혀 나설 필요 없습니다."

"네. 어제 일도 다시 한번 죄송합니다. 저 때문에 괜히 실장님까지 오해를 사신 건 아닌지 모르겠어요. 앞으로는 절대 그런 일이 없도록 정말 조심하겠습니다."

유미가 단정히 말하며 고개를 숙였다. 도하가 말을 이었다.

"해체 건은 다시 재고해 볼 테니까 대신 고 부장 일이나 회사의 다른 일에 대해서 쓸데없이 참견하고 다니지 말아요. 그건 서 대리가 관여할 일이 전혀 아닙니다. 알아들었어요? 그리고 공공연하게 나를 찾아오지도 말고."

"네! 정말 죄송합니다. 그리고 감사합니다, 실장님."

입으로는 연신 죄송하다고 말하면서도 유미는 입가의 웃음을 숨기지 못했다. 해체 건을 다시 재고해 보겠다는 도하의 말이 메아리처럼 귀에 울려 퍼지고 있었다.

과정이야 어찌 되었든 그로부터 들을 수 있는 최선의 확답이 아닌가. 이것이야말로 소기의 목적 달성이라 할 수 있었다. 마음 같아선 눈앞의 냉정한 남자의 손이라도 잡고 덩실덩실 춤이라도 추고 싶은 기분이었다.

유미는 그의 손과 얼굴을 번갈아 보며 싱글싱글 웃었다. 너무도 신이 나는 바람에 그의 마지막 경고 같은 건 그만 까맣게 잊어버리고 말았다.

그길로 유미는 미현을 데리고 화장실로 직행해 이 기쁜 소

식에 대해 알려 주었다. 미현도 물개 박수를 치며 함께 기뻐
했다.

"아니, 그래서 대체 강 실장님한테 뭐라고 했길래요?"

"그게……."

유미가 대답하려는 순간 화장실 입구에 자영이 나타났다.
화들짝 놀란 유미와 미현이 묵례를 하며 세면대 쪽으로 비켜
섰다. 한 줄로 선 유미와 미현을 차례로 훑어본 자영이 심각
한 얼굴로 입을 열었다.

"서유미 씨, 잠깐 나 좀 봅시다."

말을 마친 자영이 등을 돌려 나가자 유미가 침울한 표정으
로 고개를 숙인 채 그녀를 따라나섰다. 과장실에 도착해서도
유미는 계속 안절부절못했다.

근무 시간에 화장실에서 잡담을 하다가 들키다니. 하필 팀
해체설이 오가는 이런 때에. 이런 경우가 좀처럼 없었다는
점을 이해시키기 위해 유미는 먼저 선수를 치기로 결심했다.

"과장님, 저희는 팀 해체……."

"유미 씨, 천안 좀 갔다 와."

"네?"

놀라서 묻는 유미를 자영이 낮은 소리로 가까이 불렀다.

"내가 자기를 얼마나 믿는지 알지? 중요한 일 아니면 직접
시키지도 않았을 거야. 고 부장님 얘기 들었지? 그거랑 관련
된 일이야."

유미는 온몸이 뻣뻣하게 경직된 채로 자영이 하는 이야기
를 들었다. 천안에서 고 부장의 익사체를 발견했다는 신고가

들어왔다고 했다.

실종, 시신, 천안, 언론. 그 모든 단어들이 유미에게는 낯설게만 느껴졌으나 자영의 말을 무시할 수는 없었다.

"그럼 제가 뭘 어떻게 하면 되는 거죠?"

"가족들은 전부 외국에 있고 딱히 연락할 만한 친척들도 없다고 하고. 경찰에서 우리 쪽으로 연락이 왔어. 자살 같대. 언론 쪽에서 낌새를 채기 전에 자기가 가서 현장 확인하고 와."

과장실을 나온 유미는 외근 팻말을 붙이고 주차장으로 부리나케 뛰었다. 운전대를 잡고 앉아 크게 심호흡을 했다. 천안의 저수지에서 발견되었다는 시체를 생각하자 다시 부르르 몸이 떨렸다. 실종된 고 부장을 떠올리면 심란한 마음과 불안한 기분이 동시에 들었다.

자영은 현 시점에서 회사 간부의 자살 사건이 외부에 알려지는 것이 사측에 전혀 유리하지 않을 거라고 거듭 강조했다.

"이건 절대로 아무한테도 말해선 안 돼. 어떻게든 빨리 가서 언론 노출을 막아 줘. 내가 최대한 저녁까지는 회사 측 방침을 알려 줄 테니까."

"설마 고 부장님이 스스로 그렇게 하실 거라고는……."

"그건 누구나 마찬가지야. 하지만 이미 벌어진 일을 어쩌겠어. 할 수 있는 건 빠른 수습뿐이야."

고 부장은 계급 문화를 즐기는 전형적인 꼰대였지만 그렇다고 이런 식으로 죽을 사람은 아니었다. 유미는 착잡한 마음으로 낡아빠진 중고차의 시동을 켰다.

덜컹이는 소음을 내며 차가 움직이기 시작했다. 유미는 목적지인 천안을 향해 빠르게 차를 몰았다.

임시 안치소에 도착하자 미리 얘기가 되어 있던 건지 담당 경찰이 신분을 확인하고 유미를 안으로 들였다.

겨우 시신을 훑어본 유미는 몹시 안도했다. 눈물까지 제법 글썽이며 확인했던 시신은 고 부장과는 전혀 다른 사람이었다. 익사체라 얼굴은 분간하기 쉽지 않았지만 손의 나이도 훨씬 젊었고, 무엇보다 배와 덩치가 훨씬 작았다.

유미는 코와 입을 가렸던 손수건을 떼며 경찰관에게 절레절레 고개를 저었다. 경찰관이 조용히 시신의 머리를 덮었다.

확인 절차를 마친 유미가 밖으로 나와 긴장된 손으로 자영에게 전화를 걸었다.

—뭐? 아니라고?

"전혀 다른 분이에요. 경찰 쪽에서 신원은 아직 파악 중이라는데 어쨌든 고 부장님은 절대 아닙니다."

—그래? 그럼 어째서 그 사람이 고 부장님 소지품을 가지고 있는 거지?

"지갑은 수사 기관에서 조사해 봐야 된다고 하더라고요. 경찰은 아마 소매치기가 아닐까 하는데 확실한 건 아니라고 하고요."

—그렇단 말이지…….

잠깐 자영의 침묵이 이어졌다.

—그래. 어쨌든 수고했어, 유미 씨. 그럼 조심해서 올라
와. 저녁에 비도 온다는데.

"네, 과장님. 걱정하지 마세요."

전화를 끊고 유미는 여전히 현장을 수습 중인 사람들을 바
라보았다. 아는 사람이든 모르는 사람이든 생명이 사라진 현
장을 지켜본다는 건 가슴이 쓰린 일임에 틀림없었다.

한숨을 내쉬며 터벅터벅 걷다가 어떤 차에서 내리는 누군
가를 보고 유미는 깜짝 놀라고 말았다.

"서유미!"

또 강도하였다. 도하가 커다란 소리를 지르며 갈대숲 너머
에서 다가왔다. 전혀 예상치 못한 곳에서 그를 발견하자 유
미는 반가운 마음부터 들었다.

"실장님! 실장님이 여기 어떻게……."

몹시 반가운 자신과 달리 도하는 전혀 그렇지 않은 것 같
았다. 매섭게 화가 난 얼굴로 도하가 유미의 양팔을 잡아 흔
들며 소리쳤다.

"미쳤습니까? 서 대리가 지금 왜 여기 있어요! 왜 당신이
여기 있냐고!"

"네? 저는 상부의 지시를 받고……."

"서 대리의 상부는 납니다. 내가 아까 뭐라고 했어요! 당
신 정말로 머저리야?"

"네?"

세차게 다그치는 도하 때문에 유미는 기가 질려 그만 울먹일 뻔했다. 안 그래도 이 모든 상황에 가뜩이나 긴장한 터였다. 간신히 정신을 차리고 유미는 아까의 대화를 떠올렸다.

"해체를 재, 재고해 주신다고⋯⋯."

"진짜로 죽고 싶어?"

"아, 아파요."

죽일 듯한 기세로 몰아세우는 도하에게서 유미는 팔을 빼내고 두려운 얼굴로 주변을 둘러보았다. 다행히도 자신들을 주목하는 사람들은 딱히 없었다.

"저는 과장님이 확인하러 빨리 가 보라고 해서 왔어요."

도하는 유미의 답변을 듣고도 전혀 진정이 되지 않는 듯했다. 그는 벨트에 손을 올린 채로 유미를 죽일 듯 노려보고 있었다.

"손 과장이 가라고 했다고? 하필 서 대리를? 왜?"

"저는 그냥 시키시는 대로⋯⋯."

"서 대리, 내 얘기를 제대로 알아듣지 못한 모양인데."

도하는 여전히 씩씩거리고 있었다. 목을 꺾으며 뚝뚝 소리를 낸 그가 계속 흘러내리는 머리를 쓸어 올렸다. 여전히 급박한 호흡이 그가 매우 분노해 있다는 사실을 보여 주었다. 아무리 생각해도 제 잘못이 떠오르지 않아 유미도 답답할 노릇이었다.

그러다 문득 아까 도하의 말을 떠올렸다. 어디 가서 얘기하지 말라던. 그때서야 유미는 자신을 변명했다.

"전 진짜 아무한테도 얘기 안 했습니다, 실장님. 그날 밤 일에 대해서도. 그리고 실장님에 관해서도. 실장님이 걱정하시는 게 그런 거라면요. 그리고 확인해 보니 시신은 고 부장님이 아니었어요."

도하가 냉정하게 말을 뱉었다.

"나도 알고 있습니다."

"아, 벌써 알고 계셨군요."

유미의 대답을 들은 도하가 질끈 눈을 감은 채로 커다란 숨을 내뱉었다. 유미는 걱정스러운 눈으로 그런 도하를 응시했다.

"실장님, 제가 뭔가 큰 잘못을 저질렀나요?"

"내가 이 일에 관여하지 말라고 하지 않았나요?"

"네?"

그제야 유미는 아까 어렴풋이 그런 의미의 경고를 들었던 것을 기억해 냈다. 그러나 쓸데없는 입방정을 떨지 말라는 뜻으로 생각했었다.

"그게 과장님 지시에도 거역해야 한다는 말씀이셨나요?"

"……."

도하는 그 이상 말을 잇지 않고 온몸의 근육을 경직시킨 채 유미를 쳐다보기만 했다. 다시 신경질적으로 이마를 쓸어 올린 도하가 입을 열었다.

"됐고. 여기 서 대리 차 어딨습니까."

"네? 저쪽에요."

유미의 손이 가리킨 쪽은 공터였다. 갑자기 도하가 그녀의 팔을 들추듯이 잡고 걸었다. 끌려가다시피 해 유미는 저수지를 벗어났다. 차 앞에 도착했을 때 유미의 얼굴은 질렸다는 표정이었다.

절도 있는 동작으로 도하가 운전석 문을 열었다.

"안에 타요."

"실장님은 안 타세요?"

"타 있어요, 잠깐."

먼저 탄 유미가 묻자 도하가 문을 밀어 닫았다. 도하는 빠른 보폭으로 저수지 쪽을 향해 걸어갔다.

유미는 앞좌석에 앉은 채로 그의 뒷모습을 멍하니 보고 있었다. 같이 왔던 사람과 무언가 대화를 나누는 모양이었다.

"어?"

차창 밖으로 나와 있는 얼굴을 유심히 살펴보았다. 다름 아닌 마케팅부 라은희 팀장이었다.

"라 팀장님이 오셨네. 그럼 손 과장님은 왜 나를……?"

이윽고 몇 대의 차들이 모두 떠난 후에야 도하가 유미 쪽으로 걸어서 돌아왔다.

문을 연 도하가 탁, 소리가 나도록 쿠션에 기대앉았다. 이내 잔뜩 늘어져서는 눈까지 감아 버렸다.

그런 도하를 유미는 계속해서 지켜보기만 했다. 의문과 질문이 100가지쯤은 머릿속을 떠다니고 있었지만 유미는 섣불리 입을 열지 못했다.

그 상태로 한참이 지났다. 이게 대체 무슨 상황인가 싶어 결국 입을 열었다.

"저 실장님."

저를 부르는 소리에 도하가 눈을 떴다. 곧 그가 매우 딱딱한 말투로 입을 열었다.

"운전해요."

"네?"

"운전하세요, 서 대리. 서울 안 갈 겁니까?"

"아, 아. 네."

유미는 순순히 차에 시동을 걸었다. 툭툭, 빗방울이 하나둘씩 떨어지고 있었다.

"비가 오네."

혼잣말을 하며 유미는 방향을 틀었다. 곧이어 차가 산 중턱을 벗어나기 시작했다.

주택가 시내에 도착할 때까지도 도하는 아무런 말이 없었다. 그 무거운 침묵이 참을 수 없을 정도로 부담스럽게 느껴졌으나 유미는 아무 말도 먼저 꺼내지 않았다. 그가 또 화를 내며 패악을 부릴까 두려웠다. 언제나 우수에 젖어 보이던 차분한 상사가 이렇듯 예민해진 모습은 처음 보았기에 유미는 계속 눈치를 보고 있었다.

대신 라디오를 틀었다. 고속 도로 진입로가 가까워져서야 도하가 입을 열었다.

"이쪽은 이 시간에 막힐 겁니다. 43번 국도를 타죠."

도하가 손가락으로 표지판을 가리켰다.

"네, 실장님. 그러니까 43번이…….."

"내비게이션 없어요?"

"이 차는 그냥 출퇴근할 때만 타는 게 전부라서요."

"하나 사세요."

"네."

유미는 순순히 대답했다. 얼마 지나지 않아 비가 미친 듯 쏟아져 내리기 시작했다.

도하가 시키는 대로 들어선 지름길은 을씨년스러울 정도로 인적이 드문 길이었다. 평일의 늦은 저녁 시간이기 때문일까. 누구도 지나는 차량이 없어 빗물로 점철된 길이 고적하게까지 느껴질 정도였다.

촤아아.

점점 비가 거세어지고 있었다. 창문을 때리는 빗소리에 라디오 소리가 파묻히자 유미가 손을 뻗어 볼륨을 높였다.

— 제로그룹 조호선 회장의 재판이 다음 주로 연기됐습니다. 재판이 재개될 경우 제로그룹 1대 주주이자 총수인 조호선 회장의 도덕성이 화두에 오르면서 다시금 경영권 논란이 가열될 것으로 보입니다. 재판이 연기된 이유에 대해 중앙지법 형사합의부는 피고의 건강 문제에 따른 합법적인 연기일 뿐 외부의 압박이나 지시가 있었던 것은 아니라고 설명했습니다. 그러나 관련 전문가는 조 회장의 1심 구속 기한이 다음 달에 끝나는 것을 고려해…….

불쑥 몸을 일으킨 도하의 손이 오디오를 껐다. 일시에 모든 소음이 소거되고 차 안으로 정적이 찾아들었다.

회사와 관련된 뉴스였던 터라 유미는 귀를 기울여 집중하고 있던 와중이었다. 그녀는 옆자리 도하를 흘깃 쳐다보았다. 그는 소문에 조 회장의 친척이라고 알려져 있었다.

고민하던 유미가 어렵게 말을 꺼냈다.

"실장님께서는 아무래도 이런 뉴스가 불편하시겠어요."

"……."

"저 궁금한 게 있는데 여쭤 봐도 될까요?"

도하는 여전히 아무 대답이 없었다. 유미는 그것을 승낙의 뜻으로 간주하고 말을 꺼냈다.

"겨우 이런 질문이라 죄송하지만, 혹시 회장님 재판 결과가 저희 직원들 미래와 관련이 있을까요? 물론 회장님이야, 당연히 무죄시고 금방 풀려나실 테지만 혹시나 정말 무슨 일이라도 생긴다면 저희 회사는 어떻게 되는 건가요? 그게 혹시 저희 직원들이랑은 어떤 관련이 있을까 싶어서……."

"그런 걸 왜 나한테 묻습니까?"

조심스럽게 묻던 유미는 도하의 냉랭한 대답에 할 말을 잃었다.

저 싸가지 하고는. 정말 대화하기 싫은 스타일이야.

진전될 리 없는 대화에 좌절을 느낀 유미는 그저 앞을 보며 가만히 한숨을 내쉬었다. 적막을 메꿔 주는 빗소리가 차라리 다행일 정도였다. 상사의 숨소리만이 들리는 차 안이란 그저 공포와 부담감일 뿐이었다.

그럼 라디오라도 틀게 해 주던가. 말 한마디 안 할 거면서 중요한 뉴스는 대체 왜 끈 거냐고. 그리고 여기까지 오면서 내 차에는 왜 타? 불편하게. 저 소시오패스. 대체 무슨 생각을 하고 있는 건지 도무지 알 수가 있어야지.

생각한 유미가 슬쩍 도하의 얼굴을 훔쳐보았다.

표정 변화 하나 없는 냉혈한 같으니. 감정이라고는 없는 얼음 인간. 재벌 집에서 자란 인간들은 다 저래?

"서 대리."

불현듯 도하의 음성이 들려왔다. 무거운 말투였다. 유미가 화들짝 놀라며 바로 입을 열었다.

"네, 실장님!"

"내가 그쪽 생각해서 진심 어린 충고 하나 할 테니까 잘 들어요. 이번에 한 번 얘기하면 다시는 이런 말 할 일 없을 테니까."

낮게 깔린 음성이 딱딱하게 말을 꺼내기에 유미는 긴장했다.

"서 대리, 내일 부로 회사 그만 나와요."

"네? 뭐라고요?"

너무 놀란 유미는 운전 중이라는 것도 잊고 고개를 돌려 도하를 쳐다보았다. 일순간 차체가 길을 어긋나가는가 싶더니 지그재그로 방향을 이탈하기 시작했다. 빗길에 미끄러진 타이어가 물웅덩이에 빠지면서 중앙선 쪽으로 방향을 틀었다. 유미가 반대편으로 급하게 핸들을 꺾고 브레이크를 밟았다.

끼이이이이익!

어마어마한 소리와 함께 차가 도로 바깥으로 회전했다. 무서운 속도로 핸들이 빙글빙글 돌고 있었다. 유미의 힘으로는 역부족이었다. 멋대로 회전하는 핸들을 도하가 손으로 겨우 고정시켰다.

쿵쿵쿵!

몇 번의 충돌을 거치며 보호대를 박은 차가 푸시식, 소리를 내며 겨우 멈춰 섰다.

"헉!"

잠깐 동안 유미는 시야가 차단되고 숨이 막히는 통증을 경험했다. 충돌의 강도 때문이었다. 난간을 박을 때 몸이 솟구치면서 천장에 이마를 부딪치고 말았다.

간신히 정신을 차리자 어느새 바깥에 서 있는 도하를 발견할 수 있었다. 힘겹게 고개를 드는 유미를 보고서 그가 빠르게 달려와 운전석 쪽 문을 열었다. 쏟아지는 빗물 속에서 도하가 커다란 소리로 외쳤다.

"유미 씨! 괜찮습니까? 다친 데 없어요?"

반복되는 질문에 유미는 일단 머리를 끄덕이고 눈앞으로 흘러내리는 무언가를 닦아 냈다. 손등에 묻은 것은 이마에서 흐른 피였다. 그것을 본 도하가 인상을 쓰더니 유미의 안전벨트를 풀며 채근해 물었다.

"정말 괜찮아요? 손은 움직입니까? 다리는, 목은. 감각은 있어요?"

주머니에서 손수건을 꺼낸 도하가 바로 유미의 이마를 압박했다. 철철 소리를 내며 빗줄기가 도하의 얼굴과 등으로 사정없이 쏟아져 내렸다.

"저 정말 괜찮아요. 실장님은 괜찮으세요? 정말 죄송해요. 제가 운전을 잘못해서⋯⋯."

도하의 머리와 몸이 엄청난 기세로 빠르게 젖어 가고 있었다. 유미가 울상을 지으며 그런 도하를 불렀다.

"실장님, 안으로 들어오세요. 비가 너무 많이 오는데."

"무슨 소립니까? 내가 그때 그런 말을 하면 안 되는 거였습니다. 다리 내밀어 봐요. 이쪽으로."

"네? 아, 네."

몸체를 돌려 앉은 유미가 두 다리를 내밀어 보여 주자 도하가 아스팔트로 꿇어앉았다. 유미의 발목을 잡아 움직여 본다.

"발가락은, 발가락은 움직여요?"

"네? 네."

꼼지락대는 발끝을 본 도하가 겨우 안도의 한숨을 쉬고 만지던 다리를 다시 제자리로 밀어 넣어 주었다. 쏟아지는 비 때문에 문이 열린 사이 유미의 치마 역시 젖어 있었다. 여전히 빗속에 있는 도하를 향해 유미가 다시 소리쳤다.

"실장님, 안으로 들어오세요! 비가 너무 많이 와요."

"잠깐 있어 봐요."

문을 닫은 도하가 푹 파인 도로와 망가진 차 주변을 둘러보았다. 그리고 트렁크 안을 뒤져 표지판을 찾기 시작했다. 뒤이은 사고를 막기 위해서였다.

표지판을 세우고서 도하는 비가 퍼붓는 하늘과 기다란 도로의 끝을 돌아보았다. 하늘에 구멍이라도 뚫린 것처럼 비가 세차게 내리고 있었다. 이런 상황에서라면 다른 차들이 자신들을 발견하기조차 쉽지 않을 성싶었다.

상황을 살핀 도하가 유미 쪽 문을 열고 다시 고개를 숙였다. 문이 열리자 빗방울이 후드득 차 안으로 떨어져 내렸다.

"서 대리, 이대로라면 뒤에서 우리를 발견하기도 어려울 것 같군요. 사고가 날 수도 있으니 잠시 밖에 서 있는 쪽이 낫겠습니다."

"아, 트렁크에 제 우산이 있어요!"

차에서 내린 유미가 우산을 찾아 주자 도하가 말없이 머리 위로 펼쳤다. 두 사람이 나란히 갓길에 서니 그제야 심하게 손상된 차체 앞부분이 보였다.

감히 도하의 곁에 바싹 붙어 서지 못한 유미는 머리만 겨우 피한 채 오른쪽 어깨 위로 내리는 비를 고스란히 견뎠다. 차가운 비를 맞자 몸이 다시 떨리는 것이 느껴졌다.

"가까이 좀 와요."

도하가 손을 뻗어 멀찍이 선 유미를 자신 쪽으로 끌어당겼다. 유미의 몸이 도하의 품속으로 안기듯 당겨졌다.

"아, 감사합니다."

얼굴이 가까워지자 유미의 이마에 난 상처가 도하의 눈에 들어왔다. 짓이겨진 상처에 멍처럼 피가 맺혀 있었다. 인상을 쓴 도하가 입을 열었다.

"다른 데는 괜찮습니까?"

"전 진짜 괜찮아요. 실장님은요?"

도하는 덜덜 떨고 있는 유미를 물끄러미 내려다보았다. 작은 레이스가 달린 여성용 우산은 세차게 퍼붓는 비를 막기에는 역부족이었다. 유미의 등판이 처참하게 젖은 것을 본 도하가 재킷을 벗어 털썩 그녀의 어깨 위로 덮었다.

순식간에 몸 위로 덮어진 옷을 의식한 유미가 고개를 들어 도하를 보았다.

"조금만 참아요. 금방 도와줄 사람이 올 겁니다."

"네."

유미가 매끄러운 재킷의 옷깃을 잡아당기며 고개를 푹 숙였다.

얼마간의 시간이 흐른 뒤에야 도하가 부른 견인차의 도움으로 두 사람은 사고 현장을 떠날 수 있었다.

정비소 벤치에 앉아 두 사람은 따뜻한 커피를 마시고 있었다.

"에취!"

수건을 덮어쓴 유미가 재채기를 하자 도하가 그녀를 돌아보았다. 수건 아래 유미는 얇은 여름용 정장 차림이었다. 게다가 장마철 날씨 탓에 제습용 에어컨이 활발하게 돌고 있었다. 도하가 지나가던 직원에게 부탁했다.

"에어컨 좀 꺼 주시겠습니까? 너무 추워하는데."

직원이 고개를 끄덕이고 에어컨 온도를 조절해 주었다. 팔짱을 낀 자세로 오들오들 떨고 있던 유미가 도하를 보며 어색한 표정을 지었다.

"아, 감사합니다. 실장님."

도하는 물끄러미 유미의 이마를 응시했다.

"흉 질지 모르는데 병원이라도 가 볼래요?"

유미가 힘없이 웃으며 손을 저었다.

"많이 다친 것도 아닌데요, 뭐. 어차피 못생긴 얼굴, 흉터 하나 더 생긴다고 큰 차이 있겠어요. 그보다 실장님은 정말 괜찮으세요? 비를 너무 맞으셔서 감기라도 걸리면 어쩌죠."

눈썹을 찡그린 유미를 도하는 한동안 가만히 응시했다. 곧 고개를 돌린 도하가 높낮이 없는 목소리로 말을 보탰다.

"그 정도면 그렇게 못생긴 건 아닙니다."

"예?"

유미는 저도 모르게 반문했다. 설마 내가 잘못 들은 거겠지. 저 강도하가 칭찬 비스무리한 말을 했을 리가 없어.

"서유미 씨 외모가 그렇게 흉하지는 않다는 말이었습니다. 고작 흉터 때문에 못생겨질 일은 없겠죠."

내용과는 어울리지 않는 무미건조한 말투였지만 뜻밖의 말에 유미는 굉장히 당황했다. 왜인지 귓불부터 열이 오르고 있었다. 갑자기 에어컨 온도를 낮춘 탓일까. 유미는 대기실 안이 지나치게 덥다고 느꼈다.

"우와! 그거 혹시 칭찬인가요?"

"……."

"하하, 갑자기 웬 칭찬이세요. 실장님답지 않으시게. 자꾸 이름을 부르시질 않나, 하하."

유미는 더 이상 보탤 말을 찾지 못하고 어색하게 웃으며 얼굴에 열심히 손부채질을 시작했다. 그때 도하가 벌떡 일어

나서 정비장 쪽으로 걸어 나갔다. 유미의 차가 있는 쪽이었다.

마시던 커피 잔을 놓고 유미가 도하의 뒤를 따랐다. 도하는 정비공과 심각한 얼굴로 대화를 나누고 있었다.

"그래서 얼마나 더 걸린다는 얘깁니까?"

"점검하는 데만도 적어도 두세 시간은 걸릴 것 같은데요. 아유, 이거 워낙 오래된 차라 부품이랑 핸들도 퀵으로 주문해야 되고. 사장님, 어디 가서 몸 좀 녹이고 계시죠? 그렇지 않으면 아예 차를 여기에 맡기고 가실래요? 특송으로 보내 드리게. 어찌 됐든 내일까지는 될 것 같은데."

도하는 맞은편의 유미를 쳐다보았다. 유미는 순간적으로 결정을 고민했다. 그러나 그녀의 답변을 기다리지도 않고 도하가 먼저 대답했다.

"그 정도 시간이 걸리는 게 확실합니까?"

정비공이 고개를 끄덕이자 도하가 유미 곁으로 다가와 팔꿈치를 잡았다.

"어디 가서 옷이나 좀 말리고 옵시다."

옷을 말리러 간다던 곳은 시내의 호텔이었다. 호텔이라니, 엘리베이터에서 방문까지 유미는 극도의 긴장을 경험하고 있었다.

호텔이라는 장소 자체가 전혀 익숙지 않은데다가 남자와 함께 왔다는 것 자체가 지나치게 자극적으로 느껴졌다. 그러나 너무도 태연하게 앞장서는 도하 때문에 유미는 미처 질문이나 거부를 꺼낼 타이밍을 찾지 못했다.

어영부영 방문 앞까지 도착해서야 유미는 겨우 용기를 꺼냈다. 그래도 이건 좀 아닌 것 같은데요, 그렇게 말하려는 순간 도하가 유미의 등을 열린 문 안으로 밀어 넣었다.

"따뜻한 물에 샤워를 좀 하고, 옷은 드라이를 맡겨 놔요."

"네? 실장님은요?"

눈이 휘둥그레진 유미가 묻자 도하는 그녀의 손에 키를 건네고 아무렇지 않게 대답했다.

"건너편 길 쪽에 약국을 봤어요. 쓸 만한 게 있나 찾아보고 올 테니까."

그리고 탁, 문이 닫혔다. 방 안에 덩그러니 혼자 남고 말았다. 처음에 유미는 쉽게 움직이지 못했다. 그녀가 혼자 할 수 있는 거라곤 고작 카펫을 적시지 않도록 현관에 서서 젖은 옷을 말리는 것 정도였다.

한참의 시간이 흘러도 아무 일도 일어나지 않자 유미는 서서히 걸음을 옮겨 보았다. 천천히 긴장이 풀어졌다. 욕조에 더운 물을 가득 채우고, 젖은 옷을 모두 벗어 봉투에 넣었다.

이윽고 욕조에 몸을 뉘인 유미는 자신보다 훨씬 비를 많이 맞았던 도하를 떠올렸다.

"서유미 씨 외모가 그렇게 흉하지는 않다는 말이었습니다."

욕조 안에서 코까지 물에 담근 채로 도하의 말투를 떠올렸다. 아까의 상황을 떠올리자 어쩐지 얼굴에 열이 오르는 기분이었다.

"서유미!"

도하가 자신을 '서유미'라고 불렀다. 이름 같은 건 제대로 기억하지도 못하는 줄 알았는데. 언제나 '서 대리', '이봐', '그쪽' 등으로 불릴 때와는 얼마나 다른 느낌인가. 그러나 유미는 곧 세차게 머리부터 물을 뒤집어쓰고야 말았다.

미쳤어, 미쳤어. 정말 쓸데없는 생각이야. 인생에 아무런 도움이 안 되는.

긴장이 풀린 때문일까. 목욕을 마친 유미는 가운 차림인 채로 드라이 서비스를 기다리다가 꾸벅꾸벅 졸기 시작했다.

침대에 기대앉아 정신없이 졸던 유미는 달칵, 하며 문이 열리는 소리에 화들짝 눈을 떴다. 아뿔싸, 잠깐 쉰다는 것이 깜빡 잠이 들었던 모양이다. 열린 문에서 도하가 약국 봉투를 들고 다가오는 것이 보였다.

"어, 실장님. 키는 어디서 나셨어요?"

대답에 뜸을 들인 도하가 주머니의 키를 꺼내 보여 주며 말했다.

"키는 원래 두 개입니다."

"아하!"

유미는 쉽게 수긍했다. 당연히 초인종을 누를 것이라 생각했다. 방금까지 정신없이 졸았던 사실을 깨닫자 화끈 얼굴이 달아올랐다.

"어디 갔다 오셨어요?"

"상처 좀 잠깐 봅시다. 이쪽으로 앉아 봐요."

봉지 안을 휘저어 필요한 것을 꺼낸 도하가 침대의 가장 자리로 향했다. 고분고분 시키는 대로 앉아서 유미는 도하의 손에 이마를 맡겼다.

상처 주변을 지분대는 손은 아프다기보다는 간지러웠다. 그의 손은 따끈하게 열이 오른 자신과는 반대로 얼음장처럼 차갑기 그지없었다. 만지는 손가락의 촉감이 지나치게 선명하게 느껴질 정도였다.

상처에 연고를 바르고 거즈와 테이프를 붙이는 작업은 아주 느리고 신중하게 진행되었다. 그러는 내내 등줄기에 소름이 끼쳐 유미는 미처 어쩔 줄을 몰랐다. 보이지 않게 입술을 씹으며 도하의 바지춤만을 응시하고 있었다.

"흉터는 안 생겼으면 좋겠습니다만, 내가 의사는 아니라서."

마지막으로 밴드를 붙인 도하의 손이 덜 마른 머리를 스치는 것처럼 느껴져 유미는 고개를 들었다. 자신을 보던 남자의 눈과 마주치자 공연히 가슴이 덜컹 내려앉는 기분이 들었다. 무언가로 두들기는 것처럼 심장이 요란한 소리를 냈다.

뭐야, 대체 내가 왜 이러지. 마주 보는 도하의 눈을 피하며 유미는 입을 열었다.

"실장님 옷도 많이 젖은 것 같은데, 괜찮으세요? 손도 차갑고. 빨리 몸 씻으시고, 그 옷도 맡길게요."

유미의 말에 도하는 굽혔던 몸을 천천히 일으켰다.

"난 괜찮습니다."

"안 괜찮으신 것 같은데요. 그러다 감기라도 걸리면 안 되잖아요. 따뜻한 물에 씻으니까 기분 좋던데요."

커피포트에 물을 끓이면서 생각에 빠졌던 도하가 문득 고개를 들었다. 잔을 든 손이 유미 쪽을 향했다.

"지금 유혹하는 겁니까?"

느닷없는 말에 유미는 더욱 경악했다.

"네? 아뇨, 아뇨. 그런 게 아니라 저는 진짜로 실장님을 생각해서……."

아, 뭐야. 데자뷔인가. 유미는 어쩐지 같은 상황을 또 겪고 있다는 생각이 들었다. 생각해 보면 채 얼마 지나지도 않은 일이었다.

그러나 그저 당황하기만 했던 때와는 다르게 지금은 그의 말 때문에 가슴에 파문이 일고 있었다. 정말로 그러고 싶은 의도가 제 안에 있을지도 모른다는 자각 때문이었다.

"남녀가 같이 호텔에 들어와서 샤워를 하고, 가운을 갈아입고, 그다음에 할 수 있는 일이 뭘까요? 아무리 남자 구경한번 못 해 보고 살았다고 해도 그 정도로 모르지는 않겠죠, 유미 씨도."

유미는 정말로 당황하고 말았다. 그의 말 때문이 아니었다. 단둘이 있는 호텔 방에서 벌거벗고 가운만 걸친 채로 상사에게 얼른 씻고 오라며 채근하다니. 추파였어도 보통을 넘어선 수준이었다.

도하의 말에 따르면 '육탄전' 또는 '육탄 공격' 수준의 단어로만 표현될 수 있는 것이었다.

"제, 제가 남자 구경도 못 해 봤다고 대체 누가 그래요?"

"그럼 정말로 그런 적이 있다는 얘깁니까?"

정말로 이상했다. 유미는 계속해서 거리가 줄어든다는 착각이 들었다. 테이블과 침대 사이에 충분한 공간이 있음에도 그가 지나치게 가깝게 있는 것 같은 이상한 기분이 들었다.

내내 도하의 시선이 자신에게 머물러 있다는 사실을 의식하고 나니 유미는 어쩐지 가만히 있을 수가 없었다. 획 몸을 틀어 욕실 쪽 복도의 기둥 뒤로 몸을 숨겼다.

"뭐 합니까?"

"그렇게 보지 마세요."

말하고서도 유미는 정말로 자신이 미쳤다는 생각이 들었다. 낭패감 때문에 얼굴을 싸안았다. 이래서야 지나치게 그를 의식하고 있다는 사실을 자백하는 꼴밖에 안 되잖아!

도하에게는 이미 여자가 있다고 했었다.

미쳤어. 정말 미쳤어, 서유미! 뭘 어떻게 하려고. 앞으로도 계속 회사에서 얼굴을 봐야 하는데!

기나긴 침묵이 계속되었다. 아직도 도하와 한 공간에 있다는 사실 때문에 유미는 현기증이 다 일 지경이었다.

얼마 지나지 않아 도하가 숨어 있는 유미 쪽으로 저벅저벅 걸어왔다.

유미는 자신에게 다가오는 도하의 발치만 응시했다. 옴짝달싹하지 못하게 네모진 기둥에 갇힌 꼴로 잡아먹힐까 두려워하는 초식 동물처럼 도망칠 곳을 살폈다. 가련할 정도로 거짓말에 서툰 자신에게 또 한 번 절망했다. 괴로울 만큼 도하는 자신을 응시하고 있었다.

"아까는 미안했습니다. 지금도 미안합니다."

그 말에 유미는 도하의 얼굴 쪽으로 고개를 들었다. 그렇게 한 번 눈이 마주치자 사로잡힌 듯한 느낌에 시선을 돌릴 수가 없었다. 왜 계속 이런 기분이 드는 거지.

마치…….

"운전 중인 사람한테 내가 그런 말을 하면 안 되는 거였습니다. 하마터면 정말로 큰일 날 뻔했어요. 정말 미안합니다."

"아, 아니에요. 그건 제가 운전이 미숙해서였어요. 정신을 더 똑바로 차렸어야 했는데 하마터면 실장님을 태운 채로 큰 사고가 날 뻔했잖아요. 제, 제가 더 죄송해요."

도하와 얼굴을 마주친 유미는 뭔가에 홀린 사람처럼 술술 입을 열었다. 지나치게 뛰는 심장이 이제는 아프게까지 느껴질 정도라 유미는 다시 울상을 지었다.

아냐, 뭔가 정말 이상해. 오늘의 강도하는 전혀 다른 사람 같아.

도하의 상반신이 가까워진다고 느꼈을 때, 유미는 그만 숨을 멈출 뻔했다. 그가 키스할지도 모른다고 생각했지만 도하는 유미의 어깨로 고개를 숙인 채 벽으로 주먹을 밀어붙였을 뿐이다.

힘줄이 터질 정도로 꽉 쥐어진 주먹이 기둥의 벽을 뚫을 것처럼 압박하고 있었다.

따르릉.

그때였다. 구원의 신호라도 되는 것처럼 커다란 벨소리가 방 안 전체에 울려 퍼졌다. 출처는 도하의 주머니 속이었다.

힘겹게 벽에서 돌아선 도하가 가슴팍에 있던 휴대폰을 꺼 냈다.

"네. 아, 끝났습니까."

유미는 전신의 긴장이 탁 풀린 채 통화하는 도하를 그저 바라만 보고 있었다.

2. 작전 변경

장마가 끝나자 늦더위가 기승을 부렸다. 에어컨이 쉴 틈 없이 돌아가는 파티션 뒤에서 유미는 멍하니 반대편 방문을 응시하고 있었다.

그날 일은 정말 꿈이었나?

아크릴 명패가 달린 문은 기획실장인 도하의 방이었다. 마케팅부 팀장인 라은희가 서류를 들고 아침부터 부지런히 그 방을 드나들었다. 잠깐씩 문이 열릴 때마다 유미는 열심히 방 안을 살폈다.

그날 사고 이후 상사인 도하와는 대화다운 대화를 해 보지 못했다. 항상 바쁜 탓에 그의 얼굴조차 제대로 구경하지 못했다. 겨우 일주일이 지났을 뿐이지만 느낌상으로 벌써 몇 달은 지난 것 같았다. 옆자리 미현이 툭, 그녀의 팔을 건드렸다.

"대리님, 뭐 해요? 누구 찾으세요?"

"어? 아, 아니."

미현의 물음에 유미는 불쑥 고개를 내리고 컴퓨터 모니터로 시선을 옮겼다. 손도 대지 못한 기획안 위로 무심히 커서만 깜빡이고 있었다.

미쳤나 봐, 서유미. 정말.

유미는 소리 나게 자신의 뺨을 치고 모니터로 눈을 집중했다. 그러나 잠깐을 넘기지 못하고 금세 고개가 틀어졌다. 도하의 방으로 라 팀장이 다시 들어가는 게 보였기 때문이다.

여자가 있다고 했는데, 그게 라은희일까? 정말 그녀가 맞다고 한다면 두 사람은 정말 완벽한 커플이겠구나. 깔끔한 외모에 똑 부러지는 능력까지 갖춘 라은희와 강도하의 조합이라니.

"대리님, 강 실장님한테 뭐 볼일 있으세요?"

미현이 다시 유미의 책상으로 쑥 고개를 디밀었다.

"아냐, 볼일은 무슨."

유미가 당황해 고개를 저었다. 천안에서의 일이 여간 이상한 게 아니었지만 생각해 보면 자신과 도하는 원래가 이 정도 사이이지 않았던가. 데면데면한 상사와 부하 사이. 그런데 새삼 그 사실이 이렇게나 이상하게 느껴지는 건 대체 왜일까.

유미는 자신이 한바탕 꿈을 꾸는 중인 것 같았다. 벌써 며칠째 약간 제정신이 아니었다.

꿈속에서 자신과 도하는 서로 연결되어 있었다. 자신과 그

사이에 특별한 무언가 있다고 여겼다. 이렇게 외따로 떨어져 있어야 하는 사이가 아니라, 곁에서 함께.

생각하다 말고 낮게 신음을 흘린 유미가 머리를 흔들며 혼잣말을 했다.

"이건 그냥 스토커의 논리 아냐?"

"네?"

유미의 혼잣말을 들은 미현이 파티션 위로 얼굴을 들었다.

"아, 아냐. 내가 점점 미쳐 가나 봐."

꿈은 현실과는 전혀 다르다. 도하는 자신에게 그저 기준이 몹시 엄격한 상사이자 까탈스러운 소시오패스에 불과했다.

그런 강도하에게 자신이란? 유미는 한숨을 내쉬며 A4용지에 북북 X자를 그려 넣었다.

별안간 미현이 말을 꺼냈다.

"우와, 저 여우 같은 게 꼬리 치는 거 봐."

"뭐?"

난데없는 말에 유미가 고개를 돌렸다.

"라 팀장님 오늘 저 방을 대체 몇 번이나 들락거리는 거예요? 얼씨구, 아주 같이 웃고 있네? 저걸 내가 진짜 가만히 보고 있어야 되나."

이를 갈며 미현이 가리키는 쪽은 은희가 걸어 나온 실장실이었다. 그녀의 뒤에 선 것은 한동안 코빼기도 볼 수 없었던 도하였다.

두 사람은 현황판을 보며 서서 무언가를 심각하게 의논하고 있었다.

"팀장님 무슨 급한 일이 있나? 실장님은 마케팅 쪽 일은 많이 안 하시잖아."

"그러니까요. 또 아주 응급인 척하면서 달려갔겠죠. 저런 경우가 한두 번이에요? 아, 열 받아."

도하는 커다란 창의 햇살을 등지고 소매를 접어 붙인 모습이었다. 긴 손가락으로 모니터를 짚어 가며 설명하는 도하의 심각한 얼굴을 유미는 그저 하염없이 바라보았다. 원래 새카만 색이었던 그의 머리카락이 햇빛 때문인지 지금은 엷은 갈색처럼 보였다.

눈이 부실 정도로 빳빳한 흰 셔츠를 발견하자 유미는 그날 밤 흠뻑 젖었던 그의 블랙 슈트를 떠올렸다. 분명한 것은 그 일이 꿈은 아니었다는 사실이다.

아니, 어쩌면 몇 장면 정도는 마음대로 조작해 냈던 것일까. 어쩌면 제 기억 속 눈빛이나 대사들은 멋대로 재편집된 환상일지도.

마침 도하가 책상에서 머리를 들어 올렸다. 곧바로 자신을 찌르는 눈동자 때문에 유미는 화들짝 고개를 숙였다. 애꿎은 종잇장을 부스럭거리며 유미는 황급히 펜을 들었다. 그러나 그 잠깐도 참지 못하고 다시 고개를 들었다.

그사이 도하는 자영의 자리로 이동해 있었다. 유미는 다시 몸을 틀어 구석을 향해 앉았다. 완벽한 셔츠 핏을 보이는 등과 말끔하게 정리된 도하의 뒷머리를 응시했다.

업무 시간에는 호랑이처럼 사납기만 한 자영의 얼굴도 도하 앞에서는 독기 빠진 채로 변해 있었다. 유미는 기가 막혀 실소가 나올 지경이었다. 그럼에도 그들의 긴 대화 덕에 유미는 원하는 만큼 실컷 도하의 뒷모습을 눈에 담을 수가 있었다. 며칠 동안 꿈에서나 보았던 등을.

탁!

"뭐해요, 대리님? 강 실장님 좋아해요?"

그때 누군가 유미의 등을 치는가 싶더니 물어 온 것은 민호였다. 엉뚱한 질문에 유미는 소리를 질렀다.

"뭐라고? 민호 씨, 미쳤어?"

"그러니까요, 대리님. 여태껏 본인은 아무 관심 없는 것처럼 그러시더니 저 역시 놀랄 노 자예요."

"야, 채민호. 너 대리님한테 말버릇이 그게 뭐냐. 지금 여기가 사석인 줄 알아?"

"주임님도 평소에 언니라고 부르는 거 다 들었거든요?"

"그래서 너도 누나라고 부르겠다는 소리야?"

계속되는 미현의 타박에도 민호는 심드렁하게 웃으며 말했다.

"대리님은 꽃같이 예쁜 저만 봐요. 제로켓 아이돌 채민호가 있는데 강도하가 웬 말이랍니까."

얼굴에 꽃받침까지 하며 싱글거리는 민호의 목을 뒤에서 재명이 졸랐다.

"회사에서는 입 닥치는 법 좀 내가 가르쳐 줄까."

그들의 실랑이에 유미가 급기야 웃음을 터뜨렸다.

"어이, 공헌팀!"

아니나 다를까, 웃음소리가 들리자마자 자영의 불호령이

떨어졌다.

"기획안이 폭소가 터질 정도로 재밌어? 그런 게 있으면 나 좀 보여 주고."

"죄송합니다, 과장님."

유미와 재명이 일어서서 고개를 푹 숙였다. 반듯하게 선 맞은편의 도하가 그들 쪽을 바라보고 있었다.

그 무렵, 회사에는 가을로 예정된 인사이동이 앞당겨진다는 소문이 돌았다. 갑작스런 고인수 부장의 실종 사건 때문이었다.

결국 이날 오후, 복도에 설치된 게시판 위에 각 부서별로 공고문이 나붙었다. 공석인 영업기획부 부장으로는 손자영 과장이, 그녀의 후임으로는 마케팅기획부 소속 라은희 팀장이 거론되었다. 그 과정에서 홍보부 내 사회공헌팀과 마케팅기획부의 합병이 결정되었다.

공헌팀의 주된 업무란 전반적인 그룹 이미지를 위해 실천하는 복지의 비중이 많았기 때문에 마케팅 쪽이 담당하는 실제적인 제품 광고 업무는 그들에게 아주 생소한 분야였다. 기획부 내 다른 부서들에게도 이동이 있었다면 모를까. 달랑 홍보부서 내부 팀들만을 상대로 이루어진 합병에 윗선의 의도를 궁금하게 여기는 이들이 많았다.

예상과 전혀 다른 인사이동에 해당 팀원들의 반발이 이어졌고 그중 가장 강도 높은 목소리를 낸 것이 인턴 사원이었던 민호였다. 자신들보다 연차가 높은 사원들로 구성된 팀과 합병된다는 소식을 접하자 민호는 분노했다.

"아니, 이게 말이 돼요? 그럼 대리님은 어느 천년에 팀장 달아요? 거기 사람들이 다 업무 실적도 우리보다 높은데."

"이렇게 되면 인사 고과도 이미 그 팀에서 절반은 먹고 가겠네요. 갑자기 마케팅이라니. 신입 때랑 대체 뭐가 다른지……."

"오성규가 팀장 되면 전 이 회사 그만둘래요. 대리님이 걔 밑에서 일할 군번은 아니죠."

팀원들의 반발을 유미는 조용히 듣고 있었다. 해체를 다시 고려해 준다는 게 겨우 이런 의미였나. 해체는 없겠지만 다른 팀 아래로 들어가라? 마음에 안 들면 그만두고?

"일단 내가 위에 한 번 더 말을 해 볼게."

그길로 유미는 실장실로 달려가 문을 두드렸다.

똑똑.

"네."

문을 열자 도하의 날 선 눈썹이 유미를 인식했다. 유미는 꾸벅 허리를 숙였다. 무표정한 도하의 얼굴이 다시 책상을 향했다.

"저, 실장님. 드릴 말씀이 있어서요."

유미를 보지 않은 채 도하는 서류를 넘기느라 분주했다. 유미가 천천히 그의 책상 앞으로 걸어갔다. 하지만 눈치를 살피느라 작업 중인 도하의 머리카락을 쳐다보기만 했다. 망설이던 유미가 끝내 입을 열었다.

"저, 바쁘시더라도 잠깐만 시간을 좀 내주시면……."

"뭡니까, 용건이."

손을 멈춘 도하가 굳은 얼굴로 유미를 마주했다. 싸늘한 눈빛을 보자 유미는 한숨을 내쉬며 고개를 떨구었다. 정말로 그날 일은 멋대로 꾼 꿈이었거나 환상임에 틀림없었다.

"저희 팀이 마케팅부 산하로 들어가게 된다는 말을 들었는데요."

"아, 그건 이미 논의가 끝난 일이니 그렇게 진행하시면 됩니다."

"저희는 그 결정에 약간의 우려가 있습니다. 마케팅 쪽은 그동안의 저희 업무 정체성과 관련이 적어서 너무 혼란스럽습니다. 합병 건은 다시 한번 생각해 주시면……."

고개를 들고 유미의 말을 듣던 도하가 냉랭하게 대답했다.

"모두 이미 결정된 사항입니다. 불만이 있다면 누구든 사직서를 제출하면 됩니다."

왜였을까. 갑자기 서러운 마음이 터져 나왔다. 그만두라는 얘기는 벌써 몇 번이나 들었다. 눈엣가시 같은 자신을 그저 빨리 치워 버리고 싶은 것이다.

그들 사이에 가슴 뛰게 만들었던 이상한 기류 같은 것은 애초부터 없었다. 처참한 현실을 깨닫자 유미의 눈에 눈물방울이 맺히기 시작했다. 어쩌면 사람의 기억이란 것은 저 좋을 대로의 해석일지도 몰랐다.

유미는 그의 앞에서 울지 않기 위해 젖 먹던 힘까지 짜내야 했다.

"저희 팀 해체를 재고해 주신다고 했던 말씀이 실은 다른 팀과의 합병을 말씀하신 거였나요? 이런 합병은 결국 저희는 팀의 해체나 같다고 생각되는데요. 공헌팀의 존폐 여부는……."

"서 대리, 두 번 말하게 만들지 마세요. 공헌팀은 방출만은 막아 달라고 부탁했고, 회의에서 합병이 결정됐습니다. 내가 해 줄 수 있는 말은 여기까지입니다. 결론이 맘에 안 든다면 누구든……."

"사직서 쓰라고요?"

"……."

유미는 대꾸가 없는 도하를 애처로운 눈으로 응시했다. 입술을 꾹 다문 채 유미가 고개를 저었다.

"아니요, 실장님. 저희 퇴사 안 합니다."

그래, 그만두라는 얘기는 벌써 몇 번이나 들었다. 그러나 이대로 물러날 수는 없었다.

"저도 팀원들도 그만두지 않을 겁니다. 말씀하시는 실장님 뜻은 잘 알겠습니다만……."

유미는 눈물을 참기 위해 턱을 떨었다.

"저희에게 회사는 그렇게 쉬운 존재가 아니에요. 저에게 회사는 집이자 가족이자 삶의 터전입니다. 저희 직원들도 임원분들 못지않게 제로켓에 애정을 가지고 있어요. 그간 모두들 제로켓에서 일하는 동안 자부심을 갖고……."

모든 노력이 부질없게도 눈물방울이 툭, 카펫으로 떨어지고 말았다. 자신이 울고 있다는 사실을 깨닫자 유미는 황급히 말을 마무리했다.

"앞으로 더 열심히 하겠습니다. 잘 부탁드립니다, 실장님."

합병은 계획대로 진행되었다. 성규가 다음 팀장이 될 것이라는 모두의 예상을 깨고, 유미가 마케팅기획부의 팀장 대행이 되었다.

임시직이라지만 몇 년 만의 첫 승진이나 다름없었기 때문에 공헌팀은 며칠간이나 퇴근 후 회식 파티를 열었다. 팀원들이 예상한 승진의 이유로는 유미의 오래된 연차와 흉흉한 사내 분위기가 크게 작용했을 거라는 논리가 지배적이었다. 오직 유미만이 이 갑작스러운 승진을 내내 찝찝하게 여기고 있었다.

업무 파악으로 괴로워하는 유미를 본 자영이 마케팅기획실로 구원 투수를 보내왔다. 이전 팀장이었던 라은희였다. 입사 후 매년 고속 승진을 한 엘리트이자 사내에서 둘째가라면 서러울 미모의 소유자.

그녀는 내키지 않는 듯 유미의 책상으로 다가와 자신이 정리해 둔 개인 파일들을 건넸다.

"딴 기획은 건드릴 거 없습니다. 내가 짜 놓은 대로만 이어서 하세요. 컨택도, 기획도 이 이상의 플랜을 짤 수는 없을 테니까."

은희가 딱딱한 말투로 충고했다. 그녀의 굉장한 자신감을 유미는 떨떠름하게 생각했지만 손바닥을 내밀며 공손히 감사를 표했다.

"네, 과장님. 정말 감사합니다."

자신보다 나이도 어리고 공연히 질투가 나는 상대라고 할지라도 어쨌거나 그녀는 제 상사였다.

"앞으로 최선을 다해 열심히 하겠습니다."

생글거리는 유미를 보고서 은희는 파일을 넘기던 손을 뒤로 무르고 짜증 섞인 표정으로 다시 입을 열었다.

"서 대리는 가끔 보면 좀 답답해요. 비즈니스는 성실하게만 한다고 되는 게 아닙니다. 마케팅은 열심히만 한다고 되는 게 아니에요. 여기를!"

유미는 제 가슴을 콕 찌르는 은희의 긴 손가락을 망연히 응시했다.

"사람들 마음을 움직여야 한단 말이에요. 이성을 유혹하듯이. 알겠어요? 수단과 방법을 가리지 않고 소비자를 유혹하라는 겁니다! 누구보다도 빨리, 잽싸게! 그런 걸 잘 할 수 있겠어요?"

"네. 훌륭한 조언 감사합니다."

유미가 여전히 밝게 웃으며 인사했지만 은희는 다시금 인상을 썼다.

"걱정이 앞서는군요. 무식하게 열심히만 해서는 아무 발전 가능성이 없다는 건 유미 씨가 더 잘 알지 않아요?"

은희는 뒷말도 기다리지 않고 자리를 떴다. 유미는 파일을 손에 든 채로 천천히 입을 다물었다. 넘겨받은 자료는 은희의 성격처럼 매우 깔끔하고 정갈하게 분류되어 있었다.

"이성을 유혹하듯이. 알겠어요?"

그녀가 적어 둔 목록을 되짚으며 유미는 은희의 말을 되새기고 있었다. 유혹 마케팅이라니, 정말 은희다운 발상이 아닐 수 없었다. 성공을 위해서 수단과 방법을 가리지 말라는 말도 한편으로는 일리가 있다는 생각이 들었다.

유미는 늘 좋은 게 좋다는 식이었다. 어렵게 찾아온 기회를 동료에게 양보한 적도 있었다. 물론 그때야 그게 마지막 기회가 될 줄이야 미처 몰랐었다. 하지만 소비자를 유혹하라니. 좋아하는 남자 하나조차 유혹할 자신이 없는 마당에⋯⋯.

좋아하는 남자?

불현듯 도하의 얼굴을 떠올린 유미는 절레절레 고개를 저었다. 언감생심, 생각을 말자. 당장 오늘 회사에서 잘리지 않았고, 할 일이 있다는 것에 감사해야지. 내 주제에 무슨.

자조적인 혼잣말을 하면서 유미는 후미진 자료실로 들어섰다. 인계받은 업무 중에는 오래된 계약들도 있어 사전 지식이 필요한 경우도 있었다. 10년 이상 된 서류들은 복도 끝 자료실에 보관되어 있었는데 침침하고 외졌다는 이유로 직원들은 잘 이용하지 않는 곳이었다.

유미는 사람의 손길이 닿지 않아 먼지가 잔뜩 쌓인 박스들을 기막힌 얼굴로 바라보았다. 날짜 분류조차 제대로 되어 있지 않은 서류들을 살펴볼 생각을 하니 까마득한 기분이 들었다. 유미는 허리를 짚고 한숨을 내쉬었다.

그때였다. 문득 유미는 자신보다 먼저 자료실을 차지하고 있는 누군가의 존재를 깨달았다. 천정까지 빽빽한 책장들 뒤편으로 단정한 남자의 뒷모습이 선명하게 보였다. 순식간에 남자의 정체를 알아챈 유미는 고민 없이 뒤로 발을 물렸다. 지금 도하와 한 공간에 있고 싶은 마음이 손톱만큼도 없었다.

"그래서 시신은. ……아직 못 찾았다고? 제길, 이거 곤란하게 됐군."

—시신은…….

이어서 지지직거리는 생소한 소음이 유미의 발길을 멈춰 세웠다. 시신? 유미는 귀를 쫑긋 세웠다. 자신도 모르게 그대로 멈춰 대화를 엿듣기 시작했다.

"이대로라면 패배는 불가피해. 빨리 다음 타깃으로 넘어가지 않으면 안 된다. ……그는 아마 이미 죽었을 거다. 죽었을 거라고 확신해. 그만큼 상대도 필사적이라는 거야."

도하의 입에서 나오는 단어들을 들을 때마다 유미의 입에 경악이 그려졌다. 유미는 두려운 표정으로 서서히 발을 움직였다.

그 순간 무슨 낌새를 느꼈는지 도하의 뒤통수가 움직였다. 입을 틀어막고 빠르게 뒷걸음질 치던 유미는 더 이상 움직이지 못하고 자리에 우뚝 멈춰 서고 말았다. 책장들 틈을 벗어난 도하가 자신을 또렷하게 응시하고 있었다.

유미의 시선이 저절로 아래쪽을 향했다. 그의 손에 담긴 것은 휴대폰이 아니었다. 무전기와 비슷한 까맣고 네모난 기계였다. 경직된 도하의 날카로운 눈은 유미의 소스라친 얼굴에 멈춰 있었다. 곧이어 그의 손에 들린 기계에서 서걱거리는 소음이 뿜어져 나왔다.

—그럼 플랜 B로 진행하면 되겠습니까, 팀장님.

잠깐 충격을 받은 듯했던 도하가 붉은색 송신 버튼을 누르고 짤막하게 대답했다. 눈은 여전히 유미를 향한 채였다.

"다시 연락하겠다."

—알겠습니다.

서로를 바라보는 도하와 유미 사이에 말로 설명할 수 없는 숨 막히는 긴장감이 흘렀다. 한참이나 두 사람 사이에 정적이 맴돌았다. 마침내 먼저 말문을 연 것은 도하였다.

"서 대리."

도하가 저벅저벅 유미 곁으로 다가섰다. 그의 몸이 가까워짐과 동시에 유미가 뒤로 발을 움직였다.

"으아……!"

도하가 긴 팔을 뻗자 유미가 비명을 질렀다. 그 소리가 채 문밖을 향하기 직전에 도하의 손이 강하게 유미의 입을 틀어막았다. 덜컥 숨이 막힌 유미가 황급히 도하의 팔뚝을 잡았지만 이미 그에게 뒤통수까지 끌어안긴 후였다. 심장이 멎을 지경이었다.

모든 움직임이 정지한 채로 몇 초인가가 흘렀다. 유미는 내내 자신의 뒤통수를 붙잡은 도하의 얼굴을 보고 있었다.

눈을 마주친 도하가 유미의 머리에 있던 손을 놓고 입술 위로 손가락을 들어 올렸다.

"쉿."

어쩔 수 없이 유미가 고개를 끄덕였다. 그녀를 진정시키고 도하가 입을 열었다.

"어디까지 들었습니까."

"푸하! 실장님. 그게 대체 무, 무슨……!"

입을 가린 손바닥이 막 떨어지자 유미는 횡설수설했다. 눈앞에 선 잘생긴 남자의 얼굴을 올려다보며 그녀는 혼란에 빠져 있었다.

"방금 그 말들이 대체 뭐죠? 왜 실장님이……."

그 말에 눈썹을 구긴 도하가 눈높이를 마주한 채 억세게 유미의 어깨를 잡았다.

"어디까지 들었냐고 물었습니다."

유미는 아직도 이해되지 않는 그의 반쪽짜리 대화를 되새기고 있었다.

그게 다 무슨 말이지. 벌써 죽었을 거라고? 설마 고 부장님 얘긴가. 대체 눈앞의 남자는 누구와 왜 그런 대화를……?

이윽고 유미가 고개를 들자 처음 보는 표정의 도하가 대답을 기다리고 있었다. 그의 눈에서 읽히는 것은 평소 같은 싸늘함이 아니었다. 그는 연민이 가득한 얼굴로 괴로워하고 있었다.

어째서? 내가 아직 이해하지 못한 것이 남았나?

"서유미 씨."

낮은 목소리가 돌아왔다. 다시 이름을 불리자 유미는 두근두근 덧없이 가슴이 뛰기 시작했다.

"두 번 말하게 하지 마십시오. 어디까지 들었습니까."

아무것도 듣지 못했다고 둘러대야 할까. 그러나 도하와 눈을 마주치면서 거짓말을 한다는 것은 거의 불가능에 가까운 일이었다.

"저, 저는……."

유미는 목소리를 쥐어짜냈다. 저절로 목덜미에 손이 올라갔다.

"시, 시신을 못 찾았다고. 거기까지만……."

아, 하는 탄식과 함께 도하가 눈을 감았다. 그 반응에 유미는 더더욱 걱정스러운 표정을 지었다.

"실장님, 설마 그게 고 부장님 얘기인가요?"

"잠깐만 기다려 봐요. 지금 내가 뭘 좀 결정해야 하니까. 이 일을 대체 어떻게……."

도하가 이마를 짚은 채로 중얼거렸다. 유미는 점점 불안해지기 시작했다. 정말로 고 부장님이 죽었다고?

그때 천안에서 발견된 시신은 고 부장님이 아니었다. 나중에 밝혀진 경찰 조사에 따르면 그는 우연히 고 부장님의 지갑을 가지고 있었던 무연고 노숙자였다. 그가 어떻게 지갑을 습득했는지에 대한 경위는 자세히 밝혀지지 않았고, 고 부장은 여전히 행방불명된 상태였다.

대체 뭐가 어떻게 된 거지. 눈앞의 강도는 왜 저렇게 고통스러운 얼굴을 하는 걸까.

그 순간 자료실 복도로 누군가 다가오는 발자국 소리가 들렸다. 말소리로 보아 두 사람 이상이었다. 휙 고개를 돌린 도하가 부리나케 도구함 쪽으로 유미의 손목을 잡아끌었다.

"뭐, 뭐……!"

다시 유미의 입이 꽉 막혀 버리고 말았다. 한 손으로 유미의 입을 가린 도하가 급하게 앞쪽 문을 가리켰다. 문이 열린 구석으로 들어가라는 소리였다. 유미는 저도 모르게 동조해 움직였다.

청소 용품들 틈바구니에 두 사람의 신체가 종이 접히듯 안착했다. 조그마한 도구함은 성인이 두 명이나 들어서기에는 턱없이 비좁은 공간이었다.

도하는 유미의 허리를 껴안고 빠르게 쪽문을 당겨 닫았다. 문 아래에 난 빗살 틈으로 바깥문이 열리면서 스며든 빛이 보였다. 벽에 기대선 도하가 문틈의 불빛과 그림자를 고요하게 응시했다. 그의 품에 안긴 유미 역시 덩달아 도하의 시선을 따랐다.

속절없이 시간만 흐르고 있었다. 졸지에 도하와 몸을 딱붙인 채로 선 유미는 죽을 지경이었다. 도저히 가슴을 뗄 수 없을 정도로 비좁은 공간인데다 심장이 귀를 때릴 정도로 아프게 뛰었다. 이 정도 소리라면 맞은편 도하에게도 들리겠다고 생각될 정도였다.

게다가 맞닿은 남자의 상체 근육이 지나치도록 선명하게 느껴지는 바람에 유미는 삐질삐질 식은땀까지 흘렸다.

무슨 향수지. 이 남자는 냄새까지 왜 이렇게 좋은 거야.

그사이 문밖의 그림자들은 내용이 들리지 않는 대화를 나누며 자료들을 뒤적거리고 있었다. 그들의 발이 도구실 문 앞까지 왔을 때, 유미는 아예 숨을 멈추고 질끈 눈을 감아 버리고 말았다.

억지로 숨을 참자 정신이 어찔해졌다. 이러다 어쩌면 정신을 잃고 쓰러질지도 모른다는 생각까지 들던 찰나에 문이 닫히는 소리가 들리고 주변이 조용해졌다.

"간 것 같습니다."

눈을 감고 제 가슴에 안겨 있는 유미를 도하가 내려다보았다. 정수리에 호흡이 닿자 유미는 눈을 번쩍 떴다. 놀란 몸을 일으켜 세웠지만 여전히 떨어져 있을 만큼의 변변한 공간이 없었다.

어쩔 줄 모르는 자신을 바라보는 남자의 시선이 고스란히 느껴졌다.

난처한 기분으로 유미는 얼굴을 붉혔다. 언제나 그랬던 것처럼 의미 없는 말을 뱉었다.

"가, 갔나 보네요. 그런데 실장님, 아까 뭘 결정하셔야 된다고 하지 않으셨어요? 잠깐 기다려 보라고……."

"당신 목숨."

전혀 이해하지 못한 유미가 눈썹을 찡그렸다. 도하는 털썩 도구함 문을 열고 빠져나가 유미를 밖으로 끌었다. 오래된 먼지들이 함께 묻어 나와 머리와 옷이 엉망이 되었다.

도하가 자신의 슈트를 대충 털고서 유미의 어깨로 손을 옮겼다. 그 손길에 유미의 어깨가 움츠러들자 도하가 묵묵히 입을 열었다.

"평소대로 행동하세요."

"네?"

"누가 이상하게 생각하지 않도록 무조건 평소처럼 행동하는 겁니다. 나에 대해 뭘 안다든가, 뭘 봤다든가, 무슨 얘기를 들었다든가 그런 얘기를 절대로 누구에게도 해서는 안 됩니다. 그러면 당신 죽어요."

"주, 죽는다뇨?"

"다시 한번 말하지만 누구에게도 안 됩니다. 한미현에게도, 채민호에게도. 부모나 사귀는 남자에게도."

패닉에 빠져 유미는 그저 눈을 깜빡였다. 난데없이 죽는다니? 유미는 도하의 이야기를 유머로 넘길 포인트를 찾고 있었다. 장난하는 거겠지. 이게 아마 강도하 버전 유머인가 보지.

유미가 어색하게 대답했다.

"아하하하. 에이, 농담하지 마세요. 실장님."

잠깐 유미의 웃는 얼굴을 본 도하가 다시 표정을 바꾸고 말을 이었다.

"아, 사귀는 남자는 없었죠. 어쨌든 아무에게도 말하면 안 됩니다. 본인에게 고 부장 같은 일이 생기기를 원하는 건 아닐 테니까."

고 부장님?

유미의 머릿속에 저절로 어떤 장면이 떠올랐다. 그날 밤, 뭔가에 홀린 표정으로 어딘가로 향하던 고인수와 자정에 가까운 시간에 회사를 누비던 강도하를.

대체 무슨 일이 벌어지고 있는 거지?

유미는 몸을 부르르 떨었다. 에어컨 때문인지 추워서 도무지 견딜 수가 없었다. 카디건에 무릎 담요까지 온몸을 둘둘 싸맨 그녀를 보고 미현이 깜짝 놀라 물었다.

"팀장님, 추워요? 에어컨 좀 줄여 달라고 할까요?"

"아직 팀장 아냐. 팀장 대행이지."

팔을 껴안고 떨리는 몸을 진정시키며 유미가 겨우 대답했다. 딱하다는 표정의 미현이 따뜻하게 만든 율무차를 가져와 건넸다. 미현이 잠자코 잔을 받는 유미의 이마를 짚어 보았다.

"감기 걸리셨어요? 한여름 감기는 개도 안 걸린다던데, 웬 고생이래요."

유미는 차마 함부로 입을 열 수 없었다. 조금 전 도하의 말이 뇌리에 박힌 채 떠나지 않고 있었다.

"그러면 당신이 죽어요."

유미는 순식간에 자신을 스치는 싸늘한 시선을 감지했다. 돌아보니 복도를 지나는 도하의 모습이 보였다. 평소보다 가라앉은 그의 얼굴이 더욱 춥게 느껴져서 유미는 떨리는 팔을 꽉 부여잡았다.

"헐, 대박! 큰일 났어요, 큰일 났어요!"

바깥에서부터 민호가 큰 소리를 내며 달려왔다. 팀원들이 깜짝 놀라 그를 저지했다.

"뭐야, 갑자기. 왜 소리를 지르고 그래?"

그러나 법석을 피우는 것은 비단 민호뿐만이 아니었다. 구획별로 앉은 사무실 전체에 웅성웅성 소란이 일어나고 있었다.

"무슨 일인데 그래?"

유미가 헐레벌떡 달려온 민호를 향해 물었다. 꼴깍 숨이 넘어간다는 얼굴로 민호가 포털 사이트를 켜 어떤 기사를 보여 주었다. 기사를 확인한 사람들마다 경악의 표정을 지었다. 계속해서 뉴스 속보가 갱신되는 중이었다.

제로켓 구미 공장 대형 화재 발생. 현재 화재 진압과 인명 피해 확인 중.

"맙소사!"
"정말?"

연쇄적 노조 파업에 이은 생산 공장 방화 사건. 제로켓, 조 회장 일가 구속에 이어 잇따른 악운인가.

생산 라인 전면 폐쇄된 제로그룹의 앞날은?

"이번 구미 공장 화재의 원인은 자연 폭발이 아닌 방화 때문인 것으로 알려져……."

유미는 대형 헤드라인을 따라 스크롤을 쭉 내리며 기사를 소리 내어 읽었다.

"방화라니? 이게 무슨 일이야."

마치 기다렸다는 듯이 여기저기서 전화벨이 울리기 시작했다. 세계 각지의 투자자들과 거래처들의 직통 전화였다. 전화벨이 울리는 족족 담당자들이 급하게 전화를 받았다.

"Hello, this is……."

"여보세요."

"아니오. 그건 사실이 아닙니다. 아직 확인된 바가 없기 때문에……."

"투자 부분은 저희가 담당하는 게 아니라서요."

미현이 수화기를 손으로 막고 난처하게 유미를 불렀다.

"뭐라고 해요, 팀장님?"

유미 역시 시끄럽게 울리는 자신 앞의 수화기를 든 상태였다. 사무실이 점점 소란스러워지기 시작했다. 전화벨 소리가 전염되듯 사무실 밖으로까지 번져 나가고 있었다.

급기야 비상사태에 따른 긴급 대책 회의가 열리기에 이르렀다. 불투명한 유리 안 회의실에는 도하를 비롯한 임원진들이 모였다. 팀장 대행 자격으로 유미 역시 테이블의 한쪽 자리를 차지했다. 상석에 앉은 도하가 심각한 얼굴로 말을 이었다.

"언론사 쪽 공문 확답은 받았습니까? 해외 투자자들이 이탈하지 않도록 각별히 신경을 써야 합니다."

"네, 스물두 군데 모두 사실 확인이 끝날 때까지 추측성

보도는 하지 않는다는 확답을 받았습니다."

"노조 관련 기사들도 싹 내리게 하고. 팀별로 인원 각출해서 비상 상황에 대비하도록 하세요."

"네."

"구미 현장 파악은 나와 손 부장이 내려가게 될 겁니다. 별도 지시 사항이 있을 때까지 본래 업무에 충실하시면 됩니다. 마켓 물량 부족에 대한 부분은 허위 기사라고 자세히 설명하고 이제부터 어떤 계약도 취소되어선 안 됩니다."

테이블 주위 임원들이 당장의 계획을 설명하는 도하의 말을 열심히 메모하며 세차게 고개를 끄덕였다.

비상소집 회의가 끝난 후 도하는 실장실로 돌아왔다. 구미로 출발하기 위해 옷과 짐을 챙기려는데 열려 있던 문 사이로 지금은 부장이 된 자영이 따라 들어왔다.

"실장님?"

"네."

도하가 대답하자 자영이 손으로 등 뒤의 문을 꽉 닫았다. 그녀는 무언가 글자가 적힌 메모지를 들고 있었다.

"이번에는 현장에 저 대신 서 대리를 데려가시면 어떨까요? 구미 공장이라면 서 대리가 여러 번 연계 업무를 맡은 적도 있고, 유미 씨가 그쪽 조합원들과도 잘 아는 사이인 것 같던데."

평소와 달리 먼저 부탁을 해 오는 자영을 도하는 무신경한 눈으로 응시했다.

"서 대리 부탁입니까?"

자영은 아니라며 손을 젓고 웃었다.

"아니요. 그것보다 제가 서 대리한테 기회를 좀 주고 싶어서요. 항상 말씀드리지만 서유미 씨, 정말 괜찮은 직원입니다. 실장님도 아시다시피 요즘 애들 중에 회사 일 하면서 저 정도로 부지런하고 정직한 애가 요즘 잘 없거든요. 노조 쪽일 때문에 회사에 밉보여서 그렇지."

도하는 선뜻 대답하지 않았다. 대신 시선을 내려 자영의 손에 구겨져 있는 포스트잇을 쳐다보았다.

"서 대리는 아직 이 정도 일을 맡길 만한 그릇이 못됩니다."

"라은희 과장은 되고요?"

"……."

"서 대리가 어쩌다 이렇게 강 실장님 눈 밖에 났을까. 저기수 10위권 중에 아직 팀장 못 단 거 서 대리뿐인 건 아시죠? 진짜 서 대리가 저 모르게 무슨 못난 짓이라도 저질렀던 건가요? 실장님 이상하게 유난히 유미한테만 박하셔서……."

짐 가방을 정리하며 자영의 말을 듣던 도하가 그녀의 말을 자르며 말했다.

"손 부장님 부탁이라면 들어 드려야지요. 서 대리 준비시키십시오."

"네, 실장님! 감사합니다."

자영이 환한 얼굴로 웃으며 인사하고 방을 나갔다. 도하가 닫히는 문을 조용히 응시했다.

대구까지는 비행기로 이동했다. 공항에 내려 구미 공장까지 가는 리무진 안에서 도하는 창밖을 보며 생각에 빠져 있었다.

무사히 화재가 진압되었다는 소식 이후 속속들이 방화의 증거와 관련된 뉴스가 보도되었다. 도하의 옆에서 라디오로 속보를 듣던 유미가 조용히 물었다.

"방화라면 대체 누구 짓일까요?"

그제야 옆에 누가 있다는 것을 인식했다는 듯 도하가 턱에 괴었던 손을 내렸다. 유미의 얼굴을 돌아보며 도하가 대답했다.

"왜 따라온다고 했습니까."

도하의 얼굴을 무심결에 쳐다보다가 유미는 가슴이 선뜩해졌다. 또 그 눈이다. 뭔가를 열렬하게 바라는 것 같은 눈.

타고난 버릇인지 그는 지나치게 사람의 눈을 뚫어지게 보는 습관이 있었다.

가까이 앉은 모든 여자들을 늘 이런 식으로 쳐다보는 걸까. 그렇다고 하면 그의 집에 여자가 한 다스는 된다던 기막힌 루머도 그리 믿지 못할 일은 아니겠다. 누구라도 시선의 의미를 착각하게 될 정도로…….

유미는 눈을 내리깔았다.

"저는 실장님 지시라고 들었는데요."

유미를 쳐다보던 도하는 다시 창문으로 고개를 돌렸다. 그의 시선이 자신에게서 떠났다는 것을 의식하자 유미는 조심스레 고개를 들어 도하의 옆얼굴을 살폈다.

남자치고는 아주 긴 속눈썹을 가지고 있었다. 못 견디게 쓸쓸한 표정이 창문 밖 노을을 바라보고 있었다.

대체 무슨 생각을 하는 걸까. 저런 표정으로. 아까 그 통화는 대체 뭐고. 왜 저렇게 세상 짐을 전부 짊어진 사람처럼 무거운 표정을 짓고 있을까.

도하의 눈이 다시 자신에게로 돌아왔다. 유미는 황급히 시선을 반대쪽으로 돌렸다.

해는 이미 빠른 속도로 저물어 바깥은 어스름한 저녁이 되어 있었다. 논두렁 위로 황폐하게 서 있는 공장 푯말을 발견하고서 유미는 혼잣말처럼 중얼거렸다.

"오늘 내로 서울은 못 가겠네요. 조합이랑 경찰서도 들여다보려면."

"서유미 씨야 걱정 없는 것 아닙니까?"

"예?"

"어디 아무 화장실에라도 가서 자면 되는 거 아닙니까. 화장실 좋아하잖아요."

"아?"

말뜻을 이해하자 유미의 얼굴이 붉으락푸르락해졌다. 그날 일은 이미 잊은 줄로만 알았는데.

유미가 재빨리 앞의 운전석을 쳐다보며 어색하게 변명했다.

"하하, 실장님도 참. 제가 무슨 또 화장실을 좋아한다고⋯⋯."

그러다 문득 유미는 무언가를 깨달았다. 그가 또 자신의 이름을 부르고 있었다. 언제나 서 대리라고만 부르며 몇 년간 자신의 이름조차 기억하지 못했던 남자였다.

왜 자꾸 저렇게 부르는 거지. 저런 눈으로 사람을 쳐다보면서. 마치 네가 소중해서 어쩔 줄 모르겠다는 눈으로. 와, 정말 천성이 카사노바인가 봐.

"화장실 좋아하는 거 아니었어요? 난 그런 줄 알았는데."

유미는 식은땀을 흘리며 앞에 앉은 운전자의 등을 몹시 의식했다.

"아니요, 안 좋아해요. 그건 실장님이⋯⋯."

유미는 더 이상 이을 말을 생각해 내지 못했다. 누군가에게 도하와 관련된 말을 하면 죽게 된다고 그가 직접 그렇게 말했었다. 어떤 말을 어떻게 하면?

"본인에게 고 부장 같은 일이 생기기를 원하는 건 아닐 테니까."

유미는 아직 그 뜻을 궁리하고 있는 중이었다. 하지만 그 생각은 그리 오래가지 못했다.

그사이 도착한 공장의 상황은 생각했던 것보다 훨씬 나빴다. 차마 입을 다물지 못할 정도였다.

강한 폭발이 있었다는 공장은 기사 사진보다 훨씬 황폐한 모습으로 무너져 있었다. 온오프 마켓의 발주 물량을 절대로 맞출 수 없을 뿐만 아니라 진행 중인 국내외 계약 전부를 파기해야 할 거란 현실이 분명해 보였다.

도하는 심각한 얼굴로 사진을 찍고 본사와 연락을 취하며 한참 시간을 보냈다.

"가능한 한 언론은 지연시키십시오. 인천 주류 공장에 대한 기사 위주로 내고 바이어들에게는 보름이면 물량을 맞출 수 있다고 설명하세요. 뒷수습은 내가 합니다."

전화를 끊은 도하가 난감한 목소리로 유미에게 말했다.

"일이 커졌군요. 두 달간 밤샘 작업을 해도 모자랄 판인데."

"어떻게 이렇게까지 타 버렸을까요."

허탈한 기분에 빠져 도하와 유미는 말없이 부지 주변을 탐색했다. 건물 근처 접근 금지 표시가 된 테이프를 걷어 올리고 도하가 유미를 안으로 이끌었다.

어두운 본관 건물 안으로 들어서다가 도하는 아직 남아 있는 천장의 CCTV 잔해를 발견했다. 카메라에는 깨진 검은색 뚜껑이 덜렁인 채 덮여 있었다.

"아얏!"

잔해 사이를 지나던 유미가 무언가에 걸려 넘어질 뻔하자 도하가 그녀를 끌어안았다. 기둥의 잔해에서 간신히 몸을 일으킨 유미가 말했다.

"어쩜 기둥까지. 화재가 진압된 것은 겨우 두어 시간 내외로 알고 있는데요."

도하는 여전히 부서진 공중의 CCTV에서 시선을 떼지 않았다.

"이건 탄 게 아닙니다. 폭파된 겁니다."

"네? 그런데 뉴스에서는 자연 폭발이 아니라 방화라고 하던데요."

"폭발이 아니라 인위적인 폭파 말입니다."

의문에 빠진 유미의 손을 잡고 도하는 건물 밖으로 빠져나왔다.

밖은 금세 어두워져 있었다. 가로등이 보이는 곳에 나와서야 유미는 자신의 스타킹이 찢어져 있다는 사실을 발견했다. 넘어질 뻔하던 순간에 생겼는지 상처 위로 피가 맺혀 있었다.

벽에 기댄 채 유미가 다친 상처를 살필 때였다.

부스럭.

도하가 유미의 상반신을 저지하며 숨을 죽였다. 무너진 벽 뒤편에서 무슨 소리가 나는 것 같았다.

순간적으로 도하가 몸을 날려 부서진 담벼락을 넘었다. 담의 높이가 상당히 높았음에도 야생마처럼 가볍고 날랜 동작이었다. 눈앞에서 사라져 버린 남자 때문에 유미는 깜짝 놀라고 말았다.

"시, 실장님?"

"아아악!"

곧이어 끔찍한 남자의 비명 소리가 들려왔다. 귀청을 찢는 소리에 놀라 유미가 급하게 소리가 난 방향으로 뛰었다. 무너진 담벼락은 차마 자신이 따라 넘을 수 없는 높이였다.

헐레벌떡 달려 담장 뒤로 돌아간 유미는 누군가의 몸에 올라타 있는 도하의 모습을 발견했다.

"실장님!"

슈트 차림의 도하가 세차게 남자의 목을 조르며 뭔가를 묻고 있었다.

"누구야, 너."

"으아악, 제발 살려 주세요! 사람 살려!"

"으악!"

덩달아 유미도 비명을 질렀다.

"살려 줘요! 살려 줘요!"

유미를 발견한 남자가 소리쳤다. 자신보다 훨씬 거구의 몸을 제압한 도하의 손이 더욱 강하게 버둥대는 목을 조이기 시작했다. 정말로 사람을 죽이기라도 할 기세였다.

"누구야. 누구냐고, 너."

"실장님!"

있는 힘을 다해 유미가 소리를 질렀다. 순간 도하가 뒤를 돌아보았다.

퍼억!

그 틈을 놓치지 않고 아래에 누운 남자가 도하의 턱으로 헤딩을 날렸다.

잠시 후 두 사람은 숙소 거실에 있었다. 출장 시 임원들이 머물도록 만들어진 숙소는 인근 시내의 아파트였다. 언제든

지 사용이 가능하도록 침구와 집기류가 구비되어 있었다.

유미가 무릎에 구급함을 놓고 마주 앉은 도하의 얼굴을 노려보았다. 도하 역시 그런 유미를 마주 보고 앉았다.

"정말 설명해 주실 생각 없으세요?"

소파에 앉은 유미가 도하에게 정중하게 부탁했다. 그러나 한참이 지나도 답변이 돌아오지 않자 유미가 핀셋으로 알코올 솜을 들었다. 무자비한 손길이 도하의 턱을 꾹꾹 문질렀다.

"으."

상처가 쓰라린지 눈썹을 찡그리며 도하가 얼굴을 피했다.

"안 돼요."

도망치지 못하게 소매를 잡고서 유미는 턱에 난 상처에 마저 약을 발랐다. 상처는 도하의 손등과 팔에도 있었다.

"진짜 아무 말씀도 안 해 주실 거예요?"

방금 전까지 도하는 웬 남자의 목을 조르고 있었다. 뒤늦게 알고 보니 그는 구미 공장의 노조 위원장인 김상원이었다. 도하에게 잡혀 울부짖던 상원이 먼저 유미를 알아보았다.

"누구냐고, 너."

"이게 누구야! 서 위원님 아닙니까! 살려 줘요!"

유미 또한 금세 상원의 얼굴을 알아보았다. 다시 엎치락뒤치락하는 남자들 사이에 뛰어들어 유미는 그들을 떼어 놓기 위해 안간힘을 썼다.

"그만하세요! 그만해요!"
"위험해요. 비켜요!"

몸싸움에 끼어드는 유미를 도하가 제지했다.

"앗, 위원장님! 실장님, 그만하세요!"

그들이 서로 아는 사이라는 사실을 깨닫자 도하는 곧 상원을 쥔 손에 힘을 풀었다.

바닥에 쓰러진 상원을 잡아 일으킨 도하가 마지못해 그에게 사과의 악수를 청했다. 상원 역시 주먹질을 사과하며 도하와 떨떠름하게 악수를 나누었다.

"대체 이게 어떻게 된 일이에요?"

유미가 상원의 상처를 살피며 물었다. 구미 공장의 상원과는 몇 번 만났던 적이 있었다. 노조의 합법적인 조직화 업무 때문이었다. 생산 라인 여직원들의 자문과 상담을 그녀가 도와준 일도 있었다.

"모르겠어요. 우리는 마당에 천막 안에 있었는데 갑자기 불길이 치솟대요. 펑, 펑, 하고."

상원은 그저께 야외 재떨이에 버린 라이터가 생각나 달려와 봤다고 했다. 자신과 방화는 아무 관계가 없지만 계속되는 뉴스에 혹시나 하는 두려운 마음이 들었다고 덧붙였다.

"개인의 라이터로 일으킬 수 있는 폭파 수준은 아닙니다."

도하는 그렇게 대답했지만 여전히 상원에 대한 꺼림칙한 기분을 풀지는 않은 것처럼 보였다.

이후 유미와 도하는 화재 때문에 임시 해산되었다는 노조 사무실에 들렀다. 다음으로 들린 경찰서에서는 이번 방화를 데모 중이던 노조의 소행이라고 확신하는 말들을 전해 들었다.

아까는 방화가 아니라 폭파라고 단정 지었던 도하가 경찰에게는 아무런 말도 꺼내지 않자 의아했지만 유미는 미처 질문할 겨를을 찾지 못했다.

자정이 가까워서야 두 사람은 숙소로 돌아올 수가 있었다. 하지만 숙소에 들어와서도 도하는 여전히 아무런 설명이 없었다. 유미가 자신의 상처를 닦고 소독해 주는 것을 가만히 응시할 뿐이었다.

유미가 몸을 움직일 때마다 버튼이 뜯어진 블라우스가 팔락거렸다. 아까 몸싸움을 말리느라 떨어져 나간 모양이었다.

구급함을 정리하기 위해 부산스러운 와중에 비로소 도하가 입을 열었다.

"안 무섭습니까?"

"뭐가요."

"나랑 있는 거."

"실장님이랑 있는 게 왜 무서워요?"

유미는 별 이상한 질문도 다 있다는 얼굴로 도하를 쳐다보았다. 단추를 연 채로 다니는 유미를 보다가 도하는 무언가 결심한 듯 말했다.

"이 일은 별로 안 좋은 기분이 듭니다."

"아까는 진짜 왜 그러셨어요? 제대로 설명 좀 해 주세요."

유미가 테이블을 정리하다 말고 도하에게 다가앉았다. 뭔가 답을 들을 것 같다는 기대에 찬 얼굴이었다. 마주 앉은 유미의 손을 도하가 묵직한 악력으로 잡았다.

"서 대리, 내가 이 말 벌써 몇 번 한 걸로 아는데."

유미는 잡힌 손을 어색하게 의식하면서 계속 도하의 말에 집중했다.

"서 대리는 이 일에 연루되어서 좋을 게 없습니다. 다른 일은 안 되겠어요? 이 회사가 그렇게 당신한테 중요합니까? 제로켓 말고 다른 곳은 어떻겠어요? 필요하다면 내가 손을 써 줄 수도 있습니다."

진지하게 조언하는 도하에게 유미가 차근차근 대답했다.

"그러니까 '이 일'이란 게 대체 무슨 일인데요? 전 우리 회사가 좋아요. 우리 팀원들도 좋고. 그리고 선배님들도 좋고요."

유미는 자신을 보는 도하의 얼굴을 응시하다가 푹 고개를 숙였다. 공연히 얼굴이 붉어졌다.

"전 그냥 이렇게 계속 회사 다니고 제가 할 수 있는 일을 찾으면서 보람 있게 사는 게 꿈이에요."

"그러니까! 그런 꿈은 안 된다고 말하잖아요. 이 회사는 서 대리 같은 사람하고는 안 맞아요. 내가 정말 서유미 씨 생각해서 말하는 거니까 그만두는 게 어때요? 아직 다른 일을 선택할 시간은 충분합니다."

유미가 결국 자신을 잡은 도하의 손을 뿌리쳤다.

"결국 또 그 얘기신가요?"

"아마 이게 마지막 경고일 겁니다."

"실장님, 왜 그렇게 제가 싫어요? 왜 쫓아내려고만 그러세요? 제가 노조원이라서? 실장님 전화를 몰래 엿들어서요? 이상한 분이네요, 정말. 이해할 수가 없는데 무조건 납득할 수도 없잖아요. 대체 누가 죽었다는 건데요?"

도하가 피폐해 보이는 얼굴을 문지르고 말을 이었다.

"내가 말해 줄 수 있는 건 그게 전부입니다."

"아무 말도 해 주실 수가 없으면서 저한테는 그냥 회사를 관두라고요? 실장님을 진짜 모르겠어요. 어떤 때는 좋은 사람 같다가도 이럴 땐 진짜……. 대체 절 그렇게 싫어하시는 이유가 뭐예요? 저는 실장님을 좋……."

문득 속마음이 튀어나와 유미는 깜짝 놀라 입을 닫았다. 고개를 흔들고 다시 말을 골랐다.

"아니, 저는 실장님이……."

제가 아마 실장님을 좋아하는 것 같아요.

이건 말할 수 없다. 유미는 당황하며 말끝을 흐렸다. 뒷말을 기다리던 도하가 의아한 표정으로 유미를 응시했다.

"그만두라는 경고는 이제 그 정도면 충분히 하신 것 같네요."

몇 번이나 말을 고치던 유미가 결국 눈물을 보였다. 그래, 이 사람을 좋아하고 있다. 다른 모든 여직원들처럼. 어쩌면 그의 다른 열성팬들보다 훨씬 더.

그런데 강도하에게 자신은 아무것도 아니었다. 회사에서 정리되는 게 더 나은 능력 없고 나이 많은 노처녀 직원이었을 뿐.

비참하게도 이런 순간에 그를 좋아하는 감정을 자각해 버리다니. 눈물을 참으려고 결심하기도 전에 서러운 눈물방울이 뚝뚝 아래로 흘렀다.

그러자 유미로서는 도무지 믿기 힘든 일이 일어났다. 순식간에 몸이 앞으로 끌려가는가 싶더니 도하가 그녀를 당겨 자신의 품에 안았다.

"울지 마요."

"실장님?"

"울지 마."

도하의 손이 유미의 뒤통수를 껴안고 다른 한 손은 그녀의 등을 가로질렀다.

얼떨결에 그에게 안겨서 유미는 자신이 우는 중이었다는 것도 잊고 도하의 가슴을 밀어냈다. 그와 동시에 눈물도 순식간에 멈췄다.

도하의 시선은 이미 자신을 보고 있지 않았다. 이제껏 한 번도 본 적이 없는 얼굴이었다. 그는 공중의 뭔가와 치열하게 싸우는 것처럼 보였다.

유미는 어쩔 줄 몰라서 계속 도하만 보고 있었다. 이런 순간에도 지독하게 잘생긴 저 얼굴에 설레었다. 멍하니 보던 유미가 참지 못하고 물었다.

"이건 무슨 뜻이에요?"

"아무 뜻도 없습니다."

말을 마친 도하의 몸이 황급히 유미로부터 멀어졌다. 그의 발이 성큼성큼 어디론가 움직였다. 책장 앞에 우두커니 멈춰 선 도하의 등을 유미는 안타깝게 바라보았다.

차마 다음 말을 뱉지 못하고 잘근잘근 입술을 씹었다. 목구멍까지 올라온 말을 삭힌 끝에 유미는 다른 말을 꺼냈다.

"고 부장님, 다음 타깃이라는 말, 그리고 실장님이 말하는 이 일의 정체. 하루 종일 곰곰이 생각해 봤지만 도저히 모르겠어요. 제가 무슨 말을 어떻게 하면 안 되는지도요."

주저리주저리 털어놓는 유미의 진심을 도하는 끈질기게 듣고 있었다.

"실장님이 뭔가 몹시 두려워한다는 건 알겠지만 대체 뭐가 그렇게 실장님을 힘들게 하는지 제가 알면 안 되는 일인가요? 저 입 무지 무거워요. 저 좀 믿어 주시면 안 돼요? 저한테 앞으로 무슨 위험이 생길 수 있다는 건지 전 도저히 이해가 안 가요."

도하의 뒷모습이 이윽고 그녀에게로 돌아섰다. 생각이 정리된 것처럼 그는 한결 편한 표정이었다.

후련해 보이기까지 하는 그의 얼굴을 유미는 의아하게 쳐다보았다.

"빌어먹을. 서 대리, 정말로 끈질기군요."

"……!"

"어디까지 직접적으로 말을 해야 알아먹을 겁니까. 그런 식으로 단추까지 풀어 헤치고 무작정 안기는 건 너무 뻔한 수법이라 아까는 나도 잠깐 당황했습니다."

도하의 시선에 유미는 당황해 자신의 블라우스를 내려다보았다. 뜯어진 단추 하나를 발견하고 황급히 움켜쥐었다. 벌어졌던 가슴을 여미고서 얼굴을 붉힌 유미가 소리쳤다.

"정말 너무해. 왜 바로 그런 식으로 말하세요? 저는 실장님 진심이 뭔지 이제 진짜 전혀 모르겠어요."

유미가 안타깝게 고개를 흔들었으나 도하는 끝내 무덤덤한 표정을 유지했다.

"내 진심은 서 대리가 앞에 있는 지금이 정말로 귀찮다는 겁니다. 우리 일하러 온 것 아닙니까? 관심 없는 여자가 찰싹 붙어 있는 것만큼 곤혹스러운 일도 없겠죠."

"뭐라고요?"

유미는 상처 입은 얼굴로 벌떡 일어서며 소리를 질렀다. 화난 듯 빠른 발걸음으로 의자에 놓인 옷가지와 짐을 챙겼다.

표정 없던 도하의 얼굴이 점차 굳어졌다. 그의 눈이 세심하게 유미의 행동들을 읽었다.

재빠르게 가방을 챙겨 쿵쿵 방문 쪽을 향하던 유미가 문 앞에서 갑자기 뒤돌아섰다.

"강 실장님, 사실 사이코패스죠? 소시오패스 아니고 사이코패스!"

"……."

"어떻게 이렇게까지 사람한테 모욕을 주는 방법을 쓰세요? 정말로 그렇게 마음에 안 들면 그냥 절 잘라 버리면 되잖아요!"

눈물이 글썽한 얼굴로 소리치는 유미를 보며 도하는 아무 말도 하지 않았다. 유미가 재빨리 돌아서 눈물을 훔쳤다. 다시 도하에게로 고개를 돌려 소리를 질렀다.

"전 절대로 그만두지 않을 거예요! 죽어도 회사에서 죽을 거라고요. 어떻게 해도 날 내 손으로 그만두게 할 순 없을 걸요?"

화통하게 고함을 지른 유미가 쾅, 문을 닫고 밖으로 사라져 버렸다. 잔뜩 긴장한 채로 문 쪽을 바라보던 도하가 털썩 소파에 주저앉았다.

"하!"

기막힌 웃음을 웃으며 도하는 얼굴을 쓸었다.

숙소 밖으로 나온 유미는 씩씩거리며 대로변을 걷고 있었다.

화가 잦아들자 곧바로 이른 후회가 밀려들었다. 아무리 그래도 직속 상사에게 소리를 지르며 대들다니. 그렇게 소리를

치고 나왔으니 아파트로 돌아갈 면목도 없고, 그렇다고 마땅
히 갈 곳도 없었다.

무작정 택시를 잡아탔다. 택시가 난폭한 소리를 내며 어디
론가 출발했다.

아래를 내려다보던 도하는 조용히 창문의 커튼을 닫았다.
서랍 속 휴대폰이 울리고 있었다. 고심 끝에 도하는 휴대폰
을 들어 올렸다. 중후하고도 낮은 목소리가 들려왔다.

"네, 어르신."

—그래. 내려간 건 어떻게 됐니.

"피해 규모가 상당한 것 같습니다. 단기간 내 수습하기는
힘들어 보입니다."

—그래.

"그리고 이상한 점이 있습니다."

—이상한 점이라니?

"저희 외에 제로켓을 노리는 또 다른 팀이 있는 것 같습니
다."

—그럴 리가.

"적어도 폭파는 전문가의 소행이 분명합니다."

—노조가 이제 전문가까지 동원한다, 그 말이야? 어찌 됐
건 그 일은 더 이상 신경 쓰지 말고 재판에나 집중하거라. 어
차피 노조 놈들이 벌인 일이라 변변히 책임을 묻기도 어려울
게야.

아니다. 이 일은 노조가 벌인 일이 아니었다. 자연 발화로
보기엔 폭발 정도가 너무나 강력했다. 현장을 보는 순간 느

낄 수 있었다.

이것은 치밀하게 계획된 폭파 사고였다.

도하는 뚜껑이 씌워진 채 부서져 있던 CCTV를 떠올렸다. 사각지대에서 가상 이미지를 씌워 카메라의 시야를 차단하는 건 자신의 팀 역시 자주 쓰곤 하는 수법이었다.

게다가 마크가 찍힌 뚜껑의 재질로 보아 교육받고 숙련된 전문가들이 벌인 짓이었다. 단지 노조원 몇 명으로 벌일 수 있는 스케일이 아니었다.

노조는 아니다.

도하는 그렇게 결론을 내렸다. 그렇다면 감옥에 있는 조호선의 짓인가. 그것도 아니다. 어느 쪽도 이상하다. 우리 외에 또 다른 팀이라도 있다는 건가.

"노조가 벌인 짓은 아닙니다."

조양순은 너털웃음을 흘렸다.

—하하하, 어째서 그렇게 생각하니. 지난번 구조조정에 불만을 품은 놈들이 벌인 짓이 분명해. 그런 걸 놓치다니. 요새 도하, 너답지 않게 둔하구나. 여자라도 생긴 게냐.

"여자 같은 건 없습니다."

도하가 딱 잘라 대답했다. 그때까지 너털거리는 웃음기를 띄웠던 조양순의 어조가 일시에 무거워졌다.

—그래. 큰일 할 놈이니 처신은 알아서 잘 하겠지. 올라오면 보자. 주중에는 프랑스에 잠깐 다녀와야 하니 주말에 한번 건너오거라.

"예."

조양순과의 통화를 끝내고 도하는 책상에 앉았다. 그는 고민에 찬 얼굴로 계속해서 입 주위를 매만졌다. 이상했다. 그것도 아주.

이해되지 않는 것은 양부의 반응이었다. 청렴한 사회 운동가라는 세간의 이미지와는 달리 조양순은 사실 매우 돈에 연연하는 사람이었다.

세상 모든 것 중에서 돈이야말로 가장 강한 힘이라 믿는 그가 팀원 모두에게도 그 사실을 강하게 세뇌시켜 왔을 정도였다. 그간 수행했던 임무들에서도 그는 이유 없는 손해를 가장 싫어했다.

그런데 왜? 이번 화재의 피해 규모는 어림잡아도 수천억은 될 것이었다. 그러나 지금의 조양순은 그 정도 손해쯤이야 대수롭지 않다는 듯 말하고 있었다. 항상 제로켓을 흠집 없이 통째로 삼키고 싶어 했던 것은 바로 그 자신 아니었나?

—요새 도하, 너답지 않구나. 여자라도 생긴 게냐.

도하는 벌떡 의자에서 일어섰다. 갑자기 닥친 불안한 기분에 방 주변을 초조하게 걸어 다녔다. 쉽게 진정이 되지 않았다.

양순은 여간해서 그런 농담을 입에 담는 사람이 아니었다. 벌써 뭔가 눈치채기라도 한 건가. 아무 단서도 남기지 않았을 텐데? 도하는 주머니 속 휴대폰을 만지작거렸다.

이미 유미는 어디론가 사라져 버리고 난 후였다. 설마 벌써 죽인 건 아니겠지. 도하는 초조하게 유미의 번호로 전화를 걸었다.

두 번의 전화 모두 연결되지 않았다.

"제길!"

도하가 검은색 무전기를 꺼냈다.

—네.

"서유미 휴대폰 좀 섭외해 봐."

—같이 계신 것 아니었습니까.

"아니다."

—네, 알겠습니다.

바로 전화를 끊으려던 도하가 흠칫 이상한 낌새를 느끼고 전화상의 목소리에게 물었다.

"이미 GPS가 준비되어 있는 건가? 왜 이유도 묻지 않지?"

—……

"어르신이 서유미 대리에 대해서 알고 있나? 서 대리는 그저 말단 사원에 불과할 텐데."

—잘 모르겠습니다.

"아는 걸 말해."

—사안이 사안이니만큼 팀장님 주변에도 관심이 많으신 것으로 보입니다.

그렇게 무전이 끊어졌다. 그럴 리가 없는데. 나를 의심했을 리가 없는데. 설마 진짜로 의심했다는 건가?

도하는 재빨리 옷걸이의 재킷을 걸쳐 입었다. 불안으로 혈압이 치솟기 시작했다. 심장은 미친 듯 쿵쿵 뛰고 있었다.

더 나은 세상을 위한다는 미명 아래, 대사를 그르친다고 판단된 이들은 수단과 방법을 가리지 않고 제거되었다.

그동안 자신을 비롯한 팀의 정체를 알아챈 사람들이 어디로, 어떻게 사라졌는지는 굳이 따져보지 않아도 뻔했다.

언제든 시체로, 또는 알아볼 수 없는 물질로 변해서 사라져 버리는 것이 친구였고 동지들이었다. 누구에게도 마음을 주지 않게 된 건 그때부터였다.

일련의 사건은 아주 교묘하고도 신속하게 처리되었다. 양부는 그 일들을 직접적으로 명령할 필요조차 없었다. 그저 '훼방'이라든가, '제거' 따위의 몇 가지 키워드만으로도 양부의 신봉자들은 그의 뜻을 정확히 이해하고 수행했다.

도하가 도무지 납득할 수 없었던 문제도 바로 거기에 있었다. 약자에게 더 나은 세상을 만들기 위해 약자들을 희생시킨다는 것이.

만약 유미가 무엇이라도 알고 있다는 사실이 발각된다면 그녀 역시 시체로 발견될 날도 그저 시간문제일 뿐이었다. 도하는 유미가 부패한 무언가로, 또는 강물에 고기밥처럼 던져졌다가 떠오르는 장면들을 상상했다.

이내 미친 듯한 흥분에 사로잡혔다. 이렇게 아무것도 아닌 일에 또 사람을 죽이다니.

근본적으로 조양순은 조호선보다도 더욱 악질적인 인간이었다. 더 나은 세상 같은 건 없다. 쓰레기 중에 더 나은 것이 있을 리 없다. 오직 다른 종류의 쓰레기가 있을 뿐.

갈 곳을 정하지도 못했으면서 도하는 급한 마음에 현관문을 열어젖혔다.

쾅!

하지만 되돌아오는 문에 가해진 강한 충격 때문에 그만 끔찍하게 놀라고 말았다. 더욱 기절초풍한 이는 따로 있었다. 바로 문 앞에 얼굴을 부딪치며 쓰러진 유미였다.

"서, 서 대리?"

문에 부딪힌 사람이 유미라는 것을 알고서 도하는 놀란 표정으로 말까지 더듬었다. 어찌 된 영문인지 복도 안으로 돌아와 있는 유미를 문과 함께 번갈아 가며 응시했다.

"아야야, 실장님……."

유미는 세게 부딪힌 이마를 문지르며 도하에게 겸연쩍은 미소를 지어 보였다. 손에 들린 편의점 봉지를 보여 주는 것도 잊지 않았다. 도하는 유미의 손에 들린 비닐봉지를 무겁게 응시했다.

"뭡니까, 그게."

"죄송합니다! 아까는 제가 진짜 잠깐 정신이 나갔나 봐요. 진짜 이 주둥이가 미쳤지. 실장님이 저 생각해서 말씀해 주시는 줄을 모르고, 정말 죄송해요."

유미는 준비해 온 대사를 줄줄 읊으며 연신 사과했다. 택시를 타고 역 주변을 돌면서 어쨌거나 목구멍이 포도청인 제처지를 인지했다.

자신은 한낱 직원이고 상대는 임원이다. 제로켓의 부대표격인 도하는 인사권을 틀어쥐고 있는 사람이었다.

안하무인 재벌가 친척이 독설을 좀 했기로서니 맘에 안 들면 잘라 버리라는 둥 헛소리를 하다니. 정말 자르기라도 하면 대체 어쩌려고? 유미는 택시 안에서 뼈저리게 반성을 거듭했다.

제발 도하가 너무 심하게 화가 나지는 않았기를 기도하며 눈치를 보았다.

"제가 계속 생각해 봤는데요. 실장님이 관두라는 말만 안 하시면 더 열심히 일하고, 야근 없이 일도 제시간에 딱딱 잘 끝내고, 요구 사항도 좀 줄이는…… . 어?"

식은땀을 삐질삐질 흘리며 유미가 사죄의 말을 읊조릴 때였다. 도하가 갑자기 그녀의 팔을 잡아당겼다.

등 뒤의 쿵, 하고 문이 닫히자 곧장 유미의 얼굴로 달려든 것은 도하의 입술이었다. 도하가 유미의 뒷머리를 강하게 틀어쥐고 무작정 입술을 붙이기 시작했다.

지나치게 놀라서 유미가 고개를 틀었다. 이리저리 파닥이다가 겨우 입을 열었다.

"시, 실장……!"

그러나 그 소리조차 다시 도하의 입안으로 먹히고 말았다. 도하에게 가둬진 것은 입술뿐만이 아니었다. 유미의 상체도, 팔도 꼼짝할 여지없이 도하의 품속에 가둬진 채였다.

그대로 눈을 뜬 채로 무자비한 입술의 공격을 받아 내던 유미가 투둑, 손에 들었던 비닐봉지를 떨어뜨렸다. 비닐봉지를 벗어난 무거운 캔들이 데굴데굴 위력적으로 굴러서 현관 끝에 멈췄다.

"우읍."

유미는 막무가내인 입술을 피하기 위해 도하의 가슴과 팔을 밀쳤다. 밀어내기 위해 애를 썼지만 도하의 힘이 끝없이 억셌다. 얼굴을 비틀 때마다 조금의 틈도 없이 그의 입술과 손이 밀착해서 따라붙었다.

그야말로 폭풍 같은 키스였다. 폭력적인 혀의 광란에 그저 굴복하는 것 외에 아무런 생각도 할 수가 없었다. 거칠게 꿈틀거리던 유미가 저항의 힘을 줄이자 저절로 고개가 뒤로 꺾였다.

"아!"

벌어진 유미의 입으로 도하의 혀가 밀고 들어왔다. 그의 혀가 흡착판처럼 입안 곳곳을 핥고 빨기 시작했다. 격렬하게 움직이는 혀 때문에 유미는 자신의 뇌가 어디론가 사라지는 것처럼 느꼈다.

마치 도하에게 먹히는 것만 같았다. 아니면 자신이 그의 혀를 먹고 있는 것 같기도 했다. 목구멍으로 토해지는 알 수 없는 감정의 덩어리들을.

"읍!"

계속된 키스에 숨이 막힌 유미가 헐떡거리자 아주 잠깐 도하가 그녀의 몸에서 떨어졌다.

그러나 그것도 잠시였다. 도하가 다시 유미의 허리를 껴안고 키스를 퍼붓기 시작했다. 이번에는 유미 역시 서툰 저항을 버렸다. 대신 쓰러질까 두려워 도하의 등에 팔을 두르고 매달렸다.

이윽고 한참이나 유미의 입안을 진저리칠 정도로 유린하

던 도하가 떨어져 나갔다. 다리에 힘이 풀릴 정도로 격정적인 키스였다.

자신의 팔에 매달려 혼란에 빠진 유미를 강제로 멀리 떨어뜨려 놓고 막상 당황한 도하가 입을 열었다.

"아, 미안합니다."

"네?"

갑자기 사과하는 도하 때문에 더 당황한 유미는 그저 순식간에 부어오른 입술을 난처하게 문질러 댔다.

"미안합니다."

연신 정중히 사과하는 도하에 오히려 자신의 귀가 더 빨개질 지경이었다. 끓어오르는 뺨을 가린 채로 유미가 당황해 고개를 돌리자 도하가 입술을 씹으며 다시 입을 열었다.

"정말 미안합니다. 그럴 의도는 아니었어요."

다시 돌아본 도하는 괴로워 보이는 얼굴이었다. 도하가 거듭 사과할 기세를 보이자 유미가 그의 쪽으로 재빠르게 손바닥을 내저었다.

"아, 아니에요! 괘, 괜찮아요. 그렇게 계속 사과하실 필요까지는……."

"……."

어색한 정적이 흘렀다. 잔인한 어색함을 무마하기 위해 유미는 잽싸게 쪼그려 앉아 바닥에 보이는 너부러진 맥주를 봉지에 주워 담기 시작했다.

"어쨌든 미안합니다."

"저, 이거 사죄의 의미로 가져왔던 건데 실장님 드세요.

저는 아무 데나, 노조 사무실에라도 가서 잘게요. 걱정 마세요. 그럼 저는 이만."

"서유미 씨!"

순식간에 현관문을 열고 토끼처럼 잽싸게 달아나기 시작한 유미를 복도 끝까지 도하가 쫓아가 붙잡았다.

"어디 가요? 같이 갑시다."

"같이요? 제가 어디를 가는 줄 아시고."

"사무실 간다고 안 했습니까?"

유미는 어처구니없는 표정으로 도하를 응시했다.

"거기 주변에 호텔 없어요."

"압니다."

"샤워실도 없는데요?"

"압니다."

도하가 무작정 유미의 팔꿈치를 잡고 엘리베이터 안으로 이끌었다. 다른 손으로는 유미가 들고 있던 한쪽 손의 봉지를 뺏어 들었다.

엘리베이터가 움직이기 시작했다. 얼어붙은 채 구석에 서서 유미는 귀신에 홀린 것 같다는 생각이 들었다.

여전히 내가 꿈을 꾸고 있는 건가?

3. 이건 무슨 장난이에요?

저녁 늦게 물품 창고에 도착한 유미와 도하는 노조원들의 열렬한 환영을 받았다. 늘어선 천막 안으로 들어서자 미숙이 두 사람을 차례로 포옹하며 반겼다. 그러고는 유미의 손에 들린 봉지를 냉큼 받아 들었다.

"어머나, 우리 대리님! 뭘 이렇게 많이 사 왔어. 안 그래도 마침 술 고픈 줄 어떻게 알고!"

"딱 감이 왔죠."

유미가 웃으며 바닥 위로 내용물을 쏟자 노조원들이 잠자리용 천막을 걷어 내고 앉을 자리를 만들었다. 미숙이 허리를 굽히며 뒤에 선 도하의 손에서도 봉지를 받았다.

"아이구, 실장님도 이렇게 많이 들고 오시고. 정말 감사합니다."

"네."

"우리 실장님은 이렇게 잘생기셔서 누가 회사원이라면 믿기나 하겠어요? 어디 딴 데서 영화배우 하시다가 옮기신 건 아니죠? 어여 안쪽으로 들어와 앉으세요. 누추하지만 여기가 우리들 잠도 자고, 회의도 하고 하는 곳이라 좀 어수선합니다."

"감사합니다."

도하가 묵묵히 대답하고 바닥으로 앉았다. 유미가 그 곁으로 앉자 노조원들도 아무 곳에나 앉았다.

"실장님, 아무쪼록 저희 현장 좀 잘 돌봐 주십쇼. 여기 사람들도 전부 자식새끼들 키우고, 빨리 일터로 돌아가고 싶은 사람들이지 않습니까. 안 그래도 힘든데 불까지 나 버리고. 이게 진짜로 수습이 되는지 걱정입니다."

"제가 무슨 힘이 있겠습니까. 다만 하는 데까진 열심히 해 보죠."

상원이 대표로 잔을 건네자 도하가 정중히 술을 받았다. 현장 사람들은 좀처럼 술을 자제하는 법이 없어 모두들 얼결에 연거푸 서너 잔을 마셨다.

술자리가 무르익자 대화는 점점 열기를 띠어 갔다. 내용은 주로 자본주의 사회와 산업 현장에 대한 불만이었다. 구속된 그룹 총수에 대한 비난도 갈수록 격해졌다.

"회장 새끼는 감방에서 살아야지."

"잘못이 있으면 죄를 받고! 그동안 지은 잘못이 얼만데 무죄로 기어 나온다는 게 말이 돼?"

"그럼! 잘못한 게 있으면 당당히 죗값을 치루고 운영권도 전문 경영인한테로 넘겨야지."

"그렇게들 생각하십니까."

도하가 회장의 친척이라고 생각하는 유미만이 쩔쩔매며 그의 눈치를 보았다. 본사에서는 이미 추측하고들 있는 사실 이었으나 상대적으로 소식이 느린 지방 공장에까지 도하에 대한 소문이 알려져 있지 않은 듯했다.

유미는 도하가 종이컵의 술을 홀짝 털어 마시는 모양을 응 시했다. 그는 아무 상관없는 대화를 듣는 사람처럼 무심한 얼굴이었다.

깎아 놓은 듯 반듯한 옆모습을 흘끔 보면서 유미가 중얼거 렸다.

"그런데 실장님, 술 잘 못 하시는 거 아니었어요?"

"내가 술을 못 한다고요?"

"네. 전혀 드시지 않는다고 하던데."

"그래요?"

"엇? 우리 실장님이 술 좀 하시나 본데. 여기 구미 공장 주량 1등이 장미숙 여사님 아닙니까. 대작 한번 해 보실랍니 까?"

"대작은 그만 됐고 화재 얘기나 좀 물어봅시다. 불나던 날 누구 이상한 사람들 못 보셨습니까?"

도하가 화제를 돌렸다.

"실장님까지 그날 일은 왜 자꾸 묻습니까?"

"이상한 사람이라. 실장님 제외하고 말이요?"

"나를 포함해도 좋습니다."

도하의 말에 껄껄 웃는 상원을 따라 주변이 함께 웃었다. 농담에 웃지 않은 것은 유미 혼자뿐이었다.

그녀는 이 술자리를 어색하게 느끼고 있었다. 평소와 지나치게 달라 보이는 도하 때문이었다. 찬바람 부는 쌀쌀한 모습은 간데없이 어딘가 느슨하게 풀어져 있었다.

직원들에게 친목의 여지라고는 주지 않아야 원래의 그다웠을 것이다. 심지어 회식에서조차 흐트러진 모습을 봤다는 목격자가 없는 게 도하였다. 그런 그가 노조 사무실 바닥에 주저앉아 직원들과 소주잔을 기울이다니. 게다가 아까의 키스는 대체……?

유미는 아린 통증이 남은 입술을 조심스레 매만졌다.

"그럼요. 실장님처럼 잘생긴 남자가 공장 주변에 등장한 일이 1등으로 이상하죠."

미숙이 웃으며 도하를 향해 말했다.

"아, 그러고 보니 생각나는데 그날 우리가 공터에 자리를 딱 피고 났더니 기다렸다는 듯이 불이 났어요. 우리 모여서 체조하고 준비할 때예요."

"혹시 그날 아침 근처에 나처럼 입고 다니는 사람들이라거나 아니면 낯선 사람들, 평소와 달리 이상한 일은 없었습니까?"

"설마 실장님도 방화범이 저희 중에 있다고 생각하시는 건 아니시죠?"

"아닙니다."

"낯선 사람이라. 우리 말고 현장에 누가 있을 리가 없지.

파업 중인 공장에 손님이 올 리도 없고."

"그렇습니까."

유미는 노조원들과 자연스럽게 대화를 나누는 도하를 신기한 눈으로 보고 있었다.

시선을 느낀 도하가 무심코 옆자리로 고개를 돌렸다. 불시에 눈이 마주치자 유미는 속이 뜨끔했다. 도하와 시선을 맞추는 대신 푹 고개를 숙여 버렸다.

미간을 찌푸린 도하의 눈이 입술을 잘근잘근 깨무는 유미의 행동을 가만히 응시했다.

맞은편에서 미숙이 말을 이었다.

"그런데 실장님이 그런 건 왜 물어보셔?"

"그냥 궁금해서 그럽니다."

"그다지 이상한 일은 없었지?"

"별로 없었던 것 같은데."

"네. 아무 거나, 작은 거라도 이상한 게 생각나면 이쪽으로 연락 주십시오."

바닥에 명함을 내려놓으면서 도하의 팔이 유미의 몸에 닿았다. 깜짝 놀란 유미는 아예 엉덩이를 움직여 비켜 앉았다.

의미 없는 접촉으로 인해 아까의 키스를 떠올리고 있는 자신을 믿을 수가 없었다. 잠시 잊고 있던 입술의 느낌이 스멀스멀 등줄기를 타고 기어 올라왔다.

사부작거리는 움직임을 느꼈는지 도하가 다시 돌아보았다. 유미는 얼굴 위로 급하게 부채질하기 시작했다. 술 때문일까. 체온이 오르고 있었다.

마침내 이 어색한 분위기를 알아챈 미숙이 나란히 앉은 두 사람을 번갈아 쳐다보기 시작했다.

"어? 그러고 보니……."

유미는 뒤로 물러나 도하와의 거리를 벌리고 앉아 있었다. 반듯하게 정좌로 앉은 도하와는 딴판으로 옴츠린 자세였다. 동시에 자신을 쳐다보는 두 사람에게 미숙이 은근한 표정으로 말했다.

"두 분 엄청 잘 어울리시는데? 선남선녀시네."

"예? 무슨 말씀이세요."

유미가 황급히 미숙을 향해 손을 저었다. 표정의 변화 없이 도하는 여전히 침묵했다.

두 사람의 상반된 반응에 미숙이 더욱 활짝 웃었다.

"왜요, 무슨 문제 있어요? 설마 벌써 결혼하셨나? 유부남이에요, 실장님?"

"왜 그런 걸 물어보세요, 여사님."

당황해서 떠벌이는 유미 대신 도하가 짧게 말했다.

"안 했습니다."

"안 하셨다네. 무슨 문제야, 그럼. 왜 그렇게 당황해요, 우리 대리님? 귀여우셔라. 진짜 마음이 있으신 거 아냐?"

"같이 일하다 눈도 맞고 그러는 거지."

"그래. 나도 우리 애 아빠를 평택 공장에서 만났는데, 그때는 아직 제로그룹이 아니고 영원일 때였지? 영원그룹 아시나? 그 당시엔 나도 꽤 괜찮았지."

"일하면서 매일 얼굴 맞추고, 그러다 입도 맞추고. 그럼 정분나는 거고, 그런 거지 뭘. 안 그래요, 실장님? 세상이 바뀌었다고 연애도 다른가. 남녀가 서로 좋아하는 거야 다 똑같지."

"다들 무슨 말씀이세요. 그게 대체."

유미는 계속되는 그들의 대화에 결국 팔에 얼굴을 파묻었다. 시뻘겋게 붉어진 귀가 주변의 이목을 끌었다.

"아니, 우리 대리님은 너무 부끄러워하시네. 진짜 마음이 있으신가 본데."

"여사니임!"

당황한 유미가 결국 고개를 들고 소리를 빽 질렀다. 이미 얼굴 전체가 온통 붉어져 있었다. 미숙이 재미있다는 듯 호호, 웃었다.

"아니, 왜요. 내가 없는 말하나."

"실장님 여자 친구 있으세요. 제발 그만하세요, 여사님."

"어머, 그래요? 난 또……. 하긴 실장님 같은 남자들이 장가를 빨리 가드라고. 아니면 아예 늦도록 안 가든가. 에유, 여자 친구만 없었어도 우리 대리님이랑 참 잘 어울리는 짝꿍감인데. 이런 여자가 세상에 또 없어요. 착하지, 얼굴 예쁘지."

"으아악! 그만하세요, 여사님!"

유미가 울먹이듯이 소리를 지르며 미숙의 팔을 잡고 말렸다. 그제야 까르르 웃으며 미숙이 말을 멈췄다. 도하가 피식 미소 지으며 잔을 들었다.

이후 대화의 흐름은 급격히 변해 유미의 연애사로 모두의 관심이 옮겨 갔다. 유미는 놀리는 사람들을 피해 야외 화장실로 도망쳐야만 했다.

화장실은 멀리 떨어진 기숙사 건물에 있었다. 유일하게 화재 피해를 벗어난 곳이었으나 한동안 관리되지 않은 건물이라 황폐하기 그지없었다.

허겁지겁 컴컴한 화장실에서 뛰어나오자 공터 주위를 어슬렁거리는 도하를 발견했다. 흡연용 화분이 놓인 곳이었다.

도하도 밖으로 나온 유미를 발견했는지 근처로 걸어왔다.

"이 시간에 혼자 움직이는 건 전혀 좋은 생각이 아닙니다."

"아, 화장실에 좀 다녀왔어요."

설마 날 기다려 준 건가? 유미는 의아해하며 물었다.

"담배 피우러 나오셨어요?"

"……."

하지만 도하는 대답이 없었다. 더 이상 할 말이 없어진 유미가 우물쭈물 고개를 돌리다가 다시 술자리가 벌어지는 건물을 향해 발을 옮겼다.

발을 떼기 시작하자 뒤에서 도하가 유미의 이름을 불렀다.

"서유미 씨."

요 근래 자주 이름을 불렸지만 적응되기는커녕 아직도 가슴이 요란스레 뛰었다. 어느새 뛰어온 도하가 곁으로 다가섰다.

"잠깐 얘기 좀 합시다."

"네? 무슨 얘기……."

도하가 대답 없이 제 손을 내밀었다. 뭘 달라는 뜻이라 생각해 유미는 아무것도 없는 손바닥을 펼쳐 보여 주었다. 그 손을 잡은 도하가 건물 구석을 향해 걷기 시작했다.

"어디 가시는 거예요?"

도착한 곳은 구석진 건물의 외부 벽이었다. 철조망 벽이 보이는 곳에 유미를 세워 놓고 도하는 양쪽 가로등의 꼭대기를 살폈다. 카메라 여부를 확인하고서 도하는 유미를 벽에 기대 세웠다.

"서유미 씨."

"네?"

벽에 밀린 채로 유미는 눈만 깜빡이고 있었다. 아주 어두운 밤이었다. 마주친 도하의 눈동자 안으로 보름달이 떠 있는 것처럼 보였다.

도하를 동그랗게 뜬 눈으로 마주 보다가 유미는 자신도 모르게 꿀꺽 침을 삼켰다. 그 사실이 부끄럽게 느껴져서 다시 바닥으로 고개를 떨구었다.

"하실 말씀이란 게……."

"미안합니다."

담담한 말투였다. 의외의 말에 유미는 고개를 들었다. 그러나 여전히 가까운 거리가 신경 쓰여 몸을 움찔거렸다.

"뭐가요?"

하지만 이번에도 도하는 답이 없었다. 그저 유미를 쳐다보고 있을 뿐이었다. 진지한 얼굴로 그는 여전히 무엇을 고민하는 것처럼 보였다. 희미한 술 냄새와 뚫어지게 보는 눈이 몹시 신경 쓰였다. 선뜻 아무 말도 하지 않는 도하 대신에 유미가 먼저 떠들어 대기 시작했다.

"아아, 아까 일을 얘기하시는 거면 괜찮아요. 그게 뭐 사과하실 일이라고. 진짜 괜찮아요."

내뱉고도 유미는 아차 싶었다. 괜찮지 않았다고 해야 하는 게 아닐까. 이건 꼭 좋았다는 말로 들리잖아.

"아, 아니. 물론 아주 괜찮지는 않았지만 무슨 뜻이냐면요. 그런 걸로 아직까지 꽁해 있을 만큼은 아니라는 거죠, 하하. 물론 여자 친구 분이 있으시다면 그분께는 굉장히 실례였겠지만."

"여자 친구 없습니다."

"네? 아, 정말 다행……."

여자 친구가 없다는 대답에 내심 안도한 유미의 입에서 멋대로 말이 튀어 나갔다.

"뭐가요?"

"아, 아니에요."

진지하게 유미를 응시하던 도하의 눈이 곧 의문의 빛을 띠었다. 그의 표정이 바뀌자 유미는 당황해 호들갑을 떨기 시작했다.

"하실 말씀이 그게 다라면 저는 이만 그럼 가 볼게요. 사람들도 전부 기다리고 있고. 갑자기 둘이 같이 사라져서 이상하게 생각할 거예요."

"이번 일은."

도하가 말을 다시 시작하자 움직이던 유미의 다리가 멈췄다.

"누군가 팀 단위로 꾸민 일일 겁니다. 개인이 한 일이 아니라. 따라서 노조가 한 일은 아닙니다."

유미가 도하에게로 돌아섰다.

"그건 저도 알아요. 저분들과 7년을 알았는데 자신의 보금자리를 태워 버릴 분들이 아니죠. 강제 해고에 반대한 데모의 이유와도 상반되고요. 저들이 하는 시위라는 건 결국 여기서 일을 계속하고 싶다는 거잖아요."

"그렇죠."

"그런데 팀이라고 하면 무슨 팀을 말씀하시는 거죠? 공장에 불을 지르고 다니는 조직이라도 있다는 건가요? 뉴스에서 그런 기사는 못 본 것 같은데."

"뉴스에서 떠들어 댈 수 있을 만큼 오픈된 일을 말하는 게 아닙니다."

유미는 집중한 채 다음 말을 기다렸으나 도하는 또 입을 다물어 버렸다. 그는 유미의 뒤쪽, 바람에 일렁이는 그림자 따위를 유심히 살피고 있었다.

유미도 등을 돌렸으나 아무것도 발견하지 못했다. 도하에게 말을 계속하라는 제스처를 보였지만 여전히 침묵이 이어졌다.

"그래서요, 실장님?"

"……."

"그래서 누가 불을 질렀는데요? 실장님?"

유미가 도하의 얼굴에 휘휘 손을 흔들었다. 순간 도하가 신경질적으로 유미의 손을 강하게 잡아챘다. 그녀의 몸이 다시 벽으로 세차게 밀쳐졌다.

"잘 들어요. 내가 이러는 건 날 위해서가 아닙니다. 전부 당신을 위해서라고. 정말로 회사를 그만둘 생각이 없습니까? 당신이 정말로 죽을 수도 있다고, 정말."

뒤로 밀린 유미는 무척 놀랐으나 이내 턱을 악물고 목소리를 꺼냈다. 도하에게 잡힌 손을 쳐 냈다.

"그럼 무슨 일인지 알아듣게 설명을 해 주세요. 들어 보고 그때 가서 제가 결정할 테니까. 그럼 되잖아요."

도하가 다시 유미에게로 손을 뻗었다. 때릴까 싶어 유미는 어깨를 움츠렸다. 그러나 이번에는 그 손이 유미의 뺨으로 올라왔다.

"안타깝지만 선택은 이미 늦어 버린 것 같습니다. 당신한테도, 나한테도."

자신의 뺨을 건드리고 머리카락을 스치는 손 때문에 허벅지까지 오싹 소름이 돋았다. 동시에 유미는 무언가를 떠올렸다.

"그게 무슨 뜻이죠? 설마 그때 실장님의 통화가 이번 화재와 관련이 있나요?"

유미의 질문에 도하는 아픈 표정을 지었다. 유미의 뺨 주변을 맴돌던 손이 금세 떨어져 나갔다.

"나도 모든 걸 말해 줄 수 있었으면 좋겠습니다. 언젠가는 전부 말할 수 있겠죠. 그때까지는 절대로 혼자 움직이지 않겠다고 맹세할 수 있겠습니까. 절대로 내 옆에서 떨어지지 말아요."

도하의 말을 듣고 유미는 피식 웃었다. 이게 무슨 드라마 같은 말이야, 느끼하게. 진짜 애인 사이라도 그런 말은 안 하겠다. 절대 옆에서 떨어지지 말라니.

"근데 실장님, 죄송한데 그 말 되게 느끼……!"

유미는 말을 끝까지 이을 수가 없었다. 도하가 팔을 뻗어 그녀를 꽉 끌어안았다.

다음 날, 서울의 본사로 돌아온 유미는 내내 얼떨떨한 기분으로 앉아 있었다.

강도하, 강도하, 강도하.

머릿속에는 온통 그 이름뿐이었다. 유미는 멀리서 움직이는 도하를 마치 꿈을 꾸는 사람처럼 응시하고 있었다.

아침이 되어서야 도착한 회사 주차장에서 도하는 별말 없이 리무진에서 내려 건물 안으로 저벅저벅 들어가더니 그대로 신기루처럼 사라져 버리고 말았다.

유미의 눈동자는 도하의 뒷모습만을 따라 움직였다. 흰 셔츠에 요정의 가루라도 흩뿌려진 것처럼 그는 자신을 둘러싼 주변까지 반짝이게 만들고 있었다.

어젯밤 자신을 끌어안은 강도하. 그리고 그와의 키스.

유미는 상념에 빠진 채 혼자 입 끝을 올려 웃었다가 눈썹을 찌푸렸다.

서울로 올라오던 새벽 비행기에서 옆자리에 잠든 도하를

강제로 깨워 대체 이건 무슨 뜻이냐고 묻고 싶은 마음이 굴뚝같았지만 언제든 잘도 움직이던 주둥이가 왜인지 움직여 주지를 않았었다.

곁을 지나치던 미현이 넋을 놓고 앉아 있는 유미의 팔을 툭 치며 말을 걸었다.

"팀장님. 유미 팀장님?"

"어?"

저를 부르는 소리에 유미가 정신을 차리고 미현을 응시했다. 미현이 텀블러를 들고 옆자리에 앉았다.

"뭐 하세요? 정신 나간 사람처럼 혼자 웃질 않나."

미현은 유미의 시선을 따라 건너편 파티션들을 둘러보았다. 도하는 이미 자신의 사무실로 사라져 버린 후였다.

"아, 그래 보였어? 새벽에 올라오느라 좀 피곤해서."

"참, 가셨던 일은 어떻게 됐어요? 노조에서 벌인 짓이라면서요? 어떻게 그래도 회사 소속 노조가 그런 짓을 할 수가 있죠? 누군지 범인은 찾았어요?"

"노조에서 벌인 일 아냐. 누가 그래?"

"다들 그렇게 말하던데요? 인터넷이고, 신문이고."

"다들?"

그때 유미의 수화기가 울렸다.

"네, 제로켓 마케팅기획실 서유미 팀장 대행입니다."

―지금 뭐 합니까?

"네? 어디로 전화하셨습니까?"

―자료실로 와 봐요.

유미는 알 수 없는 번호의 주인이 도하인 것을 깨달았다. 유미는 수화기를 귀에서 떼고 고개를 숙이며 큰 소리로 대답했다.

"아! 시, 실장님. 네!"

전화를 끊은 유미가 벌떡 일어서자 미현이 궁금한 듯 물었다.

"실장님이 불러요? 또 뭘 가지고 잔소리하려고."

"아, 아니야."

긴장한 유미는 제대로 대답도 하지 못했다. 막내인 민호가 서류철을 잔뜩 안고 들어오던 복도에서 허둥거리는 유미를 발견했다.

"부탁하신 공장 재고 현황이랑 지분 관련 문건이에요. 팀장님? 어디 가세요?"

"아, 고마워. 나중에, 나중에."

유미가 뛰듯이 복도를 향해 몸을 움직였다. 민호가 그런 유미의 뒷모습을 가만히 바라보았다.

어느새 도착한 자료실 문 앞에서 유미는 크게 심호흡을 했다. 대체 속을 짐작할 수가 없는 사람이었다. 도무지 제정신을 차리기 힘들게 만드는 남자임에는 분명했다.

일도 손에 잡히지 않았다. 그저 공중에 붕 떠다니는 것 같았다. 그러다가 풀쩍, 낭떠러지로 혼자 추락하기도 했다. 아무 이유 없이.

오히려 매일 밤 꿈이 더 현실적이었다. 지난밤 꿈에 자신은 도하에게 큰 잘못을 저질러 회사에서 해고되었다. 그 후에 노량진 고시원에 처박혀 공무원 준비를 시작했다. 이거야 말로 매우 현실적이지 않은가.

그런데 저 강도하와 키스를 했다니!

유미는 떨리는 가슴을 부여잡고 자료실 문을 열었다.

일 때문에 불렀을 수도 있어. 아니, 어쩌면 긴장해서 무슨 말인지 잘못 알아들은 것은 아닐까?

자료실 안으로 들어서기 전까지 혼란한 생각으로 머릿속을 채우던 유미는 당황해서 그 자리에 우뚝 섰다. 자신을 보고 눈이 휘게 웃는 사람은 강도하가 맞았다.

그녀는 빠르게 기억을 되짚었다. 과연 저 사람이 자신을 보고 웃어 준 일이 있었던가?

그림 같은 모습으로 미소 짓는 도하를 향해 마주 웃기는커녕 유미는 뻣뻣하게 얼어붙어 버렸다.

자신에게 걸어와 웃으며 팔을 내미는 도하로부터 유미는 절로 발을 물렸다.

"왔습니까."

도하가 어색해진 손을 거둬들였다. 유미는 겨우 정신을 차리고 입을 열었다.

"이건 무슨 장난이에요?"

유미는 혼란에 빠지지 않기 위해서 머리를 털었다.

"전 이런 장난, 익숙하지 않아요. 장난치고 싶으신 거면 다른 사람에게 하세요. 이러시면 저는……."

"장난?"

"아시다시피, 아니 모르시는 건가. 저는 뭘 가볍게 여길 수 있는 사람이 못 돼요."

도하는 의문에 찼던 얼굴을 풀며 웃었다. 강한 팔이 다가
와 유미의 허리를 끌어안았다.

"그런 면도 귀엽다고 생각합니다."

"네?"

유미는 화들짝 놀라 도하를 밀어 버리고 그의 손에서 벗어
났다.

"실장님, 대체 왜 이러세요? 그냥 평소대로 하세요. 빨리
회사 관두라고 윽박지르고, 회사에 너 같은 거 필요 없다고
소리치고, 이러다 죽는다고 협박하고. 그렇게 하시라구요.
물론……."

유미는 말하던 끝에 자신의 입술을 매만졌다.

"키스는 당황스러웠지만 솔직히 그리 뭐 나쁘지 않았어
요. 어차피 처음인 것도 아니고. 아무튼 이렇게까지 만회하
려고 노력하실 필요 없어요. 미안해하시지 않아도 돼요. 실
장님에 대해서 어떤 말도 안 할 거고."

"처음인 게 아니라니."

도하가 짜증스럽게 인상을 썼다. 유미는 당황해 허둥거렸
다.

"실장님도 첫 키스는 아니었을 거 아니에요. 아무리 제가
남자가 없어 보여도 남자 친구 하나쯤은 있었겠죠. 나 참, 지
난번에는 사귀는 남자 없을 거라고 하시더니."

"적어도 최근 3년간은 없었죠."

"그러니까 그걸 실장님이 어떻게 아냐고요. 제가 이래 보

여도 끊임없이 남자를 갈아치우면서 연애하는 스타일인지. 물론 지난 3년은 없었던 것 같긴 한데…… 아니, 내가 대체 왜 이런 말까지 해야 하는 거야?"

도하는 계속해서 입을 놀리는 유미의 팔을 대뜸 잡더니 자신에게로 끌어당겼다.

"그 말 믿어도 됩니까?"

유미가 볼을 잡힌 채로 우물거렸다.

"무, 무슨 말이요."

"나쁘진 않았다는 말."

도하는 금방이라도 키스할 것처럼 가까이 고개를 숙인 채 손가락으로 유미의 입술 끝을 스쳤다.

소스라친 유미가 입을 오므리고 도하의 팔을 잡으며 저항했다. 사냥꾼을 앞에 둔 초식 동물처럼 겁에 질린 표정을 지었다.

"대체 무슨 장난인지 모르겠지만 그만하세요. 누구랑 무슨 내기라도 하셨어요?"

"잠깐 다녀와야 할 데가 생겼습니다. 일이 생각보다 잘 풀릴지도 모르겠어요."

진중하게 유미와 눈을 맞추면서 도하가 입을 열었다. 유미는 잠깐 동안 꾹 입을 다물었다. 잡힌 팔에서 벗어나기 위해 버둥거렸으나 역부족이었다.

몸통이 고정되자 유미는 끊임없이 눈을 돌리며 도리질을 쳤다. 시선을 피하는 유미의 얼굴을 도하가 억지로 정면으로 돌려놓았다.

"그러면 진짜로 전부 말할 수 있게 될지도 모르겠습니다."

"뭘요?"

"당신에 대한 나의 기분."

"아, 실장님. 진짜……."

"나는 그 사람을 떠볼 생각입니다. 어떤 아버지도 아들이 불행해지는 삶을 원하지는 않겠죠. 나도 행복한 인생을 꿈꿀 수 있게 될지도 모릅니다. 평범하게 남들처럼……."

도하는 무언가 뒷말을 아끼는 것처럼 보였다.

"대신 그때까지 절대로 안전하게 있어야 됩니다."

도하의 팔에 허리를 안긴 채 서서 유미는 양손으로 자신의 얼굴을 가렸다. 심지어 훌쩍훌쩍 울기 시작했다.

"이러지 마세요, 진짜. 계속 이러시면 저……."

어째서인지 자신도 전혀 연유를 알 수 없는 눈물이었다.

"진짜 실장님을 좋아하게 될 것 같단 말이에요."

눈부신 얼굴로 도하가 웃었다. 눈을 가린 채 울먹이는 유미의 얼굴 위로 그의 입술이 겹쳐졌다.

4. 당신이 살아 주는 것

며칠 후, 노조 위원장인 상원이 구미 공장의 방화 혐의로 구속되었다.

미숙을 비롯한 노조원 모두가 커다란 충격에 휩싸였다. 사측 변호사를 대동한 유미가 절차 문제를 들어 불구속 수사를 신청했으나 일언지하에 거부당했다.

도하는 벌써 열흘이나 자리를 비운 상태였다. 유미는 휴게실에서 도하에게 보낼 메시지를 쓰고 지우기를 몇 번이나 반복했다.

〈어디 계세요? 부탁이니 연락 좀 주세요.〉

차마 전송 버튼을 누르지는 못했다. 출장 동안은 바쁘니 절대 연락하지 말라는 도하의 엄명과 같은 부탁 때문이었다.

끝끝내 메시지를 보내지 못한 채로 유미는 사무실로 돌아왔다.

자리에 앉자마자 자영의 급한 호출이 있었다. 유미가 부장실 문을 두드리고 들어가니 수화기를 든 자영의 표정이 심상치 않았다.

"부장님, 무슨 일이세요?"

하얗게 질린 얼굴로 전화를 끊은 자영이 곧 대답했다.

"고 부장님 시체를 찾았대."

그날 밤 인근에서 고인수의 장례식이 있었다. 경찰이 발표한 사인은 자살이었다. 지방의 작은 여인숙에서 고인수가 혼자 목을 매 자살했다고 했다.

시신 확인은 해외에 있는 가족 대신 그의 먼 친척이라는 사람이 맡았다. 상주가 없어 유미를 비롯한 부하 직원들이 번갈아 가며 장례식장 자리를 지켰다.

새벽까지 수많은 조문객들의 방문이 이어졌다.

"나 잠깐 커피 좀 마시고 올게."

조문객 응대를 돕던 민호에게 말하고 유미가 자리에서 일어섰다. 오래 쪼그려 앉아 있던 탓인지 다리가 저렸다.

복도는 방문이 끝난 식장들 때문에 조도가 어두워져 있다. 몰려오는 잠을 깨우고자 유미는 커피 한 잔을 마시며 나왔다.

복도 한구석 벤치에 커피 잔을 든 채 천정을 멍하니 응시하고 있는 자영이 보였다. 허탈해 보이는 자영의 옆으로 유미가 다가갔다.

"부장님, 가서 눈 좀 붙이세요."

"유미 씨."

자영이 옆에 앉은 유미를 돌아보았다. 핼쑥한 얼굴이었다. 눈물이 마른 얼굴로 자영이 유미의 손을 잡았다.

"이제 어쩌지."

자영은 그간 고 부장의 실종 사건에 과할 정도로 많은 신경을 써 왔었다. 그 사정을 알기에 유미는 저밀 정도로 가슴이 아팠다. 자신 역시 고 부장이 죽은 채 발견된 지금이 믿기지 않는 현실인 것은 마찬가지였다.

맞잡은 자영의 손이 떨리고 있었다. 자영은 지나친 공황 상태에 빠져 있었다. 유미는 그녀를 가능한 안정시키기 위해 노력했다.

"너무 슬퍼하지 마세요. 부장님은 좋은 곳으로 가셨을 거예요."

흐트러진 매무새를 정리해 주자 자영이 유미의 팔을 당겨 빠르게 속삭였다.

"너무 큰일에 말려든 것 같아. 유미야, 나 어쩌지."

"그게 무슨 말씀이세요?"

"친척 같은 건 없어. 그런 게 있다면 상주가 왜 없겠어. 시체도 찾지 못한 게 분명해."

입사 때부터 저를 살뜰히 챙겨주었던 자영이기에 유미는 더욱 안쓰러운 얼굴을 하고서 그녀의 등을 쓰다듬었다. 실내에 서늘한 에어컨 기운이 남았음에도 자영의 등은 땀으로 흠뻑 젖어 있었다.

"왜 그렇게 생각하시는 건데요?"

"다음은 분명 내 차례일 거야. 어쩌지. 난 너무 무서워."

공포에 질려 중얼거리는 자영을 유미는 어지럽게 바라보았다. 시간은 벌써 새벽 3시를 넘어서고 있었다. 피곤함 때문인지 헛소리를 하는 자영이 안쓰러웠다.

"친척이 아니야. 친척이 아니라고."

"부장님, 우선 눈을 좀 붙이셔야 할 것 같아요. 집에는 안 가셔도 되겠어요?"

"유미 씨, 아무도 믿지 마. 아무도 믿으면 안 돼."

떨고 있는 자영을 유미가 따로 마련된 방 안으로 눕혔다. 이불을 덮어 주고 방을 나서면서 유미는 눈을 부릅뜬 채로 천정을 뚫어지게 응시하는 자영을 보았다.

밖으로 나오는 유미를 발견한 민호가 벽에 기대앉았던 몸을 부스스 일으켰다.

"왜요? 부장님이 뭐래요?"

"아니야. 너도 눈 좀 붙여. 발인 마치면 바로 출근해야 하는데."

피곤에 지친 팀원 몇 명은 이미 좁은 방구석에 웅크려 잠들어 있었다. 유미가 민호의 옆쪽 벽에 기대앉아 눈을 감았다. 그런 유미를 슬쩍 보며 민호가 다시 입을 열었다.

"그럼 이제 고 부장님 라인은 완전히 무너진 걸까요? 손 부장님은 완전 고 부장님 라인이었어서 저렇게 타격이 크신가."

"동료를 잃은 인간적인 슬픔이겠지. 채민호, 너는 고작 인턴 주제에 라인 같은 소리야?"

민호가 대단찮다는 얼굴로 미소를 지었다.

"미리 미리 계획하고 준비해야지, 다들 대리님처럼 멍 때리고 사는 줄 알았어요?"

"그래, 그래."

유미가 다시 고개를 끄덕이며 눈을 감았다. 벽에 기댄 채로 유미는 깜빡 잠이 들어 버렸다.

눈을 떴을 때, 주변은 다시 소란스러워져 있었다. 오전부터 벌써 장례식장이 붐비기 시작했다. 간밤에 몹시 불안해했던 자영을 떠올린 유미가 걱정스레 찾아보았지만 그녀는 이미 자리에서 사라지고 없었다.

"부장님은 어디 가셨어?"

"글쎄요. 새벽부터 안 보이시던데요."

몸단장을 하고 돌아온 미현이 두리번거리며 대답했다.

"자네, 오랜만이야."

그새 밀려 들어오기 시작하는 조문객들을 대접하느라 앞치마를 입고 음식을 나르던 유미에게 누군가 말을 걸었다. 입사 초기, 부장으로 근무했던 허 상무였다. 그는 현재 대만의 계열사를 다니고 있었다.

"아, 상무님!"

유미가 반갑게 인사하며 허 상무의 손을 맞잡았다. 그가 마련된 테이블에 앉아 병풍을 돌아보며 말했다.

"아까운 사람이 저렇게 됐어. 누구보다도 그룹 일에 앞장 서 열심이었는데."

10년에 가까운 세월 앞에 그는 머리가 많이 희끗해진 모습 이었다. 갑작스런 예전 기억에 벅차올라 유미가 고개를 끄덕 였다.

"그러게요. 고 부장님, 항상 정열적이셨는데."

허 상무가 유미의 손등을 토닥거렸다.

"다행히 자네는 별로 변한 게 없구만. 요새는 그룹 안팎이 흉흉해. 해외에서도 말이야. 아태 지역도 사정이 너무 안 좋 아."

"지사들까지요?"

"그래."

연차가 오래된 만큼 장례식장 내에는 익숙한 그룹 내외의 얼굴들이 많았다.

유미가 자리에 앉아 그들과 대화를 나누고 있을 무렵, 웅 성웅성 시끄럽던 주위가 일시에 쥐죽은 듯 고요해졌다. 갑작 스레 고요해진 주변을 의아하게 여긴 유미가 뒤를 돌아보았 다.

뒤쪽 입구로 한 다스는 될 법한 장정들이 떼를 지어 우르 르 들어서는 것이 보였다. 어지간해서는 보기 힘든 장관이었 다. 아마 누군가의 경호원들인 것 같았다.

"맙소사! 내가 저 인간을 여기서 마주칠 줄이야."

헛기침을 하며 급하게 일어서려는 허 상무를 의아하게 올 려다보고 유미는 검은 옷의 무리로 다시 고개를 돌렸다. 열을 맞춰 반듯하게 걸어온 이들 중에서 유미는 익숙한 누군가를 본 것 같았다.

"어?"

빠른 속도로 들어온 무리 중 가장 앞줄에 도하가 서 있었다. 그를 발견하자 유미는 기쁜 표정을 숨기지 못하고 환한 미소를 지었다. 간만에 보아서인지 도하의 잘생긴 얼굴이 사람을 더욱 설레게 만들었다.

유미는 곧 그의 옆으로 등장한 풍채가 좋은 중년 남자를 알아보았다. 저명한 사회 운동가이자 정치가인 조양순이었다. 시민 연대의 회장이기도 한 그가 시위장에서 연설을 하는 모습을 몇 번쯤 본 적 있었다.

유미는 그들을 쳐다보다가 손님을 맞기 위해 입구로 발을 옮겼다.

"상무님, 저 잠시만."

"그래. 우린 그만 일어서자고."

허 상무가 일행과 함께 입구 쪽으로 나섰다. 수행인이 구두끈을 풀어 주는 것을 기다리고 있던 양순이 빠르게 옆으로 지나치는 허 상무를 알아보았다.

"아니, 이게 누구야."

"아이고! 안녕하십니까, 의원님."

마침 그때서야 그를 알아본 것처럼 허 상무는 조양순의 손을 잡고 90도로 연신 허리를 꺾었다. 억지웃음을 짓던 허 상무는 도망치듯 곧 자리를 떠났다. 조양순을 알아보고 속속들이 다가온 사람들로 인해 이내 입구가 북적해졌다.

유미는 벽에 붙어 선 채로 도하가 자신을 찾아내기만 기다리고 있었다. 정말이지 오랜만이었다. 열흘이라는 시간이 이렇게 길게 느껴질 줄은 몰랐다.

그러나 잠깐 시선이 마주친 것 같았는데도 도하는 금세 무표정한 얼굴을 돌려 버리고 말았다. 유미는 실망스러운 기분을 감추고 그들이 앞을 지날 때 조용히 도하를 불렀다.

"실장님."

분명히 들었을 텐데도 인상을 쓴 도하는 대답하지 않았다. 대신 도하의 오른편으로 걷던 양순의 시선이 뒤로 돌아왔다. 궁금증을 품은 눈이 유미의 얼굴 위를 날카롭게 움직였다.

"누군가."

양순이 멈춰 서서 도하에게 물었다. 도하가 그제야 돌아섰다. 아주 싫은 기색이었다.

"마케팅기획부 서유미 팀장 대행입니다."

뚫어지게 도하를 쳐다본 유미가 양순에게 꾸벅 고개를 숙였다. 물기 묻은 손을 서둘러 닦고 손을 내밀었다.

"안녕하세요, 의원님! 처음 뵙겠습니다. 서유미라고 합니다."

궁금한 눈으로 유미를 굽어보던 양순이 그제야 감탄사를 흘렸다. 그의 발이 유미에게로 다가섰다. 두툼하고 힘센 손이 유미의 손을 마주 잡았다.

"눈에 총기가 있는 아가씨로군. 아주 좋아요."

무슨 뜻?

유미가 난감한 표정으로 도하를 살폈으나 그는 시선을 맞춰 오지 않았다.

도하와 알은체하기를 포기한 유미는 대신 자신을 내려다
보는 양순의 눈과 다시 마주쳤다. 상대에게 아주 부담을 주
는, 불쾌한 시선이었다. 묘한 기분에 유미가 어색하게 웃었
다.

"감사합니다."

"이쪽입니다, 어르신."

도하가 다시 안내하자 느리게 웃던 양순이 그쪽을 따라 움
직였다. 그 뒤로 열댓 명의 사내들이 줄지어 이동했다.

첫 번째로 절을 올린 도하가 혼잡한 자리를 피해 벽 쪽으
로 붙어 섰다. 마침 바로 옆이라 유미는 조심스레 말을 걸었
다.

"실장님, 조양순 의원님이랑은 어떻게 아는 사이예요?"

얼마나 기다렸는데. 많이 보고 싶었는데. 꺼낼 수 있는 말
은 고작 그런 것 정도였다. 어째서 이렇게 초조한 기분이 들
까. 바로 곁에 있는데도.

팔짱을 낀 채 뻣뻣하게 선 도하의 신경질적인 눈이 유미를
내려다보았다.

"누가 나한테 말 걸어도 좋다고 했습니까?"

유미는 그의 날 선 반응에 말문이 막혔다.

"그게 무슨……."

당황한 채로 유미는 차마 다음 말을 잇지 못한 채 입술을
달싹였다. 유미가 헤매는 와중에 도하는 뻣뻣한 슈트를 서걱
거리며 일행과 함께 사라져 버렸다.

남자들이 밖으로 우르르 바람과 함께 사라지고 나자 유미는 허탈하고 당혹스러워 기운이 빠졌다. 얼떨떨한 기분 때문에 벽을 잡은 채 휘청거리기까지 했다.

뭐야, 이게. 신종 허무 개그인가? 저게 정말 열흘 전의 그 강도하와 같은 사람인가?

"전부 말할 수 있게 될지도 모르겠습니다."
"당신에 대한 나의 기분."
"절대로 안전하게 있어야 됩니다."

곰곰이 생각에 빠져 있던 유미는 점점 화가 치밀기 시작했다.

설마 장난이었다고? 유미는 닥치는 대로 눈에 띄는 테이블을 정리하기 시작했다. 행주를 쥔 손에 있는 힘을 다해 더러워진 테이블을 북북 문질렀다.

정말로 그냥 전부 장난이었다고? 말도 안 돼. 그 애처로운 눈빛도, 말도 전부? 유미는 테이블을 닦던 손을 멈추고 행주를 바닥에 패대기쳤다.

"말도 안 돼!"

유미는 빠른 걸음으로 장례식장을 벗어나 주차장을 향해 뛰어 내려갔다. 급한 분노로 아드레날린이 치솟고 있었다. 주차장에서 양순을 뒷좌석에 태우고 앞좌석에 타려는 도하를 발견하자 유미는 헐떡거리며 소리를 질렀다.

"저기요! 잠깐만요!"

도로 위 나란히 선 차량을 둘러싸고 있던 사람들이 전부 유미를 향해 얼굴을 돌렸다. 유미는 주변인들은 무시한 채 도하에게로 돌진했다.

"실장님, 잠깐 저랑 얘기 좀 해요."

그녀를 돌아본 도하는 질린 얼굴이었다. 치가 떨리게 싫다는 표정 때문에 유미는 치욕감마저 느낄 지경이었다. 그러나 마지막 용기를 다해 유미는 도하의 팔꿈치를 잡고서 말했다.

"잠깐이면 돼요."

도하는 당황한 듯 보였지만 곧 태연하게 차에서 내렸다. 단정한 손이 유미가 잡았던 소매를 간단하게 쳐 냈다. 소매를 접는 냉정한 동작에 유미는 거듭 상처를 입었다.

"대체 할 말이란 게 뭡니까."

도하가 재킷을 고쳐 입었다. 대체 우리가 할 말이란 게 있는 사이냐는 얼굴이었다.

유미는 버썩 마른 입술을 달싹였다. 주변의 모든 시선이 자신을 향하고 있었다. 뒷좌석으로 보이는 양순의 눈도 마찬가지였다.

선팅 된 창문 안에서 흥미에 가득 차 반짝이는 눈동자가 공연히 자신을 불안하게 만들었다. 그는 늙은 호랑이처럼 바깥의 사람들을 유심히 관찰했다.

유미는 쉽게 말을 꺼내지 못하고 침을 삼켰다. 화를 내고 몰아붙이겠다는 각오와 달리 우물쭈물 말이 흘러나왔다.

"왜, 왜 연락 안 하셨어요? 계속 기다렸는데."

"하!"

도하는 상쾌한 얼굴로 이를 드러내며 웃었다. 기막히다는 미소조차 아름다워서 유미는 두근거리는 상태로 가만히 그를 지켜보았다. 그러나 도하의 입에서 뱉어진 것은 쌀쌀맞기 그지없는 목소리였다.

"내가 왜 그쪽에게 연락을 해야 합니까? 내가 언제 서 대리에게 연락하기로 했었나요?"

물론 연락하기로 한 적은 없었다. 하지만 안전하게 기다려 달라고. 모든 걸 말해 주겠다고 약속하지 않았나? 그 말만을 믿고 기다렸는데. 그럼 그건 다 뭐였던 거지? 그 키스는, 그날의 포옹은, 달콤했던 말들은?

유미는 섣불리 말을 꺼내지 못하고 뒷좌석 노인의 눈치를 살폈다. 창피하다는 기분보다 서러운 심정이었다.

그제야 제대로 한 방 먹었다는 기분이 들었다. 이렇게도 놀림을 당하는 수가 있구나. 상류층 사람들은 이런 식으로 사람을 가지고 노는 일도 가능하다는 건가. 급격한 깨달음으로 점점 고개를 바닥으로 내렸다.

"아뇨. 그런 적 없습니다."

"그럼 대체 뭡니까."

마치 나를 사랑하는 것처럼 안고 키스했잖아. 그게 다 거짓말이었다고?

마지막 자존심을 지키기 위해서 유미는 오기로 눈물을 참았다. 다시 고개를 들고 화제를 다른 곳으로 돌렸다.

"밀린 업무 결재 때문에 급해서 그러는데요. 언제쯤 회사에 들어오십니까."

"오후에는 들어갈 겁니다."

"네. 알겠습니다. 팀에 그렇게 전하도록 하겠습니다."

유미는 뒷좌석 쪽으로 고개를 숙이고 뒤로 한 걸음 물러섰다. 짜증스런 표정의 도하가 다시 빠르게 탑승하자 우아한 고급 승용차가 도로를 향해 움직이기 시작했다.

눈앞에서 자동차가 유유히 떠나는 모습을 바라보며 유미는 그저 허탈하게 웃었다.

그길로 출근한 유미는 한동안 자리를 비웠다는 이유로 분주하게 뛰어다니는 도하를 내내 노려보고 있었다. 좀 전의 일을 되새길수록 비참했다. 그렇게 쉽게 속아 넘어간 자신에게도 화가 치밀었다.

대체 무슨 멍청한 생각을 한 거야. 설마 강도하가 나랑 사귀기라도 해 줄 거라고? 뭘 보고 저런 알 수 없는 남자를 믿은 거야.

중간중간 뒤통수라도 따가운지 도하가 뒤를 돌아보는 모습이 눈에 띄었다. 가능한 한 모든 증오를 담아 도하의 뒤꼭지를 노려보다가도 유미는 그의 시선이 돌아올 때쯤이면 요령껏 눈을 피했다. 그러다가 책상의 빡빡한 업무 달력을 보자 반쯤 나갔던 정신이 돌아왔다.

그래, 이러면 안 돼. 유미는 세차게 자신의 뺨을 때렸다. 재벌들 장난에 놀아나는 것 외에도 당장 신경 쓸 일이 너무나 많았다.

툭.

"이거 결재 안 받아도 됩니까?"

성규가 검은색 서류철을 유미의 책상 위로 던졌다. 건들거리며 말하는 성규에게 유미가 찌릿 고개를 돌렸다.

"오 대리가 직접 받으면 되지 않을까요?"

"워, 왜 그러세요. 혹시 예민한 날이신가."

저도 모르게 소리를 지를 뻔했으나 유미는 심호흡으로 숨을 골랐다. 이런 날 잘못 걸리면 오성규 같은 멸치 하나쯤 죽이게 될지도 모르지. 참아야 해.

"말 정답게 하세요, 오 대리. 오늘은 날을 잘못 골랐어요."

"예산 책정 결재는 원래 팀장 고유 권한 아닙니까?"

"관례적으로 사소한 출장 경비는 담당자 고유 권한이죠. 차후 승인으로 처리하는 게 서로 편하겠죠? 억지로 업무 절차를 늘리려는 게 아니라면."

"팀장 대행께서 항상 꼬박꼬박 원칙 따지시기에 꼭 그래야 하는 줄 알았죠. 그럼 제가 결재를 받죠."

껄렁껄렁 서류철을 빼 드는 성규에게서 유미가 다시 빼앗았다.

"이번은 내가 하는데요, 오 대리. 앞으로 말과 행동을 주의해 주세요. 정식 임명 후에도 이런 식이면 내가 절대로 가만있지 않을 겁니다."

"아, 네. 죄송합니다."

저 오만방자한 자식. 이 회사 남자 놈들이란 정말이지 죄다 밥맛이야.

유미는 성큼성큼 걸어 실장실 문을 쾅쾅 두드렸다. 대답이

미처 떨어지기도 전에 척척 방 안으로 발을 들였다.

갑작스런 등장에 놀라 눈을 크게 뜬 도하의 얼굴이 보였다. 유미는 그의 커다란 책상 위로 검은 서류철을 놓았다.

"파리 출장 예산 결재 서류입니다."

찬찬히 유미의 얼굴을 보던 도하가 아래의 너저분한 계획서로 고개를 내렸다. 서류를 모두 살펴본 도하가 어리둥절한 얼굴로 고개를 들었다.

"이건 관례적으로 차후에 비용 처리만 하면 되는 부분 아닙니까."

"네. 저도 오 대리에게 똑같이 전달했는데, 오 대리가 이번에는 반드시 실장님 결재를 받아야겠다고 해서요."

"그렇군요."

유미는 도하가 조용히 검토 후에 사인을 휘갈기는 모습을 감정의 동요 없이 바라보았다. 아니, 그러려고 했다. 그러나 곧 가슴에서 뜨거운 것이 훅 치받았다.

"실장님, 제가 뭐 하나만 물어볼게요. 아까 대체⋯⋯."

"서 대리, 부하 직원을 잘 다루는 방법이 뭔지 압니까?"

유미의 말을 자른 도하가 급히 여분의 종이 위에 글자를 적기 시작했다. 금세 종이를 뒤집어 유미에게 내밀었다.

여기는 도청 위험이 있습니다.

유미는 어이없는 얼굴로 그를 바라보았다.

"부하에게 상사의 권위를 보여 주는 방법 말입니다."

"이건 무슨 뜻이죠? 또 장난 시작인가요?"

유미가 받았던 종이를 거꾸로 도하에게 들이대며 물었다. 찡그린 얼굴의 도하가 다시 종이를 빼앗았다.

"일단 서열이 결정된 후에는 쉽게 바뀌는 경우는 거의 없죠. 그러니 처음 만났을 때부터 상대의 목덜미를 콱 잡아 눌러 놓지 않으면 안 됩니다."

유미가 글자를 쓰는 도하에게서 다시 휙 종이를 빼앗아 들었다.

조심해요. 벌써 모든 게 틀어졌을 수도.

찬찬히 읽어 본 유미가 절레절레 고개를 저었다. 기막히다는 미소가 유미의 얼굴에 번졌다.

"실장님, 혹시 탐정 놀이 좋아하세요?"

유미가 한심하다는 얼굴로 도하를 응시하다가 곧 종이를 북 찢어 내렸다.

"이런 게 진짜 재밌으세요? 저는 정말 재미없거든요."

도하의 정면을 향해 갈기갈기 찢은 종잇조각을 카펫 위로 뿌렸다. 하얀 조각들이 나비가 나는 것처럼 팔랑이며 아래로 떨어졌다. 유미는 짜증스러운 얼굴로 정리된 서류철을 들고 방문을 나섰다.

그날 저녁, 노래 주점에서 유미는 취할 때까지 술을 마셨다. 동반자로 희생된 것은 언제나 그렇듯 미현이었다. 술에 취한 유미가 18번 트로트를 부르며 마이크에게 토로했다.

"내가 그렇게 우스워 보이냐! 진짜로 내가 그런 장난에 넘어갈 것 같았냐?"

"뭔 일인데 그래요, 대리님. 대체 누가 우리 언니를 괴롭혀?"

미현이 이유를 캐물었으나 유미는 끝끝내 혼잣말로 중얼거렸다.

"나이 먹은 노처녀라 만만하다 이거야? 지가 뭔데 사람을 휘둘러!"

"그래! 누가 우리 대리님을 휘둘러! 누구야!"

"미현아, 내가 너어무 사는 게 갑갑하지 뭐야. 남자가 있길 하나, 돈이 있길 하나."

"우리 대리님이 너무 바쁘게 살아서 그래. 내일도 위원장님 면회 가신다면서요. 법원 쫓아다녀. 여성회 뒤치다꺼리해. 시위대 쫓아다녀. 대리님 인생에 도움 되는 건 하나도 없잖아."

"꼭 도움이 되어야만 인생이냐!"

두 사람은 마이크에 대고서 소리를 지르고 목청껏 노래도 부르며 스트레스를 풀었다.

그로부터 한참 후에야 미현과 어깨동무를 한 유미가 노래를 흥얼거리며 주점이 즐비한 골목을 빠져나왔다. 팔을 지탱했던 손을 떼고 미현에게 인사하며 유미는 목소리를 높였다.

"난 그럼 이쪽으로 간다?"

"어? 오늘은 우리 집 안 가구요? 에어컨 고쳤어요?"

유미가 지하철 입구 쪽 계단으로 향하자 미현이 의아한 듯 물었다. 최근 유미는 에어컨 고장을 이유로 미현의 집에서 신세를 져 왔었다. 이 또한 제발 몸조심하라는 도하의 구구절절한 부탁 때문이었다.

유미는 고개를 저으며 힘없이 웃었다. 정말 바보 같아.

"벌써 고쳤지. 다 부질없어. 조심하긴 뭘 조심해. 나쁜 놈 같으니. 거짓말쟁이. 싸이코. 미친놈."

미현이 고개를 절레절레 젓고 다시 유미의 휘청거리는 팔을 잡았다.

"대리님, 혼자 갈 수 있어요? 그냥 같이 택시 타고 우리 집 가요."

"아냐. 괜찮아."

비틀거리는 손으로 미현을 먼저 보내고 유미는 구슬픈 목소리로 노래를 부르며 기숙사로 향했다.

"사랑도 부질없어. 미움도 부질없어."

흘러간 옛 노래를 흥얼거리던 유미는 지난 며칠간 꿈같던 기억을 떠올렸다. 몇 년 간 까맣게 잊고 지냈던 사랑이라는 감정. 급격한 감정의 소용돌이 속에서 유미는 자신이 영화 주인공이라도 된 기분을 느꼈었다. 마치 도하와 연인이라도 된 것처럼.

어쩐지 지나치게 운이 좋더라니. 이렇게까지 좋아도 될까 황송할 정도로 행복감에 휩싸였었다.

혼자만의 착각에 빠져 바보처럼 행동했던 자신을 보고 망할 놈이 얼마나 비웃었을까. 생각할수록 낯이 뜨거워져 고래

고래 소리를 지르고 싶었다.

여전히 철 지난 장난질을 놓지 못하고 도하가 도청 어쩌고 하며 써 내려갔던 낙서를 떠올렸다.

"진짜 무슨 정신병 있는 거 아냐? 거짓말 병, 그런 거라도 있나? 사람이 너무 완벽해 보여도 문제가 있어."

인상을 쓴 유미가 혼잣말을 하며 그새 도착한 사택의 방문을 열며 중얼거렸다.

어두운 방의 불을 켰으나 딸깍딸깍, 의미 없는 소리만 날 뿐이었다. 한동안 말썽이던 전기가 또 고장인 것 같았다.

"또 고장? 정말 되는 일이 하나도 없네."

"대체 누가 정신병이란 말입니까?"

어둠 속에서 불쑥 낮은 음성이 등 뒤로부터 흘러나왔다.

"으아아아악!"

유미가 소스라치게 놀라 죽도록 비명을 질렀다. 벽 쪽에서 다급하게 떨어져 문으로 달아나던 유미는 어둠 속 괴한에게 그만 붙잡히고 말았다.

남자의 손이 강한 힘으로 비명을 지르는 입을 막으려 시도했다. 하지만 유미는 순순히 당하지 않고 남자의 손을 꽉 깨물어 버렸다.

"아얏!"

"아아아아악! 저리 비켜! 저리 비켜! 당신 뭐야! 죽어!"

"쉿!"

유미를 껴안은 채 남자는 그녀의 발차기를 저지하고 결국 비명을 지르는 입을 막는 데까지 성공했다.

"우읍."

안겨서도 내내 유미는 거칠게 저항했다. 남자의 손을 물어뜯고 헤딩을 날리고 발이 닿는 대로 여기저기 다리를 휘둘렀다.

"그만해요. 아픕니다."

난처한 누군가의 목소리가 유미를 저지시켰다. 격한 흥분 상태에서도 그 목소리를 알아들었다. 괴한의 목소리는 누군가를 닮아 있었다. 어쩐지 사람을 애잔하게 만드는 목소리였다.

이제야 어둠에 익숙해진 유미의 눈이 어렴풋한 그의 실루엣을 알아보았다. 도하였다.

"……실장님?"

물어뜯기고 얻어맞은 터라 잔뜩 인상을 쓴 도하가 다시 쉿, 하며 유미의 입을 막았다. 하지만 그가 도하임을 알아본 이후에도 유미는 저항했다.

"뭐예요! 저리 가요! 여기 어떻게 들어왔어? 무단 침입이야! 이건 범죄야! 사람 살려! 으아아아악!"

자신의 방에 남자가 들어와 있다는 사실 자체로 생기는 본능적인 거부감을 유미도 어쩔 수가 없었다. 세차게 비명을 지르며 몸부림을 치기 시작했다.

당황한 도하가 다시 허겁지겁 유미를 껴안고 강한 손으로 다시 그녀의 입을 막았다.

기나긴 몸싸움 끝에 간신히 진정한 유미는 식탁에 앉았다. 도하는 그녀의 맞은편에 앉아 있었다.

단출한 2인용 식탁 위로 여객선 탑승권과 현금 다발이 놓였다.

유미는 못마땅한 표정으로 그것들을 응시했다. 그녀와 얼굴을 마주한 도하는 아주 심각한 표정이었다. 떨어지는 펜던트 조명이 그의 얼굴 위로 완벽한 음영을 만들어 냈다.

"지금부터 하는 얘기는 조금의 과장도 없는 사실입니다."

도하의 느린 음성이 냉랭한 태도의 유미를 향해 차분히 설명을 시작했다. 제로그룹의 뿌리가 되었다는 영원재단의 시작부터 현재 유미가 처해 있다는 위험 상황까지, 전부 거짓말처럼 허황되기 짝이 없는 이야기들뿐이었다.

도하의 설명에 따르면 조씨 일가가 처음으로 부를 축적하기 시작한 것은 일제 강점기 시절이었다. 영원사 1대 회장인 조무송이 국가 관련 사업으로 돈을 긁어모으면서부터였다. 그가 죽을 때까지 일생 동안 축적한 부를 첫째 아들인 조영철에게 물려주었다.

해방 후 조영철이 죽자 막대한 재산은 영원재단으로 둔갑해 동생인 조상철에게, 그의 아들인 조호선에게로 차례로 상속되어 왔다.

이 모든 과정에서 조영철의 외아들이었던 조양순은 상속의 실질적인 적자임에도 불구하고 후계 구도에서 철저하게 소외되었다.

다행인지 불행인지, 사촌인 조호선이 부친처럼 악랄하지 못해 삼촌인 조영철 사망 후 조양순은 일정 부분을 자신의 몫으로 분배받을 수 있었다.

하지만 결국 두 사촌 간의 사이는 견원지간처럼 돌아오지 못할 강을 넘어 버리고 말았다. 그것이 도하가 설명한 조씨 집안 내 피 튀기는 재산 싸움이었다.

"합법적인 방식으로 단기간에 본인 몫을 챙기기는 어렵습니다. 조양순은 할 수 있는 모든 수단과 방법을 동원해서 원래 자신의 몫이라고 생각했던 하위 계열사들부터 차지해 왔습니다."

계속해서 진지하게 정황을 설명하는 도하의 말을 유미는 아주 열심히 듣는 척했다. 술기운 탓인지 그녀는 이 상황이 꽤나 재미있다는 생각이 들었다.

잠입 임무? 블랙 슈트? 진짜로 이 소설 같은 장난을 내가 믿을 거라고 생각한단 말이야?

"조양순은 아주 철두철미하고 집요한 구석이 있는 작자입니다. 자신이 정한 계획에 어떤 차질도 용납하지 않아요. 자칫 조금의 실수라도 있었다거나 누군가에게 발각되었다가는 유미 씨도 목숨을 부지할 수 없게 되고 말 겁니다."

"……."

"서유미 씨는 당분간 서울을 떠나 있는 게 안전할 거라는 게 내 결론입니다."

마침내 그의 긴 설명이 모두 끝났을 때, 유미는 환한 웃음을 지었다. 이내 표정을 바꾸고 짤막하게 대답했다.

"싫어요."

유미의 대답을 듣자 도하는 잠깐 멍청한 표정을 지었다. 그녀가 자신의 말을 잘 이해하지 못했다고 생각해 다시 처음부터 내용을 설명하려 했다.

"지금 유미 씨가 내 말을 잘 이해하지 못한 모양입니다. 그러니까……."

"아뇨, 아주 잘 알아들었어요. 그러니까 사실 실장님은 조양순 의원의 숨겨진 부하고, 그가 조호선 회장 대신 제로그룹 오너가 되려고 하는데 걸리적거리는 방해물인 저를 죽일 수도 있으니 빨리 도망쳐야 된다. 대충 그런 요지 아니에요?"

"맞습니다."

도하가 안심한 듯 미소를 지었다. 유미는 멀뚱멀뚱 그의 미소를 바라보았다.

"그런데 제가 무슨 방해를 해요? 전 조 의원이 우리 그룹 주주라는 것도 이번에 처음 알았는걸요? 저는 그런 높은 분들이 대체 무슨 일을 벌이고 다니는 건지조차 몰라요."

"유미 씨가 직접 방해를 한다는 게 아닙니다."

"그럼 제가 어떻게 큰일에 걸리적거린다는 거죠?"

"그건……."

도하의 말문이 막혔다. 머릿속에서는 이미 정리가 끝난 일이었지만 제 말주변으로 유미에게 그것을 이해시키는 건 쉽지 않았다.

"나 때문입니다."

근엄하게 입을 연 도하의 말을 유미는 한껏 비웃었다. 그가 꺼낸 말이 무엇이든지 간에 시답잖게 넘길 태세였다.

"아, 네. 싫어요."

"서유미 씨!"

"진짜 제가 그 말을 믿을 거라고 생각하신 거예요? 진심으로? 영화나 드라마를 너무 많이 보신 거 아니에요? 실장님 혹시 망상 장애 있으세요?"

"서유미."

"제가 분명히 회사에서 부하 직원이라서 사생활에서도 아랫사람으로 보이겠죠. 그래도 이건 아니에요. 웃기지도 않은 거짓말로 사람을 농락하고, 모욕 주고, 남의 집에 무단 침입까지. 대체 여긴 어떻게 들어오신 거죠?"

말을 듣던 도하의 얼굴이 점차 어두워졌다.

"물론 한 번에 믿기는 어렵겠지만 정말 비상 상황입니다."

유미가 딱딱하게 다시 물었다.

"그러니까 내 방에 어떻게, 들어왔냐고요."

도하가 체념한 듯 한숨을 쉬고 대답했다.

"창문으로 들어왔습니다."

유미는 사람이 드나들 수 없는 크기의 작은 여닫이 창문을 응시했다. 별다른 흔적도 남아 있지 않은 그냥 보통의 창문이었다.

또 거짓말. 저 창문을 지나다니려면 키가 고작 1m 정도여야 할 거라고.

"네, 그러시군요. 그럼 그리로 지금 나가세요. 저도 비상 상황이라 안 나가시면 경찰을 부르겠어요."

"서유미."

"실장님, 저희가 친구 사이도 아닌데 왜 자꾸 이름으로 부

르세요? 아니면 저도 실장님 이름 부를까요? 제 일하는 방식
이 맘에 안 드시고 어떻게든 쫓아내고 싶으시더라도 직원 사
생활까지 건드리지는 맙시다. 이런 식으로 해고된다면 제가
가만있을 거라고 생각하세요?"

"회사 같은 게 누가 지금 문제라고 했어? 지금 당신 목숨
이 위험하다고 하잖습니까."

도하가 답답한 표정으로 소리쳤다. 그러자 유미도 벌떡 일
어나 목소리를 높였다.

"그러니까 그런 말도 안 되는 소리를 나보고 믿으라고?"

"말도 안 되는 소리가 아니라니까? 대체 뭘 어떻게 하면
믿을 건데?"

"무슨 말을 해도 안 믿어. 나가요."

"서유미 씨, 제발⋯⋯."

일어나라고 잡아당기는 유미에게 도하가 간청하듯 말했
다. 그의 표정을 본 유미가 다시 또박또박 되물었다.

"그래요, 그럼. 실장님도 잘 모른다는 누군가가 대체 언제
저를 죽이려고 한대요?"

"그건 나도 모릅니다."

"그것 봐요. 죽일지 안 죽일지. 누가 죽일지, 언제 죽일지
도 모른다는데. 나보고 지금 위험하다는 그 말을 믿으라고?"

"당신이 내 가까이 있다는 것 자체가 위험하다고 이 여자
야. 그게 모든 일을 그르칠 수도 있다고 그가 생각하기 때문
이라고!"

도하가 소리를 지르자 유미는 그의 소매를 단박에 잡고 의

자에서 일으켜 세웠다.

"나가!"

"뭐?"

"나가. 나도 두 번 말 안 해. 너 안 나가면 경찰 부를 거야. 헛소리도 진짜 정도껏 해. 자꾸 이런 식으로 사람 들쑤시고 놀리는 거 계속하면 내가 아는 기자들, 법조계, 댓글 알바들까지 다 동원해서 뿌릴 거야!"

도하가 잡혔던 팔을 빼고 유미의 팔을 대신 잡았다.

"서유미 씨, 제발 이러지 말고 내 말 잘 들어요. 이건 정말 순수하게 당신을 위하는 마음에서니까."

급기야 유미의 눈가가 글썽이고 있었다. 유미는 잡혔던 팔을 빼내고 도하의 뺨을 내리쳤다.

"다시는 내 이름 부르지 마요. 더 이상 장난도 치지 마세요. 안 그래도 지금까지 댁 장난에 놀아난 게 스스로도 죽을 만큼 부끄럽고 미칠 것 같으니까. 무단 침입으로 경찰 부르기 전에 자, 3초 드립니다."

유미는 눈을 훔치며 휴대폰을 들었다. 도하는 안타까운 표정으로 유미를 바라보았다.

"서 대리."

"여보세요? 거기 경찰서죠?"

"장례식장에서 내가 그런 식으로 대했던 건 정말 미안합니다. 양부가 보고 있는 상황이라 그렇게라도 하지 않으면 시선이 집중되었을 겁니다. 당신을 그저 하찮은 직원으로 보길 바랐습니다. 원래 의도보다도 더 안 좋은 효과를 일으킨 것 같지만 이젠 정말로 위험할 수도 있어요."

"여보세요. 아, 여기 무단 침입한 변태 좀 신고하려고요. 아뇨, 제가 지금 술이 취한 게 아니고요. ……지금 내 혀가 꼬인 게 아니라니까요?"

이 상황에 대한 확신이 들지 않는 것도 사실이었다. 경찰서가 아닌 아무 데나 전화를 걸어 횡설수설하다가 문득 도하의 말 중 한 단어를 되새겼다. 유미는 휴대폰을 가리고 도하에게 다시 되물었다.

"뭐라고요? 양부?"

"그렇습니다. 조양순이 내 아버지입니다."

유미의 얼굴이 싸늘해졌다. 대체 어디로 전화를 걸어 장난질이냐고 소리를 치는 누군가의 목소리를 차단시켰다. 조양순이 자신의 양아버지라고 말하는 도하를 담담히 쳐다보았다.

한창 인기 몰이 중에 있는 미중년 정치인. 그에게 아들이 있다는 사실은 어떤 언론에도 알려진 적이 없었다.

"부하라면서요."

유미는 한참 동안 도하의 선명한 눈동자를 쳐다보았다. 거짓말을 하고 있는 것처럼 보이지는 않았다.

언제나 그랬듯 자신을 바라보는 저 눈을 볼 때마다 말도 안 되는 시시한 거짓말에 속아 넘어가고는 했다. 그 얼굴로, 입술로 무슨 말을 한다고 해도 항상 진실 되고 달콤하게만 들렸다. 거짓말이라고는 조금도 생각되지 않았다.

하지만 그렇다고 하더라도 도하의 입에서 흘러나온 믿기

지 않는 말들은 평범하게만 살아온 유미가 받아들이기엔 너무도 먼 얘기들일 뿐이었다.

절대 안 돼. 이번엔 절대 안 속아.

"그래서요. 그러거나 말거나 그게 대체 나랑 무슨 상관인데요. 제발 나가요!"

유미는 냅다 도하의 팔을 끌어 문 쪽으로 밀어냈다. 도하는 더 이상 저항하지 않았다. 난처한 얼굴 그대로 문간까지 끌려 나갔다.

"내 말을 믿어야 합니다. 밀항 루트란 건 쇼핑하듯 간단하게 손에 넣을 수 있는 게 아닙니다. 배는 모레 새벽입니다. 준비할 시간이 별로 없어요."

"꺼져요! 나가! 제발 내 앞일 따위 상관하지 말고 꺼져 버려요. 나한테 지금 제일 괴로운 건 당신이 내 눈앞에 있다는 거니까!"

우악스럽게 밖으로 도하를 밀쳐 내고 유미는 문을 세차게 닫아 버렸다. 쾅 닫힌 문 안쪽에서 유미는 이를 갈면서 부르르 진저리를 쳤다.

"와, 하마터면 또 속아 넘어갈 뻔했잖아. 어린애라도 그것보다는 나은 거짓말을 지어 낼 거야."

밖으로 쫓겨난 도하는 곤란한 표정으로 유미의 집 문 앞에 한동안 서 있었다.

문득 도하가 고개를 번쩍 들었다. CCTV를 피하기 위해 유미의 방까지 옥상을 통해 창문으로 잠입했던 터였다. 지금 복도에 노출된 채로 있는 것은 누군가의 눈에 띌 가능성이

높았다. 유미의 안전을 위해서라도 CCTV의 기록 조작은 불가피했다.

게다가 유미의 밀항을 목전에 둔 상황이라 잔뜩 긴장한 도하의 발걸음이 다급해졌다.

하암, 휴게실에서 유미는 하품을 하고 있었다. 며칠째 계속된 과음과 수면 부족으로 아침마다 정신을 차릴 수가 없었다. 옆자리에서 미현 역시 숙취로 인한 괴로움을 호소했다.

"아우, 대리님. 이제 술 먹자고 그만 좀 불러내요. 이제 나도 20대 끝줄인데 내 간 좀 지켜 줘야지."

"어디서 대리님이야. 오늘부터는 정식으로 팀장님이지."

커피 잔을 들고 온 재명이 웃으며 게시판의 공고를 가리켰다. 그랬다. 오늘이 바로 유미의 정식 임명식이 있는 9월의 첫 주였다.

"아아, 그래. 맞아. 정말 축하드려요, 팀장님. 전 무사히 팀장으로 승진하실 줄 알았어요."

"정말 축하드립니다, 서유미 팀장님."

팀원들이 깍듯하게 예를 표할 때, 자판기 옆 구석에 무리를 지어 선 오성규 일파들이 유미 쪽을 흘끔거리고 있었다. 저들끼리 뭐라고 중얼거리는가 싶더니 무리의 대장인 오성규가 유미 쪽으로 저벅저벅 걸어왔다.

"승진 정말 축하드립니다, 팀장님."

뒤통수가 보일만큼 깍듯이 허리를 굽힌 인사에 유미는 속으로 적잖이 당황했다. 하지만 이내 너그럽게 웃으면서 고개를 끄덕였다.

"고마워요. 우리 앞으로 잘 지내 봐요."

"네, 팀장님."

유미는 호떡 뒤집듯 달라진 성규의 태도에 쓴웃음을 지었다.

속을 알 수 없는 남자라고 생각하고 있을 때 휴게실 복도 끝에서 임원진들이 대거 걸어 나왔다. 그중 가장 앞서 걷는 도하가 보였다. 아침부터 심각한 얼굴이었다.

최고급 슈트 차림을 한 도하에게 여직원들이 저마다 높은 톤으로 반갑게 인사를 건넸다.

"실장니임, 오늘도 너무 멋있으세요."

직원들 앞까지 걸어온 도하가 누군가에게 네, 라고 담담하게 대답했다. 그러다가 가장 앞쪽에 있던 유미와 눈이 마주쳤다. 유미는 급히 그로부터 시선을 피했다. 도하가 더 이상 움직이지 않고 유미의 앞에 발을 멈춰 섰다.

"승진 축하합니다, 서유미 팀장님."

차마 상사가 하는 축하 인사까지 외면할 수는 없는 일이었다.

"웬일이야? 멋있어!"

"실장님이 무슨 일이야? 실장님이 서 팀장님 이름도 알고 있었어?"

주변에서 터져 나온 환호성과 함께 수군거리는 목소리가

유미의 뒤통수를 찔렀다.

"아, 예."

유미는 억지로 고개를 모로 돌리고 도하에게 꾸벅 감사를 표했다. 당황한 미현이 그녀의 옆구리를 쿡 찌르며 다급히 속삭였다.

"티, 팀장님. 그게 뭐예요, 태도가."

유미는 찡그린 얼굴로 미현의 손가락을 피했다. 미현이 다급하게 유미 대신 고개를 숙였다.

"제가 대신 감사드립니다, 실장님."

도하는 짜증스럽게 툴툴거리는 유미를 차분히 응시하다가 미현에게로 고개를 숙여 보였다. 도하 일행이 자리를 비키자 미현이 유미를 구석으로 재빨리 끌었다. 그녀가 소리치다시피 유미를 닦달했다.

"팀장님 뭐하신 거예요? 지금 강 실장님 씹은 거예요? 미쳤어요?"

"씹긴 누가 씹었다고 그래. 그냥 어색해서 그런 거지."

"와. 이걸로 오늘 승진한 분 다른 데로 날아갈 수도 있게 생겼는데, 방금 대체 무슨 짓을 저지른 건지 알아요? 그것도 다른 임원들 다 있는 데서!"

"아, 그래. 가라면 가야지. 나도 이판사판이야."

"뭐라고요? 와, 나 미치겠네. 이 언니가 갑자기 뭘 잘못 먹었나? 갑자기 아침부터 정말 미쳐 버렸어요?"

"그런가 봐."

자신을 대신해 광분한 미현을 보면서 유미는 떨떠름한 기분에 휩싸였다.

조양순. 그는 혜성처럼 나타난 신예 정치인이었다. 사회 운동가이자 인권 보호 협회장이기도 했다. 그런 유명 인사임에도 그의 사생활과 관련된 정보들은 세간에 거의 알려져 있지 않았다. 일부러 누가 지우기라도 한 것처럼 노출된 개인사가 전무한 사람이었다.

몇 가지 네트워크를 이용해 유미가 겨우 알아낸 것은 그저 조양순이 제로그룹 일가의 친척이라는 한심한 지라시 정도에 불과했다.

그런데 실은 그가 제로그룹의 대주주였고 조호선의 뒤를 이어 오너 자리를 노리고 있었다? 그것도 강도하를 이용해서? 그렇다면 3년 전에 회사에 강도하를 실장으로 꽂아 넣은 것이 조양순이었을까?

천재 유학파에, 세기의 미남이라는 재벌가 친척이 갑작스레 기획실로 부임하던 날의 일을 유미는 또렷이 기억하고 있었다.

유미는 도하의 등이 사라진 복도 끝을 응시했다.

"유미 씨도 목숨을 부지할 수 없게 되고 말 겁니다."

그럼 강도하, 당신은?

유미는 휘휘 고개를 내저었다.

"그래서 어쩌라고. 내 알 바 아니지."

"아, 놔. 이제부터 본격적으로 윗선들 물갈이 시작되는 거

몰라요? 물에 빠져 죽을 거면 혼자 해요, 팀장님. 저는 회사 오래 다니고 싶어요."

유미가 괴로워하는 미현을 보며 희미하게 웃기만 했다.

임명식은 빠르게 진행되었다. 장기 출장 중인 대표 이사 대신 박대훈 상무가 임명장을 하사했다.

임명식 이후에는 주말 야유회 일정을 대비한 레크리에이션 회의가 이어졌다. 최근 불행한 사고로 인해 떨어져 있는 직원들의 사기를 북돋우기 위한 이사회 차원의 긴급 조치였다.

유미는 제 자리에 새롭게 놓인 반짝이는 신주 명패를 쓰다듬었다.

마케팅기획부 팀장 서유미

야릇한 기분으로 바뀐 명패와 명찰을 쓰다듬다가 유미는 미디어실 쪽으로 발을 옮겼다. 야유회 관련 홍보물 작업 때문이었다.

기다란 복도 옆에 자리한 휴게실 앞을 지나면서 유미는 누군가 왁자하게 떠들어 대는 소리를 들었다.

"실장님 요새 또 맨날 숙소에 안 들어온대."

"또 새 여자 생긴 거야?"

"뭐? 여자 친구가 있었어?"

"생긴 게 반반하잖아. 두세 명쯤 없겠냐?"

유미는 차마 그냥 지나치지 못하고 소리가 들리는 공간 앞에 멈춰 섰다. 기척을 느꼈는지 갑작스럽게 안의 소음이 잦아들었다.

궁금증을 이기지 못한 유미가 벌컥 문을 열었다. 좁은 의자에 나란히 앉은 신입 사원 세 사람이 눈에 띄었다.

"안녕. 무슨 얘기해요?"

"아, 안녕하세요. 팀장님."

"뭐 재미있는 일 있어?"

머뭇거리던 직원들은 저마다 유미의 눈치를 보며 조용히 입을 다물었다.

"무슨 얘긴데? 같이 웃자."

"아, 아니에요."

유미가 안으로 들어서자 눈치를 보던 직원들이 하나둘 줄지어 휴게실을 빠져나갔다.

강도하가 숙소에도 안 들어가고 새 여자가 생겼다, 이거지? 유미는 무의미한 한숨을 쉬었다. 멍하니 정수기의 물을 따르다가 주르르 바닥에 흘리고 말았다.

물 묻은 손을 탈탈 털고 찜찜한 기분으로 걸음을 옮겼다. 그게 대체 나랑 무슨 상관이람. 유미는 벌컥벌컥 물을 들이켜고 손에 쥔 종이컵이 도하라도 되는 꽉 구겨 버렸다.

다시 복도로 나서자마자 마침 모퉁이를 돌아 나오던 도하와 마주쳤다. 먼 거리에서 시선이 마주쳤지만 유미는 그를 본체만체했다. 자신에게 말을 걸지도 모른다고 생각했으나 도하 역시 그저 유미에게 눈길만 줄 뿐이었다.

복잡 미묘한 심경으로 그의 옆을 지나는 순간 도하가 문득 입을 열었다. 사무적인 말투였다.

"우리 인사 좀 하고 지내죠, 서 팀장."

어깨춤에 닿는 차가운 목소리에 유미는 얼어붙었다. 그렇다. 표면적으로 그는 여전히 자신의 상사였다. 유미는 한 걸음 물러서서 꾸벅 정중히 허리를 숙였다.

"안녕하십니까."

핏기 없는 얼굴로 허리를 펴자 도하가 불쑥 다가섰다. 순식간에 유미의 허리가 당겨져 도하의 몸과 가까워졌다. 저항할 겨를조차 없었다.

금방이라도 닿을 듯한 얼굴을 사이에 두고 도하가 그녀의 귀 가까이에 대고 속삭였다.

"옥상으로 와요. 얘기 좀 합시다."

"제가 왜요?"

"안 오면 무슨 일이 생길지 모릅니다. 10분 뒤에 따라와요. 바로 오지 말고."

"기가 막혀. 그러니까 제가 왜요?"

그때 복도 끝 사무실 문이 열리는 것이 보였다. 그 소음에 유미가 허리에 붙은 도하의 손을 후다닥 떼어 내고 재빨리 그의 품을 벗어났다.

나온 인원이 여럿인지 재잘거리는 소리가 들렸다. 그사이 도하는 다시 발길을 돌려 사라져 버렸다.

30분 뒤, 옥상에 올라온 유미는 분노와 혼돈에 빠져 있었

다. 대체 여기서 뭘 하고 있는가. 생각할수록 자신이 한심할
노릇이었다. 대체 무슨 할 말이 더 있다고 올라온 거지.

횡한 바람이 부는 거대 옥외 광고판 뒤, 만나자고 한 남자
는 정작 머리카락 한 올도 보이질 않았다. 유미는 더 이상 시
간 낭비를 하지 말자고 마음먹었다.

마지막으로 가건물 뒤쪽만 확인해 보기 위해 발을 옮기자
마자 물탱크 사다리에서 털썩, 도하가 뛰어내렸다. 새털처럼
가벼운 동작이었다. 여전히 구석을 기웃거리는 유미를 보고
서 도하는 피식 웃었다.

"왔어요?"

도하가 다가온 것을 보고 돌아선 유미는 일시에 동작을 멈
췄다. 강도하가 자신을 향해 웃고 있다니. 그가 자신을 향해
웃을 때마다 꿈이라도 꾸고 있는 기분이었다.

완벽한 외양에 순간적으로 넋을 놓았다가 절레절레 고개
를 흔들었다. 강도하는 전생에 요물이었을 거야. 갈 곳 없는
행인이나 홀려 대는 구미호였을 게 분명해.

유미는 일부러 팔짱을 끼고 단조로운 톤으로 말을 꺼냈다.

"실장님, 제가 온 이유는요. 다시는 사람 이런 식으로 불
러내지 말아 주십사 하고 부탁을 드리려는 거예요. 새 여자
친구 생기신 거 아니었어요?"

단호한 유미의 말투에 도하는 눈썹을 들어 올렸다.

"무슨 여자요."

"직원들 말이 두세 명쯤 있을 거라던데요?"

유미는 무뚝뚝한 표정을 유지했다. 습관처럼 머리를 쓸어

올린 도하가 물었다.

"서유미 씨, 사실 나한테 관심 있죠?"

"네?"

유미는 그 소리에 하마터면 쓰러질 뻔했다. 하얗게 질린 유미가 뒤로 발을 물렀다. 도하도 느긋하게 유미 쪽으로 발을 옮겼다.

"아닙니까?"

순식간에 얼굴이 터질 것처럼 열이 올랐다. 유미는 더더욱 뒷걸음질을 쳤다. 바로 뒤는 옥상 난간이었다. 움직이면 떨어진다. 더 이상 도망칠 곳도 없었다.

"아뇨. 전혀요."

다행히 도하는 그 이상 거리를 좁히지는 않았다. 대신 그녀의 얼굴로 난감한 시선이 따라붙었다.

"거절당하는 거 안 익숙합니다."

"아, 그러세요. 물론 그러시겠죠. 근데 어쩌죠. 전 정말 전혀 관심이 없어서. 단지 실장님이 이런 식으로 불러내는 거 정말 싫다고 말씀드리려고 왔어요. 정식으로 말씀드린 적이 없는 것 같아서."

"그럼 지금이라도 그 관심 좀 가져 주면 안됩니까?"

유미는 순간 말문이 막혔다. 빌딩 아래서부터 가을로 분한 계절의 바람이 살랑살랑 불고 있었다. 결이 좋아 보이는 남자의 머리카락에 석양빛이 부드럽게 부서지는 게 보였다. 덩달아 그의 슈트 재킷도 바람에 흔들리고 있었다.

유미는 기절할 것 같은 얼굴로 서서 외계어를 내뱉는 도하의 입을 홀린 것처럼 보고 있었다. 그러나 금세 멍해졌던 정신을 차렸다.

"우와!"

"……?"

"실장님. 이게 실장님 전용 낚시 작업 멘트예요? 진짜 깜빡 속아 넘어갈 뻔했네. 진짜 여자 친구 두세 명쯤 있을 만하시네요."

유미가 손을 뻗어 도하의 어깨춤을 툭 치고 입을 가린 채 웃었다.

"그런 거 없다니까요."

"말로만 배우 하시라고 했지, 실제로 연기까지 잘하실 줄이야. 그런 얼굴로 그런 말 하면 진짜 여자들 금방 넘어가겠다. 근데 저한테 계속 이런 장난치시는 건 경우가 아니죠. 이제 비켜 주세요. 좀 지나가게요."

유미가 억지 익살을 부리며 도하의 단단한 배를 쿡 찔렀다. 유미의 손이 배에 닿자 도하가 움찔 몸을 경직시키고 인상을 썼다.

"서 대리 가지고 장난친 적 한 번도 없습니다. 전에도, 앞으로도."

유미는 다시 한번 말을 잃었다. 놀란 눈이 도하의 진지한 얼굴을 응시했다. 이 사람이 하는 말이 전부 진심이었으면……. 도하의 눈동자 안으로 그려지듯 또렷이 담긴 자신의 실루엣이 보였다. 유미가 겨우 입을 열었다.

"저한테 대체 왜 이러시는 데요?"

"계속 지켜보고 있었다고 하면, 믿을 겁니까?"

아니, 믿을 수 없어.

유미는 말없이 도하를 보기만 했다. 그는 입으로 마술을 부리는 사람 같았다. 그가 무슨 말을 한대도 전부 받아들였을지 모른다.

뚫어지게 그를 바라보다가 유미는 대답 없이 홱 고개를 돌렸다. 은색 난간 위로 붉은 석양빛이 쪼개져 내리고 있었다.

유미는 자신도 모르게 멈췄던 숨을 간신히 내쉬고 난간을 붙잡고 섰다.

서울의 시내가 멀리까지 보였다. 도시 전체를 물들이는 붉은 빛은 장관이 아닐 수 없었다. 숨이 막힐 정도로 아름다운 광경이었다.

"정말 아름답네요."

뒤에서 조용히 어딘가를 보던 도하가 다시 유미에게로 고개를 들었다. 고민하던 그가 가만히 유미의 옆자리로 다가섰다.

옥상은 아래가 보이지 않는 까마득한 구름 같은 위치에 있었다. 강하게, 때로는 약하게 바람이 불어왔다. 발치의 풍경에는 아랑곳없이 도하는 유미에게로 고개를 돌려 섰다.

"그렇습니까?"

"네. 정말로."

자신을 보는 시선을 느끼면서 유미가 말했다.

"실장님은 그렇게 생각하지 않으세요?"

흘깃 석양이 지는 모양을 내려다본 도하가 다시 유미의 얼굴을 응시했다.

"별로. 그런 걸 보고 감상할 만한 여유가 없었습니다."

예상대로 딱딱한 대답에 유미가 피식 웃었다.

"진짜 바보 같다."

"무슨 뜻입니까."

"지금 아무 생각도 하기 싫어졌거든요."

"……?"

"설령 실장님이 지금 하는 말들이 전부 거짓말이라고 해도, 무슨 이유에서건 나를 가지고 놀리는 중이라고 해도 지금은 의심하고 싶지 않아졌어요. 지금은 그냥 그러고 싶지 않네요."

"그건 나한테 좋은 일인 겁니까?"

마침내 유미가 도하의 얼굴을 마주 보고 섰다. 아까부터 자신을 향해 돌아서 있던 남자 쪽으로.

"대체 실장님한테 좋은 일이란 게 뭔데요?"

"당신이 오래 살아 주는 것."

멀리서 지는 해가 두 사람의 그림자를 비추고 있었다.

5. 안전 가옥

"우리 그만 내려가요."

한참 노을이 지는 풍경을 응시하던 유미가 말했다. 난간에 기대 빌딩 아래를 내려다보던 도하가 그녀를 돌아보았다.

"대답은?"

"무슨 대답이요?"

"내 제안에 대한 대답."

유미는 물끄러미 도하를 응시하다가 가타부타 대답 없이 비상구를 향해 걷기 시작했다. 도하가 그녀 옆을 빠른 걸음으로 따라붙었다.

"뭡니까, 그 표정은. 예스입니까?"

계단의 중앙에서 돌아선 유미는 쫓아온 도하의 눈을 한참 동안 마주했다.

"의심하고 싶지 않다는 것과 갑자기 한국을 떠나는 것은 전혀 별개의 문제예요."

유미가 뒤돌아 걷기 시작하자 도하가 그녀의 앞쪽 계단으로 뛰어 내려왔다.

"아직 내 말을 못 믿겠다는 겁니까?"

"그렇게 말한 적 없어요. 단지……."

유미는 자신을 보는 도하를 쳐다보다가 말을 삼켰다. 사실 묻고 싶은 말은 따로 있었다.

'지켜보고 있었다' 라는 말이 무슨 뜻이에요? 그건 설마 정말 날 좋아해 왔다는……?

하지만 유미는 모든 질문을 삼켰다. 지나칠 정도로 잘생긴 남자의 얼굴에서 의식적으로 눈을 돌렸다. 지금이라면 그가 무슨 해괴망측한 소리를 해도 그냥 다 믿어 버릴 것 같은 기분이었기 때문이다.

좋아라 하고 눈앞의 남자에게 냅다 몸을 던져 안기기 전에 얼른 자리를 피하는 것이 상책이었다. 유미는 그저 돌진하는 소처럼 계단 아래로 묵묵히 걸었다.

"나중에 얘기하죠."

하지만 내려가던 유미를 도하가 가로막았다.

"나중에 언제."

반대쪽으로 향하는 유미를 다시 한번 도하가 막아섰다.

"지금은 말고요."

"알겠지만 시간이 별로 없습니다."

유미는 연속해서 제 발길을 붙잡는 도하에게 인상을 쓴 채 짜증을 부렸다.

"그럼 인생이 걸린 중대한 문제를 이런 짧은 순간에 결정하라고요? 지나치게 강압적인 거 아니에요? 아무리 제가 실장님을 좋아한다고 해도 저를 마음대로 할 권리가 있다는 건 아니라구요."

좁은 길목을 마구잡이로 막아서던 도하가 일순 움직임을 멈췄다. 짜증을 부리던 유미는 이상해진 도하의 표정에 자신이 무언가 실언하지는 않았는가 스스로를 의심했다.

"정말 날 좋아합니까?"

"예?"

뭐야, 알고 찔러본 게 아니었어?

"아뇨. 그, 그게 아니라 말을 잘못……."

도하가 더듬거리는 유미의 팔을 꽉 잡았다. 그의 눈이 집요하게 유미의 얼굴을 따라왔다. 곧이어 좁은 층계가 터질 듯한 긴장감으로 꽉 찼다.

"아, 그게 이성으로 좋아하는 그런 게 아니라 그냥 직장 상사로서 호감이랄까……. 아니, 우리 회사에 건방지게 실장님을 싫어하는 부하 직원도 있어요? 감히 그런 사람이 있으면 그게 이상한 사람이지. 암, 그럼 안 되죠."

도하가 주절거리는 유미의 양 볼을 손으로 잡았다. 유미는 얼굴을 잡힌 채로도 여전히 주제 없는 말들을 떠들어 댔다.

"여보세요, 실장님. 왜 또 그렇게 남의 얼굴을 잡고 뭐 하자는 거예요. 자꾸 이러시면 저 신고할 겁니다."

도하는 빙그레 유미의 말하는 입을 보고 있었다.

"해도 됩니까? 키스."

어느새 한 발 위로 올라선 도하가 유미의 턱을 부드럽게 들어 올리며 물었다. 떠들어 대던 유미의 입이 단번에 닫혔다.

자신에게 키스해도 되냐고 묻는 남자는 난생처음이었다. 이런 상황에 대처하는 법을 배운 적은 없었다.

아, 몰라.

"네."

유미는 그만 눈을 질끈 감아 버렸다. 귀까지 열기로 펄펄 끓어오르는 느낌이었다.

하반기 이후의 마케팅 포지셔닝에 관한 토론이었다. 유미는 회의를 진행 중인 도하를 보면서 멍하니 앉아 있었다.

죽거나 아니면 바보가 되거나, 둘 중 하나.

도하의 말이 진짜라고 믿는다면 최악의 경우 놀림당하는 바보가 되는 거고, 가짜라고 생각할 경우 최악의 경우의 수는 죽음.

유미는 계속해서 메모장에 낙서를 하고 있다가 의제를 짚어 나가던 도하와 언뜻 눈이 마주쳤다. 시선을 의식하자 뺨이 절로 달아올랐다.

남들의 시선을 의식해 조심스럽게 얼굴을 돌린 유미가 푹 고개를 숙였다. 그런 유미를 보던 도하가 표정 변화 없이 발표 중인 오 대리에게 고개를 돌렸다.

"팀장님, 어디 안 좋으세요?"

유미의 옆에서 앉은 마케팅팀 권 대리가 물어 왔다.

"아니요."

유미는 다시 꼿꼿하게 앉아 회의에 집중하는 척했다. 하지만 속마음은 지금이라도 일어나 허공에 소리라도 지르고 싶은 기분이었다.

글쎄, 저기 앉은 저 남자가 나를 오랫동안 지켜봤다지 뭐예요! 저기 저 미친 것처럼 잘생긴 남자가!

"그럼 이상 발표를 마치겠습니다. 그리고 사견을 올리자면 하반기에도 마케팅팀이 해 오던 일은 업무 분담 없이 진행하는 걸로 하면 좋겠습니다. 경쟁 업체에서 신제품 견제가 들어온 상황에 업무상 스피드를 내는 편이 실적 향상에 도움이 될 거라고 생각합니다."

성규가 발표를 마치며 첨언했다. 바로 미현의 반박이 날아들었다.

"그건 안 될 말이라고 봅니다. 물론 당장은 이전 담당자들이 맡는 게 빠르겠지만 팀은 결국 미래 지향적이어야 하니까요. 시스템적으로 접근해야죠. 팀 합병에 따른 인계와 업무 분담은 필수적인 것이라고 생각됩니다."

도하가 미현의 편을 들었다.

"한 대리 의견에도 일리가 있군요. 야유회 후 업무 분담에 관해서는 다음번 회의에 다시 얘기해 보는 것으로 합시다."

마지막으로 권 대리가 연말 공략용 세부 일정표를 꺼냈다. 도하는 은희와 귓속말로 무엇인가를 논의하고 있었다.

유미는 뒤에서 들키지 않게 그들을 바라보았다. 두 사람은 상당히 친밀한 사이처럼 보였다. 도하는 여자 친구도 뭣도 없다고 분명히 말했다. 그냥 친한 동료겠지. 그럼에도 사실 어느 쪽도 확신이 없었다.

"서유미!"

도하가 처음 자신의 이름을 불렀던 날을 떠올렸다. 고 부장의 시신을 확인하러 갔던 천안에서 그는 유미가 지금 떠나지 않으면 고 부장처럼 곤경에 빠지게 될 것이라고 말했다.

조 회장의 구속, 고 부장의 자살, 도하의 양부라는 조양순의 모습 등을 유미는 차례로 떠올렸다. 유미로서는 아무런 연결 고리도 찾을 수 없는 사건들이었다.

그리고 모든 일 가운데서 자신을 오랫동안 지켜봐 왔다고 말하는 남자, 강도하.

결국 회의는 퇴근 시간을 한참 넘겨서야 마무리되었다. 서류를 챙기며 유미는 회의실 바깥 유리벽에 서 있는 도하를 쳐다보았다.

권 대리와 대화 중이던 도하의 시선이 문득 유미에게로 돌아왔다. 소란스러운 가운데 두 사람의 시선이 마주쳤다.

그때 맞은편에서 민호와 미현이 뛰어왔다. 유미의 눈이 재빨리 그들을 향했다.

"팀장님!"

"응? 어어."

"오늘 밤에 뭐 하실 거예요? 우리 오늘 술 한잔해요."

"오늘?"

유미는 대답을 머뭇거렸다. 자신들의 큰 목소리 때문에 문간에 선 도하의 시선이 쏠리는 것이 느껴졌다.

"아, 오늘은 조금……."

"와, 팀장님. 여태껏 제가 술 상무 해 드린 게 몇 번인데, 오늘은 진짜로 승진 턱 한번 쏘셔야죠!"

"승진 턱은 내가 벌써 한 다섯 번은 낸 것 같은데."

회의실 문을 나서는 직원들이 지나갈 때마다 도하의 모습이 나타났다가 가려지곤 했다. 잘 보이지 않았으나 정말로 신경이 쓰이는 옆모습이 아닐 수 없었다.

다른 직원들이 마저 회의실을 비우자 민호의 목소리가 좀 더 분방해졌다.

"오늘 왜 안 돼요? 팀장님 어차피 할 일도 없잖아요."

"야, 인턴. 내가 할 일이 없긴 왜 없냐."

"팀장님, 진짜 의리 저버리고 이제 와서 모른 체하기예요? 우리 진짜 오성규네 애들 땜에 돌아 버릴 것 같다고요."

미현이 투덜거림과 동시에 노크 소리가 들려왔다. 문을 연 도하가 유미를 둘러싼 팀원들을 한번 둘러본 뒤 말했다.

"서 팀장, 일정 계획표 끝났습니까? 내 책상에 올려놓고 퇴근해요."

"그건 다른 팀이 완성해서 가져오기로 했는데요."

"월요일부터 야유회 아닙니까. 오늘까지 서 팀장이 책임

185

지고 마무리하도록 하세요."

할 말을 마친 도하가 냉정하게 뒤돌아섰다. 유미가 꾸벅
고개를 숙이고 곧장 대답했다.

"네, 알겠습니다."

황급히 자료를 챙기며 유미가 미현에게 작게 속삭였다.

"그럼 먼저들 가. 이따 내가 상황 봐서 연락할게."

순식간에 재킷을 걸친 팀원들이 뒤에 남은 유미에게 힘을
주려는 듯 팔을 들고 응원을 했다.

"팀장님, 그럼 파이팅!"

"그래, 그래. 들어가."

비상구로 팀원들이 쏜살같이 사라졌다. 자리에서 그들을
보다가 유미는 반대편 사무실 문에 버티고 선 도하에게 눈길
을 주었다.

지잉.

고개를 내려 울리는 휴대폰을 확인해 보니 번호 표시가 없
는 괴상한 메시지였다.

〈오늘 밤에 방으로 가겠습니다.〉

메시지를 확인한 유미는 재빨리 주변을 살피고 다시 맞은
편 도하를 응시했다. 슈트를 걸치고 바른 자세로 서 있는 그
가 보였다.

유미는 직감적으로 이것이 그가 보낸 메시지라는 것을 알
아차렸다. 주책맞게 가슴이 두근두근 뛰기 시작했다.

뒤이어 외투를 걸친 은희가 나타났다. 유미는 자신의 눈을 의심했다. 도하가 은희를 에스코트하듯 사라져 버린 것이다.

직장인의 평범한 금요일 오후. 그저 자신을 살리고 싶을 뿐이라는 남자의 말을 어디부터 어디까지 믿으면 좋을까.

유미는 사라진 남녀의 뒷모습을 보면서 한참을 고민에 빠졌다.

그날 밤, 유미는 방 안을 걸어 다니며 전전긍긍했다. 도하가 방으로 온다고 했다. 왜 또 무슨 거짓말을 하려고? 이 와중에도 유미는 도하의 말에 부질없이 흔들리고 있는 자신을 발견했다.

정말 믿어야 하나? 그 모든 거짓말 같은 얘기를? 설령 그의 말이 실제로 전부 악의적인 거짓말이라고 할지라도 도하의 말과 눈에 담겼던 감정이 진실이라고 믿고 싶은 마음이 계속해서 고개를 들었다.

그래! 죽는 것보다야 차라리 바보가 되는 게 낫지 않겠어?

그런 생각으로 유미는 아직도 의심의 불씨를 꺼뜨리지 못하는 자신을 달랬다. 밀항용 배의 출발 시간은 내일 새벽이었다. 그러면 부모님은? 친구들은? 미리 연락을 해 둬야 하나.

유미가 전화번호 목록을 살피며 고민하던 찰나, 휴대폰 화면이 꺼지더니 검은 바탕에 흰색의 줄이 지나는 것이 보였다. 유심히 보지 않았다면 그냥 지나쳤을 작은 크기의 문장이었다.

GPS confirmed, saving data……

"이게 무슨 일이야?"

유미는 휴대폰 액정을 흔들어 보고, 껐다 켜 보기도 했다. 어느새 기계는 다시 멀쩡하게 첫 화면으로 돌아와 있었다.

"뭐지. 에러인가?"

유미는 왜인지 찝찝한 기분이 들었다. 휴대폰을 테이블에 던지듯 놓았다.

띠띠띠.

어디선가 경보음이 울렸다. 분명 휴대폰에서 나는 소리였다. 자신이 설정한 벨소리는 절대 아니었다. 허둥거린 끝에 유미가 통화 버튼을 누르자 가까운 데서 도하의 목소리가 들려왔다.

"여보세요?"

─놀라지 말고 들어요.

"이미 엄청 놀랐는데요? 실장님, 혹시 제 휴대폰에 무슨 장난치셨어요?"

─내가 지금 창문을 뗄 겁니다.

"뭐라고요?"

반사적으로 창문을 향해 고개를 돌리자 밖에 대롱대롱 매달린 검은 그림자를 발견했다. 다름 아닌 도하였다. 이미 지나치게 놀란 유미는 더 이상 소리를 칠 기운도 없었다.

입을 떡 벌린 유미를 향해 와이어에 매달린 도하가 웃으며 손을 흔들어 보였다. 아슬아슬하게 창틀에 발을 디딘 도하가 창문 쪽으로 팔을 뻗었다.

겨우 정신을 차린 유미가 창가로 뛰어나갔다.

—위험하니까 비켜 있어요.

유미는 시키는 대로 움직였다. 도하가 기구로 창문을 분리해 낼 동안 유미는 마술을 보는 것처럼 경이로운 표정으로 그를 보고 있었다.

마침내 도하가 뚫린 창 안으로 뛰어 가볍게 방 안으로 착지했다. 감쪽같이 유리를 제자리에 붙인 그가 털썩 가방을 던지고 유미를 바라보았다.

"끄, 끝난 건가요?"

그 말을 듣고서야 생각난 것처럼 도하가 창문에 매달린 줄을 쑥 잡아당겼다. 위에 도르래라도 달린 것인지 차악, 말리는 소리와 함께 줄은 어디론가 사라져 버렸다. 이 마술 같은 쇼에 유미는 박수라도 쳐 주고 싶은 심정이었다.

"지난번에도 이렇게 들어온 거였군요."

"기다렸습니까."

"줄은 어디로 간 거죠?"

"옥상."

"옥상이요?"

"새벽에도 옥상으로 이동하는 게 편할 겁니다. 이 건물은 출입구 위주로만 관리되고 있고, 나머지 부분은 허술하기 그지없습니다."

유미는 탈출로를 상세히 설명하는 슈트 차림의 도하를 멍한 눈으로 쳐다보았다. 이어서 도르래에 체중을 싣는 원리를 설명하던 도하가 그런 유미를 확인하고 피식 웃었다.

"왜요. 새삼 반했습니까?"

"아뇨. 그럴 리가요."

유미는 절레절레 손을 흔들고 이유 없이 얼굴을 붉혔다.

두 사람은 다시 2인용 식탁에 앉았다. 이어진 것은 지난번과 똑같은 대화였다. 다른 것이 있다면 이번에는 유미가 궁금한 것을 질문하고 도하가 대답을 한다는 점에 있었다.

식탁 위에 놓인 탑승권과 위조된 신분증을 유미는 유심히 보고 있었다. 동시에 도하가 설명하며 그려 준 블랙 슈트의 조직도를 뚫어지게 응시했다. 이래서야 믿지 않을 수도 없었다.

"그럼 질문."

유미의 말에 도하가 고개를 끄덕였다.

"강도하와 조양순의 관계는?"

그녀의 입에서 나오는 이름에 도하의 표정이 굳어진 듯 보였다.

"부양자와 피부양자의 관계, 그 이상도 그 이하도 아닙니다. 그에게는 나 말고도 입양된 양자가 여럿 있습니다. 모두 영원의 집 출신들입니다. 영원재단이 제로그룹 계열이라는 것은 이제 유미 씨도 잘 아는 사실일 테고."

유미는 진지하게 그를 바라보며 고개를 끄덕였다. 그럴 듯한 소설이라고만 생각해 믿지 않았던 이야기들을 도하는 다시 되풀이해 설명했다.

"양부는 계획적으로 고아들을 데려다 길렀습니다. 아이큐와 체력 테스트를 모두 통과한 열 살 미만의 아이들이었죠. 아마 외부에는 자선 사업가로만 보였을 겁니다. 하지만 실제로 블랙 슈트는 양부가 유산 싸움에 이용하려고 길러 낸 킬러 집단에 불과하죠. 무사히 떠난 동료들도 있습니다만 대부분 죽거나 사라졌습니다."

유미는 온몸에 소름이 끼치는 것 같아 팔을 잡고 쓰다듬었다.

"조양순에게는 여전히 남은 많은 추종자들이 있습니다. 어린 시절부터 지속된 세뇌의 힘이 사람에게 어떤 효과를 미치는지는 그들을 보면 알 수 있을 겁니다. 하지만 모두 함께 자란 내 동료들입니다."

"어떻게 그런 일이 실제로 일어날 수가 있죠? 정말로 돈 때문에 사람을 죽이는 킬러 집단을 만드는 게 가능하다고요? 대체 왜 그러는데요? 그렇게 해서 얻는 게 뭐라고……!"

"당신과는 태생적으로 다른 사고 체계의 사람들도 많이 있습니다. 사(私) 군대를 키우는 것 역시 조양순 혼자만의 아이디어는 아닙니다. 드러내지 않을 뿐이지, 세상에는 당신이 생각하는 것 이상의 많은 일이 일어나고 있습니다."

유미는 머리카락을 쥐어뜯으며 생각에 집중하다가 다시 물었다.

"으아아, 그럼 대체 고 부장님을 살해한 건 누군가요?"

"증언을 막으려던 조호선 측 움직임으로 보이지만 자세한 건 아직 알지 못합니다."

"그럼 설마 이전에 퇴사한 팀장님들까지 그런 건……?"

도하는 제로그룹의 비리를 증언하도록 임원들을 설득하는 중이었다고 했다. 조호선을 구속시킨 뒤 조양순이 운영권을 차지하기 위함이었다.

조씨 일가가 아닌 고위직 임원들이 그 대상이었다. 그 와중에 증인이었던 고 부장은 자살하고 조 회장의 재판은 미뤄졌다.

"당신을 승진시키려 하지 않았던 것은 바로 그 때문입니다."

지난번과는 전혀 다르게 유미는 도하의 모든 말을 진지하게 받아들이고 있었다.

"하지만 저는 아무것도 아는 게 없는 걸요. 아직 아무 제안도 받은 적이 없어요."

"그보다 중요한 것은 유미 씨가 양부의 레이더망에 걸렸다는 겁니다. 절대 눈에 띄지 않기만을 바랐는데."

"제가 실장님 근처에 있어서인가요."

"양부는 조금의 불안 요소도 용납하지 않는 사람입니다. 지금까지는 아마 나를 믿고 있을 겁니다. 원래는 나도 이 프로젝트까지 맡을 생각이었습니다만……."

도하는 뒷말을 흐렸다. 그는 불안해하면서 혼자 방 안을 걸어 다니는 유미를 쳐다보았다.

아직까지 유미를 타깃으로 한 뚜렷한 움직임의 증거는 없었다. 그럼에도 어떤 불안 요소도 용납하고 싶지 않은 것은 도하 역시 마찬가지였다.

살인은 항상 무차별적이고 무계획적으로 일어났다. 양순의 명령 한마디라면 누구라도 죽일 준비가 되어 있는 광신도들을 도하는 여럿 알고 있었다. 그렇게 처리된 시신은 한 번도 발각되지 않았다.

"하지만 실장님 말대로라면 조양순 씨는 블랙 슈트의 아버지 아닌가요?"

도하는 아주 놀란 표정을 지었다. 의외의 질문이었다. 하찮은 살상 무기들 따위에게 아버지라니, 사치였다.

"나는 조양순도, 그의 프로젝트에도 전혀 관심 없습니다. 그의 비전은 내 알 바 아닙니다. 내가 관심 있는 건 유미 씨의 안전뿐입니다."

창틀에 기대서서 손톱을 씹던 유미가 눈을 동그랗게 뜨고 되물었다.

"왜요?"

"네?"

예상치 못한 물음에 도하는 눈을 깜빡였다. 유미는 도하의 얼굴을 보면서 무슨 대답이라도 기다렸지만 그의 입에서는 아무 말도 흘러나오지 않았다.

긴 침묵을 깨고 유미가 먼저 말을 이었다.

"우선 감사드려요. 그렇게까지 저를 생각해 주시다니. 그리고 죄송하고요."

말할수록 유미는 제 얼굴이 달아오르는 걸 느꼈다. 도하는 담담한 얼굴로 그녀를 응시하고 있었다.

"그런데 실장님의 제안은 받아들일 수 없을 것 같아요."

"서유미 씨."

"저는 아직 평범하게 회사로 출근하고, 수다 떨면서 커피 마시고, 업무 처리하고. 그런 제 삶이 기다리고 있다고 믿어요. 물론 실장님의 말을 못 믿는단 얘기는 아니에요."

"내 말은 거짓이 아닙니다."

"네, 알아요. 거짓말은 아닌 것 같아요. 일부는 정말로 사실인 거겠죠."

"일부는?"

"그런데 저는 당장 이 나라를 떠나야 한다는 실장님 제안도, 그동안 저를 특별하게 생각했다는⋯⋯."

이 대목에서 유미의 목이 유난히 붉어졌다.

"말씀도 감사하지만. 하지만 전부 너무 갑작스럽게 느껴지는 걸요."

답답한 마음에 도하가 자리에서 일어나 유미에게로 걸어갔다.

"고작 그런 걸로 고민할 여유는 없습니다. 지금이 탈출할 만한 가장 적기입니다. 슬쩍 떠봤습니다만 다행히 아직 유미 씨를 향한 아무 계획이 없어요. 하지만 이 이상 시간을 지체하면 무슨 일이 벌어질지 아무도 모릅니다."

유미는 고개를 저으며 뒤로 물러났다.

"도저히 그렇게 할 수가 없어요. 저만 보고 있는 사람들이 있어요. 우리 팀원들, 노조원들, 그리고 우리 부모님. 대체 부모님께는 뭐라고 얘기하죠?"

"고작해야 1, 2년일 겁니다. 그 정도야 유학이든, 출장이든 무슨 핑계를 대면 됩니다. 2주 후면 조호선의 공판이 끝납니다. 양부가 무사히 그룹을 차지하게 되면 당신에 대한 블랙슈트의 관심도 자연스레 사그라들 겁니다. 그 이후에 자리를 잡고 나면 언제든 다시 돌아올 수가 있어요."

유미는 도하와 눈을 맞추다가 고개를 떨어뜨렸다.

"공장 화재도 조작된 것 같다고 하셨죠. 노조 위원장님이 구속된 건 알고 계세요?"

참혹한 표정으로 도하의 얼굴이 일그러졌다.

"그 사람들은 내 알 바가 아닙니다. 나한텐 당신의 안전이 훨씬 중요합니다."

고통스러운 얼굴을 하는 도하를 유미는 난처한 얼굴로 바라보았다.

"저도 원래 잘 모르셨잖아요."

유미는 현관으로 향한 다음 도하를 돌아보며 문을 가리켰다.

"전 모르겠어요. 뭐가 옳은 건지."

"옳은 게 아니라 살아남는 게 중요한 겁니다."

인상을 쓴 도하가 문이 아닌 창문으로 향하는 것을 유미는 차분하게 쳐다보았다. 창문 앞에서 도하가 유미에게 다시 한 번 강조했다.

"새벽에 데리러 오겠습니다."

"차라리 실장님 말들이 전부 거짓말이었으면 좋겠어요. 승진하지 못해도 좋고, 저 따위 쫓아내지 못해서 안달 난 원래의 실장님이어도 괜찮으니까 월요일에 다시 출근할 수 있게. 저한테는 그게 제 인생이에요."

유미의 말에 차마 반박하지 못하는 도하를 뒤로하고 삐걱, 창문이 열렸다가 닫혔다.

자리에 누운 유미는 한참이나 뒤척이고 있었다. 갖가지 상념들이 머리를 괴롭혀 잠들 기미가 보이질 않았다. 진정성 있는 눈빛으로 호소하던 도하를 떠올리자 답답해진 유미는 몸을 틀어 반대로 돌아누웠다.

거짓말 같지는 않아. 그 사람의 눈을 보면 알 수 있어. 하지만 정말로 그런 음모가 자신의 곁에서 벌어지고 있다고? 지금 떠나지 않으면 죽는다는 상사의 제안이라니.

혼란만 가중시키는 생각들에 유미는 고개를 젓고 다시 깊은 잠을 청하려 애썼다.

똑똑.

그러나 문간의 작은 소음이 번뜩 잠을 깨웠다.

"새벽에 데리러 오겠습니다."

도하가 마지막 남긴 말이 불현듯 떠올라 유미는 더듬더듬 시간을 확인했다. 벌써 새벽 3시였다.

설마 지금? 유미는 숨을 죽인 채 다시 문간의 소리에 귀를 기울였다.

똑똑.

저건 틀림없이 노크 소리다. 유미는 심각한 고민에 빠졌다. 아직 마음을 정하지 못했는데, 대체 어떻게 해야 하나. 침대에 일어나 앉은 채로 주저했다. 이대로 도하를 따라 중국으로 가는 배를 탄다고?

똑똑똑.

노크 소리가 점점 크고 빨라졌다. 이불을 박차고 일어선 유미는 결국 현관문으로 향했다. 이번엔 창문이 아니라 문이야? 왠지 불안한 기분에 심장이 뛰었다.

주저 끝에 문을 열었을 때, 유미는 아연실색해 놀라지 않을 수가 없었다. 눈앞에 나타난 것은 도하가 아닌 초췌한 몰골의 자영이었다.

"부, 부장님? 부장님이 여긴 어쩐 일로……."

"유미 씨."

"이 시간에 여기 어쩐 일이세요?"

유미는 당황한 얼굴로 묻는 것도 뒤로하고 자영은 뭔가에 쫓기는 얼굴로 급하게 방 안으로 뛰어들었다. 유미는 그녀가 하는 대로 문간으로 물러섰다.

"유미 씨, 나 좀 도와줘."

"대체 무슨 일이세요?"

자영은 경직된 얼굴이었다. 그녀는 유미가 따라 주는 뜨거운 우유를 들고 소파에 앉았다. 그러고는 두리번두리번 쉴 새 없이 유미의 방을 둘러보았다. 얼마나 불안한 건지 잔을 든 손까지 덜덜 떨렸다.

유미는 자영이 말을 꺼낼 때까지 인내심 있게 기다렸다. 그녀는 좁은 방을 한참이나 살펴본 후에 마른침을 삼키고 말을 꺼내기 시작했다.

"내가 여기까지 찾아온 건 정말 믿을 구석이 없어서야. 내가 서 팀장한테 부탁이 있는데 못할 짓하는 건지도 모르겠다."

"무슨 부탁이신데 그래요?"

자영이 머뭇머뭇 주머니에 손을 넣어 아주 작은 USB를 꺼내 탁자 위에 올려놓았다.

"이것 좀 맡아서 숨겨 줄 수 있겠어? 유미 씨 말고는 누구도 생각할 수가 없었어."

유미가 그것을 집어 들며 물었다.

"이게 대체 뭔데요?"

"……"

"맡아 드리는 거야, 일도 아니죠. 근데 요새 뭐 안 좋은 일 있으세요? 지난번 장례식 이후로 전에 없이 결근을 다 하시고, 지금도 안색이 너무 창백해요."

자영은 마른 입술을 침으로 축였다.

"내가 너무 큰일에 말려들었어. 자세히 설명할 수는 없지만. 애초에 유혹에 흔들리면 안 되는 거였는데. 앞으로 아이 학비 걱정 안 하고 살 수 있을 거라는 말에 혹해서……."

"무슨 말인지 자세히 좀 알려 주세요."

"유미 씨도 알지? 우리 훈이, 내가 혼자 키우는 거. 나도 그러고 싶어서 그런 건 아니었어. 다만 누가…… 아냐, 이걸 말하는 것도 자기한테 민폐가 될 거야. 아무한테도 말하면 안 된다고 했는데."

"누가요? 이 USB 안에 대체 뭐가 들어 있는데요?"

갑자기 자영이 유미의 손을 덥석 잡았다. 그녀가 애절한 눈으로 부탁했다.

"유미 씨, 부탁할게. 내가 또 며칠 회사에 못 나갈 거야. 지금은 잠깐 몰래 빠져나온 거야. 내가 왔었다는 말은 누구한테도 하면 안 돼. 그럼 서 팀장까지 위험해질 수 있어."

자영이 허둥지둥 몸을 일으켰다. 일어나는 자영을 유미가 팔을 잡아 주며 도왔다.

유미는 자영이 말하는 '사건'이 도하가 말하던 '음모'가 관계되어 있을 거라는 희미한 예감이 들었다.

"이해 좀 가게 설명해 주세요. 설마 이 일들이 전부 지금 감옥에 있는 조 회장님과 연관된 일인가요?"

방 안임에도 자영이 펄쩍 뛰며 유미의 입을 막았다. 자영이 커다란 쇳소리로 속삭였다.

"쉬잇, 조용히! 누가 들으면 어쩌려고. 유미 씨, 뭘 알고 있는 거야? 그러지 마. 아무도 믿을 사람이 없어. 만약 나한테 무슨 일이라도 생긴다면 그 파일을……."

말하던 중간에 자영이 고개를 흔들었다.

"아니다. 그 사람들이 분명 약속했으니까 그럴 리 없을 거야. 아냐, 됐어."

"부장님, 무슨 일인지 속 시원히 털어놓고 도움을 청할 곳을 같이 구해 봐요."

"유미야, 도움을 청할 곳도 없어. 경찰도, 검찰도, 믿을 곳도. 심지어 주변 사람도 다 놈들 손아귀 안이야. 그래도 내가 우리 서 팀장만은 믿어. 유미 씨도 날 믿지?"

애절한 자영의 말에 유미는 순간 감정이 울컥 치받는 것을 느꼈다.

"그럼요. 부장님이 입사 초기부터 뭣 모르던 저를 이끌어주시지 않았더라면 저는……."

유미는 한 박자 쉬고 다시 말을 이었다.

"그래도 부장님, 찾아보면 누군가 도와줄 사람이 분명히 어디 있을 거예요. 아무래도 한 사람보다는 두 사람, 두 사람보다는 여러 사람이 힘을 모으는 게 낫지 않겠어요?"

자영을 설득하는 유미의 머릿속에는 계속해서 도하의 얼굴이 떠오르고 있었다.

손 부장이 위험에 처해 있다고 한다면 그는 분명 전력을 다해 도움을 줄 것이다. 하지만 자영은 유미의 제안을 극구 사양했다.

갑자기 벌떡 일어난 자영이 유미의 팔을 밀어내며 성급히 문 쪽으로 몸을 움직였다.

"이제 난 가 봐야겠어. 불쑥 찾아왔는데 이런 부탁까지 해서 정말 미안해. 하지만 정말 유미 씨 말고는 아무도 생각나지 않았어. 제발 이걸 잘 부탁해. 며칠 후에는, 아니 적어도 2주 후에는 내가 찾으러 올 수 있을 거야."

"2주나 회사를 비우신다고요? 그럼 업무는 어쩌시고요?"

자영이 놀란 유미의 얼굴을 보고 허망하게 웃었다.

"지금 회사가 문제야?"

"……"

"그래, 돌아갈 수 있겠지? 돌아갈 수 있을 거야."

자영은 혼잣말처럼 중얼거렸다. 그러더니 데려다주겠다는 유미를 뿌리치며 혼자 밖으로 향했다.

유미는 거실에 우두커니 선 채 USB를 들고 생각을 정리했다. 손톱만 한 물건을 숨길 장소를 찾아 고민에 고민을 거듭했다.

겨우 마땅한 곳을 생각해 내자 유미는 자영이 말한 2주라는 시간에 신경이 쏠렸다.

2주라……. 2주? 어디선가 그 기한을 들었던 기억이 있었다. 유미는 다시 자영이 나간 현관문을 돌아보았다.

설마 했던 의문이 점점 확신에 가까워졌다. 자영은 지금 고 부장과 같은 상황에 처해 있는 것이다. 도하는 그 과정에서 고 부장이 희생된 것이라 말한 적이 있었다.

"안 돼!"

유미는 서둘러 외투를 챙기고 자영이 나간 복도로 뛰었다. 그러나 이미 자영의 모습은 어디에서도 볼 수 없었다.

건물 밖으로 나온 유미는 우왕좌왕했다. 어디로 가야 해. 집? 회사? 갈피를 정하지 못하고 두리번거릴 때 건물 앞 주차장에서 후다닥 누군가 뛰어나왔다.

갑작스런 인기척에 유미가 악, 하고 소리를 질렀다.

"여기서 뭐 합니까?"

"실장님?"

"왜 나왔어요! 어딜 가려는 거예요?"

유미는 눈을 휘둥그레 뜨고 눈앞의 도하와 그 뒤의 차를 살펴보았다.

"그러는 실장님은 여기서 뭐 하세요?"

자연스레 도하의 눈이 건물 위 유미의 방 창문을 향했다. 유미의 시선도 그를 따라 움직였다.

"이 밤중에 뭐 하는 겁니까. 내가 데리러 간다고 말하지 않았습니까!"

유미는 자신을 잡고 있는 도하의 팔을 떼어 내며 대답했다.

"굳이 절 데리러 오실 필요는 없었어요. 조금 전에……."

유미는 잠깐 고민했다. 아무한테도 말하지 말아 달라고. 그러나 도하만큼은, 제발 그만은 믿어도 되는 사람이기를!

"손 부장님이 찾아왔어요."

"들었습니다."

"뭐라고요?"

내심 놀랐지만 유미는 더 이상 묻지 않고 빠른 목소리로 말을 이었다.

"위험에 빠져 있다고 했어요. 저 보고 도와 달라고 했어요. 부장님은 자신이 고 부장님처럼 될까 봐 걱정하는 것 같아요."

도하는 미간을 찌푸렸다.

"손 부장은 무사할 겁니다."

유미는 그의 말에 의아하게 물었다.

"어떻게 그렇게 확신하시죠?"

도하가 유미의 어깨를 짚고 그녀를 잡아당겼다.

"그것보다 여기 이러고 서 있는 건 위험합니다. 너무 눈에 띄는 장소예요."

"눈에 띄면 어떻게 되는데요? 누가 저를 죽이려고 달려오기라도 하나요?"

"충분히 가능한 얘깁니다."

싸늘하게 얘기하는 도하의 표정에 유미는 일순 할 말을 잃었다. 유미는 도하가 시키는 대로 그의 차 안으로 장소를 옮긴 뒤 계속해서 질문했다.

"실장님 말처럼 고 부장님이 증언을 하려다가 그렇게 된 거라면 혹시 이번에는 손 부장님이 새로운 증인으로 서게 되는 건가요?"

도하는 대답을 머뭇거렸다. 그 순간 도하가 들고 있던 무전기에서 소리가 울렸다.

—타깃은 무사히 귀환했습니다.

타깃?

도하는 급히 소리를 줄였지만 유미는 의아한 표정을 지었다.

"손 부장은 아주 안전하게 있습니다."

탄식과 함께 유미는 안타까운 표정으로 다시 말을 이었다.

"대체 돌이킬 수 없는 사건이란 게 뭐죠? 부장님이 무슨 유혹에 넘어갔다는 건가요? 손 부장님은 절대로 나쁜 짓에 손을 댈 분이 아니에요. 제가 모르는 무슨 일이 또 있었던 거죠?"

도하가 운전대를 잡은 채 유미에게 질문했다.

"사실을 알고 나면 떠날 수 있는 겁니까?"

"말해 주세요."

도하는 깊은 한숨을 내쉬더니 자영이 연관된 과정의 자초지종을 설명하기 시작했다.

"처음부터 손 부장이 타깃인 건 아니었습니다."

도하는 생각지 못한 변수로 제로켓에서의 임무가 예상보다 상당 기간 지연되어 왔다는 사실을 담담한 어조로 늘어놓았다.

"어쩌면 그 기간 안에 당신이 제로켓을 그만둘지도 모른다고 생각했지만 결국 끈질기게 여기까지 와 버렸군요."

도하가 말하는 비리와 관련된 임원들은 유미의 생각보다 여러 명이었다.

그들의 손에서 부풀려진 국가 지원금이 조 회장의 주머니로 사라졌고, 매출과 세금 관련 기록들이 조작되었다. 공금 횡령, 탈세, 장부 조작 등의 과정 속에서 검은 돈들이 언론과 법조계 로비 자금으로 빈번히 사용되었다.

회사의 불법을 묵인한 대가가 정기적으로 임원들의 계좌로 나눠지는 순서였다.

"손 부장은 조심스러운 성격이었기 때문에 생각보다 시일이 오래 걸렸습니다만, 가족이라는 아킬레스건이 있었죠. 가족에게 어려운 상황이 닥친다면 누구라도 별수 없었을 겁니다."

도하는 블랙 슈트가 처음에는 하청 업체 알선을 부탁하는 등의 작은 건수를 빌미로 자영에게 접근해 신뢰를 쌓았다고 했다.

"처음 시작이 어려울 뿐, 하다 보면 스스로가 법망으로부터 안전하다고 착각하게 됩니다. 그때까지는 인내를 가지고 기다리는 시간이 필요하죠. 그러다가 시간이 지난 후에는 자신 역시 비리에 연루되어 버렸다는 걸 깨닫게 되는 겁니다."

도하의 무미건조한 설명을 듣는 사이 유미의 표정은 딱딱하게 굳어지고 있었다.

"다행히 손 부장은 눈치가 빠른 사람입니다. 고 부장처럼 뜸을 들이거나 하지 않았어요. 아마 다른 뾰족한 수가 없다는 걸 깨달았기 때문일 겁니다. 조 회장의 비리에 대해 증언하는 대가로 자신의 모든 허물이 덮어진다는 조건이었으니까요. 어린 자식을 두고 혼자 감옥에 가는 일은 어떤 부모라도 원하지 않는 그림일 테죠."

자영의 아들인 지훈의 이야기를 듣자 유미의 눈에 그렁그렁 눈물이 맺혔다. 그녀가 여전히 담담한 얼굴의 도하를 돌아보았다.

"사람을 그렇게 막다른 곳으로 몰아붙이다니. 정말 너무해."

"모든 인간은 유혹에 아주 약합니다."

유미는 운전대를 잡은 도하의 가슴을 쳤다.

"어떻게 그런 식으로 말을 하죠?"

"그건 손 부장의 잘못이 아닙니다. 누구라도 그런 제안을 받으면 쉽게 거절하지 못할 겁니다. 당신이라도 그랬을 겁니다."

"결과적으로 그걸 이용한 건 당신들이잖아요. 시킨 거다. 난 시킨 일을 했을 뿐이다. 그래서 실장님은 잘못이 없다고 말하는 건가요?"

"나는……."

도하는 그만 입을 다물었다. 유미는 분이 풀리지 않아 한참을 씩씩거렸다.

"부장님은 지금 어디 있죠? 날 부장님한테 데려다줘요."

"손 부장한테?"

"네. 알겠으니까 저를 데려다주세요. 부장님은 그렇게 속아 넘어간 줄도 모르고 엄청 자책하고 있어요. 그런 검은 음모가 아니었다고 하더라도 자력으로 충분히 성공할 수 있는 분이라고요."

"그럴 시간이 없습니다. 손 부장은 안전할 겁니다."

"그럼 고 부장님은요? 결국엔 죽었잖아요."

도하는 초조하게 손목의 시간을 살폈다.

"그건 고인수 부장이 마지막까지 양측을 간 보며 돌발 행동을 했기 때문입니다. 손 부장은 지금 우리 팀원들과 함께 있습니다. 아무 걱정도 하지 않아도 됩니다. 나를 믿으세요. 그것보다 정말 이럴 시간이 없습니다."

유미는 절박하게 말하는 도하를 쏘아보다가 물었다.

"절 부장님에게 데려다줘요. 정말로 안전하게 계신지 눈으로 확인하고 위험을 알려야겠어요."

"그건 안 됩니다."

"그렇게만 해 주면 실장님이 시키는 대로 다 할게요."

도하는 잠깐 고민에 빠진 듯 보였다.

"정말입니까? 시키는 대로?"

"네. 뭐든 전부 다요."

"전부 다?"

유미는 세차게 고개를 끄덕였다. 마침내 무언가 결심이 선 도하가 차를 움직이기 시작했다. 무전기의 버튼을 누르고서 도하가 말했다.

"지금 그쪽으로 가겠다. 확인할 것이 있다."

—알겠습니다.

무전기 너머의 누군가가 응답했다. 유미는 대화를 나누는 도하를 보다가 뒤로 멀어지는 주차장을 돌아보았다.

"그런데 대체 여기서 뭘 하고 계셨던 거죠?"

"창문을 보고 있었습니다. 기숙사 건물은 창문에서 침입하기 아주 좋은 구조거든요. 하지만 지난 며칠간은 아무 낌새도 없었으니 걱정하지 않아도 됩니다."

기숙사를 보고 있었다고? 설마 나 때문에?

무언가 생각에 빠진 유미가 자세를 고쳐 앉았다. 그리고 운전하는 도하의 옆모습을 훔쳐보았다. 왜일까. 자신이 잘못된 판도라 상자의 문을 연건지도 모를 거란 불안감이 엄습했다.

유미는 애써 그 기분을 지우려고 노력했다. 심호흡을 하고 체한 듯 가슴을 두들기는 유미를 곁눈질로 본 도하가 말했다.

"손 부장을 안전 가옥으로 옮기는 방법도 고민했습니다

만, 지금 같은 상황에서 무리하게 증인에게 손대는 짓은 조호선 측이 아무리 수세에 몰렸다고 해도 하지 않을 겁니다."

유미는 담담히 운전대를 잡은 도하를 흔들리는 눈으로 응시했다.

"그럼 재판이 끝난 후에는요? 그 후에는 어떻게 되는 건가요?"

"양부는 거절할 수 없는 액수의 현금과 시민권을 제공했습니다."

"그러니까 그게 블랙 슈트가 하는 일인가요?"

도하는 유미가 말하는 의도를 몰라 그녀를 돌아보았다.

"그게 실장님이 말한 임무인가요? 사람을 돈으로 유혹하고 이용한 후에 해외로 쫓아 버리는 게?"

"……."

대답 없는 도하에 유미도 더 이상은 질문을 잇지 않았다.

차는 어느덧 목적지에 도달했다. 자영이 있던 장소는 시내에서 멀지 않은 곳에 있었다.

겉으로 보기에는 전혀 은밀한 무엇이 있다고 생각되지 않을 만큼 평범한 비즈니스호텔이었다.

입구 근처에 서성이던 프런트 직원은 차를 세운 도하가 연락하자 빠르게 안으로 사라졌다. 유미는 도하가 이끄는 대로 뒷문을 통해 비상계단을 올라가기 시작했다. 층층마다 잠금장치가 되어 있었다.

유미가 목소리를 낮춰 속삭였다.

"진짜 부장님이 여기 계세요?"

"쉿."

도하는 손가락을 들어 보이고 구석에서 복도를 비추는 CCTV를 가리켰다. 유미가 걸음을 멈추자 도하가 난간 위로 점프해 벽 쪽 카메라에 뚜껑을 씌웠다.

"이제 지나가도 됩니다."

유미는 층계를 지날 때마다 층수를 확인했다. 6층 입구에 도착하자 도하가 쇠창살 자물쇠가 열려 있는 것을 꺼림칙하게 바라보았다.

"이상하군. 열려 있을 리가 없는데."

자물쇠를 들여다보던 도하가 유미를 돌아보았다.

"손 부장이 아까 어떻게 나온 거라고 설명했었나요?"

"네? 그건 잘 모르겠는데……."

유미가 기억을 떠올리던 찰나였다. 갑자기 도하의 뒤편에서 검은 물체가 움직였다. 유미는 냅다 소리를 질렀다.

"아악! 거기 뒤!"

그러자 복면을 쓴 누군가가 계단 위에서 뛰어내렸다. 도하의 뒤에서 뛰어내린 괴한은 유미의 비명을 듣고서 그녀 쪽으로 방향을 바꾸었다.

휘릭.

철사가 순식간에 유미의 목에 휘감겼다. 단숨에 목이 졸린 유미는 비명도 지르지 못하고 간신히 줄만 잡은 채 버둥거렸다.

미처 제대로 저항할 겨를도 없이 정신을 잃어 갔다.

이러다 죽는다.

유미는 무의식중에 그렇게 생각했다. 그때였다.

퍼억! 빠각.

무언가 부러지는 소리가 들리고 곧이어 유미의 목에 가해지던 힘이 느슨해졌다.

"괜찮습니까?"

"콜록콜록!"

피라도 역류하는 것처럼 기도가 쓰라렸다. 눈을 뜨자 바로 도하의 얼굴이 보였다. 그의 뒤쪽으로 괴상한 자세로 쓰러진 괴한의 모습도 보였다.

손가락으로 그곳을 가리키며 유미가 하얗게 질린 채 소리쳤다.

"서, 설마……!"

"죽이진 않았습니다."

"네?"

"빨리 여길 떠야 합니다."

그러나 유미는 몇 번이고 다리를 일으키려다 실패했다. 손부터 발끝이 떨려 도무지 몸을 일으킬 수가 없었다.

"지, 지금 무슨……."

도하가 침착하게 유미를 안아 일으켰다.

"일이 틀어진 것 같습니다. 위치가 노출된 것 같아요."

제대로 정신을 차리지 못하고 유미는 도하가 이끄는 대로 몇 걸음을 걸었다. 이내 도하의 발이 향하는 쪽이 위층이 아니라 입구 쪽인 것을 깨닫고 유미가 소리를 질렀다.

"손 부장님은요!"

"이미 없을 겁니다."

"없다고요? 그게 무슨 말이에요?"

"이러고 있다가는 우리까지 위험해집니다. 시간이 없어요."

도하가 강제로 유미를 안아 들고 계단을 뛰어내렸다. 유미는 자신도 모르게 도하의 목에 매달려 다시 소리를 질렀다.

"정말 그냥 이렇게 가는 거예요? 부장님이 없을지도 모른다니, 그건 또 무슨 뜻이에요? 대체 저 사람은 누군데요?"

"조호선 쪽 놈들일 겁니다."

발버둥 치는 유미에도 아랑곳하지 않고 도하는 계단을 뛰어 내려갔다.

이윽고 3층에 멈춰 선 도하가 길쭉한 창문 곁으로 다가서 바깥을 확인했다. 순간 건물 쪽으로 다가서는 검은색 옷을 입은 인영들을 유미도 분명히 목격했다.

기절할 정도의 두려움이 엄습했다. 정말로 죽을지도 몰라! 유미의 머리맡에 대고 도하가 낮은 소리로 속삭였다.

"걸을 수 있겠습니까."

"네!"

도하가 유미를 바닥에 내려놓았다. 뒷주머니에서 권총을 꺼내 드는 모습을 유미는 공포에 질린 눈으로 응시했다.

"곧 놈들이 올라올 겁니다. 아직 몇 놈인지 정확히 모르겠네요. 내가 신호를 하면 저쪽 창문으로 뜁시다."

도하가 창문 너머 대로변을 가리켰다.

"뭐라구요?"

"창문 아래에 펼쳐진 천막이 있을 겁니다. 차라리 대로변으로 도망치는 쪽이 낫습니다. 사람들이 볼 수 있는 곳이라면 대범하게 쫓지는 못할 테니."

흘깃 보이는 창문 아래 색깔별로 세워진 천막을 내려다보았다. 비가 오면 입구를 가리기 위해 준비해 둔 천막인 것 같았다.

유미가 울먹이며 절레절레 고개를 흔들었다.

"전 못 하겠어요."

"못 하면 우리 둘 다 여기서 죽습니다."

"저기다!"

누군가 소리를 지르며 위로 올라오는 발걸음 소리가 들렸다.

"지금입니다!"

동시에 도하가 창문을 향해 멀리 떨어져 방아쇠를 당겼다. 거대한 파열음과 함께 유리창이 산산조각 나면서 파편이 바닥과 공중으로 튀며 떨어졌다. 덜덜 떨던 유미가 창문을 향해 다가서던 순간이었다.

"엎드려!"

도하가 소리치며 계단 위를 향해 총구를 겨눴다. 푸슉, 소리와 함께 누군가 쓰러졌다. 순식간에 유미에게 다가선 도하가 눈을 가려 버리는 바람에 그녀는 무슨 일이 벌어졌는지 보지 못했다.

구둣발로 창문에 남은 유리들을 깨부순 도하가 유미에게 손을 내밀었다. 유미가 덜덜 떠는 손으로 도하의 손을 힘주어 잡았다. 허리로 잽싸게 손이 감겼다.

휘리릭.

벨트 어디선가 등장한 줄이 창틀에 감기자 도하는 유미를 안고 서슴없이 아래로 뛰어내렸다. 성인 두 사람의 무게가 실리자 무서운 소리를 내며 천막이 아래로 꺼졌다. 다행히 철골에 대롱대롱 매달린 낙하산 같은 천막이 그들을 충격으로부터 보호했다.

바닥으로 먼저 뛰어내린 도하가 천막 위에 남은 유미에게 손짓했다.

"내려와요."

"너무 높아요."

"내려와요, 어서. 괜찮으니까."

바닥까지의 거리가 아찔해 보였다. 도하가 자신을 향해 두 손을 내밀고 있었다. 유미는 눈을 질끈 감았다.

털썩.

다리부터 떨어지는 유미를 도하가 끌어안아 받았다. 두 사람의 몸이 미끄러지듯 밀착되었다. 유미는 도하의 팔이 제 몸이 닿는 것을 느끼고서야 겨우 눈을 떴다.

"으아."

"이제 뛰어요."

두 사람은 잽싸게 서로의 손을 잡고 대로변 쪽으로 걸었다. 여전히 후들거리는 유미의 손을 느끼자 도하가 물었다.

"괜찮습니까?"

"네. 괘, 괜찮아요."

유미는 말하면서도 계속해서 뒤를 돌아보았다. 어느 순간 속도를 늦춘 도하가 주변을 살피고 갓길에 아무렇게나 주차된 차의 버튼을 눌렀다.

잠금 해제 중.

도하가 손에 쥔 단말기가 잠금장치를 푸는가 싶더니 아주 자연스럽게 문이 열렸다.

"타요. 빨리."

탕!

도하의 말이 끝나기가 무섭게 멀리서 총소리가 들렸다. 공기를 가르며 날아온 총알이 사이드미러 하나를 부쉈다. 도하는 뒤돌아서 총알이 날아온 쪽으로 총구를 겨눴다. 두 발의 총성과 함께 멀찍이 선 누군가가 연달아 쓰러지는 모습이 보였다.

덜덜 떨던 유미가 곧장 차 안으로 제 몸을 던지듯 구겨 넣었다. 도하가 재빨리 운전석에 탑승해 유미에게 소리쳤다.

"꽉 잡아요!"

끼이이이익!

고막이 찢어질 듯한 소리를 내며 바퀴가 아스팔트와 마찰했다. 후미진 호텔의 뒷골목에서 누군가가 달려 나오는 것이 보였다. 도하는 언제든 사격할 준비로 총을 조준한 채 운전했다. 안전벨트와 손잡이에 의지한 채로 유미는 질끈 눈을 감았다.

차는 어느새 후미진 국도를 달리고 있었다. 다행히 쫓아오는 차량은 없었다. 두 사람은 중간에 몇 번인가 차를 바꿔 탔다.

한동안 달리다가 적당한 곳을 발견하면 타던 차를 버리고 바꾸는 식이었다. 추적을 피하기 위한 것 같았다. 도하가 가진 디지털 해킹 장비에 어떤 차든 스르르 손쉽게 문이 열렸다.

어느 순간 어슴푸레한 아침 해가 떠오르기 시작했다. 그들이 마지막으로 바꿔 탄 지프는 구불구불한 산길을 열심히 달리는 중이었다. 아무것도 보이지 않는 1차선 산길이었다.

벌써 서울을 벗어난 지 몇 시간이 지났음을 인지하자 유미는 우선 살아 있다는 데에 안도했다. 표지판을 읽고 주변 경관을 둘러보던 유미가 옆자리의 도하에게 물었다.

"우리 어디로 가는 거예요? 배를 탈 만한 곳은 아닌 것 같은데."

"……."

"잠깐이라도 쉬셔야 되지 않아요? 제가 대신 운전할까요?"

어지간히도 말이 없는 도하에 유미는 머쓱해지고 말았다. 죽다 살아났기 때문일까. 공포감 때문에 계속 한기가 들었다.

악몽처럼 느껴지는 지난밤 사건을 떠올렸다. 그게 바로 조금 전이라는 게 믿기 않았다.

정말 사실이었어. 그런데도 그 말을 믿지 않았다니. 유미는 아찔한 공포를 쫓아내기 위해 애써 할 말을 찾았다.

"괜찮으세요?"

뚜렷하게 인상을 쓴 남자의 표정에 유미는 공연히 가슴이 선뜩해졌다. 자신이 괜히 손 부장을 봐야겠다고 우겼기 때문이었다.

하마터면 이 사람에게까지 큰 위험을 초래할 뻔했다. 죽음이 자신을 위협하고 있다는 말을 실제라고 믿는 건 어려웠다.

"실장님, 화나셨죠. 제가 괜히 고집을 부려서……."

유미는 무심코 목덜미를 만졌다. 목을 졸린 자리에 자국과 통증이 남아 있었다. 그것을 인지하자 그녀는 뒤늦게 공포가 밀려왔다.

그 사람들은 죽었을까?

그것은 일개 평범한 회사원으로 살면서 느껴 봤음직한 정도의 공포가 아니었다. 실제로 사람의 목숨이란 파리처럼 쉽게 제거되어 버릴 수도 있는 거였다.

"죄송해요. 괜히 제, 제가……."

유미는 목이 메여 끝까지 말을 잇지 못했다. 이제 어떻게 하면 좋을지 알 수가 없었다.

이대로 배를 타러 가는 걸까? 손 부장님은 어떻게 된 거지. 정말로 누군가 자신을 죽이기 위해 기다리고 있었던 건가.

"뭐라고요?"

훌쩍거리기 시작한 유미를 의아한 얼굴로 도하가 돌아보았다. 유미는 참지 못하고 눈물을 흘리기 시작했다.

"실장님 저한테 화나셨죠."

"아닙니다. 무슨 생각을 좀 하느라고 그만⋯⋯."

도하는 무척 당황한 듯 보였다. 하지만 한 번 터진 유미의 울음은 쉽게 그치지 않았다.

그는 오래된 전망대가 있는 산 중턱에 잠깐 차를 세웠다. 개간하던 자리인지 베어진 나무들과 평지가 눈에 띄었다.

"잠깐 쉬어도 될 것 같습니다. 여기까지 쫓아올 놈은 아마 없겠죠."

"⋯⋯."

"울지 말아요."

"잠깐만, 잠깐만 울게요. 너무 무서워서."

유미는 그로부터 한참 후에 눈물을 멈췄다. 그동안 차를 뒤지던 도하가 굴러다니고 있던 생수병을 찾아냈다. 그는 유미에게 티슈와 물을 건넸다.

하지만 유미는 고개를 저었다. 사람이 죽었다. 정말로 끔찍한 일이 아닐 수 없었다. 그리고 자신과 도하 역시 죽을 뻔했다.

생각이 거기까지 미치자 그녀는 다시 눈물을 흘릴 수밖에 없었다.

"이제 뭘 어떻게 하면 되나요?"

간신히 마음을 달랜 후 유미가 묻자 생수로 목을 축이고 산 아래를 굽어보던 도하가 입을 열었다. 넘실거리는 구름이 산의 꼭대기를 향해 오르고 있었다.

"우리는 이제 안전 가옥으로 갑니다."

창밖으로 **빽빽**하고 기나긴 숲이 이어졌다. 익숙한 길에 접어들자 지뢰가 박혀 있는 길목의 지형도가 사진처럼 머릿속에 뚜렷하게 떠올랐다. 이미 오래전 가옥의 통로마다 설치해 둔 함정 폭탄들이었다.

가옥에 폭탄을 설치한 것은 재작년, 근희의 추락사 직후였다.

근희는 블랙 슈트 내 코딩을 도맡아 하던 전산 분야의 에이스였다. 시스템 전반에 걸친 그의 기여도를 고려하면 A팀의 수장은 자신이 아니라 근희가 되어야 한다고 도하는 늘 생각하곤 했었다.

"야, 난 그냥 앉아서 컴퓨터나 만지는 게 좋아. 몸 쓸 일 생기면 네가 나 살려 줘야지."

그 말을 하며 근희는 웃었다. 그만큼 전혀 신체 활동을 즐기지 않는 그가 휴일을 앞두고 등산로를 찾았다는 가정 자체가 성립되지 않는 오류였다.

"이게 정말 당신이 말하던 더 나은 세상입니까?"

그 전날 그가 양부의 지배 논리에 반기를 들지만 않았더라도.

장시간 이동에 지쳤는지 유미는 잠들어 있었다. 도하는 만약을 위해 단번에 안전 가옥으로 이동하는 방법을 피했다.

인간을 위한 더 나은 세상을 만든다는 명목 아래 인간성과는 점점 멀어져 가는 임무들. 양순이 변하기 시작한 것은 어림잡아 5년 전부터였다.

무엇이 그를 변하게 했을까. 돈? 권력? 욕심? 아니면 원래부터 그는 그런 의도로 자신들을 키워 낸 것일까.

유미를 만나지 않았더라면 오히려 독립은 더 쉬웠을지도 몰랐다. 그러나 무작위로 희생자가 정해지는 룰렛에 절대라는 안전지대는 없었다. 그렇기에 누군가를 지킨다는 건 애초부터 자신에게는 불가능한 일일지도 모른다.

몇 번인가 방향을 더 돌린 끝에 저녁이 되어서야 도하는 깊은 산속에 위치한 외딴 오두막에 도착했다.

겉모습은 허름했지만 지하에 추적을 피할 벙커와 통신 시설이 갖춰져 있었다. 식량만 충분히 공급된다면 성인 대여섯이 한동안 숨어 지낼 수 있는 곳이었다.

양부 모르게 안전 가옥을 건설하는 데에도 상당한 시일이 걸렸었다. A팀 내부에서도 안전 가옥의 존재를 아는 사람은 오직 셋뿐이었다.

"먼저 들어가서 기다리세요."

유미를 안으로 들여보내고 도하는 위성으로부터 보호하기

위해 차량을 준비된 짚으로 덮었다.

　만반의 준비를 마친 도하가 가옥 안으로 들어서자마자 마주친 것은 뜻밖에도 유미의 눈물이었다. 지지직거리는 구식 소형 TV를 켠 채 유미는 눈물을 흘리고 있었다.

　화면을 응시한 도하도 그대로 몸을 굳혔다. 대기업 여 부장의 자살 사건이 뉴스에서 보도되고 있었다.

6. 블랙 슈트: 강도하

　유미는 야유회 때 꿈을 꾸고 있었다. 그것은 어느 가을의 일이었다. 전무송 팀장이 자리를 비웠다는 이유로 자영이 부리나케 유미를 불러 댔다.

　"서 대리! 서 대리! 왜 이렇게 행동이 굼떠. 빨리 이리 와. 이것도 거기 갖다 놓고. 그리고 이 탈도 제대로 써. 정해진 위치 알지?"

　원래 공헌팀 대리가 야유회에서 맡은 임무는 행사 진행이었다. 유미는 자영이 자신에게 덥석 안겨 준 분장용 인형과 보물찾기 상품을 보면서 당황하며 대답했다.

　"제, 제가요? 괴물 탈 역할은 전 팀장님이었는데요."

　"지금 어딜 갔는지 없잖아! 유미야, 내가 스케줄 꼬이는 거 질색인 거 알지? 대체 전 팀장은 어디 간 거야? 어디 간다고 말도 없었어?"

"네. 아까 식사 시간 전부터 안 보이신 것 같은데."

"그럼 아까 지도에 표시해 둔 데 있지? 이런 것도 잘하고 해야 빨리빨리 크는 거야. 권 대리는 여기 안내 멘트랑 나머지 준비해. 이따 상부에서 들리실 수도 있다니까."

자영이 다른 팀과 다음 스케줄을 진행을 시작하는 통에 유미는 억지로 준비물들을 들고 텐트 밖으로 등을 떠밀려 나왔다.

현란한 포장지에 싸인 선물과 군데군데 피 칠이 된 프랑켄슈타인 가면을 들고 유미는 낙엽 위를 밟고 서서 한숨을 내쉬었다.

"서른 살이나 돼서 보물찾기라니. 초딩들도 아니고."

보물찾기 루트라는 숲은 숙영지와는 멀찍이 떨어진 한적한 곳이었다.

"이게 대체 보물찾기야, 담력 훈련이야. 대체 이런 한물간 아이디어를 어떤 꼰대가 낸 거야."

유미는 손에 쥔 물건들을 바라보며 투덜거렸다. 이제 막 해가 지기 시작한 숲은 어둑해질 기미를 보이고 있었다. 억지로 무거운 발길을 옮길 때마다 낙엽이 바스락 소리를 냈다.

"아, 대체 내가 왜? 내가 분명히 뽑기도 제대로 뽑았는데. 대체 팀장님은 어디 간…… 으악!"

터덜터덜 걷던 유미는 저도 모르게 비명을 질렀다. 어디론가 쑥 빠질 뻔한 발을 잽싸게 빼 들고 근처 땅으로 굴렀다. 엉겁결에 구르며 들고 있던 물건들이 떨어져 여기저기 흩어졌다.

철푸덕 넘어져서 놀란 숨을 고르는데 갑자기 누군가에게 팔이 잡혔다. 일으켜 세워지면서 유미는 또 한 번 으악, 하고 소리를 질렀다.

자신이 지른 비명이 만들어 낸 메아리에 더욱 놀라 그녀는 연신 악을 써 댔다.

"으악! 아악…… 실장님?"

정신없이 소리를 지르던 중, 문득 눈앞에 몹시 인상을 쓴 강 실장의 얼굴이 보였다. 도하가 귀를 막으며 짜증스런 표정으로 놀란 유미를 다그쳤다.

"소리 좀 그만 질러요."

"여, 여기 깊은 함정 같은 게……."

"뭐라고요?"

유미는 방금 자신이 넘어질 뻔한 구덩이를 가리켰다. 도하는 그녀의 손가락이 가리키는 곳을 성의 없이 돌아보았다. 근처에 함정 같은 것은 눈에 띄지 않았다. 그저 평범한 낙엽 길이 있을 따름이었다.

차마 자신의 눈을 믿을 수가 없어 유미는 무지막지하게 눈두덩을 비볐다.

"아닌데. 분명히 발이 이만큼 빠질 만큼 깊이가 있었는데."

도하가 허둥대며 설명하는 그녀를 한심하게 쳐다보았다.

"뭐 하는 겁니까, 여기서."

"아, 저 그……."

유미는 길에 너부러진 탈을 가리키고서 난처하게 들어 보였다.

"제가 귀신 역을 맡아서요."

까악!

난데없이 까마귀가 울어 젖히며 숲을 지나쳐 갔다. 소름끼치는 소리와 함께 순식간에 주변이 더욱 적막해졌다. 도하는 아주 쌀쌀맞은 표정으로 유미를 훑어보고는 말했다.

"그쪽이 귀신 역할을 한다고요?"

도하가 이미 어둑해지기 시작한 주변을 잠깐 둘러보았다.

"다른 남자 직원들은 없습니까?"

"아, 그게 원래는 다른 사람이었는데 일이 꼬여서……."

유미는 사라져 버린 전 팀장의 이야기를 머뭇거렸다. 지금 전 팀장님이 없어졌다고 말하면 상황이 이상해질 것이라는 생각에서였다.

"음, 제가 순번을 바꿔 달라고 했어요."

"그렇습니까."

도하가 답답하다는 얼굴로 유미에게서 괴물 탈을 빼앗았다.

"이건 잠깐 내가 가지고 있을 테니까 딴 남자 직원을 찾아서 보내요."

"예? 이미 제가 하기로 했는데요. 다른 사람들도 다 바빠서요."

"지금."

"넵, 알겠습니다!"

224

유미는 더 이상 토를 달지 않고 도하에게 깍듯하게 고개를 숙여 보인 후, 캠핑장 본진으로 후다닥 뛰었다.

한참 뛰다가 뒤돌아봤을 때 도하의 모습은 그 자리에 없었다. 유미는 프랑켄슈타인 탈을 쓰고 있을 도하의 모습을 상상해 보다가 신경질적이던 그의 목소리를 상기했다.

"딴 남자 직원을 찾아서 보내요."

나름대로 신경 써 준 건가.

공연히 으쓱해하며 웃던 유미는 한순간 다음 장소로 이동해 있었다. 이번에는 발목을 심하게 다친 무송이 누워 있는 의무실이었다.

"대체 어쩌다 이러셨어요."

무송의 다리는 차마 건드리지도 못할 만큼 심하게 부풀어 있었다. 다친 곳은 발목뿐이 아니었다. 온몸 여기저기가 긁히고 옷에 흙이 묻어 엉망이었다.

"단풍이 너무 좋기에 혼자 잠깐 산책이나 하고 올라갔다가 그만 굴렀지 뭐야."

넉살 좋게 말했지만 그는 꽤나 심한 통증을 호소했다. 도저히 야영장 내에서는 치료가 불가능하다는 판정을 받고 무송은 급하게 가까운 병원으로 이송되었다. 진찰한 의무원 말로는 아무래도 몇 군데가 부러진 것 같다고 했다.

무송이 구급차에 실려 떠나는 걸 보며 유미는 이상하다는 생각을 했다. 아까 다시 숲으로 돌아갔을 때, 무송을 보았었다. 전 팀장은 혼자가 아니었고 산책 중인 것도 아니었다. 적어도 세 사람의 남자와 함께였다.

유미는 그 남자들 중 한 사람이 강 실장이라고 판단했다. 다른 사람은 잘못 보았을 수도 있어도 그것만은 확실하다고 말할 수 있었다.

그날 전 팀장과 함께 있었던 것은 분명 강도하 실장이었다.

"아아악!"

유미는 끔찍한 비명을 지르며 꿈에서 깨어났다. 그녀가 소리를 지르자 전 팀장을 둘러쌌던 남자들 중 하나가 뒤를 돌아보았다.

떡갈나무 뒤에 숨어 그들을 지켜보던 유미와 남자의 눈이 마주쳤다. 블랙 슈트를 입은 남자였다. 회사에서 그렇게 곧은 자세로 서 있는 남자라고는 단 한 명밖에 알지 못했다.

"괜찮습니까?"

그녀가 식은땀을 흘리며 소리를 지르자 곁으로 도하가 달려와 앉았다.

유미는 잠시 이것이 꿈인지 현실인지를 분간하지 못하고 눈을 굴렸다. 공포로 경직된 몸이 풀릴 때까지는 시간이 걸렸다.

오두막 안이 어두운 것을 보니 한밤중인 것 같았다. 도하가 땀에 흠뻑 젖은 유미의 이마를 물수건으로 닦아 냈다.

"악몽을 꿨나 봅니다."

"저리 치워요!"

유미가 소리치며 도하의 손을 쳐 냈다. 그 바람에 축축한 수건이 마룻바닥으로 털썩 날아가 떨어졌다.

당황한 도하의 얼굴을 보면서 유미 자신이 더욱 안절부절못했다. 하지만 몸에 도하의 손이 닿는 일조차 몹시 끔찍하게만 느껴졌다.

전무송, 이전 공헌팀 팀장이었던 그는 작년에 갑작스런 건강 악화를 이유로 퇴사했다. 이후 그와 연락이 된다는 사람은 아무도 없었다.

살인자, 살인자들.

헐떡이던 숨을 진정시키고 유미가 찰싹 가라앉은 목소리를 꺼냈다.

"전 팀장님도 죽었나요?"

무릎을 꿇고 방구석에 떨어진 물수건을 줍는 도하의 뒷모습은 말이 없었다.

"3년 전이었어요. 전에 계시던 김 실장님이 갑자기 사표를 내셨어요. 시골에 가서 가업을 잇겠다나. 이상하잖아요. 나이 오십에 갑자기 가업이라니. 그런데 일주일도 안 돼서 하버드 졸업생이라는 젊은 남자가 본사에서 내려왔어요."

듣고 있던 도하가 벽에서 등을 돌려 몸을 일으켜 앉은 유미를 똑바로 쳐다보았다.

"20대에 기획실장이라 조 회장의 친척일 거라는 소문이 파다했죠. 그때도 이상한 점은 있었어요. 우리 회사에도 하버드 졸업생이 있었거든요. 영업부 오은숙 과장님, 기억하세요?"

"하고 싶은 말이 뭡니까."

"오 과장님이 저한테 분명히 그렇게 말했어요. 저렇게 잘생긴 한국인 후배가 있었다면 내가 기억하지 못할 리가 없다고."

"……."

"다 죽었나요? 김 실장님도, 오 과장님도, 출근길에 교통사고가 났었다는 윤경환 팀장님도!"

"……."

"다 죽었냐고요! 아니면 죽였어요, 블랙 슈트가? 어디서 밀어 떨어뜨렸나요? 아니면 자살한 거라고 위장했어요? 누굴 시켜서 죽였나요? 어째서 반대하지 않았어요? 왜 손 부장님이 죽을 수도 있다고 미리 알려 주지 않았냐고요! 왜, 왜!"

유미는 소리를 지르다가 핑 도는 머리를 잡고 말을 멈췄다. 도하가 재빨리 곁으로 달려와 유미의 이마를 짚었다.

"열이 있습니다."

"저리 치워요!"

유미는 자신을 잡은 도하의 손을 오물이라도 된 것처럼 진저리치면서 쳐 냈다. 도하가 답답한 듯 머리를 쓸어 넘겼다. 천천히 눈을 감았다 뜨는 그에게서 유미는 새로운 공포를 느꼈다.

"안전 가옥에 주사제를 상비해 놓는 걸 잊었습니다. 식료

품도 충분하지는 않고."

"나한테 뭘 어쩌라는 거예요. 대체 어디까지가 거짓말이고, 어디까지가 진짜예요!"

비 오듯 떨어지는 땀과 점점 흐려지는 정신 속에서 유미는 도하를 노려보았다. 자신의 땀을 닦으려는 도하의 손길을 유미는 다시 격렬하게 거부했다.

도하는 체념한 듯 제 무릎 위에 물수건을 내려놓았다.

"좀 더 자요."

유미는 무언가 더 말하려고 했지만 그녀의 몸은 이미 힘이 빠진 상태였다.

꿀꺽꿀꺽, 무언가 입안으로 달콤한 것이 흘러들었다. 유미는 정신없이 그것을 받아먹었다. 기막힐 정도로 시원하고 달콤한 액체였다.

혀를 적시는 물을 정신없이 빨다가 가늘게 눈꺼풀을 들어 올렸다.

"읍!"

눈앞의 사물이 무엇인지를 확인하자 유미는 팔을 뻗어 사정없이 밀어 버렸다. 바로 도하의 얼굴이었다. 졸지에 밀려난 도하가 바닥으로 주저앉았다.

일어나 앉은 유미는 기가 막혀 세차게 입술을 비볐다. 아직 채 삼키지 못한 액체가 주르르 입가를 타고 흘렀다. 바닥의 약병과 물병을 보고서야 도하가 자신에게 입으로 무언가 먹이던 중이라는 걸 깨달았다.

그것을 자신이 좋아라 받아먹고 있었다는 사실을 상기하자 바로 목구멍에 손가락을 넣었다.

"우웩!"

먹은 것이 없는 탓에 액체는 쉽사리 밖으로 나와 주지 않았다. 차분하게 이불 위에서 유미가 하는 양을 구경하던 도하가 입을 열었다.

"먹어 두는 게 좋을 겁니다."

"싫어요."

"덕분에 열은 좀 내린 것 같더군요."

저 남자를 멋진 상사라며 동경하고, 키스를 했다. 저런 살인자를 따라 이런 곳에 오다니.

오랜 시도 끝에 유미는 도하가 자신에게 먹인 정체 모를 약을 토해 내는 데 성공했다. 의기양양한 얼굴로 바라보자 도하의 찌푸린 시선과 마주쳤다.

"낫고 싶지 않은 겁니까?"

"그냥 생리적인 거부감이에요. 어쨌든 싫은 건 싫은 거니까요."

유미는 어떻게든 도하를 상처 주고 아프게 만들고 싶었다. 자영이 죽다니. 자신이 느낀 이 상실감은 무엇으로도 보상되지 않을 듯싶었다.

자신이 토해 놓은 자리를 조용히 정리하는 도하를 차갑게 쳐다보았다. 그는 이런 일 정도는 아무 일도 아니라는 것처럼 방을 닦고 이불을 정리했다.

그사이 해가 떴는지 그가 움직이는 모양을 따라 부서지는 햇살이 보였다. 유미는 떼기 힘든 입술을 억지로 열었다.

"손 부장님은 정말 죽었나요?"

"그걸 확인하면 뭐가 달라집니까?"

유미는 눈에 보이는 것을 있는 대로 도하에게 집어던졌다. 그러나 아주 간소하게 차려진 방에는 더 이상 잡히는 것조차 없었다. 결국 무릎에 얼굴을 박고 참혹한 심정으로 눈물을 흘렸다.

"정말로 죽었다고요?"

"지금은 당신이 살아남는 게 우선입니다."

유미는 한참 동안이나 고개를 들지 않았다. 목이 쉬어 터질 때까지 울었다.

어느 순간 유미는 정신을 차렸다. 간단한 식사와 물이 준비되어 있었지만 그쪽은 거들떠보지도 않았다. 전파가 잘 잡히지 않는 소형 TV를 켜 놓고 멍하니 그것만 쳐다보고 있었다.

라디오 주파수를 잡아 주는 도하의 행동에도 아무 반응을 보이지 않았다.

"조금이라도 먹어요. 지금보다 체력이 빠져 버리면 도주는 무리입니다."

유미는 잠깐 도하를 응시했다가 다시 지지직거리는 흐린 화면으로 고개를 돌렸다.

보다 못한 도하가 억지로 쥐여 주는 수저를 들고 죽을 한 술 뜬 게 다였다. 그 모습을 보던 도하가 입을 열었다.

"김동현 실장은 더 좋은 대우를 받고 타사에 스카우트된 걸로 알고 있습니다. 오은숙 과장이라면 부하 직원과 불륜 끝에 퇴사한 직원 아닙니까. 그리고 윤경환 팀장이 교통사고가 났던 일은 미처 몰랐습니다."

유미는 대꾸 없이 눈앞의 죽을 꾸역꾸역 먹었다. 애매한 표정으로 도하는 유미가 먹는 것을 바라보았다. 그의 시선을 의식한 유미가 말했다.

"전 여기서 나가겠어요."

"나간다고요? 기다리십시오. 아직 제대로 된 루트를 만들 시간이 필요합니다. 채 확인되지 않은 일들이 남아 있기도 하고."

"실장님하고가 아니라 저 혼자서요."

"죽게 될 겁니다."

"그럼 여기서 그냥 이러고 기다리라고요? 싫어요. 전 나가서 손 부장님한테 무슨 일이 일어난 건지, 대체 세상이 어떻게 돌아가고 있는 건지, 나를 죽이려고 한 사람들이 누군지 내 힘으로 직접 알아볼 거예요. 이렇게 도망만 치는 게 아니라 내가 직접 상대할 거라고요!"

도하는 잠깐 놀란 표정을 지었으나 이내 피식 웃음을 흘렸다.

"서유미 씨가 혼자 할 수 있는 건 아무것도 없습니다. 여기서 나가게 되면 24시간 내로 죽게 됩니다."

"실장님, 협박하는 게 주특기예요? 이제 하나도 안 무서워요."

"원하는 걸 들어주면 내 말은 뭐든 듣겠다고 하지 않았습니까."

"네. 그런데 손 부장님이 죽어 버렸죠."

그 말에 도하는 유미가 잠든 동안 외부에서 가져온 신문들을 보여 주었다.

"서울 시내 대로변의 총기 사건. 하지만 어디에서도 그 사건은 보도하지 않았습니다. 왜인 것 같습니까? 그 사건은 그대로 증발해 버렸죠. 죽은 사람들도 함께."

"……."

"사람 하나 사라지는 게 이렇듯 쉬운 일입니다. 이제 이해가 갑니까? 그래도 혼자 가야겠다면 난 물리력을 써서라도 막을 겁니다."

"그게 가능하다고 생각해요? 말도 안 돼. 어딘가에는 있을 거예요."

유미는 따져 묻고서 신문과 방송들을 샅샅이 뒤지느라 시간을 보냈다. 하지만 어디서도 서울 한복판에서의 한밤중 총기 사건을 언급한 곳은 없었다.

그럴 리가 없어. 그 정도 사건이라면 온 서울이 발칵 뒤집어졌을 텐데?

"거짓말."

결국 도하의 말이 옳다는 것을 인정할 수밖에 없었다. 누군가 의도를 가지고 사건을 은폐한 것이 분명했다.

"일부러 이런 신문만 가지고 온 거죠? 추적 어쩌고 겁주면서 인터넷도 못 하게 하고. 기사에 없다고 하더라도 분명 목격자는 있을 거예요."

유미는 약간 흥분해 있었지만 도하는 여전히 차분히 응답했다.

"사전 검열이라는 말, 들어 봤습니까."

"……."

"어디에도 게시되지 않았을 겁니다. 미리 접선, 조작, 삭제하고 대중에까지 퍼지지 못하게 만들죠. 통신사와 네트워킹 플랫폼들이 다 누구의 이익을 위해서 움직이고 있다고 생각합니까."

"확실한 건 조양순 씨를 위해서는 아니죠."

"서유미 씨를 위해서도 아닙니다."

"그럼 요즘 세상에 누가 나를 죽이려고 한다는데 어디에 신고를 할 수도 없고, 배후가 누군지 알아보지 못하고. 내 몸 하나 지키지도 못하고 이렇게 평생 도망이나 다녀야 한다는 뜻인가요?"

"개인이 절대 집단을 이길 수 없다는 얘기를 하는 것뿐입니다. 당신 생각보다 훨씬 많은 이익 집단이 이 문제에 얽혀 있습니다."

"그건 당신한테나 그렇겠죠. 패배주의자 같으니라고."

계속되는 유미의 비난에 도하는 입을 닫았다. 잠깐 도하의 눈썹이 사납게 치켜떠졌다가 원래대로 돌아왔다.

"그렇게 사람을 자극하면 내가 맘대로 죽어 버리라고 나가게 내버려 둘 것 같습니까?"

유미는 사방이 막힌 벙커를 이리저리 훑어보았다. 억지로 잡아 둔다고 하면 빠져나갈 구멍은 없어 보였다. 유미가 분노에 찬 목소리를 내뱉었다.

"그래서 손 부장님을 죽인 게 조호선인가요, 조양순인가요? 손 부장님은 당신 팀원들과 있으니까 안전하다고 했잖아요. 그런데 거길 가다가 이 사달이 났어요. 이런데도 내가 당신을 믿을 수 있을 거라고 생각해요, 강도하 씨?"

제 이름을 불리자 도하는 턱관절을 꿈틀거렸다.

"그건 지금 나도 의아하게 생각되는 부분입니다. 조 회장 쪽에서 그 장소를 알았을 리는 없어요. 증인이 절대적으로 필요한 상황에 양부가 나서서 일을 망쳤을 리도 없고. 이 일에 제삼자의 이득이 있을 리도 만무한데. 현재로써는 배신자…… 누군가 팀을 배신했다고밖에 생각되지 않습니다."

"결론적으로 아는 게 아무것도 없는 거로군요?"

유미의 비웃음이 점점 슬픔으로 바뀌었다.

"대체 이런 일에 날 끌어들인 이유가 뭐예요! 당신이 아니었으면 나는 평생 이런 일에 연루될 일이 없었다고요! 블랙 슈트든 뭐든 난 몰라. 그런 게 아니었더라면 손 부장님도 그렇게 죽지 않았을 거라고!"

그러자 도하도 으르렁거리듯 화를 내며 유미의 앞으로 바짝 달려들었다.

"애초에 내가 그쪽을 숨겨 놓지 않았더라면 당신은 벌써 그들의 꾀임에 넘어가 바닷속으로 사라져 버렸을 겁니다!"

"그러니까 애초에 그쪽 보고 도와 달라고 한 적이 없다잖아요! 위선자!"

"난 벌써 몇 번이나 당신에게 그만두라고 말했습니다. 이 일에 더 이상 끼지 말라고. 이 길은 당신의 길이 아니라고 몇 번이나 충고했어요. 경고를 다 무시하고 내 옆에 남았던 건 바로 당신이었습니다!"

기가 막혀 화난 걸음으로 입구 쪽을 향해 가는 유미를 도하가 막아섰다. 유미는 보란 듯이 도하의 체격 앞에 가로막히고 말았다.

강도하는 강하게 단련된 인간 병기였다. 육체적으로는 그를 이겨 낼 재간이라는 게 있을 수가 없었다.

그의 말이 맞았다. 이런 곳에서 그를 자극하는 일은 좋지 않았다. 두려움과 공포에 질려 유미는 흐느끼기 시작했다.

"자극하면, 자극하면 어쩔 건데! 다른 사람들처럼 나도 죽일 거예요? 이거 진짜 전부 당신이 꾸며 낸 일 아니야? 날 가지고 놀려고 만들어 낸 수작 아니냐고! 어떻게 세상에 이런 일이 일어날 수가 있어. 어쩌자고 날 여기까지 데리고 온 건데! 이게 전부 다 당신 때문이잖아!"

"제발…… 그러지 말아요. 화를 내면 더 아파집니다."

쓰라린 표정의 도하가 흥분해 울먹거리는 유미를 끌어안았다. 그녀는 실신할 지경이 되기까지 계속 울었다. 도하는 그런 유미를 한참 동안 품에 안고 있었다.

안전 가옥에 도착한 지 5일째 되던 날이었다.

끼익. 끽.

도하가 힘주어 천정의 레버를 돌렸다.

"이렇게 해 두면 밖에서는 절대로 열리지 않습니다. 내가 나가면 바로 잠가야 합니다."

도하는 벙커의 손잡이를 다시 확인하며 옆에 선 유미에게 신신당부했다.

"내 말 잘 알아들었죠? 상황을 좀 살펴보고 돌아오겠습니다. 다시 한번 말하지만 이 방법밖에 없습니다."

유미는 고개를 끄덕였다. 눈물이 그친 얼굴에는 내내 울었던 흔적이 남아 있었다. 도하는 나이프와 권총 등의 무기를 발목과 등허리에 챙기고 몇 번이나 유미를 돌아보았다.

훌쩍 사다리에 탄 도하가 오두막으로 올라간 채 벙커 아래 선 유미를 내려다보며 말했다.

"내 목소리가 아니면 절대로 문을 열어선 안 됩니다."

"네."

"정말 알았어요?"

"알았다니까요."

도하는 순순히 고개를 끄덕이는 유미를 의심스러운 눈으로 쳐다보다가 문을 탁 치며 일어섰다.

"그럼 닫아요. 갔다 올게요."

"네. 걱정 마세요."

끼익.

도하는 문을 내린 유미가 안에서 손잡이를 돌리는 소리를 들었다. 닫힌 입구 위로 설치된 나무 바닥을 덮고 그 위를 카펫으로 안전하게 위장했다.

정말 괜찮을까. 걱정하는 마음을 뒤로하고 도하는 발길을 돌렸다.

잠시 뒤 재래시장 어귀 PC방에 장사꾼으로 보이는 한 남자가 들어섰다. 완벽하게 변장한 도하는 컴퓨터를 켜고 네트워킹을 해제할 수 있는 기기를 접속시켰다.

암호로 작성된 메세지를 누군가에게 전달했다. 곧 답이 도착했다.

OK.

커서가 몇 번 깜빡인 뒤 자동으로 메시지가 사라졌다. 좋았어. 만족할 만한 답변이 돌아오자 도하는 곧 모든 내역을 삭제하고 자리를 떴다.

볼일을 마친 도하는 어두워질 무렵, 다시 안전 가옥으로 이동했다. 택시를 타고 엉뚱한 곳에서 내려 산자락을 따라 걸었다. 저 멀리 숨겨진 공터와 허름한 오두막의 흔적이 보였다.

언덕의 꼭대기로 긴 줄이 매달렸다. 도하는 공수해 온 식료품과 신문을 먼저 줄에 매달았다. 그다음엔 자신 역시 줄을 타고 이동했다.

증인이 사라진 재판은 물거품이 되었다. 일주일 후면 조호선은 증거 불충분으로 풀려날 것이다. 그리고 새로운 밀항용 선박은 사흘 후에 있었다.

그러나 새 소식을 안고 벙커를 향한 도하는 곧 섬뜩한 기분을 느껴야만 했다. 안전 가옥의 문이 활짝 열린 상태였다.

오두막뿐만이 아니었다. 누군가 세차게 발길질이라도 한 것처럼 나무 벽은 부서져 있었고, 벙커의 입구조차 열려 있었다.

분명 꼼짝도 하지 말라고 했었는데…….

도하는 이마를 짚었다.

아뿔싸, 도망쳤구나.

두 번 생각할 것도 없이 마당을 향해 달리기 시작했다. 집 주변과 산 아래 도로까지 숨이 턱에 닿을 지경으로 달리고 찾았으나 유미는 어디에도 없었다.

아무도 없는 1차선 도로에서 도하는 벼랑의 아래쪽과 주변 계곡을 돌아보았다. 설마 떨어진 건가. 난간을 짚은 도하의 숨이 몹시 헐떡였다. 도무지 유미가 갔을 만한 곳이 떠오르지 않았다.

맙소사, 어딜 간 거지. 사람들 눈에 띄었다가는 목숨이 위태로울 것이다. 벌써 죽었을 지도. 설마 놈들에게 위치가 노출된 건? 심장이 공포로 터질 것처럼 뛰었다. 하늘이 빙빙 돌았다.

도하는 눈을 감고 정신을 집중하려 애썼다. 서유미가 갈 만한 곳. 서유미가 도망쳤을 만한 곳. 서유미가 좋아하는 곳. 서유미가 친하게 지내는 사람……?

도하는 심각하게 눈썹을 찡그렸다. 거센 바람이 산 아래서부터 불어닥쳤다.

3년 전, 제로켓 본사 앞.

"도착했습니다, 실장님. 내리시면 됩니다."

도하는 운전석을 잠깐 쳐다보고 접었던 다리를 펴 차에서 내렸다. 밖에서 목이 빠지게 기다리던 직원들이 빠르게 모여들었다. 그들이 내려진 짐과 가방을 대신 받아 챙겼다.

"어서 오십시오, 강도하 실장님. 말씀 많이 들었습니다. 처음 뵙겠습니다. 영업부 부장 고인수라고 합니다."

맨 앞에 선 고인수가 폴더처럼 허리를 꺾었다. 도하는 중년 남자의 손을 잡고 악수했다. 한눈에 봐도 탐욕스럽게 생긴 인상의 남자였다.

도하는 위치를 설명하는 고인수를 따라 걸었다. 본관까지 이동하는 동안 부장이라는 남자는 수다와 억지웃음을 멈추지 않았다. 아부와 저자세가 습관처럼 몸에 배어 있는 남자였다.

전혀 그의 말에 집중하지 않은 채 도하는 그저 고개만 끄덕였다.

제로켓 임무에 할당된 시간은 6개월이었다. H마켓이 무사히 영원재단에 넘어온 다음 주어진 임무였다.

"어? 야, 야! 서 대리, 여기서 뭐 해? 아유, 저걸⋯⋯. 너 진짜 오늘 같은 날까지 이래? 얼른 안 비킬래!"

도하는 갑자기 누군가를 향해 손가락질을 하며 고함을 지르는 고인수를 의아한 눈빛으로 쳐다보았다. 그가 야단하며 소리치는 인물은 본관 게시판에 대자보를 붙이던 여직원이 었다.

"으아아!"

서 대리라고 불린 여자가 깜짝 놀라 뒤돌다가 사다리에서 휘청거렸다. 사다리에서 떨어지는 유미를 우연히 그 밑으로 지나가던 도하가 팔로 받아 냈다. 아주 잠깐 두 사람의 눈이 마주쳤다.

"아, 감사합니다."

슬쩍 도하의 팔에서 벗어난 여자가 재빨리 몸을 일으켜 사람들을 향해 인사했다. 어색함을 무마하려 화사하게 웃는 얼굴이다.

"부장님, 안녕하세요!"

"서 대리, 오늘 실장님도 새로 발령 나서 오셨는데 환영식은 못 할망정 쪽팔리게 꼭 이래야겠냐. 내 면이 있지, 그래. 노조도 좋고 대자보도 좋고 다 좋은데, 내일부터 해. 내일부터."

"앗! 그럼 그 미국에서 오신다는?"

놀라 묻는 유미에게 고인수가 불쾌한 표정으로 고개를 끄덕여 보였다. 유미가 뒤에 선 도하에게 깍듯하게 허리를 굽혀 보였다.

"안녕하십니까, 실장님! 제로켓 본사 발령을 진심으로 축하드립니다."

도하는 다가온 유미를 멀뚱멀뚱 쳐다보며 그녀의 극진한

인사를 받았다. 고개를 든 유미가 망설이다가 재빨리 입을 열었다.

"그런데 실장님, 잊지 마시고 한 가지 알아주십사 하는 건요. 이렇게 꽉 끼는 옷을 입고 일하면 근무 능률이 안 오릅니다. 여직원들 성과가 낮다고 비난만 하실 게 아니라 실장님께서도 이걸 좀 진지하게 읽어 보시고 생각해 주시면……."

유미가 들고 있던 인쇄물들을 다짜고짜 도하에게 건네주려고 했다.

"야, 너 미쳤어? 뭐 하는 거야, 지금!"

인수가 그 앞을 황급히 막아섰다. 힘으로 유미를 튕겨 낸 그가 도하에게 사과했다.

"아이고. 이거 정말 죄송합니다, 실장님."

인수는 뒤돌아 유미에게 고개를 조용히 윽박질렀다.

"서 대리, 너 진짜 저리 안 가냐? 이러면 정말 큰일이 나는 수가 있다. 일 안 해?"

"제가 지금 정직 중인데 어떻게 일을 해요, 부장님."

인수는 더 이상 듣기도 싫다는 듯이 도하와 일행을 안내해 엘리베이터로 옮겨 탔다.

올라타기 전 도하는 유미가 붙이고 있던 대자보로 흘깃 시선을 돌렸다. 색색별로 큰 글씨들이 흰 마분지 위를 **빼곡히** 메우고 있었다.

여직원들이 눈요깃감인가요?

도하는 열심히 그것을 붙이고 있는 유미를 훑어보았다. 팔을 올리면 허리가 드러날 정도로 짧고 꽉 끼는 유니폼이 보였다.

곧 엘리베이터 문이 닫혔다. 옆에서 고 부장이 절레절레 고개를 흔들었다. 그의 곁에 선 다른 임원들 역시 마찬가지였다.

"진짜 완전 또라이야, 저거. 어떻게 쫓아내지."

"무급 기간에도 사무실을 나오니 방법이 있을까요."

한 임원의 말에 난처한 얼굴의 인수가 다시 도하에게 머리를 조아렸다.

"실장님, 정말 죄송합니다. 오시자마자 저런 모습부터 보시게 해서. 애들 단속을 한다고는 해 놨는데 가끔 특출 나게 이상한 애들이 있어서요. 아, 이 층입니다. 기획부서가 있고, 회의실은 이쪽, 휴게실은 저쪽. 실장님 방은 이쪽입니다."

고 부장의 안내에 따라 사무실을 둘러보면서도 도하는 유미의 몸매가 적나라하게 드러나던 유니폼을 떠올렸다.

"힘들어 보이긴 하더군요."

도하는 무신경한 얼굴로 대답했다. 고 부장이 대뜸 푸욱, 한숨을 내쉬며 푸념했다.

"예? 아, 정말이지 저런 애들 관리하기가 너무 힘이 들지만 법이 바뀌어서 마음대로 자르지도 못합니다. 그냥 그러려니 하십시오. 실장님은 미국 H마켓 본사에서 일하셨다고 들었습니다. 그렇게 좋은 데서는 이런 험한 꼴 안 봐도 되셨을 텐데."

도하는 지나친 저자세를 유지하는 인수를 똑바로 마주 보았다. 권력과 탐욕에 찌든 늙은 얼굴을 머리부터 발끝까지 자세히 훑었다.

인수와 대략 비슷해 보이는 주변 무리로 시선을 돌렸다. 이번 임무는 그리 어렵지는 않을 것 같았다.

"더 나은 세상을 위해서."

그러나 사실 그것은 실제로 누구를 위한 일일까.

근희가 죽었다. 그것도 석 달 전에.

도하는 그것을 팀의 막내로부터 나중에서야 전해 들었다. 임무 중에 블랙 슈트가 희생되는 것은 가끔 있는 일이었지만 A팀의 팀원이 사망한 것은 처음 있는 일이었기에 모두가 크게 슬퍼했다.

요원들 모두 극비 신분으로 임무 중에 있어 따로 근희의 장례식은 챙기지 못했다. 도하는 어릴 적 함께 지냈던 영원의 집 근처에 근희의 비석 하나를 만들어 준 게 전부였다.

그리고 산에서 돌아오는 길에 조양순을 찾아갔다. 도하가 연락도 없이 찾아오자 양순은 크게 분노했다.

"여길 오다니. 이런 시점에."

도하는 이전보다 훨씬 규모가 커진 저택 훈련소를 안팎으로 둘러보았다. 어릴 적 놀이 삼아 훈련을 하던 타이어가 훈장처럼 입구에 걸린 모습이 보였다.

도하는 거대한 유리 돔 안에서 훈련 중인 아이들을 응시했다.

"근희가 죽었습니다."

도하는 어금니를 악문 채 입을 열었다. 변명이라도 해 보란 말이야.

"그래. 몹시 안타까운 일이다. 하지만 한 나라의 우두머리가 될 사내라면 개인적인 감정으로 큰일을 그르쳐서는 안 되지."

처음 A팀은 총 다섯 명이었다. 몇 년 만에 그 수를 늘려 스무 명이 되었다. 블랙 슈트의 인원 증가는 그것보다 훨씬 빨랐다.

이제 누가 어느 팀인지, 누가 어디서 어떤 임무를 수행하고 있는지 각 팀의 수장들조차도 제대로 파악하기가 어려운 실정이었다.

"다른 애들은 무사합니까."

"모두 무사하다. 근희의 일은 안됐지만 무작정 여기 찾아오는 건 너답지 않은 짓이야."

문 쪽을 잠깐 돌아본 조양순이 두툼한 손으로 도하의 어깨를 두드렸다. 그리고 그 손만큼이나 두툼한 봉투를 도하의 주머니에 찔러 넣었다.

"우린 아주 많이 닮았어. 넌 내 친자식이나 다를 바 없다. 너도 알고 있지? 가족은 언제나 서로를 믿고 의지해야 하는 법이다. 장차 이 나라를 짊어질 내 후계자는 절대로 평범한 인간이어선 안 돼. 언제나 명심하고 있거라."

전용 헬기로 훈련장을 떠나는 양부의 모습을 도하는 꼼짝도 하지 않고 지켜보았다. 조양순이 창밖으로 인자하게 손을 흔들었다.

프로펠러에서 부는 바람에 주변인들의 머리 꼭대기로 먼지들이 나부꼈다. 주차장은 과거에 공을 차는 공터였다. 그곳에서 도하는 어렴풋이 자신들의 어린 시절을 떠올렸다.

"이제부터 나를 아버지라고 불러도 좋다."

부유하고 명망 높은 남자에게 자신들이 입양되었다는 사실을 알게 된 아이들은 앞으로 목숨을 걸고 아버지를 지키겠다고 맹세했었다. 벌써 20년은 넘은 이야기였다.

근희의 죽음에 의문점이 있다고 느낀 것은 비단 도하뿐만은 아니었다. 우연히 대표로 목소리를 냈던 단비가 다음 총격전에서 적에게 희생되었다. 동료들은 그것을 '위대한 희생'이라고 불렀다.

하지만 그녀를 저격한 총알은 결국 조직 내부의 것으로 밝혀졌다. 그때 도하는 깨달았다. 양부를 설득하기 전에 형제들과 먼저 피를 튀겨야만 한다는 사실을.

어느 날, 안전 가옥의 폭약 작업을 마치고 돌아온 길이었다. 아무 의미도 남지 않은 이름뿐인 회사, 그 밖으로 평소와 같은 창밖 빌딩 숲 풍경들 앞에 도하는 발을 멈추었다.

원하기만 한다면 양부가 이룬 것 전부를 날려 버릴 수도 있었다. 그러나 그렇게 하지 않은 것은 그저 조금의 미련 때문이었다. 상황을 다시 원래대로 돌이킬 수 있을지도 모른다는 조금의 미련.

"그 남자를 정말로 설득할 수 있다고 생각해?"

오래전 석용의 말을 떠올리며 의식조차 하지 못한 채로 도하는 울고 있었다. 그것은 슬픔도 분노도 아니었다. 보다 오래된 깊은 애정이었다. 잃어버린 부모라는 존재를 향한, 이제는 기억에서조차 희미한 애정.

문득 도하는 이상한 인기척을 느껴 뒤를 돌아보았다.

"어, 실장님? 뭐 하고 계세요?"

"뭐……!"

소스라친 도하가 큰 소리를 내자 유미가 누워 있던 자리에서 이불을 들추며 일어났다. 도하는 재빨리 눈물을 훔쳤다.

"무, 뭐 하는 겁니까. 여기서?"

"아, 야근하다가 끝나고 보니 시간이 좀 늦었기에……."

"……?"

"잤어요."

도하는 소름 끼친다는 표정으로 잠에서 막 깬 유미를 쳐다보고 있었다. 누가 이 공간에 함께 있으리라고는 전혀 상상도 하지 못했다. 유미가 들고 있는 것은 분명 이불이었다.

"잤다고요? 여기서요?"

"네."

"당직실 있잖습니까."

"여자 당직실 히터가 고장 나서 너무 추워요. 천장에 물 새는 거 수리 좀 해 달라고 아무리 얘기를 해도 들은 척도 안하고. 아무리 당직하는 여직원들이 별로 없어도 관리비 아끼려는 것도 아니면서 정말 너무해요."

도하는 중얼거리는 유미의 불평을 들은 체도 않고 긴장했던 가슴을 쓸어내렸다.

"회사에는 지켜야 할 원칙이라는 게 있는 겁니다. 앞으로 사무실 내에서 잠을 자는 행위는 금지합니다."

"네, 알겠습니다. 실장님."

도하는 공손히 허리를 굽히는 유미를 아주 기분 나쁜 얼굴로 내려다보았다. 처음 봤을 때부터 정말이지 이상한 여자였다.

유미는 눈치를 보면서 다시 재차 허리를 굽혔다.

"정말 죄송합니다, 실장님. 다시는 이런 일 없도록 하겠습니다."

도하는 귀찮다는 듯 손을 흔들었다.

"그럼 가 보세요."

"아, 네! 그럼 내일 뵙겠습니다, 실장님!"

유미는 빗자루처럼 헝클어진 머리로 체크무늬 이불을 안은 채 사라졌다.

도하는 기가 찬 얼굴로 문 쪽을 보다가 돌아섰다. 그러고 보니 저 이불을 며칠간 창고에서 본 것 같았다. 누군가 지나치게 추위를 많이 탄다고만 생각했지, 설마 회사에서 잠을 자려는 용도로 쓴다고 생각했을까.

정리가 안 된 유미의 책상을 보며 혀를 찼다. 첫인상은 사이코처럼 보였지만 유미는 동료들 사이에서는 꽤 평판이 좋은 사원이었다. 영리하고 성실하며 사교적이었다.

노조 때문에 이를 가는 임원들만 아니라면 식당 직원이며 청소부, 동료들까지 모두 그녀를 칭찬했다. 아마 인원 감축 때문에 생긴 잔업을 남아서 처리하고 있었겠지.

데스크에 남겨진 자료들을 훑어보자 부서별로 아침에 전달할 파일들이 깔끔하게 정리된 모습이 보였다. 열심히도 해 놨군.

도하는 일순 불쾌한 표정을 지었다. 제로켓은 어차피 곧 사라져 버릴 회사였다. 아무리 열심히 해 봐야 조양순의 손아귀에서 공중 분해될 터였다. 그렇게 허망하게 사라지고 말 것을.

유미가 작업 중이던 막대한 양의 목록을 뒤적이다가 도하는 이상한 기분에 손을 내렸다.

"헉!"

뒤돌자마자 도하는 또 한 번 기절할 것처럼 놀라고 말았다. 뒤에 선 유미가 자신을 빤히 쳐다보고 있었다.

"내일 발송 예정인 자료들을 분류해 놓은 겁니다."

"그렇군요."

인상을 쓰며 뒤로 물러난 도하에게 유미가 공손하게 양손을 내밀었다. 캔 커피였다.

"이게 뭡니까."

유미의 머리카락은 그새 물이라도 묻힌 것처럼 차분히 정돈되어 있었다.

"그게…… 피곤해 보이셔서요. 제대로 인사드린 적도 없는 것 같아서. 유니폼 정책 바꿔 주신 것도 감사하고, 겸사겸사."

"필요 없습니다."

"그래도요. 실장님, 힘내세요."

유미가 꾸벅 다시 고개를 숙이며 인사했다. 도하는 찡그린 얼굴로 캔을 받아 들어 옆 테이블 위에 놓았다.

잠깐 어둠 속에서 서로의 눈이 마주쳤다. 유미는 무언가 말을 감추며 머뭇거렸다. 도하가 의아한 얼굴로 눈썹을 들었다.

"실장님, 파이팅!"

힘차게 주먹을 들어 보인 유미가 재빨리 사무실 문을 향해 뛰었다. 도하는 달려 나간 유미의 뒷모습을 빤히 쳐다보았다.

다음 날, 옥상에서 도하는 은희를 만났다. 은희는 자신보다 미리 사측에 잠입해 플랜을 짜고 있던 A팀 소속이었다. 도하와는 영원의 집 시절부터 친남매처럼 지내 왔던 사이이기도 했다.

은희는 영리하고 집요한 구석이 조양순의 성격을 쏙 빼닮아 어릴 적부터 양부의 귀여움을 독차지했던 아이였다. 누구에게든 지기 싫어한다는 점까지도 조양순은 특출한 장점이라 꼽으며 늘 은희가 사내 녀석이 아닌 점을 아쉬워하고는 했다.

그 때문인지 어느 날부터 은희는 도하를 형이라고 부르기 시작했다.

"어르신 질책이 심하셔. 어째서 이렇게 계속 시일이 미뤄지냐고."

"조호선이 그렇게 만만한 상대가 아냐. 증거가 좀 더 필요해."

"형 능력이라면 이렇게까지 시간을 끌 일은 아니라고 보는데? 어르신은 밀어붙이면 되겠다고 하는데."

"그놈들이 어떤 놈인데. 역공당할 경우의 수까지 준비해야지."

"언제부터 이렇게까지 완벽주의자셨어? 이럴 때 나까지 진짜 형의 저의가 의심돼. 그러니까 어르신이 자꾸 다른 소리를 하시는 거야."

"어르신, 어르신. 그놈의 어르신 타령 좀 그만해. 지난번에도 섣부른 지시로 동료를 둘이나 잃었어. 물론 최근 변한 정세 때문에 급한 상황인 건 잘 알아. 하지만 실제로 팀을 이끌어 나가는 건 나다. 믿고 맡겨 주실 필요도 있어."

은희는 잇몸을 씹다가 툭 말을 뱉었다.

"형은 좀 달라진 것 같아."

"그래? 그러니까 너도 조심해. 근희 꼴 나기 싫으면."

은희는 놀란 표정으로 도하를 돌아보았다.

"설마 아직도 그 일이 어르신과 연관됐다고 생각하고 있는 거야? 그건 불행한 사고였어."

"여기선 모든 일이 불행한 사고지."

누가 뭐래도 은희는 여전히 조양순의 숭배자였고, 도하는 이제 그렇지 않았다. 의견의 차이는 종종 그들 사이에도 대립과 충돌을 불러왔다. 그것은 블랙 슈트 내에서도 불협화음을 만드는 요인이 되었다.

"실장님, 여기 계셨…… 엇!"

다시 도하가 뭐라고 대꾸하려던 순간이었다. 그를 찾아 옥상에 온 사람은 유미였다.

가까이 붙어 대화를 나누는 도하와 은희를 발견하자 유미는 못 볼 것이라도 본 것처럼 홱 돌아섰다. 그러나 곧 그런 자신의 행동을 의식했는지 뒤돌아 꾸벅 고개 숙여 인사했다.

"죄송합니다. 같이 계신 줄 모르고."

도하가 가볍게 고개를 끄덕해 보였다.

"무슨 일입니까."

"아, 밑에서 부장님이 찾고 계셔 가지고요. 여기서 팀장님이랑 말씀 중이시라고 전할게요."

"곧 내려갈 겁니다."

"네, 알겠습니다!"

유미가 사라지고 은희가 도하의 얼굴을 보다가 말했다.

"있잖아, 저기. 또 다른 증인."

"뭐?"

도하가 은희에게 몸을 돌리며 물었다. 은희는 초조한 표정을 지었다.

"아주 쉬워 보여. 금방 끌어들일 수 있을 거야."

도하는 방금 내려간 유미를 떠올렸다. 그제야 무슨 말인지 이해한 도하가 대답했다.

"안 돼."

"안 된다니, 무슨 뜻이야? 왜 뭐 특별한 이유라도 있어?"

도하는 뜨끔해 사족을 덧붙였다.

"불쌍한 여자야. 돈도 없고, 배경도 능력도 없고. 저런 불쌍한 사람들을 위한 세상을 만들자는 게 애초에 우리들의 궁극적인 목적이잖아?"

"불쌍하다고? 노조 활동에 가려서 그렇지, 은근히 야심이 있는 여자라고. 목적을 위해서라면 작은 희생쯤은 감수해야 해. 작업하면 금방 넘어올 거야. 확실해. N수는 충분할수록 좋잖아."

그 말에 도하가 쓸쓸하게 은희를 쳐다보았다.

"너 꼭 어르신처럼 말한다."

"당연하지. 아버지니까."

"아무튼 안 돼, 저 여자는. 멍청하고 답답해서 전혀 도움 안 될 거야."

"서유미가 멍청하다고 생각하는 사람은 이 회사에 강도하 혼자뿐일 걸."

도하는 은근히 캐묻는 은희의 눈길로부터 고개를 돌렸다. 저조차도 이것이 대체 무슨 감정인지는 알 수 없었다.

서유미는 싫다. 서유미는 안 된다.

조양순이 어릴 때 잃어버린 유산을 되찾아 주는 일에 관계 없는 사람들이 이용되고 있다는 생각을 도저히 떨쳐 낼 수가 없었다.

'더 나은 세상'이라는 그 위선적인 슬로건 아래 여전히 희 생당하고 있는 동료들이 있었다. 조양순을 치려면 블랙 슈트 부터 쳐야 했다. 그 생각이 매일같이 도하를 괴롭혔다.

확실한 것은 절대로 이 일에 유미를 끌어들이고 싶지는 않 다는 것이었다. 왜인지 이유를 정확히 알 수 없었지만 다른 건 몰라도 그것만큼은 정말 죽기보다도 싫었다.

제로켓의 작업 과정 중에서 알아낸 것은 공헌팀의 팀장인 전무송의 정체가 실은 경쟁 업체인 우성그룹 측의 스파이라 는 사실이었다.

지난해부터 후발 주자인 우성에 제로켓의 지분이 빠져나 가고 있다는 제보가 들리자 조양순은 정확한 사태를 파악하 고자 했다.

무송의 배후를 짚어 내는 일은 허무하리만치 쉬웠다. 우성이나 대한 등 타 그룹의 스파이들은 조직적이지 못했을 뿐만 아니라 실력도 형편없었다.

조 회장의 비리 파일을 습득한 무송이 타 그룹 고위층과의 접선을 계획했던 밤이었다. 장소는 제로켓 본사의 옥상이었다.

블랙 슈트의 A팀이 그의 처리 작업을 맡았다. 완전 무장한 팀원들에게 둘러싸이자 무송은 순순히 자신의 배후를 인정했다. 다만 파일을 사수하는 과정에서 현장에 들이닥친 우성 측 요원들과 총격전이 벌어지고 말았다.

A팀이 순식간에 그들을 제압했으나 도하는 스치는 총알에 상처를 입고 말았다. 적진이 옥상에서 추락하기 전 마구잡이로 쏘아 댄 총알 중 하나였다.

"괜찮으십니까, 팀장님!"

도하는 얕게 찢어진 재킷을 내려다보았다. 다행히 관통상으로 보이지는 않았다.

"괜찮다. 자료 전송은 내가 할 테니까. 현장 정리를 부탁한다."

당장 내일 언론에 폭로될 뻔한 장부였다. 도하는 현장을 정비시킨 후 재빨리 사무실로 돌아갔다. 암호화 전송이 가능한 라인이 자신의 사무실에 있었다.

양부에게 무사히 파일을 전송한 다음, 작업해 둔 카메라를 정리하기 위해 관제실로 방향을 튼 순간이었다. 복도 끝에서 누군가 걷고 있는 것을 목격했다. 가벼운 걸음걸이는 복도 끝 당직실로 향하고 있었다.

가녀린 실루엣은 두 번 생각할 것도 없이 유미였다. 화장실에라도 다녀온 모양이었다. 그녀는 걸으면서 누군가와 통화를 하고 있었다. 미간을 찡그린 채 도하는 어둠 속에 멈춰 선 채로 잠깐 고민했다.

"어, 엄마. 이렇게 밤늦게 웬일이야. 아니, 야근은 뭐…… 여기 사람들이 자꾸 그만두니까. 여기 복지도 괜찮고 페이도 센데 왜들 자꾸 그만두는지 모르겠네. 야근이야, 내가 자발적으로 하는 거고. 그렇다니까? 다들 얼마나 잘해 주는데."

자신도 모르게 넋을 놓고 유미의 목소리를 감상하던 도하는 순간 뜨거운 것이 흘러내리는 느낌에 옆구리에 손을 가져다 댔다.

멎은 줄 알았던 출혈이 다시 시작되고 있었다. 생각보다 상처가 깊은 모양이었다.

"미현이도 이제 좀 적응했어. 이번 주에는 바빠서 못 내려가. 선은 무슨 선이야. 시집은 뭐, 나 혼자 가나. 남자가 있어야 가지. 아, 알았다니까?"

희미한 실루엣이 당직실 안으로 사라지자 말소리도 작아졌다. 손으로 상처를 압박한 도하는 무작정 유미의 목소리를 따라 걸었다.

출혈 때문인지 눈앞이 어찔해지고 있었다. 지혈을 위해 좀 더 세게 상처 부위를 압박하자 구토할 것처럼 끔찍한 통증이 몰려왔다.

어느새 문 앞까지 다가온 도하는 당직실 문 옆 복도에 주저앉았다. 살짝 열린 문틈으로 침대에 앉아 웃고 있는 유미의 얼굴이 보였다.

"아니, 아빠는 대체 왜 그런대? 잔치서 춤추는 영상은 글쎄 두 분이서만 보시라구요. 나 그런 거 보고 싶지 않다니까? 아니, 귀여운 걸 떠나서……."

문득 유미의 말소리가 멈췄다. 사방이 고요해지자 도하는 절로 숨을 삼켰다.

"어, 아니야. 무슨 소리가 들린 것 같아서."

앉았던 유미가 휴대폰을 붙잡은 채로 도하가 숨어 있는 문 쪽을 돌아보았다. 저벅저벅, 느린 슬리퍼가 가까워지는 소리가 들렸다.

도하는 재빨리 열린 문을 피해 벽을 등진 채 돌아섰다. 유미가 밖으로 나왔을 때 복도는 텅 비어 있었다.

그사이 도하는 비어 있는 관제실에 있었다. 경비원들은 모두 잠들어 있도록 조치를 취한 뒤였다.

멈춘 채 조작된 화면을 바꾸고 CCTV를 리셋 했다. 당직실 앞쪽 카메라를 통해 휴대폰을 든 유미가 복도를 살펴보는 모습이 화면에 들어왔다.

편안했던 것도 잠시, 다시 상처에서 욱신거리는 통증이 느껴졌다. 급한 움직인 탓에 상처가 벌어진 것 같았다. 도하는 다시 옆구리를 손으로 압박한 채 깊은 호흡을 몰아쉬었다. 다른 손으로는 사무실로 향하는 유미의 얼굴을 확대했다.

목소리가 들리지는 않았지만 도대체 영문을 모르겠다는 표정으로 여기저기를 둘러보던 모습이 이윽고 카메라 밖으로 사라졌다.

도하는 마지막까지 유미의 뒷모습에서 시선을 떼지 않았다. 평소에는 마음 놓고 자세히 볼 수도 없는 얼굴이었다.

다시금 상처에서 피가 쏟아지자 도하는 깊이를 확인하기 위해 압박하고 있던 손을 풀어 보았다. 흠뻑 묻어난 피가 손바닥을 적셨다. 벌써 오른쪽 다리 아래까지 젖어 들기 시작했다.

도하는 애써 고통을 참으며 다시금 카메라를 향해 시선을 돌렸다. 유미가 사라진 당직실로부터 희미한 불빛이 새어 나오는 것이 눈에 띄었다. 당직실 안까지는 카메라가 설치되어 있지 않았다.

빛과 어둠.

도하는 문득 그런 단어를 떠올렸다. 웃고 있는 유미와 그녀의 가족, 유미의 직장, 유미의 삶, 유미의 미래, 유미의 행복.

서유미가 가진 평범한 모습은 자신은 죽었다 깨어나도 가질 수 없는 반짝이는 빛과 같은 것들이었다. 그녀는 자신이 목숨 바쳐 지키고 싶었던 그 모든 것들과 닮아 있었다.

도하는 생각을 정리하려 잠시 눈을 감았다. 아직 처리하지 못한 일이 너무 많이 남아 있었다. 지금은 잠시도 다른 생각에 빠질 겨를이 없었다.

적어도 그때는 그렇다고 여겼다.

순조롭게 진행되는 듯 보이던 작업은 고인수가 모습을 감추면서 위기에 빠지고 말았다.

실종된 고 부장의 수색을 마치고 부하들이 도하의 방으로 도착했다. 전원 얼굴을 구별할 수 없는 복면과 사람들 눈에 띄지 않는 블랙 슈트 차림이었다.

상황을 보고하는 세 명의 부하들을 도하는 무표정한 얼굴로 맞아들였다.

"아무래도 제거된 것 같습니다."

"조 회장이라는 증거는?"

"그건 아직……."

"정말 이상합니다. 어디로 숨겼다고 한들 이 정도로 흔적을 남기지 않았을 리가 없는데요."

"벌써 해체됐다는 건가. 그래도 놈들이라면 증거가 남았을 거야."

"더 찾아보겠습니다."

"다른 타깃은 어때."

"순조롭게 작업 중입니다. 이번 주 중으로 넘어올 것 같습니다."

"그래. 상황 판단이 빠른 인물이니 엉뚱한 짓은 안 할 거다. 신변을 확보한 다음에는 위치가 노출되지 않도록 조심하고. 절대로 다시는 이런 일이 생겨선 안 돼."

도하가 말하자 복면을 쓴 사람들이 고개를 숙였다.

"예!"

작지만 대답하는 목소리에 절도가 있었다. 그 소리에 화장실 문을 보며 생각에 빠졌던 도하가 다시 현실로 돌아왔다.

"그래. 알겠다."

부하 중 한 명이 도하의 시선을 의식해 잠깐 뒤를 돌아보았다. 그러나 돌아본 쪽은 아무것도 없는 새하얀 복도의 액자뿐이었다.

"그 외에 다른 전달 사항은 없으십니까."

"없다."

"알겠습니다."

인사를 마친 부하들이 순식간에 방 안을 빠져나갔다. 그러고도 도하는 잠시 화장실 문 앞에 멈춰 서 있었다.

한참 후 고요해진 틈을 타서 도하는 화장실 문을 열었다. 물결무늬 타일 아래 죽은 듯이 누워 있는 여자가 눈에 띄었다.

잔뜩 술에 취한 서유미였다.

"제발 저희 사정을 다시 고려해 주세요."

도하는 허탈하게 다리를 구부려 누운 유미의 곁으로 앉았다.

"회사는 저뿐만 아니라 저희 팀 모두에게 집이자 가족입니다."

울먹이며 말하던 유미의 표정을 떠올렸다. 그깟 일로 울다니. 어차피 없어질 회사였다. 그럼에도 그녀가 울 때 도하는 미칠 것처럼 꿈틀거리던 자신의 감정을 상기했다.

이까짓 게 대체 뭐라고.

그런 순간에도 유미를 안고 싶다는 생각을 하는 자신이 지
악스러울 정도로 끔찍할 뿐이었다. 쉽사리 자제할 수 없는
욕망이란 존재가 위험하기 짝이 없다는 생각이 들었다.

곧 부하들이 들이닥칠 시간인데도 그녀를 안고 싶다는 생
각을 했다니. 그 정도로 분간하지 못한다는 건가.

차디찬 바닥에 누운 유미의 얼굴을 만져 보았다. 화장실
바닥은 얼음장처럼 차가워 덩달아 유미의 뺨도 싸늘하게 식
어 있었다.

도하는 침대의 이불과 베개를 가져다가 유미를 바로 뉘였
다. 이런 치열한 현실 속에서 유미는 천국이라도 거니는 것
처럼 나른한 얼굴로 잠들어 있었다.

아무것도 모르면서. 아무것도 모르는 주제에.

"저, 실장님. 커피 좀 드셔 보세요!"

"실장님, 감사해요."

"실장님."

"실장님!"

도하는 똑바로 누운 유미의 얼굴을 보면서 생각에 빠졌다.
키스하고 싶고, 안고 싶다는 생각이 썰물처럼 떠올랐다가 사
라지기를 반복했다.

누구든 그녀에게 빗장을 걸어 잠그는 일 같은 건 불가능하
겠지.

유미는 늘 아무렇지 않게 벽을 부수는 사람이었다. 거리를 둔다는 단어 자체가 사전 속에 없는 사람 같았다. 대체 이 여자를 어떻게 밀어내고 거부하면 좋을지 도하는 어떤 뾰족한 방책도 쉽게 생각해 낼 수가 없었다.

"실장님, 좋아해요."

저 입으로 그런 말을 듣게 된다면 어떤 기분일까. 도하는 손가락을 내밀어 벌어진 유미의 입술을 만져 보았다. 아마 원한다면 만질 수도 정말로 가질 수도 있을 것이다. 그렇게 생각하자 도하는 이제는 정말로 자신이 미쳐 버렸다는 생각이 들었다.

사랑이라는 행운은 선택된 자들에게만 허락된 뜬구름처럼 허망한 기대에 불과했다. 가지는 것과 지키는 것은 차원이 아주 다른 이야기였다.

도하는 유미의 다리부터 얼굴까지 천천히 움직이는 시선으로 바라보았다. 정말이지 끔찍한 일이 아닐 수 없었다. 무방비하게 잠든 여자 옆에서 속수무책인 감정과 싸워야 한다는 기분은.

대체 어디까지 참을 수 있을까. 도무지 아무것도 확신할 수가 없었다. 중요한 것은 이미 자신 역시 한계에 가깝다는 것을 스스로도 잘 깨닫고 있다는 사실이었다.

"으음."

유미는 작게 신음하며 돌아누웠다. 도하는 유미의 몸 위에 이불을 제대로 덮어 주었다.

　이날, 그는 뜬눈으로 밤을 지새웠다.

　아득한 회상 속에서 유미를 되새기던 도하는 그녀를 찾으러 이동하기 위해 숨겨 둔 차가 있는 곳으로 뛰었다.

　서유미가 갈 만한 곳? 설마 부모님 집인가? 서울로 돌아간 것은 아니겠지?

　그러나 머지않아 도하는 기막힌 광경을 발견했다. 어떻게 알고 찾았는지 차 앞에서 열심히 문을 따려고 시도 중인 유미를 발견한 것이다. 열쇠로 쓸 만한 기다란 도구들이 하나씩 바닥에 던져져 있었다.

　어둠 속에서 무성한 나뭇가지 아래 앉아 있는 유미를 발견하자 도하는 기가 막혀 긴장이 탁 풀렸다.

　"서유미 씨!"

　"앗!"

　도하를 본 유미가 당황한 듯 열중하던 손을 떼고 머뭇거렸다.

　"여기서 뭐 합니까! 죽으려고 환장했어요?"

　"답답해서 좀 나가 보려고……."

　"답답해?"

　도하가 유미를 향해 재차 소리쳤다.

　"당신 미쳤어? 거기서 나오면 죽는다고 말했잖아!"

그 말에 후다닥 도망치는 유미의 손목을 도하가 잡아챘다. 그는 순간적으로 화를 참지 못하고 세차게 유미의 팔과 어깨를 흔들었다.

"내 말 안 들려요? 분명히 약속했잖아!"

하얗게 질린 채로 유미가 대들었다.

"그럼 거기 그냥 앉아 있으란 말이에요? 아무튼 어쨌거나 지금 살아 있으니까 됐잖아요!"

"그걸 말이라고 합니까? 조금만 더 움직였으면 당신은 죽었다고. 알아?"

유미는 몹시 화난 손길로 자신을 흔드는 도하의 손을 내리쳤다.

"죽었다. 죽는다. 죽인다. 그런 말을 정말 쉽게도 하는군요. 대체 몇 시간이나 지났는지도 모르겠고, 해도 이미 졌는데 언제 온다는 건지. 당신이 어디 간 건지, 죽었는지 살았는지……!"

그제야 유미의 말뜻을 알아챈 도하가 일시에 굳어진 표정을 지었다. 유미를 지켜야 한다는 생각에만 사로잡혀 막상 혼자 공포에 질렸을 마음을 헤아리지는 못했다.

그 사실을 깨닫자 도하는 급하게 유미의 등을 당겨 끌어안았다. 그녀는 달아나려고 한 것이 아니었다. 자신의 행방을 걱정했다는 유미의 말에 도하의 격했던 감정이 순간 누그러졌다.

"여기저기 폭탄과 지뢰가 설치되어 있단 말입니다. 하마터면 진짜로 죽을 뻔했어요."

"헉! 흐흡."

유미는 놀라움과 두려움을 이기지 못하고 작은 목소리로 몸을 떨면서 말했다.

"폭탄이라니. 그런 말 없었잖아요."

도하는 더욱 이를 악물고 유미를 끌어안았다.

"미안합니다."

"대체 나한테 이런 일이 생긴 이유가 뭐예요? 평생을 착하게 살아왔다고 자부했는데!"

유미를 끌어안은 채 도하는 함부로 말을 꺼내지 못했다. 그사이 눈물을 흘리던 유미가 자신이 안겨 있던 도하의 가슴팍을 주먹으로 야멸차게 때리기 시작했다.

"왜 하필이면 나예요? 뭐가 이렇게 무서운 건데! 내가 실장님을 좋아해서요? 아니면 실장님이 날 좋아해요? 그럼 그냥 조용히 혼자 좋아하면 되는 거잖아요."

도하는 서럽게 울고 있는 유미의 얼굴로 흘러내린 물방울을 손으로 쓸었다. 도하는 쓰라린 표정으로 유미의 눈물을 응시했다.

"그렇게 쉽게 된다면 진작 그렇게 했을 겁니다."

유미는 더욱 크게 서글픈 목소리로 울었다. 떨리는 입술 사이로 말이 새어 나왔다.

"전 실장님 진짜 싫어요."

도하의 얼굴로도 물방울이 떨어졌다.

"난 좋아합니다. 그것도 아주 많이."

뚝. 뚝뚝.

유미의 얼굴로 도하의 눈물이 떨어졌다. 사실 유미가 도하의 눈물이라고 생각한 것은 비였다. 빗방울은 점점 기세를 늘리더니, 순식간에 머리 위로 쏟아져 내렸다.

콰광.

번개가 번쩍인 후 한 발 늦게 천둥소리가 들렸다. 빗물이 빠르게 옷으로 스며들기 시작했다. 하늘로 손을 뻗어 본 도하가 재빨리 양손으로 유미의 머리를 가렸다.

"우선 들어갑시다."

도하가 유미의 어깨를 감싸며 말했다. 비가 몸을 때리기 시작하자 어쩔 수 없이 유미도 뛰었다.

세차게 퍼붓는 비를 피해서 두 사람은 겨우 오두막의 내부로 들어왔다. 문이 닫히자 귓전을 때리던 빗소리가 일시에 차단되듯 멀어졌다. 수건으로 몸의 물기를 털어 낸 도하의 손이 유미에게로 향하자 그녀가 소스라치게 놀라며 거절했다.

"전 괜찮아요."

유미가 손으로 옷을 터는 모양을 도하는 빤히 지켜보고 있었다. 잠깐이었지만 세찬 물벼락 때문에 티셔츠 위로 속옷의 실루엣이 그대로 드러났다.

자신도 모르게 그것을 응시하다가 도하는 황급히 고개를 돌렸다. 그의 시선을 의식한 유미가 아래를 내려다보더니 양팔을 교차해 앞을 가렸다.

두 사람은 어색해져 잠깐 동안 말이 없었다. 멀리서 빗소리가 옮겨 가는 소리가 들렸다.

귓전을 아프게 때리던 소리가 점점 멀리 사라지자 유미가
입을 열었다.

"소나기였나 봐요."

"그랬나 보군요."

유미는 좁은 오두막의 실내를 무연히 응시했다. 아주 작은
1인용 침상, 충전식 소형 TV, 옷가지 몇 벌과 식료품, 담요
하나가 전부인 방이었다.

카펫 아래로 나무 바닥을 들어 올리면 철근 콘크리트로 만
들어진 벙커 입구가 보였다.

정돈되지 않은 단출한 내부를 돌아보던 유미는 언젠가 그
와 함께 또 이런 장소에 놓였던 기억을 떠올렸다.

2년 전, 동계 워크숍이 있었던 스키 캠프장이었다. 스키를
전혀 타지 못했던 유미는 교육 중에 부상을 당했었다. 팀원
중 가장 스키를 잘 타는 도하가 다친 유미를 실어 날랐었다.
당시 임시 숙소는 산 중턱에 있던 오두막이었다.

그때는 미처 이런 일이 생길 것이라고는 꿈에도 상상하지
못했었는데.

"실장님, 진짜로 저를 좋아해요?"

"무슨 말이 듣고 싶은 겁니까."

"그동안 실장님이 저를 싫어한다고만 생각했어요."

유미는 당시에 자신을 맡는 임무를 몹시 귀찮아했던 싸늘
한 도하의 얼굴을 어렴풋이 떠올렸다. 자신의 이름도 모르면
서 정신을 못 차린다는 둥, 멍청하다는 둥 분명 그렇게 악담
을 했었다.

잠깐의 회상을 마친 유미가 대뜸 도하에게 물었다.

"대체 제가 왜 좋은데요? 어디가 좋은데요? 언제부터 좋아했는데요? 정말로 제가 좋으세요?"

끊이지 않는 유미의 질문 세례 속에서 도하 역시 2년 전 겨울을 떠올리고 있었다.

리프트에서부터 유미가 동료들의 간식까지 들고 있다는 사실을 알았다. 유미는 늘 동료들에게 둘러싸여 있었기 때문에 도하는 뒤뚱거리는 그녀를 물끄러미 쳐다보기만 했었다.

무슨 이유에선가 유미가 가방과 함께 산 아래로 미끄러지기 시작하자 뒤늦게 스키를 꺼낸 도하가 전속력으로 뒤쫓았다. 중간에 따라잡을 수 있었기 망정이지, 하마터면 유미는 그날로 영영 이승과는 이별했을 수도 있었다.

눈 위에서 부상당해 누운 채로 유미는 잃어버린 배낭을 더 걱정했다. 컵라면과 물, 호빵들이 들어 있던 가방이라고 했다. 기가 막힐 노릇이었다.

"그딴 거 한 끼 안 먹어도 안 죽습니다."
"그래도 다들 엄청 기다릴 텐데."

당신은 하마터면 죽을 뻔했다고, 이 여자야.

화가 난 도하가 말없이 번쩍 유미의 발목을 체크하기 위해 들어 올리자 유미는 엄청난 고통을 호소했다.

"실장님! 아, 아파요!"

"부러졌거나 금이 간 것 같은데."

도하가 일어서서 부목으로 쓸 만한 나무를 찾았다. 유미는 통증과 공포 때문에 펑펑 울기 시작했다. 그런 유미의 얼굴을 보면서 도하는 이상한 충동을 느꼈다.

눈앞의 누군가를 안고 싶다는 기분은 생전 처음 드는 것이었기에 그 생소한 기분이 문득 불쾌해졌다. 자제할 수 없고, 지배당할 것만 같은 충동은 아주 낯선 것이었다.

이질감에 도하는 질색했다. 최근 불쑥 찾아들곤 하는 이 기분은 늘 자제할 수 없다는 무력감을 상기시켜 자신을 불유쾌하게 만들기 일쑤였다.

좀처럼 자신을 진정시키지 못한 도하가 유미를 오두막 안으로 옮겼다. 다친 다리에 거칠게 부목을 가져다 댔다.

"아파요!"

설마 이 사고가 누군가 벌인 수작인 것은 아닐까? 만약 그렇다면 무엇 때문에? 서유미는 전혀 방해가 될 만한 대상이 아닐 텐데?

"그렇게 정신 못 차리고 다니니까 아픈 겁니다."

손놀림에 자신도 모르는 짜증이 섞였다. 무엇에도 현혹되어서는 안 된다. 자신은 좀 더 강해야 했다. 누군가를 위해서도 아닌 자신을 위해서 강해져야 한다. 그래야만 할 것이다.

생각에 빠진 도하의 얼굴이 점차 사나워졌다. 이윽고 그가 짜증스럽게 입을 열었다.

"남의 얼굴은 왜 그렇게 쳐다봅니까."

유미는 뜨끔 시선을 피하며 말했다.

"실장님, 진짜 너무 잘생기신 거 아니에요?"

붕대를 매듭지은 도하가 천천히 고개를 들었다. 어색하게 웃는 유미의 얼굴을 마주 보던 도하는 애써 싸늘함을 온몸에 휘감아야 했다.

이 이상 가까워지면 안 된다. 자제할 수 없게 될 거다. 절대로 자제할 수 있을 리가 없다.

"김 대리가 지금 그렇게 멍청한 소리나 해 대니까 이런 일이 일어나는 겁니다."

"아니, 실장님. 김 대리라니, 김 대리가 아니라……. 아, 아니에요."

하지만 일부러 기억하지 못하는 척, 아무리 의식하지 않는 척 애써도 도저히 커지는 마음을 제어할 수가 없었다. 정말 이상한 일이었다.

유미를 향한 시선이나, 무의식적인 관심은 자제하고 억누르려 할 때마다 반항이라도 하듯 용수철처럼 튕겨 올라 커지기만 했다.

유미가 주변을 지나갈 때면 저절로 몸과 시선이 돌아갔다. 유미에게만 반응하는 레이더라도 달린 것 같았다. 그녀의 위치와 목소리를 몸이 저절로 기억이라도 하는 듯했다.

직원들과 대화를 나누는 유미를 보면 그 내용과 상대에 신경이 쓰였다. 멀리서 웃는 얼굴을 넋 놓고 바라본 적도 여러 번이었다.

그런 와중에도 주변에서 보는 눈이 있었기에 도하는 들키지 않기 위해 필사적이었다. 고요히 제 안에 틀어박힌 채로 아무도 눈치채지 않고, 누구도 유미를 해칠 수 없게.

스스로 이 감정에서 몰래 잘 빠져나갈 수 있을 거라고 자신했었다. 마음이란 조절이 가능한 의지의 문제라고 착각했던 것이다.

감정이라는 신호 체계의 작동법을 애초에 몰랐던 것이 틀림없었다. 억제한다고 사라지기는커녕 그토록 거대한 크기로 자리 잡고 있었을 줄이야.

"이유 같은 게 중요합니까."

도하는 유미의 어깨에 손을 얹은 채 괴로운 얼굴로 눈을 마주쳤다. 이내 도하의 눈길이 유미의 몸 쪽으로 방향을 틀었다.

"중요한 건 아니지만……."

뜻 모를 열정적인 시선에 유미는 오싹 소름이 끼쳤다. 그는 아주 적나라한 눈을 하고 있었다. 그렇게까지 자신을 원한다는 눈빛을 누구에게 받아 본 일이 없었다.

유미는 잔뜩 어깨를 옴츠리고 자신을 잡은 도하의 팔에서 몸을 돌려 벗어나려고 애썼다. 도하가 반사적으로 유미의 어깨뼈를 꽉 쥐었다.

"하지 마세요."

"아무것도 안 합니다."

"그렇게 보지 마세요."

"무슨 말인지 모르겠습니다."

"항상 그렇게 보시잖아요."

심장이 터질 듯 뛰고 있었다. 몰아쉬는 숨이 점점 거칠어지는 것처럼 느껴졌다.

도하의 얼굴이 점차 가까워진다고 느껴졌을 때, 유미의 귀 가까운 곳에서 허스키한 목소리가 뇌까리듯 떨어졌다.

"젖었으니까 옷 갈아입으세요."

도하가 벽 쪽으로 시선을 돌리며 딱딱하게 말을 던졌다.

"아, 네."

화들짝 놀라 꿈에서 깨어나듯 유미는 정신을 차렸다. 도리어 민망해진 유미가 벙커 뚜껑을 힘겹게 열었다. 한참을 삐걱거리는데도 도하는 여전히 등을 돌린 채로 유미를 돕지 않았다.

겨우 문을 열고 들어가자 그가 벙커의 아래쪽을 가리켰다.

"문 잠가요."

"네."

유미가 머뭇거리자 도하는 그녀를 떠밀 듯 내려보내고 빠르게 문을 덮어 버렸다. 허탈해진 유미는 차디찬 벙커 바닥에 주저앉았다. 철근 안은 오두막보다 형편없이 좁았다.

그 안에 쓰러지듯 주저앉은 채로 유미는 손바닥을 가슴에 대고 잘근잘근 입술을 깨물었다.

두근두근, 쉴 새 없이 빠르게 가슴이 뛰었다. 정신이 흐려질 것 같은 기분에 유미는 큰 숨을 몰아쉬었다.

탕탕탕!

유미는 어지러운 꿈속에 있었다. 귀청을 뜯는 것처럼 커다란 굉음이 들렸다. 뒤쫓는 적들을 피해 미친 듯 달아났다. 연달아 총소리가 들릴 때마다 곁에 있던 사람들이 한 명씩 쓰러졌다.

두려움 때문에 혼비백산한 유미는 미친 듯 달렸다. 두건을 쓰고 칼을 든 괴한들은 여전히 괴성을 지르며 뒤를 쫓아왔다.

달리던 유미가 결국 넘어지자 누군가 쓰러진 자신의 팔을 급히 잡아당겨 일으켰다. 유미는 소스라치며 상대를 확인했다. 도하였다.

아, 이 사람은 믿을 수 있다. 오래전부터 동경해 왔던. 내가 의지할 수 있는 사람. 내가…… 좋아하는 사람.

그제서야 발작하던 가슴이 안정이 되는 기분이었다. 유미는 공포와 이어진 안도감으로 평평 울었다.

애타는 시선이 자신의 눈을 바라보며 제 얼굴을 가린 긴 머리카락을 쓸어 넘겼다. 간질이는 느낌이 뺨에 와 닿았다. 바라보는 뜨거운 눈동자 때문에 정신이 어지러웠다.

가쁜 호흡을 삼키다가 유미는 자신의 목 주위의 깃을 바싹 움켰다.

"정신이 좀 듭니까."

흠칫하며 번쩍 눈을 뜬 유미는 주위를 둘러보았다. 깜빡 잠이 들었던 모양이다. 급박했던 꿈 때문에 몸은 얻어맞기라도 한 것처럼 무겁고 땀에 흠뻑 젖어 있었다.

자신의 이마에 물수건을 올린 사람이 도하라는 것을 깨닫자 유미는 다시 한번 안심했다.

"간밤에 또 열이 났습니다."

"……"

"문은 왜 안 잠갔습니까."

유미는 말하는 도하의 입 모양을 그저 보기만 했다.

"갑자기 비를 맞아서 그런 것 같은데, 앉을 수 있겠어요?"

등을 일으키는 도하의 손을 빌어 유미는 벽에 기대어 앉았다. 멍하니 앉은 채로 먹여 주는 물과 약을 받아먹었다.

도하가 미음을 끓여 유미 앞으로 가지고 왔다. 유미는 쇠그릇 속 수저를 휘저으며 죽을 떠먹는 시늉만 했다. 물끄러미 그녀의 손동작을 지켜보던 도하가 입을 떼었다.

"모레, 다시 웨이하이로 밀항하는 배가 있습니다. 당신은 그걸 타는 게 좋겠어요. 배를 타면 오석용이라는 남자를 만나세요. 아주 어릴 때부터 알고 지낸 형입니다. 유미 씨가 당분간 숨어 지낼 곳을 찾아 줄 겁니다."

조용히 미음을 맛보던 유미는 그의 말에 놀란 표정을 지었다.

"설마 저 혼자 말인가요?"

"나는 한국에서 끝마쳐야 할 일이 있습니다. 형이 곁을 봐준다면 유미 씨 혼자라도 문제는 없을 겁니다."

유미는 놀란 얼굴로 도하를 쳐다보다가 단번에 대답했다.

"싫어요."

"무슨 뜻입니까."

"가기 싫다고요. 저 혼자는 안 가요."

유미는 미음이 올려진 상을 도하 쪽으로 밀어냈다. 상 위의 물컵이 쏟아져 내릴 것처럼 덜컹 흔들렸다. 도하는 침착하게 상을 치우고 유미를 마주 보았다.

"내 말을 새겨들어야 합니다. 우리는 지금 아주 무서운 적과 대면하고 있습니다. 아직 사태의 심각성을 제대로 깨닫지 못한 모양인데 기회가 있을 때 움직여야 합니다."

"사태의 심각성이라면 아주 잘 깨닫고 있어요!"

유미는 낯선 주변을 둘러보더니 이를 악물며 소리를 질렀다. 그녀는 이전까지의 제 평온한 일상을 떠올렸다.

회사, 동료, 집, 좋아하는 사람, 업무. 그리고 지금 철창에 갇힌 신세나 다름없는 철근 콘크리트 안을 비교했다. 눈앞의 사람이 동경해 마지않던 강도하라고 하더라도.

"왜 절 혼자 보내려고 하시는 거죠? 제가 좋다면서요."

날 선 질문에 도하는 당황한 듯 보였지만 금방 태연한 얼굴을 되찾았다.

"혼자 움직이는 편이 훨씬 안전합니다. 적들은 나를 주시하고 있으니 추적을 피할 시간을 벌어 줄 수 있을 겁니다."

"싫어요."

"이건 싫고 좋고, 선택의 여지가 없는 문제입니다. 내 말을 듣지 않으면 위험해요. 어떤 위험인지는 이제 말 안 해도 잘 알잖습니까."

"네. 그래도 싫어요."

꽉 막힌 말만 반복하는 유미에 도하는 미간을 찡그렸다.

"살고 싶지 않단 소립니까?"

"아뇨. 살고 싶어요. 그것도 엄청. 근데 함께 살아남고 싶어요. 실장님이랑 같이 살고 싶다구요. 실장님은 저랑 같이 있는 게 싫으세요? 아니, 좋아한다는 사람이 그래요? 대체 저 혼자 도망치라는 게 무슨 의미가 있어요?"

"……."

도하는 잠깐 동안 말하기를 멈췄다. 유미의 입술만 뚫어지게 쳐다보며 도하는 다시 한번 그녀의 말을 되새기는 중이었다.

"같이 있고 싶다니. 그렇게 생각 없이 말을 뱉는 습관은 좋지 않습니다. 내가 옆에 있다는 건 당신에게 좋지 않은 영향을 줄 겁니다. 그리고……."

여전히 애처로운 유미의 표정을 보고 숨을 고른 도하가 말을 이었다.

"아무래도 내가 말을 잘못 꺼낸 것 같군요. 내 감정에 대해 언급한 건 당신과 같이 있고 싶다던가 하는 그런 단순한 의미가 아니었습니다."

유미가 의아한 얼굴로 되물었다.

"저랑 같이 있고 싶다는 게 아니라고요?"

유미는 어질한 기분으로 소리쳤다. 확실히 아직 열이 있는 모양이었다. 눈앞의 도하가 어른어른 번져 보였다.

도하는 소리치는 유미를 그저 차분한 표정으로 보고 있었다. 열로 인한 홍조에 손부채질을 해 대며 유미는 화를 냈다.

"잘도 그런 식으로 말씀하시는군요! 좋아한다. 그런데 같이 있고 싶다는 뜻은 아니다. 아예 처음부터 좋아한단 말도 실수였다고 하시죠? 잘 살고 있던 사람 여기까지 끌고 와 놓고 이제는 중국으로 가서 혼자 살라는 게 말이 돼요?"

쏘아 대는 유미의 말을 듣다가 도하는 짤막하게 대답했다. 당신만은 살리고 싶었을 뿐인데.

"내가 미안해해야 하는 겁니까?"

"실장님만 아니었으면 나한테 이런 일이 있어났을 리가 없잖아요!"

"당신을 좋아해 왔다는 내 말은 사실입니다. 지금도 좋아합니다. 무척이나."

다시 얼굴로 확 열이 끼쳤다. 유미는 열이 오르는 양 뺨을 부여잡고 당황한 얼굴로 대꾸했다.

"반복하실 필요는 없어요."

"그렇지만 사람의 감정과 당신의 생존 사이의 연관성은

제로에 가깝습니다. 살기 위해서 당신은 떠나야 됩니다. 우리가 같이 있어서는 좋은 결과가 생기지 않아요."

"날 좋아했다면서요. 그것도 오랫동안. 그럼 당연히 같이 있고 싶어야 되는 거 아닌가? 실장님 누구 좋아해 본 적 없어요? 연애 안 해 봤어요? 진짜 말도 안 되는 궤변이야."

도하는 속사포처럼 말하는 유미의 말을 끈질기게 듣고 나서 눈썹을 꿈틀 움직였다.

"백만 번쯤 생각했지만 뾰족한 방법은 없었습니다. 그러니 이제 그런 말로 나를 자극하는 건 그만해요."

방법이 없다고? 유미는 인상을 쓰고 곧 말을 이었다.

"자극하는 게 아니라…… 아니, 그렇잖아요. 그럼 과거에 좋아해 본 여자는요? 설마 제가 처음은 아닐 테고. 진짜 말 좀 해 봐요, 답답하게."

"그만하라고 했습니다."

도하의 혼탁한 음성이 쏟아 낸 어조에 유미는 흠칫 놀라고 말았다. 마주 본 도하의 눈빛은 시선만으로 유미를 태우기라도 할 것처럼 번쩍이고 있었다.

유미는 미묘한 공포심을 느껴 무릎을 덮은 이불을 쥐었다. 뒤로 물러나던 유미의 손을 도하가 덥석 쥐었다. 유미는 앞으로도 뒤로도 움직일 수 없는 처지가 되고 말았다.

"뭘 그만해요? 저는 도저히 이해가 안 되니까 묻고 또 묻는 건데."

"다 얘기하면 날 감당할 수나 있겠습니까?"

"감당 못 할 건 또 뭔가요?"

도하는 떨고 있는 유미의 턱을 손가락으로 슬쩍 들어 올렸다. 은근한 접촉에 유미는 움찔했다.

"설마 내 옆이 더 안전할 거라고 여기는 겁니까?"

긴 손가락이 부드럽게 뺨을 스치고 지나가자 유미의 등에 저절로 오소소 소름이 돋았다.

"내가 당신에 관해 얼마나 초인적인 인내심을 발휘하고 있는지 상상이나 해 봤습니까? 무방비하게 문도 안 잠그고 잠든 여자 때문에 말입니다."

유미는 창백한 얼굴로 턱이 들어 올려진 채 어떤 대답도 하지 못했다.

"무슨 말인지 당신은 아마 짐작도 못 하겠지. 욕망이 봉인된 채로 임계점을 넘었을 때의 반응은 폭발이라는 형태로 일어나게 됩니다. 이런 내 옆이 더 위험할 수도 있다는 내 말이 이제 무슨 뜻인지 알겠어요?"

겁먹은 듯 보이는 모습에 도하는 유미의 얼굴 위로 인자한 한숨을 내쉬었다.

"이런 상태의 나 역시 다른 의미로 위험합니다. 이렇게 조급한 상태라면 나는 아무 짝에도 쓸모없는 무기일 뿐입니다. 이 상태로는 효율적으로 싸울 수가 없으니까."

도하가 유미의 얼굴을 놓았다.

"흡."

유미는 숨도 쉬지 못한 채 듣고 있다가 급작스럽게 호흡했다. 자신의 뒷목에 아직 머물러 있는 그의 다른 손을 밀어 버리고 유미가 머리를 흔들었다.

"거, 겁주지 마세요."

유미의 심장이 폭주하듯 뛰기 시작했다. 달아나려고 해도 좁은 공간에는 오직 둘뿐이었다. 도하의 입을 통해 적나라한 고백을 듣고 나니 공연한 질문을 해 버렸다는 생각이 불쑥 들었다.

감당하지 못한다. 그의 말은 진심일지도 몰랐다. 유미는 오싹함으로 분주해져 몸을 피하기 시작했다.

"난 그런 걸 물어본 게 아니었어요."

도하는 이리저리 달아나는 유미의 길을 막고 다시 물었다.

"그러면 뭐에 대해서 물어본 겁니까. 평생 누군가의 무기로만 살아온 남자에 대한 관심 같은 게 아니었습니까? 당신을 보호하겠다는 내 말뜻을 순수하게 받아들였다면 좋을 텐데요. 정말로 내 속을 알기를 원해요?"

"하, 하지 마세요. 난 그런 뜻도 아니었고."

유미는 자신의 양팔을 잡은 채 집요하게 표정을 쫓는 도하에게 진저리를 쳤다.

"하여간에 좋아한다면서 이렇게 겁주는 남자는 진짜 난생 처음 봐요! 나, 나는 실장님이 정말로 무서워졌다고요."

"나 같으면 이런 순간에 다른 남자 얘기는 하지 않을 겁니다."

유미의 팔을 잡은 도하의 굵은 손마디에 힘이 들어갔다. 아픔 때문에 유미는 눈꼬리를 찡그렸다. 가늘게 떨고 있는 몸을 도하가 억센 손으로 차분히 끌어안았다. 그가 목소리에 힘을 실어 천천히 말했다.

"무서워할 필요 없습니다. 싫다고 하면 아무 짓도 하지 않을 테니까."

"무서워요. 내가 싫다고 하지 않을까 봐 무서워졌다고요!"

"……?"

도하는 의아한 얼굴로 버둥거리는 유미를 품에서 놓았다. 무슨 뜻으로 하는 말인지 다시 유미의 표정을 살폈다. 유미는 인상을 쓴 채로 안절부절못하고 있었다.

"그냥 당신이 시키는 대로 다 하게 되어 버릴까 봐 그게 무서운 거라고요. 이런데도 내가 당신을 좋아하지 않는다고……."

말을 마치고 도망치려는 유미를 도하가 꽉 끌어안았다.

"더 이상 자극하지 말라고 말했잖습니까."

도하가 유미를 품에 안고서 고통스럽게 속삭였다. 유미는 도하의 품속에서 고개를 들었다. 두 사람의 눈빛이 마주쳤다.

마치 한 쌍의 자석을 붙여 놓기라도 한 것처럼 서로의 얼굴이 서서히 가까워지기 시작했다. 마침내 입술 끝이 닿으려는 순간이었다.

콰쾅!

멀리서 끔찍할 정도로 커다란 소음이 울려 퍼졌다. 오두막이 흔들릴 정도의 굉음이었다.

"악!"

입술이 부딪치려던 순간 두 사람은 서로의 팔을 감싸안은 채 바닥에 무릎을 꿇었다. 혼이 빠진 얼굴로 유미와 도하는 천둥 같은 소음이 난 쪽을 바라보았다.

쾅쾅!

다시 한번 뭔가 폭발하는 음이 귀청을 때렸다. 오두막이 통째로 날아갈 것 같은 거대한 소음이 바깥에서부터 들려왔다.

먼저 정신을 차린 것은 도하였다. 소음의 방향을 파악한 도하가 번뜩 정신을 차렸다. 그가 주저앉아 귀를 막는 유미를 끌어당기며 말했다.

"지금 바로 여기서 나가야 합니다. 빨리!"

"네?"

"누가 와 있습니다."

"누가요?"

당황했지만 유미는 도하가 시키는 대로 급히 몸을 일으켰다.

도하는 훈련된 군인처럼 움직였다. 부리나케 벙커 문을 연 다음 비상용 짐을 챙기고 줄에 엮어 입구까지 거는 데 걸린 시간은 단 몇 초에 불과했다.

"나를 잡아요!"

"네?"

열린 오두막 옥상의 한쪽 천장 위쪽으로 비상용 가방이 먼저 날아가 사라졌다. 엉겁결에 유미는 줄에 올라탄 도하의 손을 잡았다. 그가 유미의 허리를 꽉 끌어안았다.

"준비됐습니까?"

"아, 네!"

사다리 위에서 유미는 눈을 질끈 감았다. 도하는 유미를 끌어안은 채로 산 아래로 이어진 도로 쪽으로 뛰어내렸다.

어두운 시야 사이로 바람 소리가 스쳤다. 줄에서 무시무시한 소리가 났다. 산과 산이 이어지는 계곡 즈음에서 유미는 눈을 뜨고 자신을 안은 남자를 바라보았다. 일정한 속도로 이동하는 줄 위에서 유미는 마치 자신이 날고 있는 것처럼 느껴졌다.

마침내 도착 지점 위에서 유미는 자신들이 지나온 쪽을 올려다보았다.

콰쾅!

또다시 산 어딘가에서 폭발음이 들렸다.

"대체 무슨 일이 벌어지고 있는 거죠? 저 커다란 소리는 대체……."

"지뢰."

"지뢰요? 그게 무슨……. 대체 누가요? 여길 어떻게 알고?"

"아마 블랙 슈트일 겁니다."

콰아앙!

멀리서 산이 무너지는 듯한 소리가 들렸다. 어딘지 모를 산골짜기 바닥에 납작 엎드려서 유미는 상황을 살폈다. 궁금증에 고개를 들 때마다 도하가 유미의 머리를 강하게 눌렀다. 흙더미에 턱을 대고 누운 유미는 눈만 내놓은 채 두려움에 떨었다.

시간차를 두고 터지던 폭탄은 잠시 소강상태에 이르러 이윽고 아무 소리도 들리지 않았다. 유미는 두려운 눈으로 떠나온 골짜기를 응시했다.

조용해질 동안 익숙하지 않은 흙냄새가 계속해서 호흡 위로 올라왔다. 축축하고 습했다.

바닥에 배를 깔고 누운 채로 유미는 옆자리 도하를 돌아보았다.

"저……."

뭔가 말하려는 그녀의 입을 도하가 손으로 막았다. 조금 쳐들었던 유미의 고개가 땅으로 박혔다.

움직이지도 말라는 신호를 보낸 도하는 첨단 망원경으로 떠나온 안전 가옥을 살피는 데 열중했다. 숨 막힐 것처럼 차가운 표정이었다.

최소한의 움직임으로 상대편을 살피던 도하가 가방 속에서 태블릿을 꺼내 들었다. 화면을 응시하던 그의 얼굴이 점점 어두워지기 시작했다.

"앗!"

카메라 화면에서 이내 무언가를 발견하자 유미는 절로 튀어나온 비명에 손으로 입을 막았다. 풍경으로 생각되던 검은 그림자들이 움직이고 있는 것이 보였다. 맨눈으로는 보이지 않을 만큼 작았다.

놀라서 기절할 듯 입을 막은 유미의 옆에서 도하는 심각한 표정을 풀지 않았다. 그는 기슭에 누운 가방을 끌어당겨 안에서 기다란 무기를 꺼냈다.

철컥, 철컥. 탁탁.

즉시 조준이 가능하도록 장총이 세팅되었다. 감시 화면과 통신망을 면밀히 살피던 도하가 괴로운 표정으로 무전기를 집어 들었다. 유미는 궁금한 표정으로 도하를 응시했다.

"블랙 슈트. 블랙 슈트, 응답 바란다. 오버."

한참이나 치지직 소리가 울리다가 어느 순간 주파수가 맞춰졌다. 도하가 핀 버튼을 누르자 금세 변조된 기계음이 연결되었다.

"블랙 슈트, 연결 바란다."

—오늘은 블랙 슈트로 온 게 아닙니다.

상대방의 대답이 들리자 유미는 경악했다. 자신의 손으로 입을 막았다.

"……설마 너냐. 팀은 대체 왜……?"

—안전 가옥 주변에 지뢰가 있었나요?

"설마 네가 여기까지 올 거라고는 생각하지 못했다."

—강도하가 그걸 눈치챌 사람이라면 사태를 이 지경까지 끌고 오지는 않았겠지.

"팀에 희생자가 있었나?"

상대는 대답이 없었지만 도하는 안타까운 얼굴로 질문과 탐색을 계속했다. 유미는 이제야 맨눈으로도 산 쪽 그림자를 어느 정도 식별할 수 있었다. 지형의 일부처럼 보이는 그림자들이 천천히 오두막의 주변으로 모여들고 있었다.

—지뢰는 지금 해체 작업 중입니다, 팀장님. 그동안의 인연을 봐서라도 살아 나갈 수 있는 마지막 기회를 드리겠습니

다. 그만 포기하고 투항하세요.

"벌써 제거 명령이 떨어진 건가? 이유는 뭐지? 어르신도 성급하시군. 그렇다 해도 정말로 너를 보낼 줄은 몰랐어."

—제가 지원했을 가능성에 대해서는 전혀 생각해 보지 않으신 건가요, 팀장님?

"은희야."

유미는 순간 등에 소름이 쫙 끼치고 말았다. 변조된 소리를 들으며 기시감을 느꼈지만 목소리의 주인공이 자신이 아는 사람일 것이라고는 생각하지 못했다.

그래, 발음과 억양으로 보았을 때도 분명 라은희였다. 어디로 보나 그녀였어!

그 사실을 인식하자 유미는 덜덜 손이 떨리기 시작했다. 딱딱거리는 소리에 도하가 유미 쪽으로 힐끗 눈길을 주었다. 그때서야 유미는 자신의 이빨이 마주치며 소리를 내고 있다는 것을 깨달았다.

유미는 숨소리를 죽이고 양팔을 껴안듯이 잡았다. 도하는 계속해서 은희를 설득하고 있었다. 그동안 안전 가옥은 완벽하게 포위된 형태를 보였다.

열, 스물…… 어림잡아 서른은 되어 보이는 인원들이었다.

도하는 뚫어지게 화면에서 사람들이 움직이는 모양을 보고 가옥 안팎의 그림자를 향해 고통스럽게 되뇌었다.

"진출로마다 마인(Mine)*이 깔려 있어. 가옥 주변으로도 자

---

*Mine: 지뢰.

동 폭파 장치가 되어 있다."

—정말 빠져나갈 구멍이 있다고 보는 거야? 형, 내가 그 말을 믿을 거라고 생각해? 퇴로는 전부 봉쇄됐습니다. 팀장님, 그만 포기하시고 나오세요.

화면을 지켜보던 유미도 그들이 입구를 향해 대형을 갖추는 모양을 발견했다.

"너희를 잃고 싶지 않아. 다시 한번 말한다. 벙커는 공격을 받으면 자동 폭파하도록 설계되어 있다."

—거짓말, 형에게 그럴 시간은 없었어.

"거짓말이 아냐. 안전 가옥마다 폭약 지도를 다시 짜 놓았다. 넌 알 수 없었을 거다."

—이 이상 긴 대화는 불필요합니다. 1분 드리겠습니다. 이게 팀장님을 향한 제 마지막 의리입니다. 시간 내로 투항하지 않을 시 강제 진압합니다. 이쪽도 거짓말이 아닙니다.

"동료들과 네가 의미 없는 일에 목숨을 버리지 않기를 진심으로 바란다."

—동료? 우리를 정말 아직 동료라고 생각하시는 겁니까? 데리고 있는 그 여자만이 아니라?

자신에 대한 언급이 나오자 유미는 흠칫했다.

"이것이 나로서도 마지막 경고다. 믿는 건 너희들의 자유다."

시간이 촉박하다고 생각했는지 그는 유미에게 손짓으로 도주를 지시했다. 유미가 못 알아들은 듯 보이자 도하는 지도의 방향을 가리킨 후 속삭였다.

"골짜기를 내려간 후에 계곡이 있습니다. 우린 그리로 가는 편이 좋겠습니다."

말을 끝내기가 무섭게 도하는 유미의 등을 떠밀었다. 두 사람은 캄캄한 절벽을 미끄러져 내려갔다.

탕탕!

멀리서 누군가 뒤쫓기라도 하듯 총격음이 들려왔지만 발을 멈출 수는 없었다. 뛰는 동안 유미는 미끄러지고 구르기를 반복하면서 헐레벌떡 산 아래로 뛰어 내려갔다. 언덕 아래서 미끄러진 유미를 도하가 부축해 일으켰다.

마침내 골짜기에 도착하자 도하의 말처럼 얕은 계곡이 지나고 있었다. 무릎까지 닿을 정도의 깊이였지만 비가 내린 후로 물살이 상당히 거세진 상태였다. 그 틈을 따라 미리 설치된 로프가 있었다. 로프에 매달린 유미는 젖 먹던 힘을 다해 물을 건넜다.

바로 뒤를 따라온 도하가 바위로 뛰어내렸다.

"괜찮습니까? 다치진 않았어요?"

"네. 전 괜찮……."

그 순간 다시 산이 흔들리는 것처럼 웅장한 폭발 소리가 다시금 들려왔다.

우르르릉.

무언가 무너지는 소리가 잇따랐다. 계곡을 건너고서 유미의 몸을 털어 주던 도하는 모든 동작을 멈췄다. 유미가 젖은 몸을 부르르 떨며 물었다.

"또 무슨 일이 생긴 건가요?"

유미는 걱정스럽게 물었으나 도하는 대답하지 않았다. 잠시 후 경직된 표정으로 유미의 가방을 고쳐 메 주었다.

"우리는 아직 한참을 더 가야 합니다."

다행히 누가 뒤를 쫓는 낌새는 없었다. 자신이야 체력적으로 무리가 없었지만 유미는 달랐다. 그녀는 이미 지칠 대로 지쳐 있었다. 젖은 옷에 걸려 비틀거리고 넘어질 때마다 도하가 유미를 일으켜 부축했다.

잠시 체력을 정비하느라 앉은 바위에서 도하는 가방 안의 수류탄들을 꺼내 유미에게 보여 주었다.

"만약의 경우 상대를 향해 던지면 됩니다. 핀을 뽑자마자 던져야 합니다. 늦으면 당신 손에서 폭발해 버릴 수도 있어요. 알겠습니까? 뽑자마자 바로 던져요."

"네, 네."

유미는 공포심에 질려 정신없이 고개만 끄덕였다. 다행히 이동하는 동안 그것을 사용할 만한 일은 벌어지지 않았다.

무사히 산에서 내려온 두 사람은 근방의 인가에 닿았다. 경작용 밭들이 즐비한 시골 마을이었다. 도하는 그곳에서 트럭을 하나 몰래 훔쳤다. 차 안으로 조심스레 가방을 던진 도하가 유미를 먼저 조수석으로 앉혔다.

시끄럽게 파닥이는 마당의 닭들을 진정시키고 난 도하도 마침내 차에 올라탔다. 그리고 시동을 켜는 그 순간.

콰과과광!

일대를 울리는 광대한 폭발음과 함께 어두운 밤의 장막 주변이 찰나에 밝아졌다. 마치 인공 태양이라도 띄운 것 같았다. 번쩍이며 시야에 섬광이 뿌려지고 차체에는 지진 같은 진동이 울렸다. 한 번 더 폭발음이 잇따라 울렸다.

"으아!"

겁에 질려서 유미는 자신도 모르게 비명을 질렀다. 폭발은 순차적으로 여러 번에 걸쳐 일어나더니 일시에 멈췄다. 연달은 큰 소음 때문에 깨어난 동네 개들이 일제히 짖어 대기 시작했다.

집집마다 불이 켜지고 문이 열렸다. 누군가 유미와 도하가 탄 차를 향해 소리를 질렀다.

"누구야!"

곧 주변 곳곳 마을 사람들이 술렁거리며 뛰쳐나왔다.

"무슨 일이야?"

"도둑이야!"

그들을 피해 도하는 사정없이 액셀을 밟기 시작했다. 차는 쓰러질 것처럼 비틀거리며 비포장 비탈길을 달렸다. 손에 삽과 몽둥이를 쥔 남자들이 쫓아오는 것이 보였다.

"맙소사. 맙소사."

유미는 그저 벨트를 꼭 잡고 기도를 하는 수밖에 없었다. 마침내 트럭이 근방의 국도로 진입했다. 따라오던 그림자들은 이미 사라진 지 오래였지만 트럭은 인적이라곤 보이지 않는 삭막한 길을 달리고 또 달렸다.

한참 만에 충격에서 빠져나오자 유미가 입을 열었다.

"지금 어디로 가는 거예요?"

"안전 가옥은 여러 개입니다. 곳곳에 숨을 수 있는 장소를 한 군데씩 마련해 놓았죠. 어떻게 저들이 우리를 바로 찾았는지가 의문입니다. 위치를 알 수가 없었을 텐데. 그것도 저렇게 팀원들까지 데리고."

"저 폭발음은, 은희 씨는……. 블랙 슈트는 지금 어떻게 된 건가요?"

도하는 그 질문에는 대답하지 않았다.

"해외에도 가옥은 있습니다, 당분간 숨어 지내기에 충분할 겁니다. 모레 웨이하이행 배를 타기 위해 강화도 쪽 가옥을 고려했지만 위치가 발각된 걸로 판단되는 지금은 꺼려지는군요."

"혼자 가라는 얘기라면 안 가요. 저는."

"그 얘기는 이미 끝난 것 아니었습니까?"

"제가 방해가 될 것 같아서 그러세요? 저 나름 체력도 자신 있고, 눈치도 빨라요. 아까 막 줄 잡고, 산 뛰어내리고, 강 건너고 하는 거 보셨죠? 뭐든지 실장님이 시키는 대로 다 할 테니까 혼자 보내려고 하지 마세요. ……혼자서는 가기 싫어요."

유미가 울상을 지으며 애원했다. 한동안 앞만을 응시하던 도하가 겨우 입을 열었다.

"내가 살릴 수 없을 것 같아 그럽니다. 그쪽을."

그리고 대화가 끊어졌다. 달리는 동안 차를 한 번 더 바꿔 탔다.

도착한 곳은 서해안의 한 관광지였다. 다양한 명소와 해변으로 관광 특수를 누리고 있는 지역이라 누구도 연인처럼 보이는 그들을 의심하지 않았다.

모자로 얼굴을 가린 채 기민하게 주변을 관찰하던 도하가 개중 가장 허름해 보이는 모텔로 유미의 팔을 잡아끌었다. 모텔 주인은 TV를 향해 누워 있다가 들어오는 그들을 보자 허리를 일으켜 앉았다.

"숙박이요? 여기 열쇠 가져가시고요."

계단을 오를 때 도하는 유미에게 팔짱을 낀 채로 안다시피 해 카메라로부터 그녀의 얼굴을 보호했다. 낡은 문이 열리자 유미는 털썩 온돌 방 안으로 쓰러지듯 주저앉았다.

몇 시간 동안이나 유미는 죽은 듯이 잠만 잤다. 기막힌 일이 연속해서 일어날 때에는 오히려 일상성을 찾기가 쉬운 것 같았다.

눈을 뜨자 다시 아침이라는 데에 안도했고, 자신들이 아직 살아 있다는 데에도 감사한 기분이 들었다. 끼니를 때우자 다시 밤이 되었다.

몸을 씻고 나오던 유미는 무기 손질에 여념이 없는 도하를 발견했다. 머리를 털고 그녀는 도하의 곁으로 다가앉았다. 수건을 든 유미가 다가오는 것을 보았지만 도하는 알은체하지 않았다.

유미는 문득 그가 종일 아무 말도 하지 않았다는 데에 생각이 미쳤다. 방바닥에 늘어놓은 금속 총알들을 만지작거리던 유미가 물었다.

"이건 다 뭐예요?"

"G2R."

"G2R? 원래 알던 총알하고는 좀 다르게 생겼네요."

유미는 나사 모양의 총알을 들어 자세히 뜯어보았다. 도하는 물기를 닦던 총을 내려놓고 총알을 들어 설명했다.

"구형 애뮤니션(Ammunition)*들과는 다르게 상반신까지 회전하며 도약합니다. 삽입구에 관계없이 치명상을 입힐 수 있죠. 순간 출혈도 심할 뿐 아니라 파편 제거도 쉽지 않기 때문에 최근 각광 받는 놈입니다."

"사람을 죽이는 용도로요?"

유미는 무시무시한 설명에 만지던 총알을 슬그머니 내려놓았다. 도하는 아무런 동요 없이 유미의 지문이 묻은 총알들을 헝겊으로 다시 닦았다.

"내일은 항구로 떠나야 합니다."

유미는 기계처럼 말하는 도하를 안타깝게 쳐다보았다. 아까부터 도하의 표정을 계속 살피는 중이었다.

"끝끝내 저 혼자 가라는 말이에요?"

도하는 묵묵히 말을 이었다.

"혹시 총 쏘는 법 배운 적 있습니까?"

"그럴 리가요."

"알고 있으면 도움이 될 겁니다."

"이런 걸 쓴다는 상상조차 하고 싶지가 않아요."

유미는 투덜거리면서도 도하가 손에 쥐여 주는 권총을 받

---

*Ammunition:탄약.

아 들었다. 도하가 유미의 뒤에서 팔꿈치를 들어 자세를 만들었다.

"목표물을 향해 완전히 팔을 뻗고 한 손으로 팔의 무게를 지탱합니다. 처음부터 한 번에 명중시킬 수는 없을 테니까 연달아 방아쇠를 당기는 쪽이 좋겠습니다. 팔이 흔들리지 않도록. 아니, 이렇게."

뒤통수에 대고 도하가 속삭일 때 유미는 그의 목소리가 음률처럼 듣기 좋다고 생각했다. 불현듯 자신의 팔을 잡은 도하의 손도, 등을 껴안듯 겹쳐 있는 가슴도 몹시 의식이 되었다. 유미가 몸을 꼼지락거렸지만 도하는 잠자코 설명을 재개했다.

"적들이 나보다 우세한 것으로 판단되었을 때는 가능한 몸을 드러내지 마십시오. 첫 번째는 어디든 몸을 가릴 곳을 먼저 찾아야 합니다. 사격은 그 뒤입니다. 항상 선제 사격보다 숨는 쪽이 몇 배 더 중요하다는 것을 잊어서는 안 됩니다."

유미는 자신들의 몸이 너무 밀착해 있다고 느꼈다. 어색해진 유미가 뻣뻣하게 팔을 들썩거렸다.

"이, 이렇게요?"

"아니. 지금은 숨었다는 상황을 가정한 상황이니까."

도하의 손이 유미의 전신을 가다듬어 옆을 보게 했다. 이제 유미는 숨을 쉬는 것조차 곤란하게 느껴질 정도였다.

"장애물이 이 사이에 있다고 생각하면 사선에서 이렇게. 손만 뻗을 수 있는 상태로."

"아, 이렇게."

이제는 거의 참혹해진 얼굴의 유미가 이상한 기분을 느끼고 굳어 버리고 말았다. 아까부터 엉덩이를 건드리던 물체가 무엇인가 확인해 봤더니 도하의 바지춤이 자신을 향해 서 있는 것을 목격한 탓이었다.

"아. 저 그건……."

유미는 차마 말을 잇지 못하고 귀와 뒷목을 붉히며 말을 더듬었다. 그러나 도하는 아무렇지 않다는 듯 담담한 목소리였다.

"이건 그냥 자연 반응일 뿐이니까 신경 쓸 필요 없습니다. 다시 설명하자면, 숨은 자세라고 하더라도 얼굴을 내밀어서 적을 확인해서는 안 됩니다. 머리와 심장을 가능한 노출시키지 않고 소리로 위치를 가늠한 다음……."

그 순간 유미가 벌떡 몸을 일으켰다.

"어차피 전 맞출 자신 같은 건 없으니까 그냥 숨어 있는 게 낫겠네요. 이제 그만할래요."

휙 일어서 자리로 향하는 유미에 도하는 잠시 할 말을 잃었다.

"그렇군요. 확실히 숨어 있는 쪽이 더 나을 수도 있겠군요."

"……."

"좀 자 둬요."

머리부터 이불을 덮어쓴 채로 유미는 질끈 눈을 감았다. 얼굴이 타오르는 것 같았다.

어느 순간 유미는 잠에서 깨어났다. 알지 못할 기시감 같은 것이 느껴졌다. 도하는 여전히 앉아서 무기를 손질 중이었다. 그는 고요하게 TV 화면을 응시하고 있었다.

뉴스가 흘러나오던 화면에서 긴급 속보라는 자막이 지나가고 있었다. 안광을 뿜어내는 것처럼 강렬한 도하의 시선이 화면에 꽂혔다. 유미 역시 등을 돌려 뉴스 화면을 돌아보았다.

—어제 새벽 3시쯤 충북 괴산에서 일어난 정체불명의 폭발에 대한 소식입니다. 일대의 농지에 산사태를 일으킬 만큼 위력적인 폭발이 충북 괴산 산지에서 있었는데요. 그 폭발로 사망자까지 발생했다는 소식도 들어왔습니다. 신원이 불분명한 이들 시신은 테러 집단인 것으로 추측돼 충격을 안겨 주고 있습니다. 현재까지 발굴된 시신은 모두 일곱 구로…….

뉴스가 끝나자 도하는 모든 일에 관심을 잃어버린 것처럼 무기 손질을 계속했다. 목을 굽힌 자세로 몸이 굳어져 버린 것은 아닐까 염려가 될 정도였다.

유미는 무엇인가 질문을 꺼내려다가 입을 닫고 말았다. 흐린 달빛에 몸을 일으켜 도하 쪽으로 앉았다.

"잠이 안 오세요?"

도하는 표정을 잃은 사람처럼 희미한 얼굴이었다. 그 허망한 얼굴 뒤에 숨은 감정을 가늠해 보자 유미는 제 가슴이 부서지는 것처럼 아픔을 느꼈다.

"그 사람들, 어떻게 됐어요?"

"……."

"죽은 거예요?"

"……."

"블랙 슈트 맞죠? 실장님의 동료라던."

"……."

"차라리 울던가. 뭔가 말을 하면 좀 더 편해지지 않겠어요?"

도하가 바닥을 향해 있던 시선을 유미의 얼굴로 들어 올렸다. 시니컬한 시선과 마주치자 유미는 심장이 덜컥 내려앉는 기분이었다.

"서유미 씨."

"네?"

"날 좋아하지 마십시오."

"무슨……."

"나한테 환상을 갖지도 말고."

영문을 알 수 없는 말들에 유미의 눈썹이 아래위로 움직였다.

"난 당신을 행복하게 해 줄 수 없어요. 그쪽을 살려 줄 재간도 없습니다. 내 옆에 오래 붙어 있어 봤자 비참하게 죽거나 아무도 모르게 사라져 버릴 일뿐입니다."

"왜 자꾸 우울한 말을 해요?"

당황해서 우물거리는 유미를 똑바로 쳐다보며 도하가 다시 한번 진지하게 말했다.

"절대 날 좋아하지 말아요. 날 허락하지도 말고."

반복된 말에 유미는 인상을 찌푸렸다.

"참 나. 내가 먼저 실장님더러 좋아 죽겠다고 한 것도 아니잖아요. 그리고 무슨 남자가 이랬다가 저랬다가 앞뒤 말이 다르고 그래요? 진짜 사람 힘들게 하는 분이시네. 강도하씨, 그냥 눈이나 좀 붙이세요. 그것 좀 그만하고."

도하는 심통을 부리며 일어나는 유미를 쳐다보다가 손목을 잡았다.

"내 말이 농담처럼 들립니까?"

유미가 놀란 시선을 도하의 얼굴로 돌렸다. 여전히 손에 총을 든 채 도하는 쓸쓸한 표정을 지었다.

"당신이야말로 나한테 원하는 게 뭡니까. 당신이 생각한 대로의 왕자님이 아니라는 것 정도는 이제 알았을 테고."

도하의 말을 듣던 유미의 눈이 일렁이기 시작했다.

"왕자님 같은 거 찾은 적도 없고요. 나는 그냥 실장님이랑 같이 있고 싶을 뿐이에요."

"그게 무슨 의미인 줄이나 알고 말하는 겁니까?"

"의미라면 들리는 그대로예요."

도하의 충혈된 눈이 유미를 훑었다. 그는 신경질적인 표정으로 다시 입을 움직였다.

"내 옆에 있던 사람들은 전부 죽었습니다. 친구도, 동료도. 언제 죽을지 모르는 건 나 역시 마찬가지죠. 눈앞에서 죽어 간 팀원들이 수십 명이 넘는데도 죽은 당신의 뒤처리 같은 건 정말로 하고 싶지가 않아. 그러니까 제발 부탁하는데 자기 발로 좀 사라져 주지 않겠습니까?"

도하의 냉정한 말에도 아랑곳없이 유미는 걱정스럽게 그의 뺨으로 손을 내밀었다. 얼굴이 만져지자 도하의 몸이 흠칫 얼어붙었다. 의식하지 못한 새에 유미의 눈에서 눈물이 떨어졌다.

"그 사람들, 진짜 죽었어요?"

"겁도 없이 아무 데서나 잠드는 습관은 어디서 배웠어요? 아니면 그만큼 나를 믿는 겁니까? 내 옆이 전혀 안전하지 않다고 내가 분명히 말했을 텐데. 아니면 위험을 감지하는 능력이 타고나길 바닥인 겁니까?"

"정말 죽었어요? 전부 다? 라은희 씨도?"

유미는 더욱 더 쓰라린 표정을 지었다.

"사람 말을 새겨듣지 않는군요, 서유미 씨. 죽는다고 소리를 지르고 애원해도 아무도 구해 주는 사람은 없을 겁니다."

"슬프면 차라리 울어요."

애석함이 섞인 유미의 말에 도하는 피식 비웃었다.

"이런 상황에도 내가 무슨 생각을 하는 줄 압니까? 당신을 안을 궁리나 하는 쓰레기라고! 겨우 이 정도밖에 안 되는 쓰레기와 말을 섞고 싶습니까?"

뚝뚝.

결국 유미의 눈에서 눈물이 떨어지기 시작했다. 도하의 동료들은 모두 죽었을 것이다. 그 정도 폭발에 살아남을 수 있는 인간은 없다.

그리고 라은희. 두 사람은 대체 무슨 사이였을까. 억지로 제정신을 붙들고 있는 것 같은 도하의 괴리된 말과 행동이 유미의 마음을 몹시 괴롭게 만들고 있었다.

도하는 우는 유미의 얼굴을 보면서 차분하게 큰 숨을 골랐다.

"내 말 중 대체 어느 부분이 슬픕니까?"

"실장님, 왜 나를 좋아해요?"

도하는 뜸을 들여 표정을 가다듬었다.

"기분 나빴다면 차라리 날 한 대 쳐요."

"나쁜 놈, 정말 자기 멋대로."

울다 말고 유미는 진짜로 도하의 얼굴에 주먹을 날렸다. 얼떨결에 도하가 본능적으로 주먹을 피하며 유미의 손목을 잡았다.

"아, 미안합니다. 다시 한 대 쳐요."

찰싹, 찰싹.

유미는 실컷 도하의 뺨을 친 후에 말을 보탰다.

"싫어!"

도하가 어이가 없는 표정으로 이미 자신의 뺨을 두 대나 때린 유미의 얼굴을 응시했다.

"좋아하지 말라니, 자기 맘대로. 정말 뭐야, 너!"

"……맘껏 때렸으면 이제 나갑시다."

유미는 억지로 도하의 손을 잡아당겨 자신의 허리를 안도

록 끌어당겼다. 끌려오는 도하의 무거운 팔에 상당한 저항이
실렸다.

"난 벌써 오래전부터 좋아하고 있었단 말이야!"

당황한 도하의 뺨을 잡은 유미가 우악스럽게 입술을 얹었
다. 공중에 멈춘 도하의 팔이 작게 꿈틀거리며 움직였다.

당황한 도하가 뒤로 고개를 떼어 내고 물었다.

"지금 뭐 하는 겁니까?"

"키스요."

유미가 그들 사이 늘어진 타액을 손등으로 닦아 냈다. 꽤
오랜 시간 시선 교환이 이어졌다. 도하는 말없이 유미를 쳐
다보면서 자신의 입술을 쓰다듬었다.

"남자가 패기도 없이······!"

뭐라 말을 잇기도 전에 도하가 손을 뻗어 유미의 머리통을
쥐었다. 터질 듯 격하게 입술이 비벼지면서 유미는 몇 번이
나 뒷걸음질을 쳤다. 뒤로 밀린 그녀의 다리가 결국 침대 틀
에 부딪쳤다.

도하가 유미를 침대로 거칠게 눕혔다. 서로를 끌어안은 두
사람의 혀가 질척하게 얽혔다.

한참 후 입술이 떨어지자 유미가 세차게 숨을 몰아쉬었다.
숨 가쁘게 호흡을 내뱉는 유미를 도하는 굶주린 사람처럼 쳐
다보았다.

"후회하기 없깁니다."

"실장님."

유미의 말에도 아랑곳하지 않고 도하는 그녀의 양 손목을

잡았다.

"좋아해요."

유미의 눈물이 바닥으로 떨어졌다. 그 말에 욕망을 담은 도하의 눈길이 멈췄다. 천천히 고개를 들고 유미의 얼굴을 쳐다본 그가 이윽고 기세 좋던 팔의 힘을 누그러뜨렸다.

"어떤 반항보다 효과적이군."

"하지만 진짜예요."

"제길."

유미의 몸 위에서 도하는 말없이 물러났다.

"당신을 살리고 싶다는 내 기분을 폄하하지 않았으면 좋 겠습니다."

"그게 함께 있지 못하는 이유가 되나요?"

앉은 채로 유미는 자신의 팔을 쓰다듬고 있었다.

"왜 저를 살리고 싶은데요."

도하는 가만히 유미를 내려다보았다. 항상 단정하게 틀어 올려 있던 머리가 길게 풀어 헤쳐져 드러난 가슴골을 가리고 있었다.

머리를 늘어뜨린 모습이 더 예쁘다는 생각이 들었다. 너무 예뻐서 어딘가 괴로울 정도로.

꼼짝 않고 유미를 응시하던 도하가 말했다.

"이제 진짜로 떠나야 합니다. 이미 너무 시간을 많이 지체 했어요."

"왜 저예요?"

"……."

"이것만은 말해 주세요. 왜 저예요? 전 어디가 특별하지도 않고, 실장님보다 나이도 많고, 특출 나게 예쁘지도 않은 그냥 평범한 사람인데."

유미의 질문에 도하는 생각을 더듬으며 시계를 보는 시늉을 했다. 서유미를 살리고 싶은 이유라. 그런 건 모른다. 그저 어느 날부터인가 눈을 뗄 수 없게 되었을 뿐이다.

"평범하다고? 누가, 서유미가?"

"난 뭔가에 속고 있는 기분이에요."

"서유미 씨, 삶에 목표가 있습니까?"

"목표요?"

"뭡니까."

"그거야 그냥 평범하게 남들처럼 승진하고, 돈 모아서 시집가고, 노후 준비하고……. 근데 뜬금없이 목표는 왜요."

도하는 평소 자신이 기억하던 유미의 웃는 눈, 일에 집중한 뒷모습, 당황하는 정수리까지 차례로 떠올렸다.

언제나 유미에게서는 정말로 특별한 향기가 났다. 심지어 획일화된 유니폼조차 그녀의 몸매에 맞춘 옷처럼 완벽해 보였다.

자기도 모르게 도하는 입가에 표정이란 그림자를 만들고 있었다. 애달픈 미소를 짓던 도하의 회상이 끊겼다.

"당신을 살려 놓는 일이 내 삶의 목표입니다. 이 대답으로는 부족합니까?"

오직 유미만이 도하가 보인 미묘한 표정 변화의 의미를 추측할 수 있었을 것이다. 유미는 입을 빼끔거리다가 희미하게 얼굴을 붉혔다.

"우와, 강도하 씨. 정말 재미없는 사람이야. 그건 정말 세상에서 제일 로맨틱하지 않은 고백일 거예요."

"이제 가야 됩니다."

유미는 조용히 고개를 끄덕였다. 두 사람은 말없이 짐을 챙겼다. 그녀는 도하를 따라 여관 밖으로 나섰다. 새벽의 공기는 차가웠다. 두 사람은 을씨년스럽고 조용한 길을 지났다.

새로 훔친 트럭에 탑승하기 전, 짐 가방을 던지는 도하의 팔을 유미가 재빨리 잡아챘다. 의아한 얼굴로 도하는 뒤를 돌아보았다.

"실장님."

"……?"

"무사히 살아남으면요. 그때는 우리한테도 미래란 게 있는 건가요?"

하지만 별 대답 없이 도하가 뒤돌아서자 유미는 작게 한숨을 내쉬었다. 유미에게 뒷모습을 보인 채 도하는 혼잣말을 중얼거렸다.

"반드시 찾아낼 겁니다. 당신이 살아만 있어 준다면."

말을 마친 도하가 날렵하게 운전석에 올라탔다. 유미는 마침내 참았던 눈물 한 방울을 떨어뜨리고 말았다. 그러나 그것을 황급히 닦아 냈다.

그제야 결심이 선 얼굴로 유미도 도하의 옆자리에 훌쩍 올라앉았다.

"……웨이하이."

앞창을 향해 앉은 유미가 나지막하게 되뇌어 보았다. 어느
덧 차가 움직이기 시작했다.

7. 항구에서

도착한 곳은 작은 항구였다. 버려진 듯한 허름한 항구에
도착하자 비린내가 코를 찔렀다. 무언가 부패하고 있는 듯한
냄새였다.

바다가 보이는 주차장에 도하는 차를 정지시켰다. 그가 위
치 추적 장치를 켜 유미에게 밀항선의 정박 위치를 알려 주
려던 순간이었다.

삐삐.

도하는 아주 가까이서 빛나는 붉은 표적을 확인했다. 도하
는 인상을 쓰고 몇 번이나 화면을 들여다보았다. 화면을 크
게 확대하던 도하가 부리나케 옆자리 유미를 돌아보았다.

추적 장치가 여기에 있다?

"그럴 리가 없는데."

다급한 손바닥이 유미의 몸 여기저기를 더듬기 시작했다.

갑작스레 자신을 더듬는 손길에 유미가 화들짝 놀라 입을 열었다.

"실장님! 지금 뭐 하시는 거예요!"

유미의 머리카락과 가슴, 엉덩이와 다리 사이를 손으로 샅샅이 뒤진 도하가 물었다.

"추적기를 달고 왔어요?"

"네?"

도하가 알아듣지 못하는 유미의 어깨를 잡고 흔들었다.

"추적기 같은 거 달고 있냐고!"

"무슨 말이에요? 그, 그런 거 없어요."

도하는 겁에 질린 유미를 무시한 채 뒷좌석에 실린 짐 가방까지 샅샅이 헤쳐 보기 시작했다. 마침내 가방 속에서 USB 하나를 발견하자 도하는 그것을 손에 쥐고 유미를 다그쳐 물었다.

"이건 뭡니까."

"아, 그건 손 부장님의……."

탕!

미처 유미가 말을 끝맺기도 전에 어디선가 그들의 차를 겨냥한 총소리가 울려 퍼졌다. 유리가 깨지며 추진력을 잃은 총알이 내부로 굴러 떨어졌다. 도하는 반사적으로 몸을 숙여 유미를 껴안았다.

"숙여요!"

탕탕!

두 번째 총소리가 이어지자 백미러로 상대편 차를 발견한 도하가 급하게 시동을 걸어 액셀을 밟았다. 무서운 소리를 내며 덜컹덜컹 차체가 흔들렸다.

차를 향해 총을 쏘는 사람들을 발견하고 유미가 비명을 지르자 도하가 소리쳤다.

"밑으로 들어가!"

유미는 재빨리 몸을 웅크렸다. 도하가 뒷좌석 시트에서 총을 꺼내 쫓아오는 차량을 향해 쏘기 시작했다. 그중 한 발이 복면을 쓴 운전자에게 명중했다. 쫓아오던 차가 방향을 잡지 못하고 뒤집히는 모습이 보였다.

그러나 적은 하나가 아니었다. 계속해서 날아오는 총알을 피하며 따라붙은 차량들을 겨냥하던 도하가 결국 어깨에 총을 맞고 말았다.

"젠장, 탄창 좀 던져 줘요."

아래서 떨고 있던 유미가 더듬더듬 탄창을 집어 도하에게 건넸다. 그러다가 피를 흘리는 도하를 발견했다.

"으, 실장님!"

"조용히 하고 다시 들어가요! 좌석 밑은 안전해요!"

유미가 다시 입을 가린 채 소리를 질렀다.

"실장님! 괜찮아요?"

"들어가라니까!"

유미는 시키는 대로 몸을 숙인 채 다친 팔로 탄창을 끼우는 도하를 겁에 질려 바라보았다.

"젠장! 어떻게 여기까지 따라붙었지? 운전대 잡을 수 있겠어요? 밑에서 좀 잡고 있어요. 흔들리지 않게. 그대로."

또다시 몇 명인가를 명중시킨 도하가 가슴을 감싸 쥐었다. 그가 운전대를 놓친 탓에 차체가 크게 흔들렸다.

"운전대, 운전대를 좀."

비명을 지르며 위쪽으로 튀어나온 유미가 도하와 겨우 자리를 바꿔 운전대를 바로 잡았다. 차는 해안 도로를 향해 달렸다.

여전히 누군가 뒤를 쫓고 있었다. 유미는 잔뜩 겁에 질려 떨고 있었다.

"괜찮아요, 실장님? 뭘 어떻게 하면 돼요?"

"밟아요, 밟아! 끝까지 계속 직진해요. 사격은 내가 합니다."

"안 아파요? 실장님, 죽지 마요."

눈물이 흩날려 계속해서 시야를 가렸다. 유미는 눈물과 콧물이 얼굴에 범벅이 된 채로 운전대를 잡고 액셀을 밟았다.

"실장님. 죽지 말아요, 실장님. 제발 죽지 마요."

"시끄러워."

도하는 숨을 몰아쉬며 차분히 장총을 세팅했다. 이어 위력적인 살상 무기를 뒤쪽 차를 향해 쏘아 냈다.

그 순간 도하는 발견했다. 뒤차를 운전하던 복면의 눈, 또 다른 동료였다.

앞바퀴에 적중한 총알로 인해 차량은 단숨에 고꾸라졌다. 대형 밴이 도로 중에 전복되면서 주변의 차들이 연속적으로 폭파되어 불꽃이 되어 눈앞에서 사라졌다.

철컥.

다시금 사격 준비를 하던 도하가 더 이상 따라오는 적이 없는 것을 확인하고는 몸에 힘을 쭉 빼 버렸다.

"실장님, 실장님!"

"앞을 봐요."

총을 내린 도하가 숨을 몰아쉬며 풀썩 조수석으로 스러졌다. 유미는 여전히 오만상을 쓴 채 울고 있었다. 그녀가 도하를 계속 돌아보았다.

"실장님. 실장님, 괜찮으세요? 피가 너무 많이 나요."

에너지를 아껴야 한다. 입을 다문 도하가 욱신거리는 가슴을 꾹 눌러 보았다. 제길, 이건 아무래도 동맥 같은데. 눈앞이 흐려지자 하는 수 없이 계획을 수정하는 수밖에 없었다.

도하는 주머니 속 쪽지를 꺼냈다.

"오석용에게 연락……."

도하가 힘주어 말하기 시작하자 피가 셔츠 위로 솟구쳐 숫자가 쓰인 종이를 적셨다. 유미는 겨우 비명을 참으며 시키는 대로 암호 해제용 번호를 눌렀다.

삐리릭.

누군가와 통화가 연결되자 도하는 간신히 휴대폰을 다시 유미에게 건넸다. 유미가 상대방과 몇 마디 짧은 통화를 끝내는 것까지 확인하고 도하는 그만 자리에 쓰러져 버리고 말았다.

유미는 침대에 누운 도하를 가만히 지켜보고 있었다. 간신히 목숨만은 건진 것 같았다.

항구에서 창고까지의 길을 운전하면서 유미는 제발 도하가 살아날 수 있기만을 빌고 또 빌었다.

막상 도착한 강화도의 안전 가옥은 아주 허름하고 관리조차 되지 않은 폐가 같은 곳이었지만 그런 우중충한 곳에 믿기지 않게도 수술 장비들이 있었다.

창고 안에서 나타난 석용은 무뚝뚝한 표정의 남자였다. 유미는 가운조차 걸치지 않은 작업복 차림의 그가 도하의 상처를 만지고 찌를 때 계속해서 의심의 눈초리로 바라보지 않을 수 없었다.

"다행히 총알이 장기는 피해 갔기에 망정이지."

사는 데는 지장이 없을 거라고 도하를 구해 준 남자가 말했다. 그는 의사인 것 같았다. 총알을 제거하는 수술 중에 유미가 흘린 눈물만 해도 평생 마실 물 정도는 되었을 것이다.

"죽진 않는 거죠? 선생님, 죽진⋯⋯."

의사는 울부짖는 유미를 지루한 듯이 돌아보았다.

"거참, 시끄럽구만."

석용은 유미의 말을 무시한 채로 바쁜 손을 놀리기에 여념이 없었다.

"거, 너무 울지 말고. 방해되니까 저쪽으로 가 있으쇼. 이놈 죽이진 않을 테니까."

"선생님, 꼭 좀 살려 주세요. 꼭 좀."

"어허, 그렇게 쉽게 안 죽는다니까. 잘 안 죽어요. 이놈이 어떤 놈인데."

피투성이가 된 장갑으로 어깨에 박힌 총알을 뽑으며 석용이 말했다. 그의 머리에 씌워진 반사경이 유미의 눈앞에 번쩍였다.

꼭 살아 줘요, 제발.

도하의 몸에서 나온 총알은 모두 두 개였다. 별로 믿음직스럽지 않게 생긴 의사는 상처를 기술적으로 꿰매고 자러 간다며 나가 버렸다.

유미는 도하의 숨소리를 들으며 침대 곁에서 밤을 지새웠다. 악몽을 꾸는지 땀을 흘리는 도하를 유미는 연신 닦아 주었다.

날이 밝자 간밤의 남자가 철문을 열고 들어왔다. 침대 곁에서 깜빡 잠들어 있던 유미가 소음에 부스스 눈을 들었다. 문이 열리는 소리에 도하도 깬 것 같았다.

"좀 정신이 들어요?"

"으이구, 쯧쯧."

혀를 차며 침대 옆까지 다가온 석용이 손에 든 것은 물과 주사였다. 간단히 요기할 것을 함께 내려놓은 그가 두 사람을 살폈다.

"괜찮아요? 말할 수 있어요?"

도하가 몹시 걱정하는 유미의 손등을 두들기며 안심하라는 제스처를 취했다.

"강도하, 이러려고 나 불렀냐. 내가 못 왔으면 어쩔려구."

"고마워. 형."

"이럴 때만 형이냐. 누구 덕분에 나까지 여기 갇혀 버렸는데?"

말하며 남자가 대놓고 유미를 흘끔거리자 도하가 마지못해 그를 소개했다.

"인사하세요, 유미 씨. 이쪽은 그때 말한 오석용 씨. 그냥 아는 형이에요."

유미는 언젠가 들은 적이 있는 그의 이름에 기억을 더듬었다.

"아! 안녕하세요."

그녀의 인사에 고개만 까딱거린 석용이 다시 혀를 쯧쯧 차며 대답했다.

"너 아직도 그러고 다니냐. 그냥 아는 형이라니. 우리 사이가 대체 어떤 사인데. 젖도 못 뗀 놈 밥 먹여 주고 기저귀 갈아 주면서 키워 놨더니. 암튼 아가씨도 이놈 말 너무 믿고 그럴 것 없어요. 덕분에 나까지 죽다 살아났잖아? 그러니까 다 접고 진작 건너오라지 않았냐."

석용이 도하의 가슴 상처를 손가락질했다.

"이게 못 떠날 이유냐, 이게? 1cm만 옆으로 박혔어도 넌 오늘 저승길 갔어, 인마."

"여전히 시끄럽네."

도하가 몸을 일으켜 보며 입을 열었다.

"움직이는 데는 지장이 없을 거래요, 저 선생님 말씀에 의하면. 선생님 맞으시죠? 의사 선생님."

유미의 말에 석용이 코웃음을 치며 웃었다.

"의사? 누가 의사야. 살 좀 기울 줄 알면 그게 의산가? 아가씨, 우린 총 잡기 전부터 사람 몸 해체하는 것부터 먼저 배운 사람들이에요."

"형, 그만 좀."

유미가 놀라는 표정을 짓자 도하가 주의를 주며 석용에게 눈썹을 찡그렸다. 석용은 대답 없이 주머니에서 담뱃갑을 꺼냈다.

"암튼 이제 다 틀렸단 소리야. 나까지 막혀 버렸으니 이제 어떡할 심산이야? 마땅한 루트는 있고? 항구 쪽은 어제 사고 땜에 당분간 얼씬도 못 하게 생겼어. 어제만 대체 몇 명이 죽은 줄이나 알아? 네 얼굴 뉴스에 대문짝만하게 났어. 살인자라고."

"사람들이 많이 죽었나요? 그 사람들은 대체 누구였어요?"

괴로워하는 표정의 유미를 돌아보며 석용이 도하의 눈치를 살폈다.

"대체 내가 어디까지 얘기해도 되는 거냐. 눈치가 보여서 못 살겠네."

"다 해도 돼, 형. 그런데 그때 부탁한 건 어떻게 됐어? 알 아봐 달라고 한 거."

"야, 지금 그게 문제냐. 나까지 지금 갇힌 꼴이 돼 버렸으니 그게 더 큰일인데. 빨리 루트 뚫는 게 큰일이지. 일단 있어 봐. 나가서 상황 좀 보고 올 테니까."

석용은 옷장을 뒤져 미화원으로 변장하고 정찰하겠다며 밖으로 나섰다.

그가 나가자 곧 주변이 침묵 속에 휩싸였다. 피곤하고 나른한 기색의 도하를 지켜보던 유미가 먼저 입을 열었다.

"몸은 진짜 괜찮아요?"

도하는 여전히 자신의 손을 잡고 있는 유미의 손을 응시했다. 그리고 천천히 고개를 들어 그녀의 얼굴을 보았다.

"끔찍하지 않습니까. 내가 사람을 죽였다는 게?"

유미는 바로 대답하지 못했다. 대신 갈라진 목으로 침이 꿀꺽 넘어갔다. 죄책감이 서린 표정으로 시선을 내렸다.

"저 때문에 이렇게 된 거죠? 그 USB."

"……."

"하마터면 내가 실장님을 죽일 뻔했어요."

"그거 대체 정체가 뭡니까. 추적기가 달려 있던데."

유미는 USB를 얻게 된 경위에 대해서 설명했다. 자영으로부터 아무도 모르는 곳에 숨겨 달라는 부탁을 받았으며 몸에 지니는 것이 가장 안전할 것이라고 생각했다는 것까지.

이야기를 들은 도하가 담담하게 물었다.

"손자영이 누군가에게 부탁받았다거나 하는 기색은 없었습니까."

"부장님이 설마 절 속였을 거라는 말씀이세요?"

"내 말은."

도하는 붕대를 감은 상체가 쑤시는 듯 팔을 움직거리며 말했다.

"아무도 믿지 말라는 얘깁니다."

유미는 자영을 떠올렸다. 죽기 전 자영의 모습은 어땠을까. 유미는 후배들에게 엄하지만 다정하고, 자신에게는 화끈한 의리파였던 상사의 모습을 떠올렸다.

추적기라니, 왜? 정말 누가 나를 추적하라고 시켰을까. 대체 누가?

홍통과도 비슷한 슬픔을 느껴 유미는 도하에게 사과했다.

"죄송해요. 저 때문에 실장님을 힘들게 했어요. 정말 무슨 말로 사과를 해야 할지."

"추적기가 있었다고 한다면 어떻게 그들이 우리를 찾았는지가 설명이 되는군요. 내부자의 고발이 아니면 불가능하다고 생각했는데."

도하는 그날 폭파로 죽은 팀원들을 떠올렸으나 금세 고개를 흔들었다.

"그렇지만 그것 역시 내가 충분히 예측해야 했던 일입니다. 유미 씨 탓이 아니니 신경 쓸 필요 없습니다."

도하가 딴생각에 빠진 동안 유미는 훌쩍훌쩍 울고 있었다.

그가 죽을지도 모른다고 생각했던 죄책감에 연이어 긴장까지 풀리면서 감정의 폭풍이 밀려오고 있었다.

눈물을 떨구고 있는 유미를 도하가 인상을 쓰며 끌어당겼다.

"울지 말아요."

"정말 뭐가 뭔지 하나도 모르겠어요. 실장님이 죽을 뻔했잖아요. 나 때문에. 이젠 뭘 어떻게 하면 좋을지 아무것도 모르겠어요."

도하는 엉엉 소리까지 내어 우는 유미의 눈물을 닦았다. 몸을 움직이자 가슴 근육과 어깻죽지가 몹시 쑤셨다. 통증을 내색하지 않기 위해 도하가 장난기 섞인 말을 꺼냈다.

"죽다 살아나서 그런지 더 예뻐 보이네."

"지금 이 상황에서 농담이 나와요?"

갑작스런 고백에 유미는 당황해 입술을 삐죽거렸다.

"이상한 사람이야. 언제는 나보고 좋아하지 말래 놓고."

"그 말을 믿었어요?"

훌쩍훌쩍 울던 눈물이 멈췄다. 도하는 유미의 눈가에 맺힌 눈물을 닦아 내면서 말했다.

"이렇게 예쁜데 다신 못 볼 뻔했잖아."

그 말에 유미는 펄쩍 뛰어올라 도하로부터 뒷걸음질 쳤다.

"혹시 머리에도 총 맞거나 그런 건 아니죠?"

"얼굴 볼 때마다 안고 싶다고 생각했습니다."

"우와, 진짜 머리가 이상해진 게 분명해."

"사랑해 본 적 있습니까?"

연달은 기습 질문에 멍해진 유미의 뺨이 시간을 두고 서서히 벌겋게 달아올랐다.

"무, 무슨 그런 걸 물어봐요? 없어요!"

"그래요. 계속 그렇게 말하는 게 좋을 겁니다. 행여 실수로라도 이름을 알아 버리면 그 사람한테 무슨 짓을 할지 나도 모르니까."

"기가 막혀. 상처는 좀 괜찮아요?"

머쓱해진 유미는 말을 돌렸다. 도하가 붕대를 감은 어깨를 으쓱해 보였다.

"직접 좀 봐 줘요. 올라와서."

"네?"

도하는 팔에 감긴 붕대를 가리키며 너스레를 떨었다.

"안심해요. 보시다시피 난 다친 사람이라 꼼짝도 할 수가 없습니다."

"아."

그럼에도 유미는 머뭇거렸다. 그녀가 창고의 철문 쪽을 흘끔거리는 것을 본 도하가 말했다.

"형은 당분간 오지 않을 겁니다."

유미가 주저하며 침대 위로 무릎을 대고 앉았다. 유미가 오르기 쉽도록 도하가 다리를 비켜 주었다. 그와 마주 앉은 유미가 도하의 붕대를 살폈다.

"다행히 피는 멎은 것 같아요."

"그럴 겁니다. 그는 숙련된 전문가니까."

"정말 다행이에요. 처음에는 정말 의사 선생님인 줄 알았는데, 완전 깜빡 속았어요."

그의 위장술에 유미는 혀를 내둘렀다. 도하는 그런 유미를 빤히 바라보다가 물었다.

"지금 할래요?"

"네?"

"대답은?"

유미는 긴장한 듯 입술을 깨물었다. 마주 앉은 도하의 눈을 들여다보며 땀에 젖은 머리카락을 가만히 만져 보았다.

"실장님, 참 예뻐요. 속눈썹도 길고."

"꼬시려고 하는 소리라면 애쓸 필요 없습니다. 이미 아까부터 이랬으니까."

도하가 슬쩍 시트를 들어 보이자 유미가 당황해 입을 가렸다.

"아니, 난 그게……."

"이리 와요."

도하가 손바닥을 내밀자 유미의 몸이 쓰러지듯 당겨졌다. 자석에 이끌리듯 절로 두 사람의 입술이 합쳐졌다. 달콤한 혀가 서로의 입안으로 스며들었다가 나오기를 반복했다.

"아."

반쯤 눈을 뜬 도하가 유미의 눈 감은 얼굴을 지켜보았다. 도하가 유미의 귓전에 속삭였다.

"지금 내가 한쪽 손밖에 못 쓰니까 단추 좀 더 풀어 봐요."

"이, 이제 그만……."

유미의 손이 상의의 단추를 여며 쥐었다. 제 손길이 저지

당하자 도하가 푸념했다.

"그 추적기만 아니었어도 총 같은 건 안 맞아도 됐을 텐데. 하마터면 이번엔 진짜로 죽을 뻔했지 뭡니까."

뻔뻔한 그의 말에 유미는 그만 전의를 상실하고 말았다.

"나한테 겹쳐 앉을 수 있겠습니까?"

도하가 유미의 얼굴을 우러르듯 올려다보았다. 대답 대신 유미가 고개를 끄덕였다. 그의 위에 겹쳐 앉자 아래에서부터 느껴지는 뜨거움에 유미는 눈썹을 찡그리며 도하의 얼굴에 이마를 문질렀다.

"당신은 정말 나를 흥분하게 해."

다시 입술과 입술이 겹쳐지려는 순간이었다. 덜컥, 문이 열리며 석용이 요란스레 등장했다.

순식간에 유미가 도하에게서 떨어졌다. 도하도 황급히 일어서서 흐트러진 옷 사이로 보이는 유미의 몸을 가려 주었다.

"여어! 오래들 기다렸지? 어이쿠, 이런……."

언제 그랬냐는 듯 열렸던 문이 다시 닫혔다.

"젠장! 꼭 이런 때."

"뭐예요! 절대로 안 올 거라고 했잖아요!"

유미는 도하가 둘러 준 대로 시트에 폭 싸여 투덜거렸다. 도하가 멋쩍은 듯 드러누웠다.

"꼬시려면 무슨 말을 못 합니까."

"뭐요? 몸도 움직일 수도 있으면서. 완전 거짓말쟁이."

"아야야!"

그 말에 도하가 다시 죽는 시늉을 하며 돌아누웠다.

"아야, 난 다친 사람이라고요. 상처가 벌어진 것 같은데, 이거."

"진짜요? 괜찮아요?"

놀란 표정을 지으며 다가와 살피는 유미의 얼굴을 잡아챈 도하가 진한 키스를 퍼부었다. 시트를 뒤집어쓴 채로 유미는 도하를 피하며 얼굴을 흔들었다.

"하지 마요. 놔요."

"지금 저러고 갔는데 절대 오늘 안에는 안 옵니다. 진짜로 약속할 수 있어요."

"됐어요! 그러다 진짜 상처 벌어져요."

유미는 붉어진 얼굴로 투덜거리며 도하의 가슴을 쳤다. 도하가 입술을 깨물고 안타깝게 웃었다.

계속해서 지분거리는 도하의 팔을 유미가 힘겹게 벗어나기까지는 꽤나 오랜 시간이 걸렸다.

석용은 늦은 밤이 되어서야 돌아왔다. 옷을 멀쩡히 차려입은 도하와 유미를 번갈아 보다가 웃음을 참으며 입술을 삐죽였다. 기나긴 한숨을 내쉰 그가 탁자 위에 음식을 내려놓았다.

도하에게 정리해 온 정보를 간추려 설명하기 시작했다.

"우선 네 예상대로 제로그룹 지분이 대량으로 거래되는 은밀한 움직임이 있어."

밥을 씹으며 도하가 무심히 대꾸했다.

"그럴 거라고 생각했습니다. 아무리 증거가 부족하다고 해도 이렇듯 짧은 기간에 무죄 방면됐을 때는 누군가의 입김이 강하게 작용했다는 얘기일 테죠. 거래 중인 그룹이 어디랍니까? 우성? 대한?"

"둘 다 아냐."

"어느 쪽이든 간에 양부의 야망은 한동안 멀어지게 되겠군요."

도하의 반응을 살피며 석용이 한숨을 내쉬었다.

"그게…… 조양순이라는 설이 있어."

"네?"

도하가 도저히 이해되지 않는다는 듯 되물었다.

"경쟁 업체였던 우성이나 대한 중 어느 한 곳이 대주주가 되기에는 보유 지분 절대량이 턱없이 부족해. 제로켓을 현 시점에서 매수할 타당성이 떨어지지. 그보다 우리 쪽 정보원에 따르면 조양순의 지난 출국길마다 현금으로 비밀 금고를 이용했다는 정보가 들리고 있어. 이미 자기 지분을 상당량 보유하고 있던 그라면 말이 되지."

"그럴 리가 없습니다. 양부는 조 회장을 누구보다도 증오하는 사람입니다. 둘은 그깟 유산 때문에 지난 수십 년을 원수처럼 지낸 사이라고요."

"조호선은 지병 때문에 감옥을 무서워하고 있었어. 재판 무효는 상당히 좋은 카드가 됐을 거야. 그리고……"

석용은 부스럭거리며 주머니에서 흑백으로 인화된 사진 몇 장을 꺼냈다.

"네가 일전 부탁한 공장 화재 관련 자료 말이야. 증거들은 치밀하게 은폐됐지만 미처 처리하지 못한 것들이 있었어. 바로 인근 도로지. 화재 시간 전후로 주변 도로에 번호판이 가려진 특징적인 차량이 관찰되었어."

"이건 블랙 슈트의……!"

"그래. 구미 공장만이 아니야. 그전의 여주도, 인천도, 그 이전의 화재도 동일한 차량들이 근처로 이동했던 것이 확인됐어. 조양순 짓이야."

"말도 안 돼. 방화범이 조양순 의원이라고요?"

유미도 도저히 이해되지 않아 끼어들었다.

"하지만 누구보다도 제로그룹을 원하는 게 조 의원이라고 했었잖아요. 자기 재산에 불을 지르다니, 대체 왜 그런 짓을 하죠?"

석용의 말을 듣는 내내 도하는 심각한 얼굴이었다. 무언가를 계속 생각하는 모습이었다.

"설마……."

유미의 혼잣말에 석용이 대꾸했다.

"그래. 자산 가치를 떨어뜨리기 위해서지. 주가가 떨어진다면 지분을 대량 매각할 근거가 되니까."

"철천지원수라면서 그런 일에는 손발이 척척 맞았네요."

"만약 두 사람의 사이가 겉으로 보이는 것과 달랐다고 한다면 최초의 가정부터 모든 게 어긋납니다."

조용히 생각에 잠겼던 도하가 말을 보탰다.

"그래. 재작년부터 두 사촌 사이에 화해 모드가 조성되고 있었다는 증언이 있다. 믿을 만한 소스야."

도하는 기막힌 표정을 지었다.

"재작년이라면 이 재판을 시작하기도 전입니다."

"그래."

"그럼 설마 처음부터 증인도, 재판도 다 쇼였다는 말입니까. 모든 게 다?"

"……."

석용은 그저 묵묵히 대답을 고심했다. 도하가 목소리를 높였다.

"이 일 때문에, 그자들의 욕심 때문에 희생된 사람이 몇 명인 줄은 아세요? 많은 사람들이 그 작자의 배를 불리기 위해 죽어 갔는데 그게 단지 전부 쇼였다고?"

"배신자를 걸러 내기 위한 트릭이었을 수도 있어. 알잖아. 근희나 나처럼."

"젠장!"

"아마 너에 대해서도 의문을 가지고 있었을 거야."

도하는 소리치며 소파에서 일어났다. 굳게 쥔 오른쪽 주먹이 벽의 기둥을 강하게 내리쳤다. 깜짝 놀란 유미가 그를 말렸다.

"도하 씨!"

"이게 전부 다 함정이었단 말입니까?"

"그래."

"처음부터?"

"처음부터."

"대체 무슨 말이에요?"

덩달아 유미까지 흥분하자 도하는 화가 실린 걸음으로 성큼성큼 문 밖으로 나가 버렸다.

쾅, 문이 닫히자 도무지 상황을 제대로 이해하지 못한 유미가 재차 석용에게 물었다.

"대체 이게 다 무슨 얘긴지 자세히 설명 좀 해 주세요."

석용은 제로그룹의 대주주인 조씨 일가, 그리고 조양순이 유산을 빼앗기게 된 경위. 그리고 블랙 슈트가 이 일에 관여하게 된 과정을 다시 한번 대략적으로 설명했다.

"도하에게 들어서 알고 있는 부분도 있겠지만 조양순은 잃어버린 제 몫의 유산을 되찾기 위해서 이 모든 일을 계획한 거야. 모두가 그 더러운 탐욕과 뻔지르르한 말장난에 놀아난 거지."

석용의 말에 따르면 양순은 예전부터 언변이 좋고 연기에 능한 사람이었다. 처음에는 그들 모두 그가 진정한 인류애의 상징이라고 믿어 의심치 않았다.

"그는 자신만이 이 혼란스러운 세상을 바꿀 유일한 지도자라는 세뇌를 늘 잊지 않았어. 내 보기엔 전부 거짓부렁이었지만 말이야."

"석용 씨는 그래서 블랙 슈트를 떠나신 건가요?"

"그래. 하지만 도하만은 조양순을 쉽게 포기하지 않았어. 그건 어쩌면 도하가 조양순의 관심과 기대를 한 몸에 받았던 유일한 후계자였기 때문인지도 몰라."

도하는 양순이 진짜로 세상을 바꿔 줄지도 모른다는 한 줌의 기대를 버리지 않았을 터였다. 어릴 적 저처럼 고아로 자랐던 양순의 처지에 깊게 동감했던 때문인지도 모르겠다.

"그리고 사실상 이번 제로켓 투입이 블랙 슈트로서는 마지막 임무인 것도 있었어."

"그랬군요. 실장님이 처음 우리 회사에 온 건 3년 전의 일이었어요."

"그랬을 거야. 블랙 슈트가 제로켓에 투입된 것은 조호선의 지지 기반을 약화시키기 위해서였어. 조양순이 제로켓을 자신의 수중에 넣고 제로그룹을 컨트롤하기 위해서."

"그건 알고 있어요."

"조양순과 조호선. 두 사촌은 유산 때문에 아주 오랫동안 적대적인 관계를 이어 왔어. 표면적으로는 피가 이어진 인척 관계였겠지만 드러내 놓고 서로 죽여 버리겠다는 표현을 서슴지 않았지."

그룹의 운영권 승계에는 많은 이해관계가 얽혀 있기 때문에 확실한 유죄가 입증되지 않으면 대주주인 회장을 함부로 재판에 끌어들일 수 없었다.

따라서 조호선을 함정에 빠뜨리기 위해 많은 임무들이 계획되었다.

"해외 그룹, 언론, 정치, 법조계, 여론 형성 등 다양한 분야의 업계에 침투한 블랙 슈트들이 단 하나의 목적을 위해서 공을 들여왔다. 그 과정에서 목숨을 잃어 간 동료들도 많이 있었어."

"하지만 사실 두 사촌의 사이가 좋아지고 있었다면 그 작전이 사실 다 쓸모없는 계획이었다는 건가요?"

"그래. 짜고 치는 고스톱. 모든 임무가 사실 전부 무의미한 일들이었단 얘기지. 조호선이 조양순에게 비밀리에 그룹을 이양하기로 마음먹은 상황에서 임무나 재판 같은 것들은 그냥 쇼에 불과했던 거야."

결국 블랙 슈트와 도하가 목숨을 걸고 실행해 왔던 임무들이 실은 그들이 짜놓은 판 위에서 부리는 곰의 재주에 지나지 않았던 거였다.

"어째서 그런 짓을? 두 사람 사이에서 평화롭게 유산 분쟁을 해결할 수 있는 거였다면 그렇게 많은 사건들이 일어났을 필요가 없잖아요. 그렇게 많은 사람들이 죽어 갈 필요도 없었고요!"

"어쩌면 도하를 테스트하기 위한 플랜이었는지도 몰라. 아니면 조호선과의 협상이 깨졌을 때를 대비한 대비책이었을 수도 있고."

"그럴 수가……."

"조호선도 기분에 따라 호떡 뒤집듯 마음이 변하는 놈이긴 마찬가지였거든. 어쨌든 간에 A팀 이외에 또 다른 팀이 운영되고 있었던 것만은 틀림없어. 유일한 후계자라고 떠들어 댔어도 조양순 역시 도하를 완전히 믿지는 못했던 거지."

"조양순은 블랙 슈트의 아버지 같은 사람이라고 하지 않았나요? 자식들의 목숨을 담보로 도박을 걸다뇨."

"자식? 우리는 조양순의 유산을 되찾기 위한 살인 도구에 불과했을 뿐이야. 도하만은 끝까지 그 악마를 아버지라고 믿고 싶었던 것 같지만."

"말도 안 돼. 도하 씨!"

말을 마친 유미는 벌떡 자리에서 일어나 헐레벌떡 바깥으로 뛰어나갔다.

철문을 열자 가을의 싸늘한 바람이 뼈까지 스미는 것 같았다. 주변은 버려진 쓰레기장처럼 황폐했다.

도하의 기분을 가늠하자 유미의 눈가에 눈물이 고였다. 복도를 걷던 유미는 얼마 지나지 않아 도하를 찾아냈다. 그는 건물의 귀퉁이에서 난간을 쥔 채로 괴로워하고 있었다.

다가가 싸늘해진 그의 어깨를 붙잡았다. 도하는 뒤돌지 않았지만 그가 울고 있다는 사실을 유미는 직감으로 알 수 있었다.

"어떤 기분인지 제가 다 이해하지는 못하겠지만……."

"절대 이해하지 못할 겁니다."

"조양순 의원을…… 좋아했어요?"

도하는 한동안 대답하지 않았다.

"유미 씨는 부모님을 어떻게 생각합니까?"

유미는 시골에 귀농해 지내고 있는 자신의 부모님을 떠올렸다.

"그냥 평범한 분들이세요."

"내게는 기억나는 부모가 없습니다. 누가 나를 낳았는지, 누가 고아원에 버렸는지……. 그자가 열 살이 넘어 처음 생긴 아버지였습니다. 나, 그리고 우리 모두의 아버지. 남들과 같은 형태의 가족은 아니었지만 우리는 그때부터 더 이상 배

고프지 않아도 되었죠. 최고급 의식주. 최상급의 교육. 그에 상응하는 최선의 충성. 나는 그것이……."

"가족이라고 생각했겠군요."

"지옥 같은 훈련을 견디면서도, 시키는 더러운 일을 다 하면서도 믿었습니다. 그의 말을. 더 나은 세상을 위하여."

그날 유미는 오랫동안 잠을 이루지 못했다. 계속해서 석용과 도하의 대화가 머릿속을 떠돌아다녔다.

더 나은 세상을 위하여.

그 알량한 구호 앞에 희생된 많은 사람들의 창백한 얼굴이 눈앞에 보이는 것처럼 섬뜩하게만 느껴졌다. 좀처럼 잠이 올 것 같지 않았다.

새벽녘부터 잠깐 졸았던 것 같은데 벌써 아침이었다. 눈을 비비며 유미가 이불 밖으로 나오자 멀쩡하게 나갈 채비를 마친 도하가 보였다.

유미는 기절초풍할 듯이 놀라 소리쳐 물었다.

"어디 가요? 그 몸을 하고."

"가 봐야겠습니다."

"어딜요?"

"양부를 만나야겠어요."

"너무 위험해요!"

"안 돼, 너 혼자선 위험해."

"난 이유를 들어야겠습니다. 자식 같다던 우리를 시험하고 죽이려고 했던 그 이유를 꼭 물어야겠어요."

석용이 답답하다는 듯이 소리를 질렀다.

"이 바보 같은 인간아! 아직도 모르겠어? 이유야, 그냥 돈밖에 뭐가 있어! 멍충아, 그자는 지나오지 못할 강을 건넜어. 절대로 돌아오지 않을 거라고 내가 몇 번이나 말했잖아!"

도하는 끔찍하다는 얼굴로 석용을 노려보았다.

"양부에게 돈이라면 이미 나라 한 개 정도는 사고도 남을 만큼 있어요! 난 꼭 물어봐야겠습니다. 이게 정말로 그가 말하던 더 나은 세상이라는 건지."

석용은 얼굴이 붉으락푸르락해진 얼굴로 도하를 뜯어말렸다.

"아직도 그 작자의 개수작에 환상을 가지고 있단 말이야? 어른이 좀 돼라, 인마! 그건 그냥 자기 탐욕을 그럴 듯하게 포장한 말장난일 뿐이지, 이미 자기 돈 말고 세상에 아무 것에도 관심이 없는 사람이라고. 정말 아직도 그 사람에게 인간성이란 게 남아 있을 거라고 생각하는 거냐."

도하는 가늘게 뜬 눈으로 석용이 하는 모든 말을 가만히 듣고 있었다.

"아뇨. 그 남자에게 뭘 기대해서가 아닙니다. 죽기 전에 자기 입으로 실수를 인정하는 걸 듣고 싶어서 그래요. 날 이일에 동참시킨 건 실수였습니다. 그래서 직접 죽이려고 가는 겁니다. 쓰레기가 더 큰 문제를 일으키기 전에."

"안 돼요!"

이번에는 지켜보던 유미가 소리를 질렀다. 유미는 필사적으로 도하의 팔을 잡고 매달렸다.

"도하 씨, 안 돼요. 잠깐 생각을 더 해 보세요."

도하는 자신에게 매달린 유미를 내려다보았다. 유미의 불안한 얼굴을 보며 도하가 담담하게 대답했다.

"걱정하지 마십시오. 나는 훈련받은 살인자입니다. 당신이 걱정하는 일은 결코 일어나지 않을 겁니다."

"멍청이! 시끄러워!"

유미는 힘을 실어 도하의 뺨을 찰싹 소리 나게 때렸다. 어안이 벙벙해진 도하의 얼굴이 돌아왔다.

"실장님이 누군가를 죽이는 거 더 이상은 싫어요. 나를 목숨보다 좋아한다고 했잖아요! 짐승을 상대하기 위해서 도하 씨까지 짐승이 될 필요까지는 없어요. 조양순이 죗값을 치를 다른 방법이 있을 거예요. 우리 같이 의논해 봐요."

도하는 자신의 맞은 뺨을 살살 문질러 보았다.

"지금 건 조금 아팠습니다. 내가 총을 맞은 사람이라는 거 잊은 겁니까?"

"그러니까 다친 사람 주제에 지금 어딜 가겠다는 거예요? 목숨보다 사랑한다는 여잘 혼자 두고!"

도하는 난감한 듯이 유미의 뒤에 서 있는 석용의 눈치를 슬쩍 살폈다.

삐딱하게 서 있던 석용이 기가 막힌 듯 웃어 젖히기 시작했다.

"으하하하, 강도하! 너 정말 그런 말 했냐? 정말? 네가?"

"형이 알 바 아닙니다."

"와, 이거 정말 걸작이다. 어쨌건 유미 씨 말이 맞지 않아? 네가 아무리 날고 기는 팀 에이스였다고 해도 그 몸으로 혼자 뭘 어쩔 건데. 그 집이 웬만한 특공대 훈련소보다도 방대하다는 걸 잊었어? 차분히 앉아서 대책을 궁리해 봐. 호기 부리지 말고."

"그래요. 어서 앉아요."

"함께 방법을 강구해 보자고. 혼자 쳐들어가는 건 자살 행위야."

그러더니 석용은 모니터 쪽에서 뭔가를 확인하기 시작했다. 유미가 애절한 목소리로 도하에게 말했다.

"절 놔두고 혼자 가지 마세요."

그 말을 들은 도하는 괴로운 표정을 지었다.

"난 아무것도 약속 못 합니다."

이내 도하가 모니터 앞의 석용에게로 다가갔다. 넓은 등이 보이는 뒷모습을 유미는 애처롭게 응시했다. 어쩐지 슬퍼지게 만드는 딱딱한 뒷모습이었다.

"날 좋아하지 마십시오. 나한테 환상을 갖지도 말고."

언젠가 도하의 말을 유미는 무의식중에 떠올렸다. 늘 얼음장처럼 차갑다고만 생각했던 남자였다.

"난 당신을 행복하게 해 줄 수 없어요."

"이제야 그게 무슨 말인지 알겠어."

유미는 혼잣말로 중얼거렸다.

"그런데 이미 늦어 버린 걸 어쩌라고……."

대화를 나누는 석용과 도하를 지켜보았다. 석용이 다시 목소리를 높이고 있었다.

"그러니까 인마, 무모한 짓이라니까? 그 삼엄한 경비를 뚫고 혼자 들어가겠다고? 그게 말이나 된다고 생각해?"

"내가 그 집에서 10년을 살았습니다. 나보다 그 집 구조를 더 잘 아는 사람은 세상에 없을 거예요."

"밖으로 불러내는 게 안전해."

"암살 위험 때문에 경호용 군대를 키우는 남잡니다. 어차피 똑같아요. 어떻게 혼자 불러낼 건데요."

"사법부 힘을 빌리는 건 어떨까."

"이번 사태를 보고도 그런 말이 나옵니까? 경영권 승계 이사회가 사흘 후입니다. 법조계에서도 제로그룹 인사를 함부로 건드리기는 힘들 겁니다."

"아니면 저택에다 불을 질러 버리는 건? 그러면 뛰쳐나오지 않을까."

"그게 진짜 내 계획보다 나은 것 같아요?"

"당신을 살려 놓는 일이 내 삶의 목표입니다."

도하를 보는 유미의 눈에 그렁하게 눈물이 맺혀 있었다.

나도 당신을 살리고 싶어. 유미는 어쩌면 자신이 훨씬 더 그를 사랑하는지도 모르겠다는 사실을 문득 깨달았다. 자신 역시 도하를 위해서 목숨도 걸 수 있을 것이라는 확신이 들었다.

심장에서 뛴 피가 한 번에 머리까지 화악, 회전하는 기분이었다.

유미는 여전히 옥신각신 중인 도하와 석용의 곁으로 조용히 다가들었다.

이 사람을 만나고 사랑하게 되어서 정말로 행운이었다. 이런 감정을 이제라도 깨닫게 되어서. 이것을 위해서라면 무엇이든 내놓아도 좋았다.

"그냥 우선 중국으로 들어가자. 팀을 만들어서 다시 돌아와. 일단은 그쪽이 더 낫다니까."

"그동안 조양순은 더 많은 문제를 일으키고 또 누군가를 죽일 겁니다."

"지금은 힘들다니까? 똥고집 좀 그만 부려!"

석용이 난감해하며 고개를 저었다.

"그러니까 나 혼자 간다잖아요!"

"너 혼자가 아니라 다 죽는다고! 네가 목숨보다 사랑한다는 서유미는 어쩔 건데?"

"저기요."

논쟁 중이던 두 사람 쪽으로 유미가 가만히 입을 열었다.

"제가 도와줄 수 있는 사람을 알 것 같아요."

놀란 듯 뒤돌아보는 얼굴들을 향해 그녀는 흐리게 웃었다.

늦은 밤, 석용은 유미가 일러 준 주소대로 돌아다니며 밴을 운전했다. 하나둘씩 익숙한 얼굴들이 창고 안으로 모여들었다. 아지트에 가장 먼저 도착한 것은 미현이었다.

"언니, 진짜 이게 다 뭐야! 말도 안 돼!"

"미현아!"

밴에서 내리는 미현을 발견하고서 뛰쳐나간 유미가 반갑게 그녀를 얼싸안았다.

"잘 지냈어?"

"나야 잘 지냈지. 언니, 대체 이게 무슨 일이에요? 그동안 연락도 없이!"

"뉴스에 나오는 실장님 얼굴을 봤는데 믿어지지가 않더군요. 게다가 팀장님도 갑자기 회사를 안 나오시고."

미현의 등 뒤에서 성큼 걸어 들어오는 건 트레이닝 복 차림의 재명이었다.

며칠 동안 정신없이 도망치고 숨어다니느라 가족이나 회사를 까마득하게 잊고 있었다. 재명이 덧붙인 말에 따르면 유미가 출근하지 않자 회사에서 가족들에게 연락을 취했던 모양이었다.

유미의 가족들도 그녀와 연락이 두절되어 실종 신고를 한 상태라고 했다.

"와, 이건 뭐……."

마지막으로 등장한 사람은 민호였다. 컴퓨터와 장비들이 즐비한 창고 내부에 들어서자 그는 귀에서 이어폰을 빼냈다.

"민호 왔어?"

"누나!"

다짜고짜 유미를 껴안은 민호가 다른 사람들을 발견하고서 흥미로운 표정을 지었다. 민호에게 안긴 유미의 목 쪽 옷자락을 누군가가 끌어당겼다.

순간 기도가 막혀 유미는 콜록콜록 기침을 해 댔다. 간신히 뒤돌아 도하를 발견해 시선이 마주치자 그제야 그는 손을 놓고 민호에게 손을 내밀었다.

"채민호."

"실장님."

"와 줘서 고맙다."

"오랜만입니다. 살아 계셨네요."

두 남자가 힘주어 악수를 나누었다. 다음으로 아지트에 도착한 것은 미숙을 위시로 한 구미 공장의 노조원들이었다. 차에서 내린 미숙과 유미가 열렬하게 포옹했다.

"김상원이 구한다는 데 우리가 빠질 수가 있겠어?"

말하는 미숙의 눈시울이 촉촉하게 젖어 있었다. 그들은 모두 위원장인 상원의 구속에 대한 항의 집회에서 함께 빠져나온 길이었다.

석용과 도하도 일일이 그들과 악수를 나누었다.

이윽고 모인 인원들이 모두 자리에 착석하자 석용이 짝짝, 박수를 쳐 사람들의 주의를 환기시켰다.

"자, 이제 모두 모였으니 시작해 볼까요?"

창고 안, 녹슨 철통 안에는 장작이 타고 있었다. 재명이 그 안으로 공수해 온 고구마를 잔뜩 던져 넣었다. 타닥거리는 소리를 내며 불티가 공중에 날아다녔다.

도하는 자료를 나누어 주며 그동안 조양순이 불법을 저질러 온 내막에 대해 설명했다.

"조양순에게 권력과 돈이 밀집되는 건 이 나라 전체를 아주 큰 위험에 빠뜨리게 될지도 모릅니다."

자세한 설명이 끝나자 눈시울이 붉어진 미현이 비장하게 먼저 입을 열었다.

"사람 목숨을 희생시키는 일은 절대로 일어나선 안 될 일이에요. 그래서 우리가 뭘 어떻게 하면 되나요?"

"우선 제로켓 승계를 저지하는 일이 시급합니다."

"우린 김상원이 누명을 벗길 수 있다고만 하면 무슨 일이든 하겠소."

"정치인들의 이미지 메이킹이라는 건 정말 상상 초월이군요."

하나둘씩 밝혀지는 사실들을 확인하며 재명이 착잡하게 말문을 열었다.

"그런데 이 블랙 슈트에 관련된 얘기나 자살, 음모들을 사람들이 쉽게 믿지 않을 텐데요. 정말로 증거가 있습니까?"

"증거라면 있어요. 아주 많이. 기사화되지 않을 뿐이지. 언론도 전부 쓰레기들뿐이거든."

석용이 손에 든 USB를 보여 주며 말을 보탰다. 자영이 죽기 전 남긴 자료에는 제로그룹에 관련된 수많은 비리들이 담겨 있었다. 도하가 이어서 설명했다.

"법조계와 방송국부터가 그들 편이기 때문에 이 일이 절대 쉽지만은 않아요. 하지만 확실한 인원만 모여 준다면 이 사회에서도 조양순에게 쉽게 오너십을 내주지는 못할 겁니다. 기업 이미지란 게 있으니까. 이 방법이 우리에게 시간을 벌어 줄 겁니다."

"그 후에 조양순에게 법적인 절차를 밟게 할 수도 있겠지. 운이 좋다면 말이야."

석용이 설명을 보태자 민호가 질문했다.

"잠깐! 그렇다면 결과적으로 아무것도 확실하게 보장되는 건 없단 얘기 아닌가요? 전부 운에 맡긴다는 게. 만약 일이 잘못 돌아갔을 때 우리들이 위험에 빠질 확률은요?"

갑자기 뚝, 대화가 끊겼다. 모두가 민호를 돌아보자 그는 찡그린 얼굴로 말을 이어 나갔다.

"아니, 그러니까 이걸 해서 우리가 얻는 이득은 대체 뭐죠? 나만 이 생각하는 거 아니잖아. 물론 블랙 슈트건 음모건 나쁘다는 거 다 알겠는데 내 안전은 당장 누가 보전해 줄 건데요? 뾰족한 방법 있어요? 결국 이거 우리만 총알받이 하다는 위험한 작전 아니에요?"

누구도 다음 말을 보태지 못했다. 민호가 절레절레 심각하게 고개를 저었다.

"난 못 해요. 못 합니다."

민호가 딱 잘라 말하고 자리에서 일어섰다. 유미가 급하게 민호를 붙잡았다.

"민호야! 하지만 누군가는 해야 하는 일이야."

"하지만이 아니에요. 팀장님, 아니 누나. 그래 좋아. 만약 이 일이 성공한다고 쳐. 그래 봤자 조 회장 측근 재취임이야. 그럼 우리는 어차피 개밥에 도토리 되는 거야. 잘해야 해고고, 아니면 사망이라고. 그건 알고 이러고들 있는 거죠?"

"……."

"누나한텐 회사가 별거 아니더라도 모르지만 난 이게 내 밥줄이라구. 그걸 그냥 이렇게 걷어차 버리자고? 우리 손으로?"

"나한테도 회사가 인생의 전부였어."

"젊은 분아, 여기 돈 안 소중한 사람 없다."

석용이 고구마 껍질을 까며 말했다.

"채민호, 지금은 개인의 실리를 따질 때가 아니야."

"아니, 이럴 때일수록 더더욱 실리를 따져야죠. 다들 정말로 이게 성공할 수 있다고 믿는 건 아니겠죠? 이건 그냥 무모한 객기일 뿐이라고요. 고작 우리 몇 명이서 뭘 할 수 있겠어요!"

"채민호!"

"부탁한다. 네 힘이 필요해."

마지막 유미의 애원에도 민호는 쌀쌀해진 분위기를 향해 꾸벅 인사했다. 그리고 주섬주섬 가방을 챙겼다.

"미안하다는 말은 안 할 겁니다."

인사를 마친 민호가 저벅저벅 문으로 향했다.

"민호야!"

따라 나가려는 유미를 이번엔 도하가 붙잡았다.

"그의 말이 맞습니다. 강요할 수 있는 일이 아닙니다. 아무도 안전을 보장해 줄 수 없어요."

"하지만 이렇게 그냥 보낼 수는 없잖아요!"

유미가 도하의 손을 뿌리쳤다. 곧장 문을 향해 뛰었다.

"야, 채민호!"

밖으로 나온 유미는 어두운 길 끝에서 민호를 발견했다.

"채민호!"

돌아간다고는 야심차게 말했지만 어두운 숲에서 길을 헤매던 민호는 유미가 곁으로 오자 투덜댔다.

"이건 뭐, 어디가 어딘지 보이지도 않고. 아니, 오밤중에 사람을 데리고 왔으면 갈 때도 데려다줘야 될 거 아냐."

"민호야."

민호가 신경질적으로 얼굴을 스치는 나뭇가지들을 꺾으며 앞만 보고 걸었다. 그의 손을 벗어난 나뭇가지 중 하나가 탁 유미의 얼굴을 때렸다.

"아야."

"진짜 바보예요."

"그래, 이해해. 억지로 부탁할 수 없는 일이란 거. 하나만 부탁하자. 우리가 여기 있다는 사실은 아무한테도 알리지 말아 줬으면 좋겠어. 절대. 그 정도는 해 줄 수 있겠지?"

옆의 나뭇가지를 꺾던 민호가 답답하다는 얼굴로 말하는 유미를 흘겨보았다.

"그렇게 강 실장님이 좋아요?"

"뭐?"

"정말 완전 배신자. 자긴 전혀 관심 없다고 해 놓고. 정작 누나도 그저 그런 한심한 여자라 이거예요. 알겠어요?"

멀뚱해진 유미가 천천히 대답을 뱉었다.

"어. 그래."

"대체 내 어디가 그렇게 강도하보다 못해요?"

갑자기 민호의 목소리가 차분해졌다. 길을 따라 걷던 그는 안타까운 얼굴로 유미를 보고 있었다. 유미는 깜짝 놀란 얼굴로 대답했다.

"무슨 소리야? 누가 그래, 채민호가 못하다고. 누가 우리 민호 보고 못하대. 이렇게 키 크지, 얼굴 잘생겼지, 게임도 잘하지. 세상에서 술도 제일 잘 마시는데."

뾰로통한 표정으로 민호가 채근했다.

"더 해 봐요."

"여장 대회에서도 우승했던 저 아름다운 미모! 사내 여직 원이라면 모르는 사람이 없는 저 사교성!"

유미가 입에 발린 칭찬을 흘리자 민호는 피식 웃었다.

"그래요. 그렇게 잘난 나인데 왜 강도하가 더 좋아?"

순간 유미의 눈동자가 멍해졌다. 유미의 표정을 보고 민호 는 다시 짜증을 내며 양팔을 휘저었다.

"아, 그만하면 됐어요. 짜증나. 에이, 듣기 싫어. 재수 없 어, 강도하."

"그럼 우리 약속한 거다?"

삐죽거리던 민호가 가방을 어깨에 둘러메고 다시 창고 쪽으로 발길을 되돌렸다.

유미가 그 뒤를 쪼르르 뒤따랐다.

"어? 약속한 거지? 아무한테도 말하면 안 돼?"

민호는 그런 유미를 한심하게 쳐다보았다.

"말하긴 뭘 말을 해요. 지금 우리 팀 다 여기 연루됐는데 나 혼자 아니라고 한들 그 말을 누가 믿겠어요? 그리고 누나 같이 엉뚱한 사람들만 남겨 놨다가 도리어 내가 더 무슨 화를 입으려고."

투덜투덜 민호가 늘어놓는 말을 이해하자 유미의 얼굴이 환하게 밝아졌다.

"진짜? 도와주는 거지? 우와, 정말 잘됐다. 다행이야. 진짜 고마워, 민호야."

유미가 제 양손을 잡고 흔들자 민호가 그녀를 보며 얼굴을 찡그렸다. 그의 시선이 다시 어두운 창고로 향했다.

"근데 누나, 이건 알아 둬요. 내가 합류하겠다고 하는 거 저기 폼 잡고 서 있는 저 인간 때문이 아니야. 내가 이 말도 안 되는 계획에 동참하는 건 전적으로 누나 때문이라고. 알겠죠? 그러니까 잘못되면 누나가 나 책임져야 돼."

민호의 시선을 따라 유미의 눈이 옮겨 갔다. 저 멀리 문간에서 그들을 지켜보고 선 도하의 실루엣이 눈에 띄었다. 유미는 검은 옷으로 감싸진 기다란 남자의 모습을 보면서 피식 웃었다.

"그래. 알았어."

디데이는 제로그룹의 계승권 관련 이사회가 열리는 날로 정해졌다. 많은 조합원들이 사전에 육성으로 집회 참석에 응답했다.

　참여 예상 인원의 규모는 시간이 지날수록 기하급수적으로 불어났다. 짧은 시간 안에 모두의 피땀 어린 노력이 이루어 낸 성과였다.

　거사 전날, 과중한 업무 탓에 팀원들은 수면 부족에 시달리고 있었다. 커피로 졸음을 쫓던 유미 옆으로 미현이 다가왔다.

　회사와 창고를 몰래 오가며 밤샘 작업을 도운 미현의 몰골도 매우 푸석해져 있었다. 미현은 회의 중인 팀원들과 도하를 바라보며 말했다.

　"뭐야, 저긴 아직도 저러고 있네."

　유미가 덩달아 미현이 손가락질하는 방향을 쳐다보았다. 미현은 도하 주변의 수많은 여자들을 돌아보더니 유미의 머리 위로 손가락 동그라미를 그렸다.

　"둘이 사귄다며. 정말 사귀는 거 맞아요? 어째 붙어 있는 걸 한 번 못 보냐."

　"어?"

　유미는 인상을 찌푸린 채 뭔가를 설명 중인 도하를 훔쳐보았다.

사귄다고? 우리가 사귀는 거였나, 곰곰이 생각하며 머리를 기울였다.

좋아한다고 했다. 목숨보다도 더. 서로를 안고 키스도 했었다. 그런데 우리가 사귀는 사이였었나.

"뭐 이렇게 하루 종일 한마디를 안 해. 아무리 바쁘다고 해도 너무하네. 실장님은 자기 여자한테도 저렇게 냉정한 남자였구나. 나라면 절대 못 사귀겠다."

"한마디쯤은…… 했을 걸?"

인상을 쓰며 유미가 기억을 더듬었다.

"그래요? 그래도 너무 방치하네. 저 나쁜 놈, 우리 언니를…….".

이내 분을 삭인 미현이 은근하게 물었다.

"그런데 둘이 어디까지 갔어요?"

"어디까지 가긴, 뭘 어디까지 가."

"키스는 했어요?"

"무슨 소리야. 하긴 뭘 해?"

"뭐야, 아직 키스도 안 했어요?"

유미가 시뻘겋게 얼굴을 붉히며 당황하자 미현이 답답해 분통을 터뜨렸다.

"어휴, 이 답답아. 그러다 놓친다고요! 지금도 저기 안 보여요? 저 침 흘리는 여자들? 저 여자들이 뭐 얻어먹을 게 있다고 여길 붙어 있겠어요. 저 사람 강도하라고요, 강도하. 정말 착각 아니고 둘이 사귀는 거 맞아요? 아니, 무슨 사귄다는 사람들이 애정 표현도 없고, 붙어 있지도 않고. 게다가 아직 뽀뽀도 안 했다고?"

"아, 그건……."

잠깐 유미가 혼란에 빠진 사이 대화 중이던 그들 곁으로 날카로운 눈초리의 누군가가 다가왔다. 블랙 슈트의 팀원이라고 들었지만 유미는 정확한 이름까지는 기억하지 못했다.

복도를 지나치며 그들은 서로에게 고개를 꾸벅 숙였다. 무심하게 지나치던 여자가 유미를 돌아보며 말을 건넸다.

"당신이라고 들었습니다. 이 모든 사태의 원흉이."

"무슨 말씀이시죠?"

"팀장님은 당신이 아니었다면 이런 위험 상황에 빠지지 않았을 겁니다. 대다수 팀원들이 희생되는 사고도 생기지 않았겠죠. 모두 당신이 없었다면 일어나지 않았을 일들입니다."

유미의 얼굴이 어두워졌다.

"팀원들이라면 라은희 씨 얘기인가요."

"그 이름을 쉽게도 뱉는군요. 내가 당신이었다면 여기서 이러고 어물쩡거리지 못할 텐데. 본인도 여기서 아무 도움이 되지 않는다는 사실을 잘 알고 있지 않나요?"

"나도 나름대로 최선을 다해 돕고 있어요."

"나 같으면 진작 어디론가 사라졌을 겁니다. 여기 이러고 있는 게 오히려 민폐라는 걸 모르시는 건 아니겠죠."

"이 사람이 지금 뭐라는 거야? 당신 우리 언니한테 무슨 악감정 있어요?"

"잘 생각해 보세요. 내 말이 틀렸는지."

꾸벅 인사를 마친 여자가 유미가 미처 대꾸할 겨를도 주지 않고 자리를 비켰다. 유미는 멈춰 선 채로 한동안 그녀의 뒷모습을 쳐다보았다. 미처 정신을 추스르지 못한 유미 대신 미현이 펄쩍 뛰며 분노했다.

"아니, 저 미친 여자가 지금 뭐라는 거야? 자기가 지금 무슨 말을 지껄이는지도 모르는 거라고요. 언니, 신경 쓰지 마요. 정말 세상이 미쳐 돌아가니까 정말 별 험한 꼴을 다 보네."

"그래."

펄펄 뛰는 미현의 곁에서 유미는 묵묵히 대답했다. 그저 조용히 손에 들었던 커피를 한 모금 더 마셨다.

자정 무렵 유미는 홀로 마당 데크에 있었다. 하늘에 촘촘히 뜬 별이 반짝이는 모습이 보였다. 계절이 바뀌는 모양이었다.

유미는 점차 보름에 가까워진 달을 응시하다가 아까 지나친 팀원의 말을 떠올렸다.

"모두 당신이 없었다면 일어나지 않았을 일들입니다."

유미가 생각에 빠져 있는 사이 인기척이 들렸다. 뒷문에서 나타난 것은 민호였다.

"무슨 생각을 그렇게 골똘히 해요."

"너였구나."

"누구 딴 사람이라도 오기로 했어요?"

"아니."

문 쪽을 돌아보던 민호가 털썩 유미의 옆으로 앉았다.

"뭐예요. 기세 좋게 사람 불러올 땐 언제고 다 죽어 가는 사람처럼."

"그냥."

"뭔데요. 얘기 좀 해 봐요. 남은 쿡쿡 쑤시고 다니면서 자기 얘기는 안 하려고 해, 보면."

"그냥 내가 이제껏 뭐든 열심히 한다고는 했는데 따지고 보면 아무것도 한 게 없는 것 같아서. 회사도 결국 이 지경이 되고."

"그게 왜 누나 탓이에요? 높은 자리에 있는 망할 인간들 탓이지. 그리고 그 높은 인간들 밑에 있는 나쁜 놈들이랑 바로 강도하 같은 인간들."

"난 뭐 하나 제대로 한 게 없는 것 같아. 맨날 헛다리만 짚는 느낌?"

"열심히 했다는 걸로 누난 된 거예요. 그리고 이 채민호 님을 결국 여기까지 끌어들이셨다는 기막힌 사실. 그 정도면 된 거죠."

"웬일로 민호새가 예쁜 말을 다 하네?"

"그럼 내가 언제 틀린 말 하는 거 봤어요?"

민호가 툴툴거리자 유미는 피식 웃었다. 그런 유미를 민호가 가만히 쳐다보았다. 시선을 의식한 유미가 고개를 돌렸다.

"고마워."

민호는 계속해서 유미의 얼굴을 응시했다. 달빛이 유미의 이마를 환하게 비추고 있었다.

"무슨 일 있어요?"

"응?"

"누나한테 지금 이거 다 너무 빠른 거 아니에요?"

"……?"

"아직 내가……."

민호가 무슨 말인가 더 꺼내기도 전에 쾅, 하는 소리와 함께 뒤쪽의 문이 열어 젖혀졌다.

"아이고, 깜짝이야!"

유미는 기겁해 가슴을 쓸어내렸다. 민호 역시 긴장한 듯 벌떡 일어났다.

"뭐야! 누구야!"

"너야말로 뭘 하는 거냐. 여기서."

나타난 것은 도하였다.

"그냥 이야기나 좀 하고 있었죠. 하긴 뭘 해요."

지친 표정 위에서 눈동자만이 치열하게 반짝이고 있었다. 도하의 눈이 곧장 유미를 향했다.

"어디 갔는지 찾고 있었습니다."

"나를요? 나한텐 전혀 관심 없어 보이시던데요."

유미가 어깨를 으쓱해 보이자 도하는 별수 없다는 듯 다가서서 그녀의 손목을 잡았다. 그가 짜증스럽게 눈썹을 찌푸렸다.

"채민호, 너 등 좀 돌리고 있어."

"네? 왜……."

민호가 채 등을 돌리기도 전에 도하가 유미의 얼굴을 잡아당겨 입을 맞추었다. 차마 못 볼 꼴을 본 것 같아 민호는 순식간에 등을 돌렸다.

무방비 상태에서 키스를 당한 유미가 도하의 품 안에서 허우적거렸다. 겨우 입술이 떨어지자 도하를 밀치며 소리쳤다.

"뭐 하는 거예요, 지금!"

"내 눈앞에서 사라지지 말아요."

"진짜 뭐예요? 갑자기! 이제껏 아는 척도 안 하더니!"

그사이 민호는 문을 향해 뛰어나가고 있었다. 뒤를 돌아보지도 않은 도하가 다시 유미의 얼굴을 감싸 쥐었다.

"그럼 내가 하루 종일 당신 꽁무니나 쫓아다니면서 이번 거사를 다 망쳐 버렸으면 좋겠습니까?"

"물론 그런 건 아니지만……."

붉어진 얼굴을 본 도하가 유미의 손목을 잡았다.

"따라와요."

도하는 성큼성큼 빠른 속도로 유미의 손목을 잡아끌기 시작했다. 커다란 창고의 창문 틈새로 열심히 작업 중인 동료들이 눈에 띄었다.

"왜요? 어디 가는 건데요!"

"쉿!"

복도 끝 구석방에 도착하자 도하가 유미를 안으로 밀어 넣었다.

안에서 찰칵, 문이 잠겼다. 유미가 겁에 질린 목소리로 물었다.

"뭐 하려는 건데요."

"안아 주려는 겁니다."

유미는 놀라서 자신도 모르게 뒷걸음질을 쳤다. 뒤쪽엔 바로 벽이었다. 도하가 바로 따라붙었다.

"뭐예요, 왜 갑자기."

도하의 손이 벽에 붙어선 유미의 얼굴부터 목덜미, 그리고 가슴 사이 골을 지나쳐 다리를 향해 내려갔다.

"나를 자극하는 방법은 쓰지 않는 게 좋을 겁니다. 그런 건 아무래도 좀 위험하니까요."

"전혀 자극하려던 게 아니었어요."

"나 외에 다른 남자는 용납 못 합니다."

그 말을 끝으로 도하가 다짜고짜 유미에게 키스를 퍼부었다.

도하의 손이 유미의 허리를 끌어안자 두 사람의 몸이 맞닿았다. 그가 손바닥으로 등을 훑으며 유미의 정신을 혼란스럽게 만들었다.

물 밖에 놓인 고기처럼 팔딱거리며 유미는 눈도 제대로 뜨지 못한 채 아득한 곳까지 밀어붙여졌다.

잠시 입술이 떼어지자 흥분한 유미가 거친 숨을 몰아쉬었다.

"우린…… 그냥 대화를 나누고 있었을 뿐이라고요. 민호는 그냥 동생이고."

도하의 손이 유미의 다리 사이로 파고들었다.

"흐읏."

유미는 도하의 팔을 저지하며 매달리기 시작했다.

"이런 순간에 딴 놈 이름을 부르라고 누가 가르쳤습니까."

"아무도 가르치지 않았……!"

유미는 숨을 헐떡이며 도하의 어깨를 때리기 시작했다.

"안 돼. 싫어. 싫단 말이야."

"소리는 별로 싫은 것 같지 않은데요."

도하는 거의 울먹이다시피 하는 유미를 내려다보았다. 저항이 거세어지자 도하의 손이 옷 속에서 빠져나왔다.

"하아."

도하의 목에 매달린 채로 유미는 숨을 몰아쉬었다.

"내 인내력을 시험하는 게 아니라면 아까 같은 모습은 보이지 않는 게 좋겠습니다. 둘이 붙어 앉은 꼴을 봤을 때, 나도 내가 아닌 다른 생물로 변해 버리는 줄 알았거든요."

"이상한 사람."

유미는 흐려진 눈으로 도하를 쳐다보았다. 그는 매우 진지한 얼굴이었다.

무언가를 필사적으로 참는 표정이기도 했다. 그 난해한 얼굴이 위험하고도 매혹적이었다.

빠르게 도하의 어깨에 고개를 파묻은 유미가 입을 열었다.

"미워."

도하가 다시 유미를 일으켜 세우며 키스했다. 입맞춤은 좀 더 정열적으로 변했다.

기절시키고 싶지 않다는 도하의 말은 거짓이었다. 키스만
으로 열이 오른 정신이 멍해지더니 그동안의 밤샘으로 부족
했던 수면이 곧장 유미를 덮쳐 왔다.

8. 디데이: BOMB

드디어 대망의 날이 밝았다. 이른 새벽, 홍보 트럭 뒤로 행진하는 사람들의 얼굴에 저마다 긴장감이 가득했다. 아침나절이 되자 사옥 앞 광장에 모인 인파는 이미 만 단위를 넘어선 상태였다.

양순의 불법 취임을 반대하는 집회와 동시에 제로그룹과 관련된 비리의 증거들이 인터넷을 타고 번지자 모여든 인원들의 숫자도 더욱 늘어났다. 방송국 카메라와 외신 기자들까지 속속들이 광장으로 도착하고 있었다.

살인자를 구속하라!
불법 승계 거부한다!
화재 원인 밝혀내라!

플래카드를 든 열정적인 시위대들은 구호를 외치며 행진했다. 합법적으로 움직이는 집회 앞에서 군인과 경찰도 속수무책이었다. 그들은 분노한 군중들이 정갈하게 빌딩 앞을 행진하는 모양을 숨죽인 채 지켜보았다.

동료들이 본부를 둘러싼 행렬을 진두지휘하는 동안 도하와 유미는 주차장에서 양순의 차가 나타나기를 기다렸다.

엔진 소리가 귓가를 지날 때마다 두 사람은 바짝 긴장했다.

도하의 등 뒤에서 유미는 저도 모르게 손을 떨었다. 움직임을 느낀 도하가 유미를 돌아보았다.

"정말로 직접 나서야 되겠어요?"

유미는 마스크와 모자에 가려진 도하의 선명한 눈을 올려다보았다. 그의 방탄조끼 옆에 끼워진 권총을 응시하며 음울하게 말했다.

"겁나는 거라면 먼저 돌아가 있어요."

도하가 웃음기를 띠고 천천히 유미의 얼굴을 훑어보았다. 때마침 주변 광장을 흔드는 것 같은 요란한 함성이 거대한 빌딩을 에워쌌다.

"무슨 일이지?"

두 사람이 당황해 길가를 살피고 있을 때 멀리서 재명이 그들에게 뛰어왔다.

"조양순이 들어가 버렸어요."

"뭐? 어디로? 모든 입구를 봉쇄하고 있을 텐데!"

"네. 그런데 완력으로는 그쪽 일행들과 상대가 안 되서."

"젠장!"

도하가 무작정 반대편 입구 쪽으로 뛰었다. 유미도 따라 뛰었다.

"어디로 갔어!"

도하가 묻자 동료 중 한 명이 회전문 쪽을 손가락질했다. 여전히 바깥은 커다란 함성과 함께 집회 행렬이 이어지고 있었다. 도하는 온 힘을 다해 달리며 유미에게 소리쳤다.

"당신은 여기 있어요!"

그 말에 아랑곳하지 않고 유미는 도하를 따랐다. 빌딩 앞마다 잠긴 회전문을 확인한 도하는 사방을 둘러싼 경비원들을 발견했다. 다시 건물의 뒤쪽으로 뛰었다.

마침내 전망대용 엘리베이터로 이동 중이던 양순 일행을 발견했다.

"거기 서!"

늘어선 경호원들이 도하를 발견하자 총을 겨누었다. 도하도 급히 옆구리의 총을 빼내 들었다.

"안 돼!"

유미가 급하게 도하의 앞을 막아서자 양순도 손을 들어 자신의 가드들을 제지했다. 도하가 찾아올 줄 알았다는 듯 양순은 시종일관 평온한 표정이었다.

한동안 도하와 눈을 맞추던 양순이 도착한 엘리베이터에 올랐다. 지상에 남은 도하의 눈에 엘리베이터가 점점 고층으로 이동하는 것이 보였다.

양순의 모습이 시야에서 사라지자 그는 숨을 헐떡이며 무륜을 쥔 채 숨을 몰아쉬었다.

"제길."

아무것도 못 하고 바라만 보면서 도하는 욕을 내뱉었다. 그가 인상을 쓰고 욱신거리는 어깨를 주물렀다.

그 순간 유미는 아래를 내려다보던 양순과 눈이 마주쳤다. 보는 사람의 몸에 소름이 돋을 정도로 싸늘한 눈빛이었다.

절로 눈길을 피하며 유미는 도하를 돌아보았다. 걱정스러운 표정이었다.

"올라가 버렸으니 어쩌죠. 예정대로 회의를 진행시킬 생각인가 봐요."

"뜻대로는 안 될 겁니다. 오늘 회의는 열리지 않을 거예요. 하지만 눈앞에서 놓치다니 아쉽게 됐군요."

결국 도하의 예상이 맞았다. 이사회가 열리지 않을 거라는 그의 말처럼 갑자기 모든 일정이 취소되었다. 여론을 신경 쓰지 않을 수 없는 이사회의 불가피한 선택이었다.

길을 꽉 막은 인파들 사이로 이사진들의 차량이 흩어져 이동하기 시작했다. 경찰과의 대치를 지휘하고 있던 석용이 도하의 곁으로 다가왔다.

"어떻게 된 거야. 아직 못 만났어? 들어갔다는 말이 있던데."

"곧 나올 겁니다. 현장을 부탁해요."

"뭘 어쩌려고."

"경호원을 한 소대는 끌고 왔습니다. 지금 훈련소는 텅 비었겠죠. 침입하기엔 지금이 적기입니다. 그리고 여기……."

도하가 유미의 어깨를 짚고서 석용의 앞으로 밀었다.

"유미 씨를 부탁합니다."

석용이 고개를 끄덕였으나 유미는 격렬하게 반항했다.

"싫어요."

"유미 씨."

"난 도하 씨를 따라갈 거예요. 내가 실장님 경호원이거든
요."

"유미 씨."

유미의 얼굴에 보이는 의지는 결연했다. 마음대로 실장님,
또는 도하 씨라고 했다가 호칭을 오락가락 부르질 않나. 자
신을 경호하겠다며 호기를 부리는 유미의 얼굴을 물끄러미
바라보았다.

솔직히 지나칠 정도로 귀엽다는 생각이 들었다. 도무지 이
길 재간이 없다는 기분이 들어 도하는 푹 한숨을 내쉬었다.

"결국 같이 죽자 이겁니까?"

"출발하죠."

어쩔 수 없이 두 사람은 함께 뛰었다. 도착한 곳은 건물
근처의 뒷골목이었다. 끝내 준비된 차의 조수석을 차지하고
안전벨트를 매는 유미를 보며 도하는 깊은 한숨을 내쉬었다.

차는 빠르게 양순의 자택을 향해 출발했다.

개인 군대라던 블랙 슈트. 조양순 개인 저택 내의 훈련소.
그것만으로 어느 정도 상상은 했지만 잠시 후 유미가 직접
목격한 저택의 규모는 상상을 훨씬 뛰어넘는 것이었다.

체력 단련용 운동장과 헬기 착륙장까지 포함한 저택은 그

부지만 해도 놀라울 정도로 어마어마한 크기였다. 높다란 장벽과 실개천으로 둘러싸여 여느 도시의 군사 기지를 방불케 할 정도였다.

도하는 만리장성처럼 기다란 외부 벽을 빙 둘러가다가 차를 세웠다. 개천과 맞닿은 허름한 둑방으로 하수가 흘러나오는 구멍이 있었다.

"여기 지리를 나보다 잘 아는 사람은 없을 겁니다. 양부조차도."

도하의 예상처럼 저택 내 경비 인원은 현저하게 적었다. 고작해야 입구를 지키는 보초 두 명 정도가 눈에 띌 뿐이었다.

두 사람은 하수도 배관을 통해 성공적으로 건물 안으로 잠입했다.

자동 감지 카메라를 피해 지나던 복도에서 유미는 유리창 밖의 인공 정원을 발견했다. 높게 뚫린 지붕 아래 정원이 보였다. 그 앞이 바로 양순의 집무실이었다.

"여기가 양부가 가장 좋아하는 공간입니다."

내부의 한쪽 벽은 훈련장 쪽 투명 스크린으로 언제든 훈련 모습을 바라볼 수 있게 되어 있었다. 현대화된 로봇 훈련장을 유심히 살펴보던 유미가 물었다.

"그가 정말로 여기로 올까요? 만약 다른 곳으로 달아나 버린다거나 하면……."

"여기에 그가 이룬 모든 것들이 다 있습니다. 그는 반드시 여기로 돌아옵니다."

그들은 한참을 숨을 죽여 양순이 집으로 도착하기를 기다 렸다. 시간은 고요히, 빠르게 흘러갔다. 구석에 앉아 기둥에 머리를 붙였던 유미는 어느 순간 꾸벅꾸벅 졸기 시작했다.

"거기 서!"

경적을 울리듯 갑작스런 커다란 소음에 유미는 벌떡 일어 났다. 동시에 눈앞에서 멀어지는 도하의 등이 보였다. 눈 깜 짝할 사이에 도하의 그림자마저도 사라져 버렸다.

뒤늦게 일어나던 유미는 다리가 풀려 넘어졌다.

"거기 가만히 있어!"

순간 묵직하게 다가온 괴한의 얼굴 때문에 유미는 기절할 것처럼 놀라고 말았다.

그사이 도하는 지하실로 달아난 양순을 따라잡았다. 정면 에서 총을 들이대자 화들짝 놀란 양순이 손을 들어 올리며 웃어 보였다.

"이게 누구야. 도하 아니냐."

"왜 도망을 치십니까. 죄지은 사람처럼."

"그게 무슨 말이냐, 섭섭하게. 집에 온 것이 너인 줄 알았 다면 도망쳤을 리가 없겠지. 무장 강도라도 들어온 줄 알았 다. 너도 바깥의 일을 알고 있겠지? 지금 얼마나 말도 안 되 는 일들이 벌어지고 있는지."

슬그머니 손을 내려놓는 양순에게 도하가 윽박질렀다.

"손 들어요! 내가 온 건 당신의 간사한 혀 놀림을 듣고 싶 어서가 아닙니다. 당신을 없애러 온 거지. 이 망할 훈련장도."

분노 서린 말에 양순은 그의 손에 들린 총구를 의식했다.

"그래, 아들아. 어쨌거나 우리 총은 내려놓고 이야기하자. 우리가 이런 모습으로 대화를 나눌 사이는 아니지 않니. 부모 자식 간에 없애겠다니."

"왜 진작 당신을 없애지 못했을까. 진작 내 손으로 당신을 끝냈어야만 했어."

도하의 말에 양순의 표정이 미묘하게 변했다.

"아들아, 오늘은 역사를 향해 위대한 첫발을 내딛는 순간이었다. 그걸 저 멍청이들의 소란으로 망쳐 버린 거야. 설마 오늘 그놈들이 떠들어 대던 헛소리들을 전부 사실이라고 믿는 건 아니겠지?"

"당신의 그 말도 안 되는 욕심 때문에 그동안 몇 명이나 죽어 나갔는지 압니까."

"네가 뭔가 오해를 하고 있는 모양이다."

"그렇겠죠. 당신이라면 언제나 그랬던 것처럼 그 잘난 세치 혀로 무슨 말이든 만들어 낼 수 있겠죠."

도하는 슬프게 비웃었지만 말을 멈추지 않았다.

"근희를 왜 죽였습니까."

"그건 말도 안 되는 질문이란 걸 너 스스로도 알고 있겠지."

"애초에 당신에게 양심적인 고백을 바란 것이 무리였습니다. 정말 이 일들이 당신을 행복하게 만들어 줄 거라고 생각하는 겁니까?"

"행복? 나는 한 번도 내 개인의 행복을 위해서 일한 적이 없어. 언제나 큰일을 위해서 나 자신까지 도구로 희생해 왔을 뿐이다."

양순은 대의라는 명분 아래 작은 희생은 불가피하다는 논리를 여전히 되풀이하고 있는 셈이었다.

"작은 시련쯤 이겨 낼 수 있도록 나는 너를 단련시키고 연습시켜 왔어. 몹쓸 일을 행한 자가 있다고 한다면 참으로 유감이지만 나는 그들을 욕하고 싶지는 않다. 방법적으로 잘못이 있다고 하더라도 우리는 결국 한 배를 탄 동지야."

양순의 목소리가 낮아졌다. 어느새 머리 위로 올렸던 그의 손은 아래로 내려와 있었다.

"당신의 빈약한 논리라는 건 여전히 한심하기 짝이 없군요. 이번 임무가 우리를 테스트하기 위한 이중 플레이였습니까? 애초에 그럴 계획이었다면 동료들을 그 전에 그냥 곱게 보내 줬으면 됐잖아요. 그랬으면 적어도 몇 명쯤은 더 살아 있었을 텐데. 매번 마지막이라는 말로 우리를 기만할 게 아니라!"

"테스트가 아니야. 나는 어느 쪽 문이 열리든 무조건적인 성공만이 필요했다. 1안도, 2안도, 3안도 성공이어야만 했던 내 완벽주의가 문제라고 할 테냐."

도하가 이를 갈았다.

"그 계획에 희생된 사람들에게는 더 나은 세상이라는 당신의 원론부터 실패입니다."

양순은 천천히 고개를 저었다.

"그게 너와 나의 차이점이지. 아마 너도 머리로는 알고 있겠지. 작은 일에 연연해서는 아무 일도 해결할 수 없다는 사실을. 그보다 아들아, 네가 다치지 않고 이렇게 무사히 돌아와서 너무나 다행이구나."

소름 끼친다는 듯 도하의 눈이 가늘어졌다.

"제발 그만둬요. 그런 거짓말 따위! 당신에겐 조금의 인간적인 감정도 남아 있지 않은 겁니까. 그런 말을 내가 정말로 믿을 거라고 생각합니까?"

"우리가 서로를 믿을 수 없다면."

양순이 저벅 한발을 도하 쪽으로 내밀어 디뎠다.

"지금 당장 나를 버려도 좋다. 나는 너에게 한 치의 부끄러움도 없어. 내가 이제까지 이뤄 온 것들, 모두 너의 도움이 없었다면 불가능한 일들이야. 방법론에 차이가 있었을지 몰라도 결국에 우리의 궁극적인 목표는 하나 아니겠니? 더 나은 세상 말이다."

"그래서 이것이 정말 더 나은 세상입니까? 이것이 사회에서 핍박받고 버려진 약자들을 위한 세상입니까? 결국 당신의 비뚤어진 욕망을 채우는 데 더 나은 세상이겠지. 오직 당신 한 사람을 위한 세상."

"뭐라고 말해도 좋아. 세상은 언제나 위대한 지도자를 기다리고 있고, 그들이 바라는 것은 바로 나다. 바로 내가 그들을 위해 더 나은 세상을 만들어 줄 것이다. 그리고 이다음은 너겠지."

"당신은 완전히 미쳐 버렸어."

"너희들의 희생에 대해서는 대단히 감사하고 있단다."

도하는 느슨해졌던 총구를 다시 양순의 머리로 바짝 들이 댔다.

팔을 벌리고 다가오던 양순의 발이 흠칫 제자리에 멈췄다. 도하가 입술을 씹으며 단언했다.

"당신을 진작 죽이지 못했던 나를 증오해."

그 순간 양순이 도하의 앞에 털썩, 한쪽 무릎을 꿇었다. 팔을 벌린 그가 도하를 올려다보며 애처로운 표정으로 말했다.

"아들아, 나는 이제 늙었다. 그렇게 내 말을 믿지 못하겠 다면 차라리 지금 나를 쏴 버려. 나는 패배자가 되느니 차라 리 아들인 너에게 죽는 쪽을 택하겠다. 나를 쏴라, 아들아. 너를 이렇게 등지자고 내가 너를 길러 왔던 것이 아니야."

한동안 도하의 움직임이 멈췄다. 꿇어앉은 남자의 뒤로 어 느 날의 풀밭이 홀연히 펼쳐지고 있었다.

"이제부터 나를 아버지라고 불러도 좋다."

자신의 이름을 부르며 안았던 어느 성인 남자의 기억이었 다. 좋은 양복을 입은 그는 유난히 커다란 손과 넉넉한 품을 가지고 있었다.

총구를 틀어쥔 도하의 손에서 저절로 힘이 빠졌다. 그때였 다. 탁, 소리와 함께 도하는 손에 있던 총을 순식간에 빼앗기 고 말았다.

"흐흐, 멍청한 놈, 그렇게 마음이 약해서야. 아무도 믿지 말라고 내 직접 누우이 가르치지 않았니."

우위를 선점해 의기양양해진 양순이 한층 여유 있는 모습을 보였다.

"넌 아직도 한참 멀었다. 어리석게 사랑 타령이나 하는 유약한 녀석이라 후계자로도 글렀어. 네 녀석이 틀려먹었다는 것은 진작부터 알아보았지. 그 계집애가 등장한 다음부터."

그의 손에 들린 총이 도하의 머리를 겨냥했다.

딸깍.

말을 마치고 방아쇠를 당기던 양순의 표정이 하얗게 질렸다. 연달아 몇 번이나 방아쇠를 당겼으나 애초에 텅 비어 있던 총은 발사되지 않았다.

"이런!"

몹시 당황한 양순이 던져 버린 총이 복도 저 멀리까지 굴러떨어졌다. 총을 버린 양순의 몸은 순식간에 도하에게 엉켜들었다. 도하는 잽싸게 달려드는 몸을 피했다. 두 사람이 균형을 잃고 함께 바닥으로 고꾸라졌다.

"어르신!"

입구에 등장한 경호원 한 명이 양순을 불렀다. 복면과 모자를 벗어던지자 긴 머리카락이 흩어졌다. 은희였다.

그녀를 발견하자 양순의 안색이 환해졌다.

"쏴, 쏴 버려! 빨리 저놈을 쏴 버리라고!"

양순의 명령에 반사적으로 은희의 장총이 도하를 향했다. 순식간에 총을 피해 달아난 도하가 양순을 방패 삼아 움직였다.

엎치락뒤치락하던 두 사람이 다시 바닥으로 굴렀다. 재빨리 도하가 양순을 제압하고 목을 조르기 시작했다. 컥컥대는 와중에도 양순이 소리쳤다.

"쏘라고, 빨리! 저 못난 계집애!"

목표를 겨냥한 은희의 손이 떨리고 있었다. 도하는 아랑곳 않고 양순의 귀에 속삭였다.

"같이 총 맞고 저승길 가자고. 이건 나의 오랜 계획이니까. 내 1안도, 2안도 성공이어야만 하거든."

"크윽."

양순의 얼굴이 도하의 팔에 졸려 점점 붉어지기 시작했다. 양순은 사력을 다해 도하의 말을 거부하며 발버둥쳤다.

"넌 나를 절대 죽이지 못해."

핏대를 올리며 발버둥 치는 양순의 얼굴을 도하는 다정하게 응시하며 빙그레 웃었다.

"아니, 난 당신을 백 번이라도 죽일 수 있어요. 당신이 직접 그렇게 가르치지 않았습니까?"

이윽고 양순의 저항이 점차 힘을 잃어 가기 시작했다. 고통스러운 신음을 흘리던 양순이 문가에 선 은희를 노려보았다.

"저런 멍청한 년을 믿고 일을 벌이다니……."

도하는 노인의 목을 조인 손에 더욱 힘을 주었다.

유미는 눈앞에 다가온 남자와 그의 손에 들린 거대한 칼을 보자 기절할 것처럼 비명을 질렀다.

팔로 책상 위를 긁어 손에 잡히는 것은 무엇이든 그에게 던졌다. 무거운 책들이 사정없이 던져지는 와중에도 괴한의 칼이 방 이곳저곳에 쑥 박혔다.

유미는 잽싸게 이곳저곳으로 피해 다녔다. 책장에서 빼낸 육중한 양장본이 남자의 머리에 명중했다.

머리에서 흐르는 피를 확인한 남자가 더욱 짐승 같은 소리를 지르며 달려왔다.

"으아악!"

비명을 내지르며 달리는 유미의 뒤에서 괴한은 기둥에 꽂힌 칼을 도로 빼내고 있는 중이었다.

밖으로 달려 나가던 유미가 그 모양을 보고 다시 되돌아왔다. 마침 눈에 띈 난로 위의 촛대로 그의 머리를 사정없이 내려쳤다.

기절한 남자의 곁으로 유미가 달려들어 기둥의 칼을 뽑으려 애썼다. 뜻대로 되지 않자 쓰러진 남자를 살펴보고 밖의 복도를 향해 뛰었다.

헐레벌떡 도하를 찾던 유미는 지하 쪽에서 둔탁한 소음을 들었다. 막다른 복도 끝에서 총을 겨누고 선 여자가 누군지 금세 알아챘다. 얼마 전 폭발 사고로 죽었다고만 생각했던 은희였다.

그 총구가 향한 사람은 바로…….

"안 돼!"

생각할 것도 없이 유미가 튀어 나갔다. 유미는 복도에 떨어진 총을 주워 들었다. 도하가 죽을지도 모른다고 생각해 무작정 총을 들고 그를 향해 뛰었다.

큰 소리에 깜짝 놀란 은희가 달려오던 유미를 발견했다. 총알이 발사된 것은 순식간이었다. 작렬하는 연기와 함께 가슴을 움켜쥔 유미의 몸이 둥실 뒤로 나가떨어졌다.

도하가 부리나케 몸을 일으켜 쓰러진 유미를 향해 달렸다. 일순 숨이 돌아온 양순이 캑캑거리며 죽어 가는 호흡을 되살렸다.

"서유미!"

유미는 목에서 피를 흘리고 있었다.

"서유미! 안 돼!"

도하가 신음하는 유미를 안고 울부짖었다. 그들의 모습을 뒤에 선 은희가 멍하게 지켜보았다.

"왜 하필! 차라리 내가, 내가……!"

"안 죽였어."

은희의 말에 도하는 미친 사람처럼 유미를 향해 뒤돌아 외쳤다.

"서유미! 안 돼. 죽으면 안 돼, 유미야. 서유미."

"안 죽었다고. 아직 살아 있어."

"차라리 날 죽여! 이 여자 없이는 나도 죽은 목숨이야. 그냥 날 쏴서 죽이라고!"

유미에게서 흘러나온 피가 도하의 무릎을 적시고 있었다.

도하의 붉어진 눈시울과 정신을 잃은 유미를 번갈아 보면서 은희는 이를 악물었다. 그녀는 끝끝내 도하를 쏘지 못했다.

그사이 여전히 캑캑 소리를 내며 구석에서 양순이 은희를 향해 기어 왔다. 정확하게는 그녀의 손에 들린 총을 향해서였다.

"멍청한 것, 들리지 않아? 제 스스로 죽기를 바란다잖아. 쏴 버려. 쏴 버리란 말이다! 배신자를 처단해!"

침까지 흘리며 기어 오는 양순을 마뜩찮게 바라보던 은희는 저벅저벅 그의 머리맡으로 다가갔다. 총구가 양순의 머리 바로 위를 겨누었다.

저항하지 못할 정도로 힘이 빠진 양순이 고래고래 소리를 질렀다.

"뭐하는 짓이야! 내가 아니라 저놈이라고. 배신자는 네 양오빠라는 저놈이란 말이다. 모든 사태를 그르친 건 저놈이야! 딸아, 넌 우리의 목표를 위해서 무슨 짓이라도 하겠다고 맹세하지 않았어?"

"가 버려."

도하는 쓰러진 유미를 품에 안은 채 그들의 모습을 심각하게 쳐다보고 있었다.

"가 버리라고! 못 들었어?"

도하는 그제야 은희의 말이 자신을 향한 것임을 깨달았다. 정신이 돌아온 그가 손바닥을 짚어 유미의 가슴을 만져 보았다. 약한 박동이 느껴졌다.

아직 살아 있어!

도하는 헐레벌떡 유미의 방탄조끼를 헤쳐 보았다. 탄알은 박힌 자국만을 남겼을 뿐 미처 조끼 안을 침투하지 못했다.

출혈은 파편에 의한 목의 외상이었다.

도하는 다행이라는 표정으로 큰 호흡을 내쉬었다. 은희가 무표정하게 다시 말했다.

"이제 곧 용병들이 들이닥칠 거야. 혼자 상대하기에는 역부족일 거고."

"미친 것, 이렇게 저놈을 살려 보낸다고? 이제껏 내가 가르친 것을 허투루 들은 게구나. 저런 년을 후계자라 믿고 일을 벌이다니! 정에 휘둘리지 말라고 그만큼 일렀거늘!"

고개를 들고 발악하는 양순의 얼굴을 은희는 짜증이 서린 얼굴로 내려다보았다.

"잘 들어. 어떤 것도 나를 직접 가리키는 증거는 없을걸. 마음껏 날뛰어 봐야 전부 네 놈들 스스로를 옭아맬 화살이 되어 돌아올 뿐이란 말이야."

그 순간 은희의 발이 양순의 턱을 향했다. 그의 얼굴이 공중으로 떠오르는 듯싶더니 털썩 아래로 곤두박질쳤다.

"시끄러워."

은희가 양순의 누운 가슴을 구둣발을 짓이기며 나지막하게 읊조렸다. 그녀의 얼굴에는 표정이 없었다. 도하는 그 틈에 유미를 들쳐 업었다.

"유미야, 서유미. 정신 좀 차려 봐. 잠들면 안 돼."

유미를 업은 채 도하는 들어온 곳을 향해 미친 듯이 달리기 시작했다.

탕탕탕!

뒤에서 총을 쏘는 소리가 들렸다. 잠깐 뒤를 돌아본 도하는 이내 다시 정신없이 출구를 향해 뛰었다.

유미가 정신을 차린 곳은 훈련소 근처의 풀밭이었다. 몸을 일으키려는 유미를 도하가 저지했다. 그는 피가 왈칵 솟아나는 유미의 목을 눌렀다.

"여기가⋯⋯."

"잠시 그대로 있어요."

유미는 멍하니 자신의 목과 팔을 만지는 도하를 쳐다보았다. 그는 잔뜩 인상을 쓴 채였다.

"잠깐 참아 봐요. 파편 좀 빼낼 게요."

"아얏!"

생경한 감각에 유미의 몸이 저절로 뒤틀렸다. 목에 박혔던 파편이 뽑히자 끔찍한 통증이 뒤따랐다.

"미안해요. 몸에 박혀 있는 상태가 더 위험하기 때문에 어쩔 수 없었어요."

"또, 또 해야 돼요?"

통증 때문에 유미는 숨을 몰아쉬었다. 도하는 자신이 다친 것처럼 괴로운 표정을 지었다.

"그러게. 왜 갑자기 뛰어왔어요."

도하의 손이 파편이 뽑힌 자리를 재빨리 지혈했다. 찢은 셔츠로 상처를 처매고 다시 유미를 업었다. 아직 도로까지는 먼 길이 남아 있었다.

유미는 은희의 총에 맞았던 자신의 마지막 기억을 떠올렸다. 벼락같은 아픔이 느껴졌던 가슴을 손바닥으로 더듬었다.

조끼에는 움푹 패인 자국이 남아 있을 뿐이었다.

자신을 향해 달려오던 도하의 놀란 표정이 눈에 선해 유미는 도하의 목을 꽉 끌어안았다.

"실장님이 죽는 줄 알았어요."

"나보다 당신이 죽을 뻔했어요. 그렇게 무턱대고 몸을 던지는 경호원이 어디 있습니까."

장벽 사이에 놓인 개울을 건너 안전지대에 도착하자 도하가 유미를 풀밭에 눕혔다. 유미는 아직도 자신을 아프게 쳐다보는 남자를 빤히 보았다.

스스로도 모른다. 왜 그 순간 도하를 향해 몸을 날렸는지. 머리로 생각하고 한 일이 아니었다. 그냥 그를 살리고 싶었다. 자신이 오래 살아 주는 것을 원한다던 이 남자와 같은 마음이었던 것일까.

"걱정 끼쳐서 미안해요."

"나야말로 이런 일에 말려들게 해서 미안합니다."

유미는 자신의 눈을 믿을 수 없었다. 눈앞에 앉은 도하의 얼굴에서 투명한 방울이 뺨을 타고 흘러내렸다. 그녀는 몸을 일으켜 앉아 안쓰러운 표정으로 도하의 얼굴로 손을 내밀었다.

"라은희 씨가 살아 있는 줄 몰랐어요."

도하도 손을 들어 유미의 얼굴을 매만졌다. 뺨과 머리카락, 그리고 이마까지 이어지는 부드러운 선이었다. 유미를 만져 보던 도하가 입을 열었다.

"당신은 꼭 살았으면 좋겠습니다."

그를 안심시키기 위해 유미가 흐릿하게 웃었다.

"저 절대로 안 죽어요."

그러나 도하는 웃지 않았다. 쓰라린 눈동자가 유미를 향하여 곧장 다가왔다. 입술이 맞닿는 느낌은 아득했다. 그의 입술은 불타는 듯 뜨겁고…… 아팠다.

입술을 떼고 나서도 한참 만에 도하의 손이 떨어졌다. 이마를 떼는 것이 더욱 힘든 일처럼 두 사람은 한동안 가만히 움직이지 않았다.

"당신만은 살아 줘요."

"저 정말 괜찮아요. 여기저기 다 멀쩡하고. 이렇게 총 맞은 것도 신기한 경험이라서."

"이번에는 내 말대로 해 줘요. 제발 부탁입니다."

그의 말이 끝나기 무섭게 개울 바로 뒤까지 검은색 차량이 소리 없이 다가왔다. 차의 불빛을 깨닫고 놀라기도 전에 운전석에 앉은 석용이 그들에게 소리쳤다.

"어이, 여기야! 얼른 타."

도하가 다시 한번 유미를 안아 들고 차에 태웠다.

"고마워. 형."

그대로 차 문을 닫아 버린 채 도하가 타지 않자 유미는 당황했다.

도하는 고개를 끄덕이고 손을 흔들었다. 그 모습이 어쩐지 흐릿해 보였다.

유미는 탁탁 창문을 때리며 소리를 질렀다.

"잠깐, 이게 뭐하는 거예요? 도하 씨! 실장님!"

도하를 뒤로한 채 차는 재빨리 들판을 벗어나기 시작했다. 등을 돌려 장벽을 향해 달려가는 외로운 도하의 뒷모습이 보였다.

그는 다시 혼자 적의 소굴로 들어가려 하고 있었다. 멀어지는 그의 등을 보면서 유미는 계속 소리를 질렀다.

"실장님! 실장님! 석용 씨!"

"안 돼. 이번에는 진짜 안 돼. 도하가 이번만큼은 신신당부했다고. 이건 애들 장난이 아니야."

유미는 말리는 석용에게 울부짖으며 소리쳤다.

"그럼 도하 씨는요! 아무도 없이 혼자 저기 들어간 도하 씨는요!"

석용은 안타까운 표정으로 인상을 썼다.

"인원을 좀 더 정비해서 다시 오도록 합시다. 지금은 우선 유미 씨 치료가 더 중요하니까."

"이까짓 상처 아무것도 아니라고요. 저 아무 데도 안 다쳤어요. 대체 무슨 생각으로 저 사람을 혼자 보내는 거예요?"

유미는 방탄조끼와 지혈을 위해 묶었던 천들을 뜯어 내 버렸다. 그러나 석용은 들은 체도 하지 않고 운전에만 집중했다.

차는 바람처럼 들판을 가로질러 달렸다. 유미는 석용의 옷깃을 잡고 흔들며 소리쳤다.

"내려! 세우라고! 내려 줘요!"

"그런 몸 상태로 무슨 도움이 되겠다는 거야? 고집부리지 말라고!"

계속해서 실랑이가 이어졌다. 와중에도 차는 쉬지 않고 평야를 향해 달렸다.

펑!

멀리서 불꽃이 터지는 소리가 메아리치듯 번져 왔다. 유미의 말이 뚝 멈췄다. 설마 하는 얼굴로 뒤를 돌아보았다.

"아!"

멀리서 양순의 저택이 구획별로 연달아 터지고 있었다. 마치 불꽃놀이처럼.

잇따른 불꽃들이 차례로 건물 위로 분출했다. 기다란 장벽이 불길에 휩싸이는 것도 순식간이었다.

다시 펑, 하늘을 울리는 소음과 함께 저택 전체가 거대한 화염에 휩싸였다.

"설마……"

하는 수 없이 석용은 운전을 멈췄다. 차가 멈추자 유미는 망연자실한 표정으로 문을 열었다. 오만상을 쓴 석용이 그녀를 뒤따라 나왔다.

아름답기 그지없는 불꽃들이 밤하늘을 수놓았다. 누군가 정교하게 꾸며 내는 그림처럼 매혹적인 광경이었다. 그 하늘 아래 유미는 절망적인 얼굴로 흙바닥에 주저앉았다. 불빛에 비친 밤하늘이 짙은 푸른빛으로 변하고 있었다.

"안 돼."

유미는 숨쉬기를 포기한 사람처럼 굳어진 채로 끝없는 폭발 광경을 응시했다. 옆에 앉은 석용이 비장한 표정으로 그녀의 어깨를 안았다.

그날 화재로 양순의 자택이 형체 없이 무너져 버렸고, 건물 안의 많은 사람이 죽었다. 경찰은 양순이 화재 사고로 사망했다고 발표했다. 그의 모든 행적은 그렇게 어둠 속으로 조용히 사라져 버렸다. 그리고 도하의 시체는 어디서도 찾을 수 없었다.

타닥. 타다닥.

사방이 고요한 가운데 키보드를 두드리는 소리만이 사무실을 가득 메웠다. 화재 조사 위원회가 공동으로 대관한 공간이었다.

그날 이후 일상으로 돌아온 유미는 생계도 제쳐 두고 이곳에서 숙식을 거듭하며 폭발 사고에 대해 조사해 왔다. 사고 직후에 나온 경찰의 발표 따위는 조금도 믿지 않았다.

조양순 남양주 자택, 가스 폭발로 인한 화재. 사상자 29명 중, 사망 6명(종합).

주요 폭발이 있었던 지하층 사람들은 거의 사망했다. 부상자는 지상에 있던 관리인들이 대부분이었다.

가스 폭발이라니……. 유미는 코웃음을 쳤다. 그건 폭탄이었다. 마치 불꽃놀이처럼 온 하늘을 수놓는 잔재와 불꽃, 그리고 어마어마한 굉음.

그것과 꼭 같은 광경을 일전에 목격한 적이 있었다. 도하의 안전 가옥에서였다. 전부 거짓말이다.

발견된 조양순의 시체는 DNA와 수술 기록 등 모든 서류들이 살아생전 그의 것과 일치했지만 유미는 조작임을 의심하지 않았다.

그자가 그렇게 쉽게 죽었다고? 결단코 아니다. 조양순은 살아 있다. 어딘가에……. 그리고 강도하 역시!

유미는 어지럽게 낙서된 유라시아의 지도를 보았다. 말레이시아, 홍콩, 대만. 의문스러운 증거들이 발견된 곳마다 빼곡하게 정리된 요점이 붙어 있었다. SNS와 미디어를 통해 그동안 모아 온 전 재산을 조양순의 행적을 찾는 포상금으로 내걸었다.

그중에는 쓸모없는 자료들도 많이 있었지만 유미는 최근 말레이시아에서 전송된 사진에 집중했다. 양순과 형제처럼 꼭 닮은 노인이 말레이시아의 한 관광지 CCTV에서 발견된 것이다.

현지인처럼 위장한 완벽한 변장에서도 유미는 형형하게 드러난 매서운 눈매에 집중했다.

무언가로 가려지거나 누군가가 흉내 낼 수 있는 성질의 것이 아니었다. 잔악한 밑바닥 본성을 드러내는 듯했다. 자신이 먹이 사슬 중 가장 상위에 있다고 태생적으로 믿고 있는 포식자만이 가질 수 있는 눈빛이었다.

먹잇감처럼 자신을 노려보던 눈을 유미는 지금도 똑똑히 기억하고 있었다.

어떻게 된 영문인지는 알 수 없었지만 양순은 지금 말레이시아에 있었다. 이전에는 홍콩에. 더 이전에는 대만에. 아마 제3세계로 빼돌린 재산 덕분에 얼마든지 숨어 다닐 수 있었겠지.

어쩌면 또 무언가를 꾸미고 있는 중일지도 모른다. 입원 중이라는 조호선도 어떻게든 이 일에 관계되어 있을 것이다. 그러나 누구도 유미의 논리를 귀담아 듣는 사람은 없었다. 심지어 석용마저도.

"조양순이 살아 있어요!"

"유미야, 안타까운 마음은 알겠지만 이제 그 일은 그만 포기하는 게 어때?"

회상을 거듭하던 유미는 인상을 찌푸렸다. 천천히 휴대폰을 든 유미의 얼굴에 긴장한 표정이 역력했다.

—여보세요.

상대의 목소리가 들리자 유미의 표정이 밝아졌다.

"예, 안녕하세요! 일전에 전화 드렸던 조사 위원회 서유미입니다."

—아니, 이 아가씨가 글쎄. 이 번호는 또 어떻게 알았지? 안 된다고 몇 번을 말해요. 우리한테 아무 권한이 없다니까

요. 이미 검찰 쪽으로 다 넘어갔고 친족 외에는 확인이 불가능하다니까.

"아, 네. 그래도 증언해 주시면 아주 큰 도움이 될 것 같아요. 평소에 알고 계시던 조 의원과 어딘가 다른 점이 있지는 않았는지 그저 보신 대로만 말씀해 주시면 됩니다. 제가 한번 직접 찾아뵙고 천천히 말씀을……."

뚜뚜.

전화가 끊겼다. 유미는 참았던 한숨을 내쉬었다. 그래. 그렇게 쉬울 리가 없겠지.

유미는 다시금 여기저기 표시해 둔 지도를 펼쳤다. 다행인 것은 최근에 자신을 도와주겠다는 조력자가 생긴 일이었다. 이번에는 확실히 승산이 있어.

따르릉.

갑자기 울리는 큰 전화벨 소리에 재빨리 휴대폰을 든 유미는 액정에 보이는 이름에 가슴을 쓸어내렸다.

"네, 여보세요."

—여적 거기 있어? 잠은 집에 가서 좀 자라니까.

석용이었다. 그는 폭발 사고 이후 중국으로 돌아가지 않고 유미가 걱정된다며 함께 위원회를 꾸리고 있는 처지였다.

"어차피 집에 가도 잠 안 오는 건 똑같아요."

—몸부터 좀 챙겨. 다음 주도 계속 시위야.

"아아, 맞다. 제가 그 얘기 했어요? 다음 주에 미팅 잡혔어요. 제보자랑."

달력을 보던 유미가 이마를 탁, 치며 말했다.

―설마 그 건 아직도 진행 중인 거야?

"네. 이번에는 느낌이 좋아요."

―가짜야. 몇 번이나 말했잖아. 포상금 때문에 장난치는 거라고. 너 지난번에도 혼자 그러고 막무가내로 쑤시고 다녀서 어쩔 뻔했어. 국제 미아 될 뻔했잖아.

"아니야. 이번에는 정말 확실해요."

―유미야, 이런다고 도하는 돌아오지 않아. 강도하는 죽었어. 그날 죽어 버렸다고! 이제 그만 현실 좀 직시해.

"……."

―죽은 사람한테 집착하는 것보다 네 할 일에 집중하라고. 누누이 말했지만 조양순을 쫓는 일이 대체 너한테 무슨 도움이 돼. 그리고 제보자라니? 그게 어디의 누군줄 알고 믿는다는 거야? 혼자서 그렇게 들쑤시고 다니는 게 얼마나 위험한 일인지 내가 몇 번이나 더 말해야 알겠어!

"그러니까 석용 씨가 나 좀 도와줘요."

―어휴. 말을 말자. 끊어!

유미는 힘없이 팔을 내렸다. 강도하, 그리고 조양순의 죽음. 믿지 않는 것은 유미뿐이었다.

어떻게 그럴 수 있을까. 말도 안 된다. 유미는 도하가 그렇게 사라졌다는 사실을 믿을 수 없었다. 다른 사람이라면 몰라도 그 강도하라면 아니다.

제 눈으로 직접 확인할 때까지 유미는 도하가 자신의 곁을 그렇게 떠나 버렸다는 사실을 도저히 받아들일 수가 없었다.

아직도 강도하의 모든 것이 이렇게 생생하게 기억나는데

그가 수증기처럼 증발해 버렸다는 사실을 어떻게 납득할 수 있단 말인가.

"시체가 없는 죽음도 있나요?"
"지금까지 그렇게 사라진 사람들이 한두 명이 아니라면 믿겠어?"

석용은 경찰의 발표가 있던 날로부터 한 달째 되던 날 도하의 추적을 포기했다. 그의 표현에 따르면 그것은 블랙 슈트에게 있던 '빈번한 사망'이었다. 인체의 흔적을 없애기 위해 쓸 수 있는 여러 가지 기법들도 유미에게 설명했다.

그가 나열하는 끔찍한 방법들은 실제라고 보기에는 지나치게 잔인한 것들뿐이라 유미는 도저히 석용의 말을 사실이라고 상상할 수조차 없었다.

"그건 조양순이 아니었어요!"
"경찰이 보낸 모든 기록과 일치해."
"그렇게 오랜 시간을 함께 보내고도 모르시겠어요? 도하 씨는 그렇게 사라질 사람이 아니에요!"
"지금 와서 우리가 할 수 있는 건 없어."

말을 꺼낼 때마다 석용과 다투는 일이 잦아지자 유미는 점차 그 일에 대한 언급을 줄여 나갔다. 그렇다고 석용의 의견에 동화된 것은 결코 아니었다.

죽은 것이 분명하다면 증거가 있을 것이다. 눈으로 보지 않고 도하가 이 세상에 없다는 말 따위를 믿는 일 같은 건 앞으로도 하지 않을 것이다. 유미는 주문처럼 외고 또 믿었다.

이제 남은 실마리는 조양순뿐이었다. 그래서 유미는 자나 깨나 그를 찾는 일에 매달렸다.

"당신만은 살아 줘요."

유미는 도하의 마지막 말을 떠올렸다. 그래, 도하는 다시 돌아올 것이다.

이제 막 사랑을 시작하려던 찰나였다. 그 찬란한 기억들 앞에서 유미는 도하가 사라진 하루를 천 년처럼 길게 보내고 있었다.

그러나 유미는 미처 슬픔을 겉으로 드러낼 수조차 없었다. 슬퍼한다는 일이 그의 죽음을 인정하는 일처럼 느껴졌기 때문이다.

유미는 광장 앞에 휘둘러진 천막을 바라보았다. 오늘은 도하가 사라진 지 1년째 되는 날이었다.

조양순이 어둠 속으로 사라져 버린 후에도 따지고 보면 변한 것은 많지 않았다. 제로그룹을 전문 경영인이 맡게 되었다는 사실 정도일까.

그것만으로는 부족했다. 여전히 방화죄로 구속되었던 노조원들의 재판이 진행 중이었고, 억울하게 직장을 잃은 사람들은 아직도 복직되지 않고 있었다.

저성장이 지속되자 제로그룹은 해외 자본에 매각될 처지에 놓였다. 이 과정에서 불법 유령 회사가 개입했다는 사실이 발각되었고, 제로그룹의 실체를 파헤치고자 하는 운동이 다시 전국적으로 번졌다.

그 와중에도 병환을 핑계로 조호선은 계속해서 검찰 출두를 피하고 있었다. 이러한 상황에서 운영권이 해외 자본에 넘어갈 경우 모든 게 유야무야될 수도 있었다.

그렇게 도하가 없는 시간이 여전히 흘러가고 있었다.

"지금 밖에 기자들까지 다 모였대."

천막을 들추며 등장한 석용에 유미는 많은 인파가 모인 집회장을 향해 부지런히 발길을 움직였다.

"조씨 일가 조사하라! 조호선을 심판하라!"

"부당 해고 규탄하라! 운영진을 구속하라!"

많은 이들이 생업을 접은 채 싸우고 있었다. 전국 각지에서 오는 도움의 손길이 있기에 가능한 일이었다.

"재원 확보 투명하게! 수사 정보 공개하라!"

"노조원을 석방하라! 부당 해고 복직하라!"

힘차게 노래를 부르며 전진하는 노조원들 곁에서 유미는 그들을 격려하며 함께 걸었다.

시민들의 표정은 한없이 근엄했다. 그들은 조씨 일가의 파렴치한 악행에도 불구하고 주어진 솜방망이 처벌에 몹시 분노했다. 오직 무고한 그들의 동료들만이 백수가 되거나 감옥에 수감되는 등의 피해를 입었다.

그리고 이 모든 문제를 책임져야 할 조양순은 죽지 않고 아직 살아 있었다. 조양순을 어떻게든 법정에 세워 심판을 받게 하는 일만이 사태를 옳은 방향으로 이끌 것이다.

그녀는 자신의 옆에서 걷고 있던 석용에게 말을 건넸다.

"다음 주에 말레이시아에 좀 다녀올게요."

석용은 놀란 표정으로 유미를 말렸다.

"뭐? 미쳤어? 안 돼. 말도 안 되는 소리 하고 있어. 그런다고 뭐가 해결돼?"

"그냥 이러고 앉아 있을 수만도 없잖아요. 이렇게 해서 뭐가 해결돼요?"

"유미야."

석용이 한숨을 한 번 푹 쉬고 말을 이었다.

"네 기분은 알겠다만 조양순은 죽었어. 만에 하나 살아남아서 숨어 지낸다고 한대도 네 손에는 절대 잡히지 않을 거 물이라고. 너 혼자 덤빌 수 있는 일이 아니야. 제발 미련 버려. 우린 지금 할 수 있는 일을 해야 한다고!"

유미도 심각한 얼굴이 되어 대꾸했다.

"사실 이 모든 게 연관되어 있다면요? 왜 이렇게 이 일에만 미온적이세요? 설마 조양순이 법정에 가면 석용 씨와 블랙 슈트까지 연관될 거라고 생각해서 그러는 건 아니죠?"

석용이 한심한 눈초리로 유미에게 핀잔을 주었다.

"너야말로 대의를 위한 일이라고 세뇌하면서 죽은 애인 타령에 시간을 낭비하고 있지는 않아? 머리 좀 식히고 곰곰이 잘 생각해 봐! 네 인생 제쳐 두고 사랑 타령이나 하는 게 얼마나 허무한 일인지!"

말을 마친 석용이 화난 듯 멀리 사라져 버렸다. 멀어져 가는 석용의 등을 보며 유미는 착잡한 기분에 빠졌다.

시간 낭비? 죽은 애인 타령?

홧김에 씩씩대며 하늘을 보자 핑 머리가 도는 느낌이 들었다. 잠을 한숨도 자지 못한 탓이다.

화가 났지만 석용의 말에도 일견 옳은 부분이 있다는 사실을 유미는 인정하지 않을 수 없었다. 언제나 그랬듯이.

꼬박 1년이다. 따지고 보면 제법 긴 시간이었다. 양순이 살아 있다면 도하는 그를 쫓고 있을 것이 분명했다. 그 흔적을 찾다 보면 유미 자신도 곧 도하를 발견할 수 있으리라고 생각했다.

하지만 혹시라도 살아 있었다면 도하는 지금쯤은 어떻게든 자신에게 연락했을 사람이었다. 1년이나 이렇게 아무런 연락이 없는 것 역시 강도하답지 않았다.

그는 그날 정말 죽었을지도 몰라. 그렇게 그냥 허무하게. 이제는 정말 그를 놓아주어야 할 시간이 온 건지도 모른다.

잠시 멈춰 섰던 유미는 행렬을 따라 다시 힘없이 발을 옮겼다.

"조호선을 구속하라! 비리 장부 공개하라!"

행진하던 인파들은 제로그룹 본사 앞에 멈춰 섰다. 거대한 천막 아래 구호 물품이 쌓여 있었다. 조사 위원회와 파업 인파들을 위해 전국의 시민들이 보내온 물품들이었다.

유미는 봉사자들과 함께 도착한 구호 물품을 트럭에서 내리고 시위대들에게 음식과 물을 분배했다. 누군가 유미를 반기는 소리가 들렸다.

"언니!"

"어쩐 일이야?"

천막 안에서 익숙한 얼굴을 발견하자 유미는 활짝 웃었다.

"어차피 없어질 회사. 며칠 더 있어 봤자 뭘 어쩌겠어."

미현은 부지런히 도시락을 분배하는 유미를 도왔다. 어느새 다가온 휴식 시간을 틈타 자리를 깔고 앉은 사람들은 허기를 채우기에 바빴다.

배급을 끝낸 미현도 젓가락을 집었다. 도시락 뚜껑을 열고서 그녀가 유미에게 수저를 흔들어 보였다.

"안 먹어요?"

"배 안 고파."

"그래도 좀 먹어요. 살 더 빠진 것 같아, 요새."

"영 입맛이 없네."

볼이 패일 정도로 한입 베어 무는 미현 옆에서 유미가 생수만 한 모금 마셨다.

"얼굴 까칠한 거 봐. 잠도 좀 자고."

"넌 까놓고 말해서 말레이시아 건 어떻게 생각해?"

"말레이시아? 그 헛소리? 누가 장난치는 거라니까요."

"조양순은 일반인이라면 상상조차 할 수 없는 일들을 조직하고 실행한 흉악한 범죄자였어. 그런 사람이 자신의 마지막을 그렇게 허무하게 끝냈을 리가 없다고 생각해."

"또, 또 시작이다."

미현은 무심하게 밥을 삼키다 말고 움직임을 멈췄다.

"넌 정말 그런 큰 거물이 그렇게 한순간에 사라질 수 있다고 생각해? 아무 후발 계획도 남기지 않은 채로? 뭔가 찜찜하잖아."

"언니, 조양순은 죽었어."

"공식적으로는 그렇지."

"경찰에서 확인한 시신은 어쩔 건데."

"너도 알잖아. 그 인간들 얼마나 대단한지. 충분히 다른 사람으로 꾸며 댈 수 있다는 거."

미현이 한숨을 내쉬고 측은한 눈으로 유미를 바라보았다.

"언니 마음은 알겠는데, 그런다고 강 실장님이 돌아오는 건 아니에요."

유미는 소스라치며 질색했다.

"누가 지금 강도하 얘기하재?"

"얼굴에 그렇게 딱 쓰여 있어. 강도하 때문이라고. 괜히 이상한 핑계로 억지 부리지 마요. 조양순은 그날 불에 타서 죽었고, 강 실장님도 마찬가지야. 사실을 받아들이고 언니도 언니 인생 살아야지."

"이건 도하 씨와는 아무 관계없는 얘기야. 현 사태를 총체적으로 해결하려면 조양순을 파헤치는 방법밖에는 없다고."

"이제 그만해. 자꾸 이러면 나 다시는 언니 못 만나요. 아니, 잠깐. 설마 다음 주에 동남아 간다는 게 그 얘기였어? 난 또 잠깐 머리 식히러 여행이라도 다녀온다는 줄 알았지!"

"내가 혼자 뭘 할 수 있겠어. 미현아, 난 진짜로 도움이 필요해."

"언니! 그런다고 강도하가 살아 돌아올 것 같아?"

"그러니까 지금 누가 강도하 얘기하자고 했냐고!"

홧김에 자리에서 일어난 유미는 눈물이 그렁한 눈으로 미현을 노려보다 냉정하게 뒤돌아 걷기 시작했다. 더 이상 누구와 아무 말도 섞고 싶지가 않았다.

유미의 난폭한 발길이 점차 빨라졌다.

아니야, 조양순은 살아 있어!

끝없는 인파를 헤치고 유미는 걷고, 또 걸었다. 급기야 머릿속에 어지럼증이 일었다. 유미는 근처의 전봇대를 잡았다. 눈앞이 노래지는 기분이었다.

잠시 뒤 흐려졌던 시야가 돌아오자 유미는 다시 걸음을 옮겼다.

그렇게 쉽게 사라질 리 없어. 무슨 수를 썼을 거야. 그는 죽지 않았어. 살아 있으라고, 돌아온다고……!

아니다. 사실은 미현의 말이 맞다. 그런 허무맹랑한 익명의 제보를 액면 그대로 믿은 것은 그저 도하를 되찾고 싶은 무의식적인 욕망의 발로였을 것이다.

"흑!"

기어코 울음이 터졌다. 금방이라도 쓰러질 것만 같은 기분에 유미는 숨을 몰아쉬었다.

이렇게나 무기력한 자신이 견딜 수 없었다. 그는 죽지 않고 어딘가에 잘 살아 있으니까 절대 혼자 슬퍼하거나 울지 않겠다고 다짐했는데.

눈물을 닦아 내던 유미는 앞을 가리던 커다란 그림자와 부딫치고 말았다. 대충 눈을 훔치며 고개를 숙여 인사했다.

"죄송합니다."

"괜찮습니까?"

"네."

유미는 훌쩍이며 코와 얼굴을 문지르고 앞사람과 부딪친 쪽을 피해 방향을 바꿨다. 다시 걸음을 재촉하던 유미는 문득 이상한 기시감을 느꼈다.

"정말 괜찮아요?"

유미는 말을 거는 남자를 돌아보았다. 모자와 마스크를 쓴 훤칠한 남자였다. 모자에 가려진 눈이…….

"진짜 괜찮은 겁니까?"

"강…….."

그 서늘하고도 다정했던 눈이.

스르륵, 저절로 유미의 다리에 힘이 빠졌다.

"도하."

"……."

"강……도하?"

휘청하는 순간에 유미는 눈을 감아 버렸다. 남자의 팔이 쓰러져 내리는 유미를 안았다.

"괜찮아요? 걸을 수…….."

잠깐씩 목소리가 끊겨서 들렸다. 유미는 남자의 부축을 받은 채 걷다가 종래에는 그의 팔에 안기다시피 걸었다.

휘청거리며 걸음을 옮길 때마다 눈앞이 핑글핑글 돌았다. 하늘과 땅이 여러 갈래로 보였다. 어지럼증에 이어 구역질도 일었다.

잠깐씩 정신이 들 때마다 유미는 자신을 안는 남자의 팔을 거부했다.

"괜찮으니까 안겨 있어요."

문득 정신을 차렸을 때 유미는 자신이 지금 차 안에 있다는 것을 깨달았다. 납처럼 무거운 눈꺼풀을 겨우 들어 올리고 낯선 차 안을 둘러보았다. 옆자리에 누운 자신을 쳐다보고 있는 남자는…….

"정신이 들어요?"

"뭐……!"

"뭐하는 거예요? 길에서 쓰러지기나 하고. 그러다 누가 잡아가도 모르겠네."

가지런한 이를 드러낸, 형언할 수 없이 아름다운 소년 같은 미소. 죽은 줄로만 알았던 강도하가 눈앞에 있었다.

유미는 벌어진 입을 좀처럼 다물지 못하고 눈물을 흘리기 시작했다. 의식하고 말고 할 것도 없었다. 그저 눈앞에 선 그를 보고만 있었다.

강도하의 눈. 강도하의 입. 강도하의 얼굴. ……강도하!

내가 정말 죽은 걸까? 유미는 지금 여기가 꿈속이거나 지옥일지도 모른다고 생각했다.

입을 열고 말을 뱉으면 행여나 그가 사라져 버릴까 봐 잠자코 도하의 얼굴을 보기만 했다. 운전 중인 도하는 앞을 쳐다보기만 할 뿐 아무 말을 보태지 않고 있었다.

찬란한 해에 비친 남자의 얼굴과 운전대를 잡은 손을 눈에 담으며 유미는 점차 현실로 돌아오고 있었다.

"강……도하."

"그래요."

"강도하?"

"그래요. 납니다."

"정말로 강도하라고?"

유미는 누웠던 몸을 벌떡 일으켰다.

"그래요. 나예요, 강도하."

도하가 희미하게 웃었다. 웃다니, 웃어? 어떻게 웃을 수 있어!

"나쁜 놈!"

유미는 감정이 격해져 소리쳤다. 부들부들 떨면서 차마 뒷말을 잇지 못했다. 그저 분노와 충격에 휩싸여 있었다.

"살아 있었다고?"

"……내가 정말 죽은 줄 알았습니까."

"근데 왜……!"

"나야말로 보고 싶어서 진짜로 죽는 줄 알았습니다."

"왜 이제야 나타났어요? 당신, 1년 전이나 지금이나 이기적인 건 하나도 변하지 않았어. 진작 얼굴 보여 줬으면 됐잖아요! 내가 그동안 얼마나……. 하, 차 세워요. 당신이랑 할 말 없어."

울며불며 소리치는 유미에게 도하는 어떤 말도 꺼내지 못했다. 그는 참혹한 표정으로 차를 세웠다. 이윽고 시동이 꺼지는 소리가 들렸다.

아직 볕이 내리쬐는 한낮이었다. 머뭇거리던 도하는 침착하게 말을 꺼냈다.

"설마, 내가 죽었다고 생각할 줄은……."

"그렇게 생각할 줄 몰랐다고 말하려는 건 아니겠죠? 누구라도 그렇게 생각한다고요! 이 바보, 멍청이!"

도하는 자신을 향해 달려드는 유미의 손목을 잡았다. 유미는 갑자기 다가온 도하의 가슴팍을 세게 치고 또 밀었다.

거칠게 발악하는 유미의 팔을 잡고 도하가 또박또박 말했다.

"죽을 만큼 당신이 보고 싶었던 건 오히려 납니다. 당신이 조양순 근방을 뒤지고 다니는 걸 보고 내 심장이 얼마나 철렁했는지 알아요? 당신이 무사할 거란 보장이 없으면 돌아올 수 없었단 말입니다."

"아, 맞다! 조양순이 살아 있어요!"

"알고 있습니다."

칼 같은 그의 대답에 잠시 멍해 있던 유미가 이번엔 코까지 훌쩍이면서 다시 눈물을 뚝뚝 흘리기 시작했다.

"강도하가 살아 있다니……. 아무도 믿지 않았어요. 심지어 석용 씨도 당신이 죽었다고 했단 말이야."

"내가 부탁한 겁니다."

유미는 눈을 크게 뜬 채 머리를 굴렸다. 그렇다는 얘기는 설마……?

지난 1년 동안 석용은 꼼짝없이 도하가 죽었다는 사실을 주입시켜 왔다. 그녀가 도하를 포기하도록 종용하면서도 제 곁을 떠나지는 않았었다.

철썩!

생각할 겨를도 없이 유미는 도하의 뺨을 때렸다. 꽤나 힘이 담긴 손길이었다. 그러나 도하는 끄덕하지 않고 다시 단조롭게 얼굴을 돌렸다.

"내가 아니라 오석용한테 연락했다고?"

씁쓸하게 웃는 얼굴을 보자 유미는 더욱 화가 치밀었다. 도하는 별다른 타격도 아니었다는 것처럼 눈썹만 살짝 찡그리고 말았다.

"당신이 위험해지는 일 같은 건 정말로 원하지 않았어요. 어째서 그렇게 시키지 않는 짓만 골라서 하는 겁니까?"

"어떻게 그럴 수가 있어. 살아 있었으면서 나한테는 아무 말도 없이 석용 씨한테만 연락했다고?"

"당신을 사랑하니까."

"헛소리하지 말아요!"

유미는 숨도 쉬지 못하고 꺽꺽대며 울었다. 도하는 서글프게 우는 유미의 등을 잠자코 어루만졌다.

"대체 왜 이제야……."

화를 내며 울고 있는 유미를 도하는 측은하게 바라보았다.

"살아만 있어 준다면 어떻게든 찾아올 거라고 말했잖아."

급격한 분노 뒤로 이어진 빠른 호흡 때문에 머리가 어질해졌다.

눈앞도, 정신도 흐릿해져 지금 이 상황이 꿈인지 생시인지

구분하기조차 힘들 정도였다.

다시 기절할 것만 같았다.

도하가 유미의 눈물을 따라 얼굴로 입술을 붙여 왔다. 그의 입술이 유미의 뺨에서 입술로 옮겨 갔다. 호흡을 뺏기자 이번에야말로 진짜 정신을 잃을 것 같았다.

유미는 신경질적으로 도하의 얼굴을 밀어냈다.

"저리 치워요! 이제야 나타난 주제에 잘도……!"

"당신을 내가 얼마나 그리워했는지 당신은 절대 모를 겁니다."

"난 당신 같은 거 이제 다시는 보고 싶지 않아!"

도하는 몸부림치는 유미의 어깨를 안았다.

"혼자 죽은 사람 뒤를 쫓다니. 그게 얼마나 위험한 일인 줄이나 압니까?"

"그게 대체 당신이랑 무슨 상관이죠? 정말로 사랑한다면 내가 고통스러워할 동안 당신이 그럴 수는 없었어!"

계속해서 가슴팍을 퍽퍽 쳐 대는 유미의 손을 잠자코 받아 들이던 도하가 결국 입을 열었다.

"미안해요. 다 내 잘못입니다."

"이제 와서 사과 같은 게 소용이 있을 줄 알아요?"

"당신이 살아 주기만을 바랐습니다. 그런데 어째서 혼자 그렇게 위험한 곳을 들쑤시고 다녔던 겁니까. 내가 중간중간 정보를 계속 가로채지 않았다면 당신은 지금쯤……."

진저리를 치며 도하가 머리를 흔들었다.

"뭐라고요?"

"내가 이기적이라고 생각합니까? 하긴 어쩌면 당신을 위해서는 내가 영영 떠나 주는 쪽이 옳은 일이었을지 모르죠."

유미는 씁쓸하게 말하는 도하의 눈을 바라보았다. 그가 진심을 말하고 있음을 느낄 수 있었다.

"그냥 떠나 버릴 수도 있었다고? 말도 안 돼. 그랬다면 난 그냥 혀를 콱 깨물고 죽어 버렸을 걸?"

도하가 소리치는 유미를 보며 희미하게 웃었다.

"살아 있어서 다행입니다."

유미는 불신에 가득한 얼굴로 여전히 현실감 없이 잘생긴 얼굴을 쳐다보았다. 언뜻 이상하다는 생각이 들었다. 영화의 한 장면처럼 깎아 놓은 듯한 그의 웃는 얼굴과 말소리가.

유미는 불안감에 침을 삼켰다.

"설마 내가 지금 죽은 건 아니겠죠?"

"……?"

"당신이 너무 보고 싶어서 미쳐 버렸다거나. 아니면 혹시 귀신이에요?"

그 말에 도하가 참을 수 없다는 듯 유미의 얼굴을 들어 올려 쪽, 입을 맞추었다.

"무사할 수 있다는 보장 없이는 돌아오고 싶지 않았습니다. 내 옆에 있는 당신이 불행하게 될 뿐이니까."

"내가 언제 지켜 달라고 했어요? 난 그냥 당신 곁에 있고 싶었던 것뿐인데……."

유미는 소리가 날 정도로 도하의 가슴팍을 치더니 이내 품에 안겨서 통곡하다시피 눈물을 쏟아 냈다.

"그런데 이제는 내가 더 이상 참을 수가 없어졌습니다. 설령 그게 서유미에게 해가 되는 일이라고 할지라도."

도하가 다시 유미를 끌어당겨 품에 안았다.

9. 끝나지 않은 일

호텔 방 안에서 유미는 잠들어 있었다. 피곤했던 모양인지 옮기는 내내 잠에서 깨어나지 않았다. 무방비하게 잠든 얼굴을 보고 있으니 뭉클한 감정의 응어리가 울컥하듯 꿈틀거렸다. 해묵은 것처럼 오래되고도, 갓 생긴 상처처럼 쑤시는 새로운 감정이었다.

도하는 그 아픈 감정이 사랑이라는 것도 아주 최근에서야 알게 되었다. 그 시작을 정확히 기억하지는 못한다. 감정을 인지했던 순간 폭발 직전이었다는 것만을 어렴풋이 기억할 뿐이다. 그녀를 잃는다면 삶의 모든 것이 무의미하다는 생각을 하게 된 이후부터.

쾅! 콰쾅! 쾅!

멀리서 연달은 폭발음이 들려왔다. 막 저택으로 뛰어 들어온 도하는 여기저기 방들마다 터지는 화염과 불꽃을 피해 무작정 달렸다.

가까스로 돔 모양 지하실에 도착했을 때 도하는 복도에 피투성이로 쓰러져 있는 은희를 발견했다. 도하가 상체를 안아 들자 분수처럼 솟구치는 피가 눈에 띄었다. 등 쪽이었다. 부근에 무기는 남아 있지 않았다.

도하는 험악한 얼굴로 소리를 질렀다.

"라 팀장! 정신 차려, 라 팀장!"

정신을 잃은 듯 보이던 은희가 힘겹게 눈을 떴다. 눈이 마주치는 순간 도하는 그녀가 자신을 알아보았다고 생각했다. 그러나 아주 잠시였다. 은희는 곧 숨을 거두고 말았다.

"라은희!"

도하는 그저 쓰라린 절규를 내뱉는 수밖에 없었다. 시신을 수습하는 와중에 무언가 바닥으로 떨어졌다. 그제야 은희가 무언가를 손이 쥐고 있었다는 것을 깨달았다. 자동 폭파 장치의 리모컨이었다.

도하는 그제야 이곳에서 벌어진 상황을 이해했다. 은희가 이것으로 양순을 협박했을 것이다. 그사이 뒤에서부터 들어온 누군가 은희의 등에 총을 쏜 것이다.

도하는 지금도 숨어 있을지도 모르는 또 다른 적을 피해 달렸다. 비상사태를 대비해 설계된 지하 벙커의 존재를 알고 있었다.

아니나 다를까, 응당 공중에 솟아 있어야 할 벙커가 지하 통로로 움직인 흔적을 발견할 수가 있었다.

여전히 저택 구석에서는 폭발이 진행되고 있었다. 아마도 연쇄적인 폭발로 이어질 것으로 보였다. 이제 와서 막기에는 너무 늦어 버렸다.

통로 벽에 손을 대자 아직도 움직이는 진동이 느껴졌다. 도하는 이것이 뜻하는 의미를 알고 있었다. 전부 끝났다고 생각한 양부가 어딘가로 숨어 버리려는 것이다.

그럴 순 없어!

도하는 무작정 통로로 연결된 강철관에 매달려 올라탔다. 있는 힘을 다해 쇠줄을 잡고 앞으로 나아갔다. 벙커가 움직이는 길은 지하 통로처럼 먼 곳까지 케이블로 연결되어 있었다.

체중을 실은 무리한 전진 때문에 손바닥이 까지고 다쳤다. 폭발은 점차 커지며 쉼 없이 일어났다. 마치 대지 전체를 태워 버리려는 듯한 불꽃과 굉음이 서너 번에 나뉘어 일어났다.

온 저택 전체가 폭발하는 순간이었다. 화기가 결국 배수관까지 덮쳐 오자 도하는 호흡기를 보호하기 위해 얼굴을 가렸다. 얼굴까지 뜨거운 열기가 번졌다.

가까스로 출구에 다다랐을 때였다.

"헉!"

마침내 숨을 내쉬며 도하는 뛰어내렸다. 이어진 하수구까지 또다시 죽을힘을 다해 뛰었다.

그 끝에서 뚜껑이 열린 채인 벙커를 발견했다. 안에는 아무도 타고 있지 않았다. 길 끝은 외부 도로와 연결되어 있었다. 결국 양순은 도망치고 만 것이다.

제길!

도하는 허리를 잡고 서서 훨훨 불타는 저택을 바라보았다. 대체 어디로 갔을까.

순간 문득 떠오른 곳이 있었다. 숲 가운데 숨겨진 헬기 정류장이었다. 그러나 목숨을 걸고 쫓아간 곳에서도 간발의 차이로 양순을 놓치고 말았다. 쫓기는 도중에 총격전이 있었고 또 누군가 죽었다.

그날 이후 경찰에서는 양순이 죽었다고 발표했다. 증거물과 범인이 말끔히 사라져 버린 덕분에 수사는 공소권 없음으로 종결되었다.

그러나 도하는 알고 있었다. 그것 또한 양순의 연출된 시나리오 중 하나에 불과했다는 것을.

세상에서 조용히 사라지는 것은 궁지에 몰린 자신을 위한 보호색 중에 하나였다. 자신에게 가르쳤던 대로.

한동안 도하는 양순의 행적을 파헤치는 일에 매달렸다. 자금줄의 이동 경로를 뒤지는 것이 다였으므로 찾는 일은 너무 뻔했다.

양순은 주변을 돌봐 줄 블랙 슈트마저 사고로 모두 죽여 버린 다음이었다. 새로운 고용자들에게는 그만큼의 충성도를 기대하기 어려웠다.

줄줄이 정보가 새고 있었다. 도하는 그들의 경계심이 풀어질 때까지 충분한 시간 동안 기다렸다.

한 달 넘게 작업이 진행된 후에야 겨우 석용에게 연락을 취할 수가 있었다. 다음 작업에 필요한 준비를 부탁하기 위해서였다.

"잘 지내요?"

─미친놈.

"……."

─미친 새끼.

석용이 헛기침하는 것처럼 훌쩍이는 소리가 휴대폰 바깥으로 들려왔다.

"어떻게 지내요?"

─나 말이냐? 아니면 죽고 못 산다는 네 애인 님 말이야.

"……."

─하늘이 두 쪽 나는 줄 알았어. 진짜로 죽었나 싶어서.

"그럴 리가 없잖아요."

─근데 이제야 연락을 한단 말이야?

"파악이 조금 늦었어요. 한동안 경계를 풀지 않더라고요. 이제 괜찮습니다."

─어쩔 셈인데?

"쫓아야죠."

─유미 씨는?

"……잘 있으면 됐어요."

─잘 있을 것 같냐? 서방님이 그렇게 죽었을 리가 없다면서 사방팔방 식음 전폐하고 뛰어다니느라 지금 산송장이 따

로 없는데? 얼른 돌아와서 달래 주던가 해야지. 옆에서 내가 저 등쌀에 제명까지 못 살겠다.

"그냥 죽었다고 해 줘요. 그 편이 안전할 겁니다."

—……도와줄 건?

"여권 서너 개. 캐시도 좀 필요해요. 잘 세탁된 달러로요."

—혼자 가능하겠어? 내가 같이 가는 게 나을 텐데.

"지금은 나보다 유미를 지켜 주세요. 제발 부탁입니다."

석용은 심각한 말투 뒤에 갑자기 너털웃음을 터뜨렸다.

—제발, 뭐라고? 강도하가 그런 단어도 쓸 줄 아는 놈이었어? 진작 이랬으면 강도하야, 네 말 뭐든 다 들어줬을 걸? 그래서 언제쯤 돌아올 건데.

"연락할게요."

그 뒤로는 계속해서 쫓고 쫓기는 일상이었다. 양순은 미꾸라지 같은 놈이었다. 돈으로 여기저기 만들어 놓은 끄나풀들이 있었다. 그의 주변인과 커넥션을 만드는 데까지 여러 달이 걸렸다.

한국에서도 협조해 줄 인력을 모았다. 그를 몰래 죽이는 것은 일도 아니었다. 그러나 공권력이 그를 잡도록 유도하는 것은 하기 어려운 일에 속했다.

마지막 순간이 닥칠 때마다 양순은 도마뱀처럼 꼬리를 자르고 숨기를 반복했다.

절대로 죽여서는 안 된다. 산 채로 인터폴에게 넘겨야만 의미가 있는 일이었다. 어느 쪽으로든 내통해 있을지 모르는 검찰의 힘을 빌려야 한다는 난점이 번번이 발목을 붙잡았다.

또 하나의 문제는 유미였다. 그녀는 어디서 어떻게 알았는지 자신들의 정보망 깊숙한 곳까지 치고 들어왔다

위험을 느낀 도하는 정보원을 통해, 또는 현지에서 넘어간 자료들을 유미로부터 가로채는 데 여념이 없었다. 더 이상 유미를 관련시켜서는 안 됐다. 어쩌면 모든 일이 끝나고 나면······.

「헤이, 아까 누가 찾아왔는데? 정보를 좀 달라고 사정해서.」

대만에 머물 때의 일이었다. 인원 리크루트와 양순의 아지트 감시를 맡고 있는 마이크가 엉덩이를 긁적이며 다가왔다.

「누군데. 아무것도 모른다고 딱 잡아떼랬잖아.」

「그게, 네가 맨날 들여다보는 사진 속 그 여자야. 대체 여길 어떻게 알고 찾아온 거야?」

「누구······ 서유미?」

도하는 마이크의 말을 듣고 기절초풍했다.

「이 여자가? 설마 여기에?」

마이크를 붙잡고 미친 사람처럼 사진을 보여 주자 겁을 집어먹은 그가 고개를 끄덕였다.

「그래. 그 여자. 난 우리 편인 줄 알았지. 항상 그리운 듯이 쳐다보고 있기에.」

「말도 안 돼. 다른 말은. 뭐 다른 말은 없었고?」

「우리가 갖고 있는 루트랑 똑같은 걸 갖고 있었어. 내일 떠난다면서 아는 게 있으면 연락 달라고 했다고.」

「미쳤군!」

도하는 모든 일을 팽개치고 근방에 그녀가 머물 만한 호텔을 뒤졌다. 경비가 허술한 허름한 호텔에서 찾아낸 유미는 무언가에 열중해 있었다.

언젠가처럼 창밖에 매달린 채로 방 안 유미의 모습을 한참 동안이나 눈에 담았다.

스케치북을 붙잡고 펜을 끄적거리며 고민하는 그녀의 모습을 보자 어떻게도 할 수 없을 정도의 감정이 욱씬 가슴을 때렸다.

이렇게 허술한데. 이렇게 위험한데.

도하는 호텔 방 창밖에서 이마를 쥐었다. 만약 누군가 의심이라도 한다면 유미 하나 죽이는 일쯤은 너무도 간단하고 쉬운 일이었다. 자신의 아지트에 오는 길에 벌써 쥐도 새도 모르게 몇 번이고 죽었을 수 있었다.

어쩌자고 저렇게. 게다가 혼자서.

자료를 추적하고 있다는 것은 알았지만 무턱대고 증거를 따라나설 것이라고는 미처 생각하지 못했다.

어쩌자고 겁도 없이!

어쩔 수 없이 그녀에게 경각심을 일깨워 주기 위해서 약간의 도난 사고를 위장해 낼 수밖에 없었다. 그리고 유미가 한국으로 돌아가는 순간까지 그녀를 지켜보았다. 그녀를 말리지 않은 석용을 호되게 질책했음은 물론이다.

―나한테는 어제까지도 아무 말도 없었다고!

"그렇다고 여기까지 혼자 보냅니까! 형, 정말 미친 거 아니에요? 그러다가 혹시 무슨 일이라도 생겼으면 어쩔 뻔했어요! 그 여자한테 무슨 일이라도 생기면 진짜 가만히 안 있을 겁니다."

—너 지금 그걸 협박이라고 하냐, 요놈아. 네가 숨어 다니니까 자꾸 이런 일이 생기는 거잖아. 다 큰 성인을 내가 뭐 어디 묶어 둘 수도 없는 노릇이고. 나보고 대체 어쩌란 거야?

"뭐라고요? 묶어요? 그건 안 됩니다."

도하가 쓸데없이 정색했다.

—그럴 거면 네가 옆에 붙여 놓고 보란 말이야! 아무튼 내가 앞으로 단속은 하겠다만.

"그럴 수만 있으면 그러고 싶습니다, 나도."

—미친놈, 끊어!

통화를 끝낸 후에도 도하는 복잡한 감정을 주체할 수가 없었다. 하루 종일 내내 유미를 생각했다. 몇 날 며칠이고 유미의 모습이 머릿속을 떠나지 않았다.

섣불리 행동하다 혹시 벌써 죽지는 않았는지. 증거를 모은답시고 쓸데없는 짓을 하고 다니지는 않는지. 혼자서 설치게 놔두느니 정말 석용의 말처럼 묶어 놓고 지켜보는 쪽이 안전할지도 모른다고.

결국 자기 합리화에 이은 기권 상태에 가까워졌을 때 석용에게서 다시 연락이 왔다.

—누구야. 지금 말레이시아에 있다는 정보 준 놈이 설마 너야?

"그럴 리 있겠습니까."

─그럼 누구야. 정말 말레이시아야? 다음 주에 콴탄에서 누굴 만나기로 했다는데.

도하는 깊은 탄식을 내쉬었다. 콴탄이라면 다음 주에 작전이 이루어질 곳이었다. 어떻게 알았을까. 정말로 팀에서도 극소수밖에는 모르는 정보인데.

─정말 어떻게 좀 말려 봐. 이제 내 말도 안 들어. 진짜 마지막 발악이라도 하려는 것처럼 여기저기 포상금 내걸고, 미디어에 얼굴 팔고 다니질 않나. 정말 이러다가 무슨 일이라도 생길까봐 겁나.

"알았어요. 고마워요."

도하는 심각한 고민에 빠졌다. 모든 일이 다 끝날 때까지 아무것도 모르고 지나쳐 줬으면 했는데. 그것이 유미나 자신을 위해서 가장 최선의 선택일 것이라 장담했었다.

하지만 정말로 그게 최선이었던 건가? 그렇게만 하면 그녀도 나도 영원히 안전할 수 있다고? 도하는 이제 어느 쪽에도 확신이 서지 않았다.

유미는 언제고 자신이 컨트롤할 수 있는 사람이 아니었다. 지키고 보호한다고 가둬지는 사람도 아니었다.

대체 어떻게 아무도 모르게 유미가 자신들의 정보 라인에 컨택할 수 있었을까.

나중에서야 알게 된 사실은 유미가 다른 신분과 차명의 계좌를 만들어 사용하고 있었다는 거였다. 혹시 모를 위험으로부터 스스로를 보호하기 위한 행동이었다.

유미가 그렇게까지 치밀하게 행동했을 거라고는 도하로서

도 전혀 상상도 하지 못했던 일이었다.

타인 명의의 라인을 개통해 쓰고 있다는 사실은 곁에 있는 석용 등 동료들 중 그 누구도 짐작하지 못했기에 먼 타지의 도하가 유미의 행적을 파악하는 데에도 한계가 있었다.

심지어 유미는 양순에 대한 탐색 활동을 녹음기나 CCTV가 없는 사각지대에서 벌였던 모양이었다.

양순을 쫓느라 숨 가쁜 날들이었음에도 유미의 주변 행적만은 놓치지 않고 살펴왔다고 생각했는데, 도하는 그녀가 자신의 정보통에 가까이 접근해 있다는 일말의 힌트도 얻을 수가 없었다.

누구의 도움도 없이 유미 혼자서 여기까지 왔다는 사실에 도하는 솔직히 감탄을 금할 수 없었다. 심지어 혼자 눈물이 맺힌 눈으로 실실 웃기까지 했다.

참 기특하고 영특하다는 생각에 자신도 모르게 감탄사가 나올 지경이었다.

생각하면 생각할수록, 억누르려고 하면 할수록 그리움은 물씬 풍선처럼 커다랗게 부풀기만 하더니 걷잡을 수 없이 거대해졌다. 이제껏 억눌러 왔던 노력이 헛수고처럼 무의미해질 정도로.

도하는 석용이 간간이 보내온 유미의 사진을 손에 쥐었다. 그녀의 얼굴을 지도 위 나침반이라도 되는 것처럼 보고 있었다.

이렇게 아름답고 영특하기 짝이 없는 내 일생의 단 한 사람.

새벽이 지나갈 때쯤에야 확고한 결심이 섰다. 유미를 만나러 가겠노라고.

잠들어 있는 유미를 두고 도하는 찬물로 샤워를 했다. 얼음처럼 맨살을 찔러 대는 냉수에 정신이 번쩍 들었다.

샤워를 마치고 나오자 잠이 깼는지 앉아 있는 유미를 발견했다. 유미는 눈을 동그랗게 뜬 채로 욕실에서 걸어 나오는 도하의 나신을 바라보고 있었다.

"안 자고 뭐 합니까?"

유미는 대답 대신 가운을 입은 도하의 여기저기를 치밀한 눈으로 살폈다. 벌떡 일어서 고양이 걸음으로 다가선 유미가 갑자기 도하의 뺨을 쭈욱 꼬집었다.

"아야, 뭐해요?"

그러고서 유미는 곧바로 제 볼을 연달아 꼬집었다.

"아얏!"

"……."

"꿈인가 싶어서. 꿈 아니네. 아프네."

그것마저 귀엽다는 생각에 도하는 경악했다. 지속 발기증이 절대로 건강에 좋을 리 없었다.

"맘대로 막 만지고 그러지 말아요."

"아니, 그럼 죽지도 않았으면서 기다리던 여자를 1년간이나 개고생시키는 건 맘대로 해도 되고요? 나는 지금 이 상황이 아직도 믿어지지가 않거든요. 뭔가 되게 꿈같고."

다시 제 뺨을 향해 내미는 유미의 손을 도하는 슬쩍 피하며 물었다.

"배 안 고파요? 계속 잠만 잤잖아요."

"아, 그러고 보니……."

유미가 자신의 주린 배를 움켜쥐었다. 간단히 먹을 것을 주문한 후 도하는 털썩 소파에 앉았다. 쪼르르 다가선 유미가 도하의 옆에 바싹 붙어 앉았다. 신문을 보는 도하를 유미는 지칠 줄 모르고 눈에 담았다.

한참 동안 두 사람은 미동도 없이 그 자세를 유지했다. 도하는 쏘아보는 유미의 시선을 일부러 무시했다.

"뭐라고 말 좀 해 봐요."

이윽고 애원하는 듯한 유미의 말이 들려왔다. 도하는 유미의 목덜미 쪽을 흘깃 돌아보았다.

"무슨 말을 말입니까."

"정말로 내가 보고 싶었어요?"

"……."

"진짜 나를…… 사랑해요?"

"……."

"왜 나는 실감이 안 나지. 이렇게 꼬집을 수도 있고. 만질 수도 있는데."

도하는 미간 사이에 주름을 만들며 아까부터 전혀 눈에 들어오지 않았던 신문을 접었다. 속눈썹을 내려 눈을 가늘게 떴다. 바싹 붙어 앉은 유미의 얼굴을 보지 않으려 애썼다. 내심 자신의 자제력을 칭찬했다.

"식사 전에 날 동요시키는 말은 그만두도록 해요."

"내가 동요시키고 있어요? 정말로 지난 1년 동안 어디 있었어요?"

"난 참고 기다리는 데 익숙한 사람입니다. 지금껏 서유미처럼 내 참을성을 바닥나게 한 사람은 없어요."

유미는 도하의 말을 이해하기 어려운 듯 인상을 썼다.

"참을성이 바닥나는 거랑 내가 대체 무슨 상관이에요?"

도하가 그제야 눈을 올려 유미의 얼굴을 선명하게 마주 보았다. 홍채 무늬까지 인식할 수 있을 정도로 가까운 거리였다.

갑자기 가까워진 얼굴에 유미는 약간 당황한 눈치였다.

"당신이 내 머릿속을 훤히 들여다보지 못한다는 게 어쩌면 다행인지도 모르겠군요."

"……!"

"어찌 됐건 나도 이 정도면 많이 참은 겁니다. 밤새도록 연인을 냉수 마찰시키는 게 당신 판타지가 아니라면 말이죠."

"연인……!"

느닷없는 공격을 당한 것처럼 유미는 확 얼굴을 붉혔다. 그제야 도하의 말뜻을 완벽히 알아듣고서 무슨 말인가 할 것처럼 입을 뻐끔거렸다.

결국 아무 대꾸도 하지 못하고 유미는 벌떡 몸을 일으켰다.

"아, 저 잠깐 화장실에 좀."

유미는 순식간에 몸을 빼 화장실로 내달렸다. 도하가 뭐라고 미처 대꾸하기도 전에 유미는 욕실 안으로 들어가 문을 잠갔다.

유미는 문 안에서 쿵쾅대며 뛰는 가슴을 진정시켰다. 어느 순간 욕실 쪽으로 다가오는 도하의 발소리가 들려왔다.

"뭐해요. 괜찮아요?"

"아, 네! 저 그, 그러니까 머, 먼저 씻으려고요! 아니, 먼저가 아니구나. 그러니까 그게 저……."

문을 두드리며 도하가 말했다.

"밥 먹고 씻어요. 또 거기서 혼자 쓰러지면 안 되니까. 배부터 채우고 씻을 땐 같이 들어가는 게 좋겠습니다."

악! 유미는 입을 막은 채 비명을 질렀다.

"가, 같이요? 누구랑? 실장님이랑요?"

"그럼 여기 또 누구 있어요?"

"가, 같이 씻자고요?"

도하는 문밖에서 잠깐을 고민하다 말했다.

"즉흥적인 생각이긴 했지만 그것도 꽤 괜찮겠다는 생각이 드는군요."

"싫어요! 절대로 싫어요!"

띵동.

유미의 반항이 무색하게도 금세 룸서비스가 도착해 버렸다.

멋쩍게 테이블 앞에 앉은 유미는 깨작이며 스프를 한입 억지로 떠 넣었다. 그리고 방울토마토를 먹는 도하를 응시했다.

그가 이빨로 토마토를 씹어 삼키는 모습을 보자 어쩐지 등줄기에 소름이 끼쳐 계속 쳐다보기가 힘들었다.

유미는 시선을 내리고 냅킨으로 입을 닦은 후 접시를 멀리 밀었다.

"더 먹어요."

그 모습을 본 도하가 강압적인 말투로 말했다. 유미는 고개를 흔들었다.

"입맛이 없어요."

"억지로라도 먹어요."

"진짜 입맛이 없는데……."

유미는 농담처럼 얼버무렸지만 도하가 자신을 바라보는 시선을 의식했다.

문득 아까의 대화를 기억해 냈다. 장난기라곤 없던 그 말투를 떠올리자 불현듯 팔뚝에 소름이 끼쳤다.

식기를 잡은 도하의 긴 손과 가운 밖으로 드러난 그의 맨살이 갑자기 시선에 박혔다. 괜히 숨이 막히는 기분에 유미는 찬물이 담긴 유리잔으로 손을 뻗었다.

목이 타는 것처럼 물을 들이키는 유미를 보며 도하가 피식 웃음을 지었다. 그 웃음의 의미를 알 수 없어 유미가 어리둥절한 표정을 지어 보였다.

"그렇게 계속 의식하고 있으면 내가 모처럼 발휘하는 자제력에도 의미가 없잖습니까."

"네? 무슨 말씀이신지."

유미는 목덜미를 만지고서 초조하게 귀와 손바닥을 쓸었다. 어쩔 줄 모르는 유미의 손가락을 도하가 공중에서 잡았다. 유미는 못 이긴 척 그가 이끄는 쪽으로 움직였다.

"지나치게 잘 보인다구요."

"뭐가……."

유미는 자신도 모르게 침을 꿀꺽 삼켰다. 귓가로 도하의 입술이 다가왔다.

"당신도 나와 같은 생각을 하고 있다는 게."

전신의 솜털이 긴장해 솟아오르는 느낌에 유미는 진저리를 쳤다.

잠시 후 도하는 잔뜩 흥분한 채로 유미의 위에 있었다. 지나친 전희 때문에 유미도 숨을 헐떡거렸다.

숨을 몰아쉬기 시작한 유미를 도하는 걱정스런 얼굴로 바라보았다. 그가 유미의 얼굴로 허리를 굽혀 상태를 살폈다.

"지난번처럼 기절할까 봐 걱정됩니다."

걱정스러운 한편, 떨어져 있던 시간 동안의 지독한 그리움 탓인지 차마 흥분을 숨기지 못한 채 안절부절하는 도하의 얼굴을 보니 괜스레 웃음이 나왔다.

자신의 얼굴에 입을 맞추려는 도하의 얼굴을 쥐고 유미는 그와 시선을 맞추었다.

"당신은 예측이 불가능한 사람 같아."

"좋은 뜻이에요? 아니면 나쁜 뜻?"

"표현하기 힘듭니다."

도하는 다시 유미를 집중적으로 공략하기 시작했다. 사정 없이 몰아붙이면서도 행여나 유미가 지난번처럼 정신을 놓을까 싶어 그녀의 반응을 면밀히 살피고 있었다.

하지만 그의 노력이 무색하게도 극한의 쾌감에 비명을 지르던 유미는 제 어깨 위에 결국 축 늘어지고 말았다.

"정말로 이런 장면만은 원하지 않았는데 말이지."

그녀가 기절했다는 사실을 알아챈 도하는 입술을 깨문 채 그 뒤로도 한참 동안을 괴로워했다.

불현듯 유미는 눈을 떴다. 그러자 아직도 잠들지 못한 채 자신을 쓰다듬고 있는 남자의 얼굴이 보였다.

"정신 들어요?"

"네."

도하는 유미를 안고서 욕실로 향했다. 언제 채워 놓았는지 따뜻한 물이 담긴 욕조에 자신을 먼저 밀어 넣고 그도 들어왔다. 도하의 손길에 얌전히 몸을 맡기며 유미가 입을 열었다.

"아까는 미안해요. 나 혼자만……."

말하고 나서 얼굴을 붉혔다. 마주 보는 시선 끝에 발기한 남성이 눈에 띄었기 때문이다. 도하는 부끄러워하지도 않고 대답했다.

"더 쉬어요."

"하지만 아까도 나 때문에……."

유미는 관계 도중에 기절해 버린 자신을 떠올리자 몹시 민망해졌다.

"과호흡 증후군인가 봐요. 한 번도 이런 적이 없거든요."

도하는 씻기던 손을 잠깐 멈추고 언짢은 표정을 지었다.

"지금 이런 때 딴 남자 얘기하는 건 무슨 심보인지 모르겠군요."

"아뇨, 아뇨. 그게…… 근데 도하 씨, 진짜 내가 처음이에요?"

"글쎄."

도하는 아무렇지 않은 표정으로 대꾸했다. 그러고는 두 사람 다 말이 없었다. 침묵 속에서 도하의 손이 유미의 몸을 쓰다듬을 때마다 찰박이는 물소리가 났다.

유미는 알몸의 도하를 보다가 어색해진 시선을 자신의 무릎 위로 옮겼다. 도하의 지분대는 손이 점점 짓궂어지고 있었다.

어느덧 욕조에서도 열기가 올랐다. 문지르고 만지는 도하의 손에 유미는 고양이처럼 뺨을 비볐다.

자연히 입술이 맞닿았고 키스로 이어졌다. 참지 못한 도하가 결국 유미의 몸을 끌어안고 침대로 걸음을 옮겼다.

"괜찮겠어요?"

이윽고 거대한 분신이 유미를 압박하기 전 도하가 물었다. 유미가 고개를 끄덕였다.

두 사람은 이내 정신을 잃을 지경으로 행위에 탐닉했다.

"아!"

"숨 쉬어."

중간중간 도하가 그녀를 끌어안고 진정시켰다. 그만큼 지연된 오르가즘의 여운은 길었다.

마침내 하나가 된 두 사람은 끝도 없이 기나긴 키스 후에야, 서로의 몸을 끌어안고 꿈같은 잠에 빠져들었다.

새벽녘, 유미는 얼굴로 파고드는 도하의 머리칼을 얽고 입술을 섞었다.

키스를 나누고서 킥킥거리던 두 사람은 한참 서로의 얼굴을 바라보았다. 마주한 눈동자에서는 서로의 그림자 말고는 아무것도 찾을 수 없었다.

도하를 끈질기게 응시하던 유미가 마침내 입을 열었다.

"이게 우리 마지막이에요?"

"그럴 리가."

"그런데 난 왜 이렇게 슬프게 느껴지죠?"

유미는 눈물을 글썽이고 있었다. 어째서 울음이 나는지는 자신도 알 수 없었다. 자신의 곁에서 그토록 그리워하던 남자가 자신을 원한다고 온몸으로 소리치고 있는데도 이 상황이 너무도 슬프게만 느껴졌다.

마치 꿈처럼 현실감 없는 잠시의 행복이 어쩌면 환각과 같은 찰나라는 생각이 들어설까. 눈물로 가득 찬 풍선이라도 된 것처럼 꾸역꾸역 건드리는 대로 눈물을 뱉어 내고 있었다.

도하는 그런 유미의 머리카락과 뺨을 쓰다듬었다.

"사랑이 아픈 거라는 생각을 해 본 적 있습니까?"

"……."

"잃을 수 있는 무언가가 생겨 버렸다는 슬픔. 그걸 소유한 순간이 절대로 영원하지 않다는 슬픔. 언젠가는 그것을 잃고야 마는 존재의 불확실성. 원래부터 혼자였다고 한다면 굳이 깨닫지 않아도 되는 불리한 감정이죠. 사람을 나약하게 만드는 감정입니다."

"그렇지만 혼자인 건 외롭잖아요."

그래, 외롭다. 도하는 이제 그 감정에 깊게 공감할 수 있었다.

유미를 만나기 전에는 새삼 의식해 본 일이 없는 감정이었다. 사는 건 언제나 혼자였고, 오늘 주어진 일에 집중하면 또 내일 하루를 살 수 있었으니까.

하지만 이제 그것만으로는 안 된다. 이제 자신에게는 사랑이라는 약점이 생겨 버리고 만 것이다. 기꺼이 심장을 내주면서까지 지키고 싶은 자신의 약점, 서유미.

"또 떠날 건가요?"

도하는 불안한 듯이 묻는 유미를 보며 괴로운 표정을 지었다. 이건 내 욕심일지도 모른다.

"나와 같이 떠나지 않겠습니까."

이전에는 전혀 알지 못했다. 그 약점이 존재의 이유가 될 수도 있다는 것을. 그것을 지키지 못할 때 자신이 사는 이유마저 사라져 버린다는 사실을.

그저 숨 쉬듯 살아 있는 동물이었을 때의 도하는 무엇도 소중하게 생각해 본 적이 없었다.

"진심이에요?"

"나한테 한 가지 소원이 있다면 끝까지 당신을 지키는 겁니다. 당신을 잃고 내가 살아갈 수 있을 것 같지 않거든요."

유미는 도하의 속까지 들여다보려는 것처럼 그의 눈동자를 자세히 번갈아 바라보았다. 이내 양손을 올려 그의 볼을 꼬집고 흔들었다.

졸지에 볼이 잡힌 채 얼굴까지 흔들리자 도하는 당황스러운 표정을 지었다.

"강도하가 그런 말도 할 줄 알아?"

"윽! 내가……."

도하는 꼬집는 유미의 손을 겨우 떼어 낸 후 험악하게 인상을 쓰고 말했다.

"내가 못 하는 게 있을 것 같습니까."

"네."

"글쎄, 이런 자랑을 굳이 내 입으로 하긴 그렇지만 어지간해서 내가 남들한테 뒤지는 일을 찾기는 힘들 겁니다. 사격이나 암기, 외국어, 각종 무술. 어지간해서는 전부 인구 백분율 1%대에 들 걸요."

"사랑이요."

"……!"

"사랑."

"그건 지금까지 해 본 적이 없기 때문이겠지. 하지만 아마 조금만 지나면 그것도 금방……."

도하는 늘어지게 말하며 손가락으로 목 뒤를 긁었다.

"그 1년 동안 대체 무슨 생각을 했던 거예요?"

앙탈을 부리는 유미를 도하는 일으켜 안았다. 품에 안은 채로 가만히 그녀를 쓰다듬었다.

"미안해요. 내 생각이 짧았어요. 미안합니다."

도하는 유미의 머리카락에 코와 입을 파묻었다. 그녀의 체향에 정신이 아득해지는 기분이었다.

택시에서 먼저 유미가 내렸다. 그녀는 얼굴을 알아볼 수 없도록 마스크와 망토 같은 모자를 쓰고 있었다. 뒤이어 도하도 따라 내렸다.

후미진 창고의 문 가까이 다가가자 석용이 유미를 알아보고 끄덕 고갯짓을 했다. 도하와 눈이 마주치자 그는 감격에 겨운 표정으로 도하의 모자에 장난을 쳤다.

"뭐야, 이 모자는."

"어딜 만져요. 남의 귀한 몸을."

두 사람이 들어간 곳에는 미리 와 있던 사람들이 테이블 주변으로 모여 있었다. 일전에 아지트로 사용했던 곳과 비슷한 창고였다.

모인 사람들 중에는 다양한 국적의 외국인, 특히 이미 인터넷에서 유명세를 탄 아랍계 유명인도 섞여 있었다.

도하는 그들 모두를 알고 있는 것 같았다. 그중에는 양순에게 입양된 사람들도 있었지만 작전 수행 중에 도하가 만난 정보원들도 다수 섞여 있었다.

앞으로 나선 그가 주도적으로 회의를 진행했다.

"이번 일은 조양순과 여러분들 사이의 개인적 원한 관계를 정리하기 위한 일이 아닙니다. 그러니 직접 그를 죽이는 일은 절대 안 됩니다."

그의 말에 몇 명이 고개를 끄덕였다.

"누구보다도 그를 죽이고 싶은 사람은 바로 나일 겁니다. 하지만 죽이는 것보다 그를 더욱 괴롭게 만드는 일은 바로 모든 걸 빼앗는 일입니다."

그 말을 들은 법조인 김 아무개가 숙연하게 고개를 끄덕였다.

"나는 어렸을 때부터 그에게 살인자로 키워졌습니다. 사람을 죽이는 일, 목적대로 인간을 이용하는 일을 당연하게 생각했고 그의 가르침을 공부하고 훈련하는 일을 자랑스럽게 여겼습니다."

동감한다는 듯 석용을 비롯한 몇 명이 고개를 끄덕였다.

"지금에 와서 나는 그것을 후회합니다. 그의 살인 병기로 살았던 것을 후회하고, 그의 로봇으로서 저지른 모든 일들을 후회합니다. 이제 나와 같은 인간이 재생산되는 일을 막기 위해서. 그런 악행이 되풀이 되는 것을 막기 위해서."

도하는 스크린에 떠오른 양순의 변장 사진을 잔잔한 표정으로 바라보았다.

"더 크게는 이 사회의 규범 확립과 정의 수립을 위해서 우리 모두의 힘을 모아야 합니다. 그래서 나는 수단과 방법을 가리지 않고 그를 끌어내 법의 심판 앞에 세울 작정입니다."

게릴라들이 지키고 있는 아지트에서 그를 끌어낼 방법에 대한 설명 도중에 도하는 스크린 왼쪽에 떠오른 남자를 가리켰다.

"마하르 무디스. 현재 조양순의 최측근 경호를 맡고 있죠. 다음 주에 있을 태양광 사업 설명회에 이 사람이 전용차를 운전할 겁니다. 그는 오래된 내 동료입니다."

그 말에 모인 사람들이 술렁거리기 시작했다. 외국인들도 적지 않았기 때문에 도하가 영어로도 다시 한번 작전을 설명하는 모습을 보면서 유미는 심란한 고민에 빠졌다.

어느새 유미의 옆에 와 선 석용이 그녀에게 뚜껑이 열린 보드카 병을 건넸다.

"마셔. 한동안 또 힘든 날이 될 거야."

유미는 힐끗 그가 건네는 병을 보고 고민 없이 한 모금을 쭉 마셨다.

"작전이 실패할 확률은 얼마예요?"

"글쎄, 한 50%?"

석용이 무탈하게 웃는 얼굴을 유미는 무표정하게 바라보았다.

"전에 모두가 해야만 되는 일이 있다고 하셨죠?"

"응?"

"지금 할 수 있는 일을 해야 한다고."

석용은 기억날 듯 말 듯 알쏭달쏭한 표정을 지었다.

"그래? 내가 그랬던가?"

"네. 그랬었어요. 아마 그저 날 달래기 위한 말이었을지도 모르지만."

유미는 여전히 사람들을 통솔하며 작전을 지휘하고 있는 도하를 슬픈 표정으로 바라보았다.

"이제야 내가 뭘 해야 하는지 알 것 같아요."

석용은 유미의 시선을 따라 회의를 진행 중인 도하를 쳐다보았다. 의아한 석용이 다시 유미에게로 시선을 돌렸지만 이미 그녀는 자리를 떠나고 없었다.

밤이 깊은 시각, 도하는 난간에 서 있던 유미에게로 걸어왔다.

문이 열린 사이로 불빛을 등진 채 걸어 나오는 그의 모습에 유미는 새삼 감탄을 금치 못했다. 그는 이 세상 아는 모든 이들 가운데 가장 반듯한 자세로 걷는 사람이었다.

"무슨 생각합니까?"

"강도하 생각이요."

도하가 싱긋 웃으며 유미의 허리를 끌어안았다.

"벌써 나에 대한 그리움에 사무친 표정인데요."

유미는 넉살을 부리는 도하의 머리카락과 뺨을 만지며 오랫동안 기억하고 싶은 듯 그의 얼굴을 눈에 담았다. 도하는 그런 유미의 의중을 알지 못해 그저 입가에 미소를 띤 채 그녀를 마주 보았다.

"꼭 살아서 와야 돼요."

"……."

"나 안 죽고 살아 있을 테니까 꼭 찾아와야 돼요."

그제야 유미의 말뜻을 알아챈 도하의 얼굴이 심각한 표정으로 바뀌었다. 각오했던 일이지만 바라지는 않았던 일이다. 도하는 시선을 내렸다가 다시 힘주어 유미의 얼굴을 눈에 담았다.

"꼭 당신을 찾아 돌아올 겁니다."

"혼자 죽어 버리는 일 같은 거 안 돼요. 그럼 나도 따라 죽어 버릴 거니까. 나 살리는 게 소원이라고 했잖아요. 도하 씨가 살아 주는 게 바로 날 살리는 거예요. 내 말 알아듣겠죠?"

도하는 강하게 유미를 끌어안았다. 그의 단단한 어깨 위에서 유미는 하염없이 눈물을 흘렸다. 알 수 없는 감정이 북받쳤다.

이번 작전에서 자신은 팀에게 그저 걸림돌이 될 뿐이었다.

나는 내가 할 수 있는 일을 한다. 그러나 이것이 도하를 보는 마지막이 될까 봐 내심 불안했다.

"난 괜찮아요. 이제 무모한 짓 같은 거 안 해요."

유미는 숨이 막히도록 도하를 끌어안았다가 이내 스스로 그에게서 떨어졌다. 그런 유미를 도하는 새삼스러운 멍한 표정으로 쳐다보았다.

"서유미."

"꼭 다시 만날 거라는 거 아니까."

도하는 가볍게 유미의 이마에 입을 맞추었다.

"사랑해."

"꼭 살아 있어 줘요."

두 사람의 손바닥이 만났다가 가볍게 떨어졌다.

에필로그(My Best You)

그로부터 6개월 후.

"이에 따라 본 법정은 김상원 외 2인에 대한 방화죄 및 공공위험죄에 대하여 증거 불충분으로 무죄를 선고합니다."

구미 공장 방화죄로 감옥에서 복역 중이던 노조원들이 드디어 무죄로 풀려났다.

실로 1년 6개월 만에 얻어진 쾌거이자 유미와 위원회 팀원들이 밤낮없이 뛰어 만들어 낸 결과였다. 유미와 그녀의 동료들이 끊임없는 탄원서와 서명 운동으로도 모자라 직접 알리바이와 증거를 확보해 변호인단을 돕는 일에 힘썼다.

그들의 부단한 노력의 결과로 결국 재심에서는 1심 재판부의 판결을 뒤엎고 구속 수감 중이던 노조원들이 모두 무죄 석방되기까지 이르렀다.

"와아!"

선고가 내려지던 날, 다 함께 서로를 껴안으며 기쁨과 감동의 눈물을 흘렸다.

그날 저녁 회포를 풀기 위해 그들은 근처 국밥집에 모였다. 미숙이 경쾌하게 소주병 뚜껑을 열었다.

"이게 다 유미 씨 덕분이야."

"제가 뭘 한 게 있다고요. 다 애쓰신 여사님 덕분이죠."

유미가 공손히 미숙의 소주잔을 받고 옆으로 돌아 한입에 털어 넣었다.

"아냐. 이번에 진짜 애쓰셨어요. 밤낮으로 법원이며, 현장 뛰어다니고. 가족이라도 그렇게까진 못해, 진짜."

미현이 웃으며 엄지를 척 들어 보였다.

"저 말고 노조 위원장님이 고생 많으셨죠, 뭐."

"근데 보상금은 얼마나 준대요? 애먼 사람 잡아다 그렇게 생고생을 시켰으니 금전적으로 보상 좀 해 줘야 되지 않나?"

궁금했던지 민호가 대뜸 질문을 던졌다.

"글쎄. 보험 회사 차원에서 몇 푼 얹어 주는가 보던데, 뭐 사람이 중하지. 돈이 중한가."

그리고 술잔이 부딪히는 소리, 다시 시작된 신세 한탄, 실없는 농담들이 뒤를 이었다. 그들의 대화를 들으며 유미는 연신 흐뭇한 웃음을 지었다.

"어, 탄다. 얼른들 먹어."

"자, 한 잔 더 받으시고."

와중에 고기를 뒤적이던 재명이 TV에서 나오는 소리에 집중했다.

"어, 잠깐! 저게 무슨 소리야?"

―사망한 것으로 알려졌던 조양순 의원이 살아서 도주 중이었다는 제보가 이어져 충격을 주고 있습니다. 검찰은 진위를 파악하기 위하여 말레이시아 경찰 당국을 만나 사건을 심층적으로 파헤치는 과정 중에 있습니다. 다음은 말레이시아 현지에서 보내온 영상입니다.

삽시간에 식당 안이 소란스러워졌다.

"저게 뭐야? 누가 살아 있다고? 야, 조양순 살아 있대!"

다른 테이블에서 고기를 굽던 중년 남자들도 화면을 보며 기가 막히다며 소리를 질렀다. 뉴스에서는 수갑을 찬 범죄자를 국제 경찰들이 호송차로 이동시키는 모습이 연신 전파를 탔다.

"에그머니나! 뭐여. 저게 어떻게 된 거야?"

단숨에 앞치마 차림으로 밖으로 뛰어나온 식당 주인아주머니도 연신 입을 가리며 탄식을 흘렸다.

"죽었다던 국회 의원이 여태 살아 있었던 거야? 망측스러워라. 동남아 어디로 도망 다녔나. 그럼 접때 그 방송들이 다 사실이었나 보구먼. 아니, 저게 어떻게 가능해?"

유미는 계속해서 흐릿한 TV 화면에서 시선을 떼지 못했다. 벅차오르는 감정이 가슴과 심장을 계속 때렸다. 한참 시선을 멈추고 뉴스를 시청하던 유미가 이윽고 뭔가 급히 생각난 사람처럼 서둘러 자리에서 일어섰다.

"아 참, 내 정신 좀 봐. 나 잠깐 현장에 급히 연락을 좀 해 볼 데가 있어."

"어디 가요, 언니?"

유미가 허둥지둥 의자에 놓인 가방과 휴대폰을 집어 들 때였다. 입구 쪽 장막을 헤치며 장신의 다리가 식당 안으로 들어섰다. TV를 향해 박수를 치고 있던 식당 주인이 그를 먼저 발견했다.

"어서 오세요. 거기 앉으셔요. 금방 치워 드릴게."

그는 블랙 슈트 차림의 다리가 긴 남자였다. 그렇게 반듯하게 걷는 사람이라고는 유미는 이 세상에 단 한 사람밖에 알지 못했다.

천천히 이동한 유미의 눈동자가 남자의 얼굴에서 멈췄다.

"잘 있었어요?"

곧 환해진 그녀의 뺨에서 눈물이 흘러내리기 시작했다.

—fin

작가 후기

〈블랙 슈트〉를 마치며.

처음 〈블랙 슈트〉를 구상한 것은 처녀작인 〈렛 잇 레인〉 출간을 막 끝냈던 무렵으로 기억합니다. 당시에는 총 든 남자 주인공이 위험한 여자 주인공의 목숨을 지켜 주는 멋진 장면 정도만을 연상했던 것 같습니다.

'너무 평탄한 러브 스토리보다는 위험천만하고 스펙터클한 사랑 이야기도 재미있겠다' 라고 하는 소설 전반의 분위기 연상 정도가 처음에는 전부였고, 그 후에는 차기작인 〈매니악〉 집필을 병행하면서 더 이상 디테일한 설정을 진행시키지는 못했던 것 같습니다.

그런데 차기작의 마지막 집필 즈음, 대한민국에서 여러 가지 정치적, 사회적으로 큰 파장을 일으킨 일들이 일어났습니다.

그 결과 국민들이 자발적으로 거리로 나서고 사회를 바꾸게 되었던 당시의 놀라운 연쇄적 상황을 기억하시리라 생각합니다.

작가 개인적으로도 그런 모습들을 지켜보면서 상당한 감명을 받았습니다.

그리고 이런 급변의 시대에 글을 쓰는 개인으로서 할 수 있는 일은 대체 무엇일까에 대해 생각하고 거기에서 영향을 받았던 일이 결국은 소설 〈블랙 슈트〉 설정의 또 다른 부분이 되었다고 생각합니다.

로맨스 소설가, 즉 사랑 이야기를 쓰는 작가로서 사랑이라는 감정이 늘 궁극적인 인간의 본성이자 가장 중요한 인생의 목적이라고 생각합니다.

그리고 우리 사회 대부분의 문화가 남성의 시선 중심인 현제도권 내에서 여성의 입장에서 만들고 즐길 수 있는 대표적인 분야가 로맨스 소설이라고 생각하기에 여성 작가인 본인역시 로맨스 장르에 더욱 매력을 느끼고 애착을 지니고 있습니다.

그러나 '재미를 위한 글이라도 단순히 흥미를 위한 장면의 나열만이 아닌 사회적 문제의식을 담고 싶다. 그리고 재미 가운데 무언가 더 생각해 보게 만드는 작품을 쓰고 싶다'

라는 작가 내면의 동기가 〈블랙 슈트〉의 줄거리를 약간은 어둡고 진지하게 풀어 나가도록 하지 않았나 생각합니다.

물론 로맨스 작가로서 세상의 가장 완벽한 해결책이 사랑이라는 생각만큼은 변하지 않기에 결과적으로는 남녀 주인공 두 사람의 러브 스토리에 가장 집중했던 것은 맞지요.

그렇게 해서 마침내 탄생한 〈블랙 슈트〉는 어딘가 있을 법한 평범한 회사원 서유미. 그리고 상당 부분 허구적인 인물이자 히어로적인 모습이 투영된 킬러 강도하. 그 두 사람이 함께 사랑하고 살아가는 모습에 대한 이야기입니다.

더 나은 세상을 위해 희생되어 왔던 킬러 도하가 유미를 만나면서 깨닫는 진정한 사랑과 삶의 의미, 그리고 근시안적인 삶을 살았던 평범한 유미가 도하를 만나면서 좀 더 나은 사람으로 발전하고, 결과적으로는 좀 더 나은 세상을 만들기 위해 두 사람이 함께 노력하는 모습이 작가로서 묘사하고 싶은 그림이 아니었나 생각합니다.

그런 의미에서 마지막 챕터의 제목, 'My Best You(내 최고의 당신)'는 프롤로그인 'A Better World(더 나은 세상)'와 대구를 이루는 형식으로 설정하여, 실은 두 사람에게 더 나은 세상이란 바로 사랑하고 있는 그들 자신이라는 의미를 말하고 싶었습니다.

그간 더 나은 세상을 만들기 위해 고군분투했지만 도하에게는 유미가 죽거나 사라진 세상이란 결코 행복한 세상이 아니었을 테지요. 또한 유미 입장에서도 도하가 사라진 세상이 결코 더 나은 세상일 리가 없겠지요.

서로를 지키기 위해 노력하던 두 사람이 마지막에 다시 만나는 장면에서 그들 두 사람의 만남과 사랑이 그들에게는 바로 더 나은 세상이나 마찬가지라는 뉘앙스를 주기 위해 노력했고, 결과적으로는 세상을 지키는 힘은 결국 사랑이라는 의미를 주기 위해 노력했습니다. 어떻게 독자님들께 잘 전달되었는지 모르겠습니다.

굳이 또 다른 숨겨진 의미를 찾아보자고 한다면 현실에서도 아직 산재되어 있는 문제들이 많은 것처럼 〈블랙 슈트〉의 마지막 부분에서도 '모든 것은 이제 시작이다' 라는 느낌을 주기 위해 지나친 해소를 자제했고, 평범한 시민인 유미가 본연의 자리에서 차근차근 '각자 할 수 있는 일부터' 사회를 위해 기여할 수 있다는 느낌을 담아 보고자 노력했습니다.

혹시 이 글을 통해 평범한 소시민에 불과한 작가 본인뿐 아니라 이 글을 읽어 주신 독자님들 역시 변화해 가는 사회에서 조금이나마 내가 할 수 있는 일은 무엇인가 생각해 보실 수 있는 계기가 될 수 있다면 상당히 의미 있는 작업이 될 것 같습니다.

단지 재미있게 읽어 주셨다고 한다면 물론 그것만으로도 너무나 큰 의미가 있겠고요.

끝까지 도하와 유미의 진지하고 엉뚱하며, 어찌 보면 서스펜스적인 로맨스를 사랑해 주신 많은 독자님들께 감사하다는 말씀을 드리며 다음 작품에서는 더 좋은 이야기로 독자님들을 찾아뵐 수 있도록 노력하겠습니다.

마지막으로 출간에 많은 도움을 주신 우리 담당자님과 처녀작인 〈렛 잇 레인〉에 이어 다시 〈블랙 슈트〉의 출간 기회를 주신 봄 미디어에도 많은 감사의 말씀을 드립니다. 감사합니다.

—장하연 올림.